资本汇

甘越帆 著

中国言实出版社

图书在版编目（CIP）数据

资本汇 / 甘越帆著. -- 北京 : 中国言实出版社，
2015.12
ISBN 978-7-5171-1737-7

Ⅰ. ①资… Ⅱ. ①甘… Ⅲ. ①长篇小说—中国—当代
Ⅳ. ①I247.5

中国版本图书馆CIP数据核字（2015）第316021号

责任编辑：王战星

出版发行 中国言实出版社
地　　址：北京市朝阳区北苑路180号加利大厦5号楼105室
邮　　编：100101
编 辑 部：北京市西城区百万庄路甲16号五层
邮　　编：100037
电　　话：64924853（总编室）64924716（发行部）
网　　址：www.zgyscbs.cn
E-mail：zgyscbs@263.net
经　　销 新华书店
印　　刷 北京彩虹伟业印刷有限公司
版　　次 2016年3月第1版　2016年7月第2次印刷
规　　格 710mm×1000mm　1/16　23.5印张
字　　数 272千字
定　　价 56.00元　ISBN 978-7-5171-1737-7

代序

发现新的自己

关于人自身的问题，这是几乎难倒古往今来所有聪明人的问题：

我是谁？从哪里来？到哪里去？

有时候我们可能热情满满地自以为，人类已经揭开宇宙所有的秘密，当然同时也解开所有关于人类自身的所有秘密。从此以后，这个世界再也没有什么新鲜事值得探讨的。

跟这个自信相得益彰的是，100 多年前，化学家就认为他们已经完美解决有关化学的所有问题，从此以后化学这门科学可以躺到最初的摇篮里，美美地睡觉，看着其他学科的热闹和无助。

这当然只是一种热闹，因为随着科技的进步，几乎所有学科都在不断验证过往的看法和发现新的空间，化学、自然也不例外。即便这样，在科技昌明到如此程度的今天，关于人自身的这几个小问题，居然依旧不断考倒这个世界最聪明的大脑。

有人预言，除非我们透析所有生命现象的本质，不然，这几个小问题仍旧会是问题，而且是最大的问题。

这个话意味着这几个问题无解，因为所有生命的所有现象，一直都是处于研究的阶段。谁都不敢断言，什么时候才会是一个句号。

我们不但很难弄清楚自己是从哪里来的，简直自己是谁都没法弄一个明白。

这并不值得悲哀，更不必视为一种耻辱，没有必要为这个不好意思。毕竟，对自己的认识跟对整个世界的认识一样，都是一步一步地接近真理，这个微积分的过程究竟会延续到什么时候，谁也说不清，因为我们一直在路上。知道自己在路上而且不断靠近，就是一个很大的成就。

荣格认为人都是有原型的，所以他的很多著作里都对这些原型进行探讨和归纳。如荣格这样伟大的人，估计未必能够认识清楚自己的原型到底是什么。这好比再厉害的医生，也很难给自己下方子一样，何况是心理学层面的呢？所以，这一点上，我们应该原谅荣格的无能为力。这方面，过去的人倒是给了我们一个很好的注脚：不识庐山真面目，只缘身在此山中。

因为，我们常常都是跟自己走得太近，所以很难认清自己。如果你在大街上散步，迎面走来一个跟你一模一样的人，你肯定会有似曾相识的感觉，但是，绞尽脑汁未必就能想得出这个人到底是谁。我们谁都无法当面认清自己，这是目前为止谁都无法否认的不安。

我们不知道究竟在什么时候会认不出自己来，因为我们似乎从来就没有认真地认识自己。

幽默作家在说明遗传和环境的区别时，一般都会引用这么一个典故：如果你的孩子长得像你，这就是遗传；如果你的孩子长得像邻居，那就是环境。

撇开通俗笑话里你老婆和邻居比较暧昧的可能之外，这个说法非常有道理，邻居其实就是环境，说得大一点就是整个社会环境。

对人要有礼貌，捡到钱要交给警察叔叔，看到老人过马路要去扶一把……

这些可能是我们接受过的教育。不过，千万不要拿你的那一套安排在现在人的身上。现在的孩子接受的可能是另外一种教育，比如不要跟陌生人说话，看到老人摔倒了千万不要去扶，捡到银子要不动声色地收好、千万不要声张……

不管是什么样的教育，都在塑造我们在这个社会中应该成为的角色。不管我们是否喜欢，我们从一出生，就已经在这种社会的熏陶体系里，严格按照社会化的需求，不断把我们进行格式化。一直格式化到适合在这个社会生活，为着票子、车子、房子……不断努力，不断把自己陷入更深层次的符合社会价值观的窠臼里。

千万不要以为自己能够例外，可能你认为的例外其实就是格式化的要求方式而已。只好比你以为自己经过严格的训练可以成为飞行员，于是你就认为这种严格训练本身就是例外，因为这个世界飞行员毕竟是少数。可是，不要忘了，成为飞行员本身就是社会对你进行格式化的一个理想过程，除此之外，你别无他途。

例外反证了规律的存在和可怕之处。

任何一颗种子可能都会成为参天大树，除非原本就是草籽。

哪怕就是一粒草籽，同样也可以生长成一丛漂亮的草，甚至可以离离原上草一般的长遍天涯，这就是生命的力量。关键在于要有一个生长的环境，而不是没事就让人家揠苗助长，非要把小草拉成大树、把猪养成狮子、把鸡养成鸭——因为鸭肉上涨了，那就是一种悲哀了。

小时候被父母管教得异常严格的孩子成绩非常优异，小时候从来都不曾接触过玩具，只好在心里一直都惦记着。后来他成了某个学科的重要带头人，父母觉得自己面上有光，非常骄傲，认为自己的方式才是最合适的。心理医生帮助这个已经长大的孩子探讨人生的目标，这个已经成为家人骄傲的孩子非常害羞地说，自己最大的愿望就是能够踏踏实实地过上一把玩具的瘾！

如何发现自己，认清自己是什么样的人，知道自己有什么样的潜力，撇开任何所谓的外在的压力——或者直接把压力转化为动力——把自己打回原型，看清自己灵魂的最深处，然后从原点出发，追逐自己最有意义的生命弧线。

这是理想主义者的心态，芸芸众生，更多的都是得过且过并且把这个得过且过神圣化的集体无意识里的一颗小鲜肉，只能等着有一天鲜肉成为咸肉、成为腊肉、成为腐肉，由此了却残生。这大概是绝大多数人的人生轨迹。因为梦想太过遥远，所以很多人都不敢做梦！

不记得是哪位大人物说过这样的话：梦想还是要有的，要是实现了呢？

所以，我们千万不能拒绝自己内心的召唤，轻易错过每一个梦想，或者在追逐的路上迷失自己。最基本的就是，先停住脚步，等一会儿灵魂赶上来，然后扪心自问：我到底是谁？

即便路上千军万马呼啸而过，仿佛是在奔向一个伟大的前程和绚烂的目的地。如果你敢于停住脚步，让自己缓一缓，问自己这么一个轻松的问题。

我觉得，你就是人生的赢家！

能够提出问题就已经解决了问题的一大半，这个世界不缺乏答案，缺乏的是美妙的问题。换句话说，缺乏的是能够提出问题的头脑。

很多人都在苹果树下呆过，被苹果砸到头的肯定不止牛顿一个人，那些收获季节的庄园主估计头上都被苹果砸出大坑来还在偷笑呢！但是，能够因此而发现万有引力的，只有牛顿一个！这就是提问的奥妙，这就是提问的生命力所在。

不要担心，勇敢地提出自己内心的疑问，然后更加勇敢地去追寻答案，你一定会得出不同于他人的结果，因为你的追寻，就跟别人不一样，除了通往成功之路以外，你没有别的归途。要知道，成功之路从来都是不堵车的，堵车的都是那些看起来似乎像成功的路——那些从来都不是路，只不过就是前人的脚印罢了！

这也是我创作《资本汇》的最初想法，而且，我以为这个想法会让我一直追逐这种感觉，那就是——我们如何才能发现自己其实潜力无穷。可惜的是，很多人都不愿意承认自己与众不同，于是，只能过着跟人家没什么两样的生活。

大概，那种日子不能叫生活，只能叫活着而已。千年前的哲人曾经劝告我们：没有经过思考的人生不值得过！

千年之后，我们站在21世纪的门槛上，还不赶紧琢磨自己究竟想要什么样的生活的话，那么，也是不值得一过的日子罢了。

《资本汇》不完全是一本关于资本市场的书，我更觉得这是一本让我发掘自己内心深处宝藏的书，至少我觉得每个人都是一座座丰富的矿藏！

我想，我自己就是这么一个人！

每个人都应该有勇气这么去承认和肯定自己，召回自己的原型，认清自己究竟是一个什么样的人，打算追逐什么样的梦想，遵从内心最深处最原始的呼唤，不断完善自己，不断自我更新，不停学习和进步，不断面对挫折和失败，不断赢得每一天灿烂的朝阳！

这样的话，我相信——每个人，都可以成就一个自由而生动的生命！

甘越帆

2015年7月16日于越人轩书斋

推荐序（一）

流通就是一切

哈耶克说货币是人类通往自由的最好工具。

我的朋友甘越帆先生在这本《资本汇》里说，流通就是金融。

果然英雄所见略同，这两位先生的见解隔着一个叫时间的河流，他们伸手越过水面，紧紧握住。其实，货币与流通，这是硬币的两面，缺一不可。货币是流通的一种媒介，一种对过去的定价和满足未来的支付，而流通才是造就这一切流动的根本。犹如水和鱼，少了水，鱼就没有意义，没了鱼，可能水里别的生物种会替代鱼来完成这个使命！

这是一个缺一不可的年代，缺少任何一个元素，另一个元素的存在就没有意义。

这本书讲了一个民间资本的故事，由好几个小故事构成，不同小故事的逻辑整合，形成了一个资本的故事，读起来回肠荡气、意犹未尽，作者所说的一切，就是资本市场，而作者没有说出来却已经点明的故事，就是全部的世界。

一本书能够把一个故事说好，阐明自己的观点，让同好者在阅读过程中产生快感，引发惺惺相惜的感慨，就是一种成功的旅程。能够让人有功夫在诗外的深刻印象，那就要下更大的功夫，把一切尽在不言中的故事好好收敛，以一种绕梁三日的回响，让人不断产生新的想法、新的创意、新的关于生活的臆想，这就是写书的一个境界了。

经济就是人的行为，未必只是人而已。

外延一点，这是整个动物界都能证明的定理。我们综观蚂蚁或者蜜蜂的社会，都能发现在他们热闹而富有秩序的整个生活氛围中，他们的一切行为，莫不是以经济作为基础和终极目标的，所以说经济是动物的本能。

交易是人的行为，而且只能是人的行为。

猴子之间虽然可以通过巴甫洛夫的实验，可以完成简单的对自己有益的交易。比如给猴子一些硬币然后训练他们用硬币和饲养员交换食物，他们就会明白硬币本身是有价的，而且不同的量会有不同的价值，由此可以交换不同的食物量。猴子们的智慧到这里就结束了，他们没法成为人类，这也是为什么他们没法成为人类的原因。因为他们没法明白为什么——我们当然希望猴子有一天会明白这个道理，到时候人在这个世界就不会这么孤单——要进行交易？

交易是人类在后天习得的一种社会能力。在狼群中成长的人是否会有这种能力就很值得怀疑，至少我们没法证明人猿泰山是否具有交易的本能。

哪怕是很小的孩子，他们都懂得在自己有限的玩具里，如何才能创造出无限的玩法，基本的做法就是跟别的孩子一起交换来玩。按照这样的算法，一定量的孩子加一定量的玩具就能够衍生出无限量的交换方式和游乐模式，从而生发无限量的交换结果。

这就是人类比任何一种动物都高明而且不可思议的地方，因为人类不但懂得分享，而且还学会了如何产生更多的分享可能——这就是交易的本质！

不管交易过程究竟是以石头还是贝壳、金子或者银子、美元或者欧元、数据或者服务……只要对人类有益的资源，都可以作为交易的媒介或者目标。从交易来说，最重要的当然是交易本身，说得比较贴切一点，就是流通本身。

这好比人的血液一样，不断的交流和流通，才能保持一个人旺盛的生命力，不然就是一具尸体。进一步说，除非不断流通，不然一个人和尸体就没什么区别。木乃伊是不用血液流通的，因为不必要。

人就是社会的一滴滴血液，正是因为人的流动和交流，这个社会才具备足够的生命力，延续几千年文明而生生不息。

人用来交流和交易的东西，自然就是一个人的资本——某一方面的最大资本或者人所有的资本。不管智慧、青春、资金、人脉、资产、资源、资讯……一切的一切，就构成了一个人所有的资本量，这个量能够多大，就要看一个人整合的能力有多大。

一个人资本量越大，能够用于交易的能量就越强，从而对这个世界的影响力就越大！

对这些内容的概括并且以曲折的故事形式娓娓道来，让人在回味故事的妙处时，又有醍醐灌顶的顿悟。我以为，这就是《资本汇》这本书最奇妙的地方，不仅独到，而且有趣，尤其是鲜活的生动，让人不忍释卷，非要从头研读到尾，才能解渴一般的过瘾。不是六月天的沙漠里的人，对水的如饥似渴，而是一个人压根就不知道这个世界居然有水这种东西，结果就找到了这样的水！

我和甘越帆先生认识有好几年了，平时跟他接触，感觉他是一个有磁场的人，能够通过丰富的肢体语言和生动有趣的口才，让人敬佩他的才干。因为这样的才华，所以他的周围常常聚集着一堆堆的粉丝，听他讲课一般对这个世界进行甘越帆式的解读。我想当年的苏格拉底和柏拉图的学院，就是这么一种氛围吧。

不过，话说回来，嘴皮子很来得的人，动起笔来未必就能够真的是那么回事。上帝很少有那么慷慨的时候，会让口才和文笔综合于一体，让一个人尽享这两种难得的才干。当然，我们不要忽略马太效应的影响，似乎这也是上帝自己信奉的一条金科玉律。

幸运的是，甘越帆做到了。

不能不说，他是宠儿！

通读整本书，我深深为作者独特的行文风格和幽默生动的文笔所打动，由此更加敬佩作者深厚的文字功底。看来，甘先生对于语言的领悟，不但表现在日常的交流上，而且，已经升华为一种他自己的标志性符号，我不能不说这就是属于他自己的独特的甘式文笔——让人吃惊，让人艳羡，更是让人舒畅！

我们都知道，提笔为文是一件相当吃力不讨好的事情——当然不排除写得好之后的那种成就感。当我们写作的时候，往往最多的情况都是思路枯竭胜过才尽的江郎，而且没什么人能够伸手拉上那么一把，因为，写作毕竟是一件很私人的事。

不知道甘先生在创作过程中具体是怎么样的情形，不过，从他一气呵成的行文方式里，我真是不得不眼红他这种文思泉涌的运气——对，就是运气，如果一个人运气不是足够好的话，也不至于会这么优秀，也就做不出这样的一件事，写不出这么好的文字！

我们知道，在民间资本这一行业，甘先生做了很多漂亮的事，完成很多让人惊讶的好项目，因此我祝愿他百尺竿头更进一步，而且，一大步，不止一大步，很多一大步！

所以，我期待甘先生的项目越来越多、越来越好。更加期待的是，甘先生多写几本这般让人回味无穷的好书，最好形成一个系列。

这一点，我有理由认为自己的期待不会落空，因为他不是那种一蹴而就的人。

最后，我要跟甘先生商榷一个概念，关于这本书提到的一个概念，他在书里说流通就是金融。我想把这个概念外延一下，流通就是一切！

不知道他是否同意这种说法，或者，他这本书就是这个意思。这个意思虽然没有明白说出来，其实，整本书都已经充分说明白了这个概念！

我希望自己的推荐能够锦上添花，即便这个花只会成为他这本书的一个可以忽略的水印，也不枉我拜读这本书的第一印象，那真是一种强烈得让人眩晕的感觉！

所以，希望甘先生多多让我眩晕几次！

资本之鹰品牌创始人

四川现代民间金融研究院院长

吕志刚

推荐序（二）

资本创造文明

跟体态庞大的恐龙比较，人类显得瘦弱而渺小；跟寿命万年的乌龟相比，活上百八十年就已经烧高香的人类简直微不足道；对于狗灵敏的鼻子来说，人类的嗅觉简直可以算是嗅盲；相较于鹰的超级强悍视力，人眼简直是瞎了一半……

仿生科学简直一点儿都不给我们信心的推论，不管哪一种天赋，自然界里的其他生命体比较起来，人类只能算是垫底的，这足以让人类悲观甚至绝望。奇怪的是，偏偏是这些天赋平平甚至低下的人，创造了这个世界最璀璨的文明。

有时候，我们甚至会疑惑，究竟因为什么，人类能够傲视世界呢？

跟天赋奇特的动物本能相比，人类的天赋基本可以忽略不计。相对而言，每个人的天赋基本都差不多，人类这个并不受到造物主宠爱的孩子，也不见得谁比谁聪明多少。所以，每个孩子出生的时候，都显得懵懵懂懂，一副傻得可爱的样子。

唯一的不同就是，人类有学习的能力。蚂蚁挖洞、蜜蜂造房、飞鸟垒窝……这些都是本能，遗传基因已经决定了这一切。哪怕再精密、再奇迹，它们也就会这些。但是人类不同，通过学习，人类可以不断改造自身，同时促进群体的进步。

因此，拥有学习能力的人类，就变得有智慧，而智慧是人类独立于世界的最基本的能力。也因为这样，牛顿发现万有引力、爱因斯坦发现相对论、蔡伦发明印刷术……即便是普通大众，其智慧的创造力仍旧不容忽视，中国老百姓就发明了酿造豆腐的伟大技术!

动物之间虽然也有交往，但很大程度上仅限于简单的交流和沟通，比如一只蚂蚁通过触须告诉另一只蚂蚁关于食物的消息，通过一只接着一只的不断传播，它们能够聚集起一大堆蚂蚁去搬东西，即便狂妄到不可思议的蚂蚁，它也不可能把自己的交往圈子升级成生产力，从而为自己以及群落创造更好的发展机会。

人类不但拥有聚集、交流的能力，而且能通过符号化的媒介把这些文明成果不断传承下去，比如语言文字；同时通过实体的创造，为后人留下灿烂的文明，比如金字塔、长城这些辉煌的建筑。

人类数量太大，难免会有小群体的聚合，这些小群体对于每个人来说，就是自己的人脉圈子，这是每个人在这个社会得到承认和接受鼓励的最重要的标志。物以类聚、人以群分，一个人的圈子不在大小，而在于能否很好地经营。智者能够把自己的人脉圈子资本化，让圈子成为生产力，为自己的群体创造更大效益。至于傻瓜，即便给他这个世界最好的圈子，也会浪费资源、徒留笑柄。至于每个圈子都有智者和傻瓜，这是造物主的一种平衡术，只好比林中的乔木同样需要灌木丛甚至枯枝来衬托一样。

人类社会区别于动物群体的一个更重要的因素是，人类之间的交易，这是动物世界无法创造出来的文明。一只母猴子可能会把摘来的玉米分发给自己的孩子，但它绝对不会聪明到拿着玉米跟别的猴子换西瓜，哪怕自己的孩子更喜欢吃西瓜。如果要让猴子聪明到能够创造出一个交易市场来，那真要必须等到地老天荒了，宇宙没有这么长的时间慢慢等它们进步。

从以物换物到以金银作为价值衡量标准再到符号化的纸币出现，甚至到今天各种券的应用，人类的交易市场已经变得不但丰富而且复杂，达到了必须要有一定专业层次的人才能操作的程度。不管人类通过什么方式交易，凭的永远都是衡量各自资本的资金，资金就是人类资本的货币化，正因为有了资金这个血液，人类的交易才能演变得如此丰富多彩。

资金是人们进行交易最重要的媒介，力所能及置换自己所有的资金，让自己的资金最大化，一个人才能够通过交易赢得更大的资本，这是资金最重要的使命，也是其最重要的表现形式。资金具有聚集和流通的本能，就好比所有的水都会流到大海一样，资金也会如此聚集；而水的流动方式，也是资金的流动方式。

资金是让世界流通的血液，弥足珍贵。

动物对信息的接受永远停留在本能阶段，简单而直接。人类对信息的处理却能够达到资本化的程度，比如当今的大数据，就是人类很重要的资本，这对现在的商业社会的影响，具有决定性的引导作用。

也许不久之后，只要我们想到自己需要什么，跟我们有充分来往的商业机构都会按照我们的意愿为我们提供满意的产品和服务，这就是大数据的便利之处。同样，当生产逐渐个性化之后，商家同样可以通过我们的期望——简直可以说是一种梦想——为我们量身定制最适合我们个性和需求的产品。为每个人提供个性产品，在以前自然遥不可及，可是在信息已经成为一种社会财富主要构成部分的时代，应该唾手可得。

有一天，如果我们全部解开人类的基因信息，也许，那时候我们已经可以进入一个大同社会，每个人都能了解甚至决定自己的遗传基因，这是对大数据一个不可思议的运用。因此说，拥有信息以及拥有分析和处理信息的能力，是信息时代对每一个人的基本要求。

智慧、人脉、资金、信息，构成了一个人资本的四大要素。

《三国演义》里有一个很重要的赤壁之战，正是因为那个战役，逐渐形成三足鼎立的基本格局。曹操的兵力比刘备和孙权不知要多出多少，所以这位老爷子在给孙权的战书里简直轻描淡写地提出来：咱们一块打打猎吧！

这简直就是把刘备和孙权当囊中猎物来对待了。刘备和孙权自然豁出自己最大的资本，也要顶住曹操号称百万大军欺上门来的压境。这场战役的结局大家都了然于心，关键是，我们必须看到，双方是如何尽量发挥自己最大的资本，也就是四大要素，来抗争对手的。刘备、孙权强大的人脉功夫，诸葛亮超强的智慧，豁出去的战略思维让刘孙两家拿出所有的资金来下注，自然少不了信息战，双方无不是间谍加反间，各种谍报满天飞，最出名的莫过于蒋干中计、周瑜打黄盖等几出，简直已经把信息资金化。

赤壁之战对于四大要素的整合让我们发觉资本最大化的重要意义，同样让我们了解21世纪的今天应该如何创建最好的自己。

所以，我们希望每个人都能够意识到四大要素的重要性，每个人都能够站在巨人的肩膀上、团结自己所有的力量、拿出最充足的资金、利用最完整的信息，在资本市场上如鱼得水、左右逢源，无往不胜！

塔木德金融思维FTT（Financial Thinking Training）体系创始人

葛昱菲

2015年12月12日于深圳

目录

第三部分　资金——好钢用在刀刃上

第四部分　资讯——掌握信息赢得世界

楔子

金融本质

这是资本的年代，也是知本的年代。

很多人都以这句口号作为自己的座右铭，有的甚至隆重到用金箔打印出来，用乌木边框裱好，挂在床头，作为鞭策。在这个他们看来的知道资本之本的年代，有的聪明人还能够腾挪出一个充足的诠释：资本的意思，就是你必须清楚自己有多少资源可以进入这个时代；至于知本，就是你必须明白自己有什么资源可以作为资本。

一个实行几千年农耕文化的地方，忽然面对资本时代——这个狼的到来，多少会有一点儿手足无措，所以难免会出现一些乱象，这也是情理之中的事情。就好比一个血气方刚的正常男人，好几年没见过女人甚至连雌性动物都见得少，忽然让他以超级 VIP 身份落座拉斯维加斯的脱衣舞夜总会，这位得意郎君如果不是当场晕倒，或者“性”奋填膺、大流鼻血，那就真是生命现象多少有点儿问题了。

因此有人断言，这也是一个流鼻血的时代！

成德风度翩翩，永远西装笔挺，永远精力充沛，永远一副让人着迷的微笑。微笑之下究竟暗藏多少山水纵横，大概接触过他的人都不能说出一个子丑寅卯来。

成德先生已经步入中年，根据男人从 40 岁开始的逻辑，他才是一个出生不过几年的新人，所以朝气蓬勃、前途美好。按照现在具有一定大叔控情结的小美女们的说法，这才是极品男人。因此，成德的世界里总是美女如云、络绎不绝。

在中国投资界，有这么一个永远不败的神话，不管投资什么行业，他总是能够看准时机第一个进入，而且总是能够在性价比最高的时候第一个完整退出，赚得适当的利润之后完美收官，他对项目的进入，基本上处于 VC 和 PE 之间。所以只要是他的投资，一直都能保持在年收益 28% 以上，永远不会获得暴利，也永远不会血本无归。所以跟随他的投资者，才能放心让他来打理自己的资金。

他是中国最早的投行家之一，创建并掌控着一家叫华邦联合基金公司。他本名成德，因为完美的投资方式和盈利模式，为市场人士服膺，加上他帅气的长相和文质彬彬的素养，所以业界一直都尊称他为成大帅！

成大帅这一次参与电视财经栏目《资本汇》的初衷，是因为资本汇的理念跟他的想法不谋而合，资本汇崇尚的就是各种资源的整合，以整合的力量操纵最有盈利可能的专业市场。成大帅喜欢的就是充分利用各种资源，然后在资本市场上投资，在项目初现端倪的时候快速出手，捞得最合适的利润，让合伙人的利益最大化。

当然，另外一个原因是，资本汇的创始人田冶手头上有一些合适的项目，成大帅准备积极参与其中的几个。

除了参与电视栏目本身，成大帅还在资本汇会馆举办一个市场与投资的讲座，参与的人都是南方投资界的一些人物，所以成大帅不打算进行术语的解释，而是直接开讲市场交易的本质！

身无彩凤双飞翼，心有灵犀一点通。话说在市场已经正常运行的年代，人们最讲究的就是，我做出来的东西最大可能换得多少别人的东西，也就是让自己的边际收入最大化。按照故事的叙事风格，咱们先从讲故事开始。

一个年轻力壮的农夫，赶着20头猪去市场卖，走到半路，刚好遇上大雨，不幸的是天很快就要黑了，没办法，只好到路边上一个农家借宿。不曾想，在这个前不着村后不着店的农家小楼，居然只有一个大姑娘。

其实，这个叫彩凤的姑娘已经是少妇，虽然青春已稍微有点儿远了，不过风韵犹存，因为心态和环境的原因，所以看起来跟二十左右的大姑娘简直没什么两样。两只眼睛好像洞庭湖的湖水一般深邃，两颊绯红好比三月的桃花，吹一下都怕破了，顾盼之间，风情万种，尤其是波涛汹涌的峰韵和小蜜蜂蛮腰以及圆滚滚的后摆，前凸后翘仿佛印度的绝色美人，让人真是垂涎欲滴。

看到农夫敲门，大概因为独居野外或者因为天生善良而好客的性格，彩凤很热情地开了门，忙不迭给农夫奉上滚烫的热水，让他洗去一路的风尘。

天很快就黑了。

心灵手巧的彩凤，三下五除二在厨房里炒了几个上好的家常菜，不一会儿工夫就摆上桌面，农夫也洗簌完毕，换上干净的衣服。两个人面对面坐在小方桌边上，一边吃饭，一边聊家常。热情的彩凤还摆上陈年的重阳酒，这让农夫多少有点儿受宠若惊。两人觥筹交错，主客之间都是热情如仪。饭后，彩凤帮农夫在客厅里摆好沙发，铺了被褥。四目相对之间，恍如万种风情在相互道晚安的时候尽收眼底——至少在农夫看来是这样。

安排妥当，彩凤自己进了内屋，关上了门。

农夫因为酒兴起来，恍惚之间，只觉得彩凤的样子总是在自己的脑子里转悠，那种妩媚和动人，真是让人情不自禁。农夫睡意抵不上“性”趣，只好在床上烙饼。就这么煎熬着，不知道过了多久，也许是几个时辰，也可能不过就是半个时辰，实在忍不住了，农夫耳朵贴到内屋的门板上，仿佛听到彩凤也是辗转反侧。当然，这可能是酒兴的作用让农夫产生的幻觉。不管如何，想起彩凤的千般美好以及他自己充分的想象，农夫觉得彩凤应该也是在床上烙饼的，不然，何以自己这么煎熬呢？憋足勇气之后，农夫拍了拍门。半天没有反应，然后是窸窸窣窣的起床和开灯的声音，内屋的灯亮了。

彩凤悠悠地问：哥哥您好，有什么事吗？

彩凤黏乎乎的声音，对农夫来说简直就是直接的诱惑，农夫柔情无限地说：外面好冷啊，大妹子你可以开个门吗？彩凤问开门做什么。农夫说我也想到里面去睡。彩凤说这个不大好吧！屋里只有一张床呢。农夫说没什么，只要在屋里睡，总比在外面好一些，哪怕就是睡在地板上，也要比在外面睡的强很多，外面实在太冷了，手脚都冻僵啦，这不，现在跟你说话，牙齿都在打战呢！

不知道是激动还是冰冻，反正农夫的声音确实颤抖了。

不管怎么样，农夫牙齿打颤还是让彩凤听出来了，看来外面真是冷，怎么能让客人这么冷呢？满怀歉意的彩凤，睡眼朦胧地开了门，然后帮农夫把被褥都搬到内屋，铺在床边的木板上。等农夫进门之后，彩凤关上门，一连打了好几个呵欠，惺忪迷糊之间对农夫再次道了晚安，就钻到了床上的被窝里。农夫在日本式的榻榻米上躺着，心中仍旧是七上八下，因为刚才看到彩凤穿着睡衣的样子，那种半朦胧的睡衣非但没有掩饰彩凤的魅力，反而产生一种魔力，在若隐若现之间，让人更是激情澎湃。

农夫虽然在榻榻米上躺着，心里、眼里仍旧还是彩凤的身影，那种魅力兼魔力，简直让人不能自已。恍惚之间，农夫看到的全都是彩凤闪闪发光的诱人的胴体。不到一根烟的工夫，农夫已经被自己的激情彻底击溃。黑暗之间，他摸索着往床上爬，因为激动和紧张，腿脚磕到床沿，也不知道磕破了没有，此时的农夫，即便头上顶着一把刀、身边有20个西部城管拼命拦着，也要奋不顾身啦！农夫好不容易摸到被子的一角，掀开，钻了进去。

农夫的肩膀碰到了彩凤，农夫觉得彩凤圆浑而滑嫩的肩膀，居然也是滚烫的，好像跟自己一样心旌摇荡。钻到被子里的农夫已经有点情不自禁了，禁不住地就在彩凤身上摸索起来，彩凤仿佛半睡半醒，每次农夫摸到关键部位的时候，都能听到彩凤哎哎呀呀的叹息。彩凤的这种叹息，让农夫更是性趣勃发。色胆包天的农夫立马翻身。

不曾想，关键时刻，彩凤仿佛梦醒一般，好奇地问：哥哥，您这是要做什么呢？怎么爬到我身上啊？这样不好吧？！

农夫这时候已经欲火焚身，紧紧抱着彩凤，浑身发抖，声音颤抖地哀求道：彩凤大妹子，求求你啦，就让哥哥来一下吧！

彩凤说：不行！哥哥您怎么这么不知廉耻啊！您说外面冷，已经让您睡到内屋了，应该不冷了吧？而且您睡在地板上挺好的啊！您现在到了床上也没什么，那就应该在床上好好睡觉啊！您喜欢摸一下也好，这算不上什么，摸一摸不要紧，可是，您现在居然好意思睡在我身上，压得我都喘不过气来。哥哥，我好心好意留您在我家里，您不应该这样对待妹子啊！您要是这样弄了，赶明儿谁给我立贞节牌坊呢？

农夫虽然欲望正浓，仍旧不灭自己淳朴本色，所以对彩凤如实说道：我这辈子还没碰过女人呢！可是遇到你这样的姑娘，真是我的命里注定，哪怕现在就是打死我也愿意，只要大妹子你让我在你身上这样睡着就好！求求你啊，好妹子！

彩凤说，这样也不是不可以，不过你不要动，好好睡着就可以啦，抱在一起睡会更暖一些，那我们就这样睡吧！农夫答应了。于是，两个人就这样一上一下的睡在床上。可惜，农夫终究抵不住诱惑。于是，他继续在彩凤身上摩挲起来，彩凤的声音多少也有一点儿太自在。农夫于是就想得寸进尺，彩凤颤抖的声音赶紧拦住：哥哥不能这样啊！这样会害死妹子的！

农夫问，怎么会害人呢？这样不是挺好的吗，两个人都舒服啊！彩凤说，哥哥您千万不要这样，妹子消受不起啊！农夫说，彩凤妹子，你要是让我进去的话，我给你两头猪！

当时的猪价可不一般，几乎等同现在的黄金，是硬通货。所以，彩凤想了一想，觉得这种交易还是不错，赶忙说，哥哥快点儿进来吧，不过您不能动。农夫说，我以祖宗的名义发誓，肯定不会动，只是想进去看一下风景。

于是两个人就这样连体黏着，彩凤圆滑的身体让农夫保持不动，简直不如要了他的命，彩凤说，哥哥咱们不是说好的吗？是不能动的啊，您可是要信守诺言啊！农夫粗着嗓子说，彩凤大妹子，你就让哥哥动一下吧！求求你啦！

彩凤颤抖地说，咱们可是有约定的，说好了不能动就是不能动。

农夫半晌不说话，忽然机灵一动：彩凤大妹子，你这真是打算把哥哥折磨死啦！要不这样，哥哥今晚豁出去了，动一下就给你一头猪好吗？

彩凤马上抱住农夫，赶紧说，哥哥你还等什么，有猪就可以，赶紧动啊！

农夫急乎乎地上上下下来了九次，正在兴头的时候，忽然就僵住了。彩凤已经娇喘吁吁，紧紧抱住农夫，上气不接下气嚷着要农夫尽快。

农夫无比遗憾地叹息道：大妹子啊！真是对不起，哥哥这次带的猪太少了，已经全都给你了。

彩凤满脸红云，满嘴吆喝，兴奋不已地说，好哥哥啊，怎么能够在这个时候停呢？要不，您尽管动就是了，我给您猪还不成吗？咱们这样算，您动十下，我给您一头猪！

于是，农夫雄风再起。

第二天，晴空万里无云，天气好得让人恨不得化作一阵微风。

农夫微笑着跟彩凤告别，青春再来、红潮满面的彩凤也心满意足地目送农夫远去。农夫赶着 40 头猪，悠悠然，一路吹着愉快的哨子，一路往集市赶去。

当然，我们可以推测的就是，这一个野外的借宿，农夫不但没有损失自己的猪，而且从彩凤那里赚了 20 头猪。

故事讲到这里，成大帅微笑着说，在座的各位朋友，千万不要只想着故事里的床上情节，那些情节不过就是为了吸引大家的注意力而已！咱们从这里可以清楚，一定要发现用户的潜在需求，前期必须引导，培养用户需求，让投入的生产符合发展规律。

这就好比早前那些卖煤气炉的人，他们一开始以很低的价格甚至免费给人提供煤气炉，这种好事谁不想要呢？于是很多人就接受了这种炉子。那这个人从什么地方赚钱呢？当然是卖煤气啊！因为煤气肯定是长期使用的，我们都清楚，要是你习惯用上了煤气，再要你用烧柴火的灶子，肯定就不习惯了嘛！所以，煤气的生意不用说都会好的。

以前英国人就是这么卖煤油的。

虽然农夫和彩凤对这件事都守口如瓶，不过，在这个谣言漫天飞的地方，人们还是从一些蛛丝马迹上看出了端倪来。

彩凤家一个晚上就蒸发了20头猪，也没见到她家里多了一些什么东西，反而是她青春的魅力分外招摇，让人浮想联翩。另外，农夫的猪一夜之间翻了一番，哪怕就是孟山都公司也没有这种养殖能力，而且，他早上从彩凤家里出来那一路得意的口哨，还是让人有所联想的。

另一个精明的农夫知道这件事情之后，打算拷贝这个成功故事，于是，花了一笔款子恶补了集中营式的成功学课程之后，也赶着20头猪去赶集，仍旧是天黑到了彩凤那里，还是到彩凤家里借宿。情形几乎和第一个农夫的情况一样。

等到他出了两头猪爬到彩凤身上之后，两个人也是气喘吁吁。彩凤仍旧不允许他动。他就说动一下两头猪，彩凤就同意了。于是这个农夫动了八下，就停住了。彩凤正在兴头上，问他为什么就不动了，农夫说已经完事了。

彩凤一脚把他踢到床下，气呼呼地说：就这点儿本事，也敢出来混，真是都不会撒尿！

农夫瘫软在地上问，为什么要撒尿？

正在兴头上的彩凤气急败坏地说，这样你就可以好好照照自己究竟多少本事啊！

这个可怜的农夫被彩凤赶到外面的沙发睡觉。天亮之后，这个农夫赶着自己剩下的两头猪去赶集。

当然，这次是彩凤的猪圈里有了新的收获。

看到大家哈哈大笑，成大帅等笑声渐渐消了之后，仍旧是标志性的微笑，跟大家说：作为一个男人，上床之前一定要知道自己的实力，没有足够的实力，就不要以为自己在这方面能有什么发言权，更不要指望靠这个发财！对于一个企业来说，这意味着什么呢？要结合企业自身规模谨慎投资，谨防资金链断裂啊！才动了几下你就软了，资金链这么容易崩溃，还是不要玩比较好！

不曾想，这个多少有点疲软的农夫居然恬不知耻，把自己的这种行径当作炫耀的资本给说出去了。这个可能是因为他不服气，觉得自己那天真是太累了，所以差一点把猪输光。在他看来，如果不是因为太累的话，哪怕彩凤的猪圈就是盖到天上，他也一样能够把里面的猪全部赶走。因为平时他的水平就不一般。

从此以后，这个患了疲软这种不治之症的家伙，仿佛着魔了的祥林嫂，见到谁都说自己不该在疲惫的时候做这种事情，如果不是因为那个狐狸精，自己也不会如此难堪。

虽然没有多少人相信他这种自慰一般的说法，不过，他的这种做法还是让第三个农夫发现了机会，这个家伙决定拷贝这种模式，当然是从成功的方向来拷贝。

第三个农夫非常精明，吸取了前面第二个农夫的教训，他先用一头猪去换一粒伟哥。

等到跟彩凤一起吃晚饭之后，他悄悄地吞下了这颗蓝色的逍遥丸。于是，几乎差不多的故事就这么发生了。

不同的是，天亮后，第三个农夫愉快吹着口哨，赶着 48 头猪去赶集。

这个精明的男人从中狠狠地赚了一笔。而且，彩凤还在门口恋恋不舍、笑眯眯地吻别他，嘱咐他以后要经常来，千万不要因为发了财就把妹子给忘了！

成大帅说，你别以为一粒伟哥没什么大不了，关键时刻任何一点儿资助，都有重要意义的。对于我们来说，企业如果获得金融资本的帮助，自身的经营能力将得到倍增。这粒伟哥就是金融资本，而且是画龙点睛之笔。

渐渐地，在这一带的农夫基本上都知道有这么一种下注的方式，于是很多人都跃跃欲试，并且都学着第三个农夫的做法：去赶集之前，先换上一粒蓝色的逍遥丸，然后到彩凤那里过夜，想办法让自己的猪流量加倍。

这么一来，这种蓝色的逍遥丸很快就供不应求，从一头猪开始，逐渐地，要两头、三头猪才能换一粒。

成大帅说，这就是通货膨胀。一点儿都不奇怪，供不应求嘛！这是市场的根本规律，供应和需求永远都是此消彼长。

生产这种蓝色逍遥丸的厂家，看到市场如此火爆，为了扩大生产，于是赶紧引进投资方，各种投资银行以不同的方式进入，从债权到股权、从天使到风险、从众筹到 PE……一时间非常热闹，各路资金都瞄准了这个市场。

很快，这个厂家成为资本市场上的一匹黑马，凡是投资他们的资本，都能够得到最大的回报。

成大帅说，这就是投资，一个好的项目，第一个看到而且投资的人，那是天使投资，虽然投入的资金并不很多，不过后面的回报非常高。我当然希望大家能够作为天使投资，但是，天使投资并不是每个人都能够做到的，这需要非常好的眼光和市场契机。因为，即便再天才的天使投资，失败的机会也总是比成功的机会多。

等到这个市场已经有一定的发展可能，你再进行投资，那就是风险投资了，因为我们都不知道这个市场的发展潜力和空间究竟能有多大，反正都有一定的风险，赌对了，就能大赚一笔；赌输了，那就可能血本无归。

至于众筹和PE，众筹是什么概念呢？无非就是集中一些人的钱来投资特定的项目，这是充分利用网络的长尾效应。我们甚至可以说，所有的银行，都是众筹，因为银行就是吸收大众的储蓄，然后投入无数的特定项目，银行由此在存贷之间赚取利息差。至于PE，根本就不是什么新概念，无非就是投资的一种说法，到后面，不管你是以债权退出还是把债权转换成股权，等到合适的时机再退出，这都是不重要的，重要的是，投资能够有回报。

上面我们说到债权和股权，都是投资的一种方式。要是以债权的方式进入和退出，好处在于能够保证自己的本金，但是，回报只能按照事先约定的比例。不过，要是债权转成股权呢，那就是在资本市场上找回报，就是这个项目的市盈率，能够翘起多少倍数，就是你股权的回报之一。当然，要是这个项目根本就是一个垃圾，股票动不了几天就停了的话，你的股权基本上就没有着落了。因为，即便破产，最先照顾的还是债权，而不是股权。

伟哥的市场由此水涨船高，渐渐进入佳境。

当伟哥价格涨到12头猪一粒的时候，资本市场的权威专家出来说话了，他们认为这种盈利模式，也就是农夫在彩凤家里过夜凭蓝色逍遥丸得到的回报，已经进入边际成本，除了拥有对自身和未来良好愿望以外，实际现猪流已经几乎为零。没有人能够在这里得到更大的回报。

虽然专家的话不无道理，不过，市场的回应总是有一个过渡期的。关键是，跑到厂家这里用猪来换药丸的农夫越来越多。

看到这种情况，厂家决定，为了扩展生产能力，推出一种承诺制：如果你缺几头猪，只要你承诺可以到彩凤的床上睡一夜，就可以先借逍遥丸，事成后补交那几头猪就可以。这个方法大大促进了伟哥销售，很多奋不顾身的农夫怀着美好的理想，纷纷赶着猪到厂家门口排队。

成大帅说，大家已经很明白厂家的这个运作模式了吧！这就是贷款，让企业可以根据未来的收益选择借支流动资金。当然，贷款的方式有很多，关键是由利息的高低来决定利用哪一种方式。比如厂家的这种贷款方式，简直就是一种无息贷款，唯一担心的就是猪的市场价格，只要猪的市场价格维持稳定，厂家就一点儿都不必担心。

随着市场越来越火爆，厂家后来决定推出一种升级版承诺制：即使你一头猪都没有，只要你承诺可以到彩凤的内屋睡上一夜，就可以先借逍遥丸，事成后补交猪量。

成大帅说，到这个时候已经有一点儿金融市场的味道了。这就是金融创新，让现在的人花未来的钱，反正等你老了未来的钱你也花不动。

这个利好的消息一出，换猪农夫越来越多，连厂家旁边的酒店生意都非常火爆，每天都是络绎不绝的农夫和各路人马。有人找伟哥厂家说，你这个项目太好了，我们把它变成优质基金，对外销售债券，让资本市场上更多的投资者都能够分享收益，怎么样？

厂家觉得这个主意非常不错，于是把换猪农夫分成三类：一类是拿现猪换的，一类是用一部分猪贷的，一类是完全没有现猪借的。按照这三种客户，发行三种债券。

三种债券在市场上一经推出，大家踊跃而上，纷纷购买这些债券。由此一来，厂家的生意实在太好了，就把债券销售外包给另外一家专业公司运作：

自己主要负责生产，资本市场的事情交给那家公司来操办。

那家公司也一并大发其财，公司越做越大，甚至可以脱离实际伟哥销售情况来发行，给自己和伟哥厂家带来巨大的现金收益。

成大帅兴致勃勃地说，这就是专业的人做专业的事，从实体经营到资本运作，不管哪一个领域，随着分工的渐渐深入，每一个行业都会细分，这个时候不同的行业必定会有更加专业的人士出现，经济也就进入了更高的层次。

为了防止自己债券在未来有损失，负责伟哥厂家债券外包的公司决定给它买上保险。这样债券销售就更容易，因为一旦债券出现问题，还可以获得保险公司的赔付。哇！债券公司销售这法子太好了，保险公司也平白无故地获得巨大的保险收入。

成大帅说这就是风险对冲和策略联盟，不仅提高了企业的抗风险能力，也保护了消费者利益。

换猪的农夫越来越多，慢慢地在彩凤的小楼前排成长队。虽然彩凤比较喜欢这种方式，可是渐渐地觉得自己整个儿是在为了这个事情做贡献。她慢慢觉得有点儿无法承受，对着长龙的排队愤愤然：他妈的，这么多人都是想来干老娘还白拿老娘的猪的啊！老娘不干了成不成，我搬家！

彩凤的搬家，造成市场的激荡，一时间出现无数拥有伟哥的欠猪男。这些人已经拿了逍遥丸，但是没有支付现猪，就指望着能够到彩凤的床上变现了。彩凤一走，他们肯定就玩完。

于是，很多人都去劝彩凤：我的姑奶奶啊，您玩什么不好，偏偏要玩搬家呢？您要知道现在的房价多贵啊，搬一次家等于涅槃一次！何苦到别的地方受房东的苦呢？还是回来住在自己的乡村别墅吧，虽然偏僻一点，毕竟是在乡下，空气干净、水源绝好、纯天然的有机生态食品多安全啊，这种长寿兼美容的地方，还能去哪里找呢！

成大帅继续微笑着说：这是个别现象，属于市场的正常波动，不会影响整个经济，所以市场还是会正常运转的。因为债券已经卖到次次级市场，那些参与债券交易的人，根本就不知道这些债券究竟是什么东西，他们看中的唯一原因就是能够赚钱。

虽然那些说客苦口婆心，彩凤仍觉得自己的这一段时间简直就是一块砧板上的生肉，全都由着这些卖猪玩家蹂躏，实在没有多大意思。这已经不是那种性趣了，简直就是灾难！

当你的门前有一大堆人排队，目的就是为了睡你而且会拿走你最值钱的东西的时候，每个人都会情不自禁地有一种想吐的感觉。所以，彩凤的这种念头一点儿都不奇怪！

于是，彩凤决定在城里先住一阵子，等到那些排队的农夫散了之后，再到乡下享受没有雾霾的桃源。

彩凤的迟迟不肯搬回，造成局部市场的动荡。一部分欠猪男因为一直都在排队，拿着自己的排队编号以为很快就会有猪收入，不曾想，浪费了时间不说，压根儿就没有机会等到。这些人没有了收入，只好赖账，结果大量债券到期无法换现猪。债券公司一看，一粒伟哥 15 头猪，这哪里还得起？于是宣布倒闭。

成大帅说：这是次贷危机，不会影响整个金融行业。因为这不过就是一家的债券出现问题，而且，能否卷土重来还未可知，所以，不会造成很大的影响。

哪里晓得债券公司还把债券上了保险，保险公司一看，这哪里赔得起？

于是也宣布要倒闭。

成大帅说，这个市场玩到现在，已经基本上走到了一个坎上，这个坎能否渡过，那就要看参与各方的做法啦！当然，至少对于这个市场来说，毫无疑问，这是金融危机，但是，这个危机还不会影响整个实体经济。因为不过就是手头的债券价值出现落差，对于实体经济，并没有什么太大的影响。这个时候要维持这个金融市场的运作，可以从头开始，让该翘辫子的翘辫子，还能生存的就继续生存！还有一种直接的办法就是，找到另一个彩凤甚至更多像彩凤这样的姑娘来接力，这样，这个游戏又可以继续玩转下去了！

作为投资人，我们对这个项目必须有一个清醒的认识，清楚这个游戏规则的玩法，然后在项目的不同阶段决定自己的投资时机和额度。当然，任何一个市场都是有生命力的，有生命力就意味着有生有死，有高峰也有谷底，我们没有必要一定要在谷底的时候接手然后在高峰的时候出手，世界没有这么神的人！

巴菲特靠的无非就是耐心加精明罢了，还没到神的程度！

所以，如果我们保持一种投资者的清醒，知道市场的走向和速度，在快接近谷底的时候进入，快到高峰的时候退出，那么，我可以为大家打包票，我们肯定就能成为资本市场的常胜将军！

第一部分

资智——有智者事竟成

Capital Sinks

人无远虑必有近忧，人无近忧必有远虑。智慧是眼光，更是才华，只有站在巨人的肩膀上，才能看得清、望得远。智慧是天赋，更是学习的能力，没有不断的学习，天赋终究会泯然众人矣；如果能够坚持不断的学习，即便天赋再低，也有成为智者的可能。活到老学到老已经成为历史，必须学到老，才有可能活到老！

1. 原生态

家的味道，贵人茶油。

贵人茶油是一家以原生态的独特产品——茶籽油——作为唯一品牌产品的商贸公司，以“农户＋合作社＋公司＋消费者”的全产业链方式运营：对原始榨油坊压榨的茶油进行市场包装，面对高端客户销售，他们给农户一个协议价，让农户有利可图；然后在卖出产品之后，按照市场价格的波动程度，再给农户一定的分红。这种双重分利模式很受农户的欢迎，因此在当地人眼里，贵人茶油是地方上的骄傲。

贵人茶油的创始人是田冶，一个充满着理想主义、带着浓厚传统知识分子烙印的现代商人。

田冶从小是一个文静的孩子，虽然长得白白净净，骨子里却是侠道柔肠，小时候也做过不少古道热肠的豪迈事业，只可惜现在已经不是金庸笔下的侠客时代，他只好乖乖收拾书包，到学校上课。

自小起，父亲就嘱咐他，要学成一门技术，做自己专业内的事情，不要参与任何纠纷。这是父辈参与过无数大小斗争留下的宝贵经验，也是用无数生命换来的血的教训。这种看法，说明即便经过了几千年的文明发展，人类也终究脱不开丛林法则，只不过是穿了衣服的裸猿罢了。

学成一门技术大概就是在自己的专业领域里混饭吃，而不是在喧嚣纷繁的江湖中碰运气。父亲比较理想的规划是，最好学成一门工科技术，最次也要学理科，千万不能学文科。田冶就是这样，所以上学的时候他选了机械制造专业，这是一门外行人根本摸不着门道的技术。不过，开了眼界的田冶除了本专业以外，还偷偷跑到商学院旁听了几门功课，在商学院学了第二专业。

刚上大学的时候，报到那天，田冶提着行李，在师兄的带领下注册、缴费、入住宿舍。师兄的积极让田冶注意到一个细节，那就是从床上用品到生活用品他们都打了一个包，然后卖给师弟师妹。没几天，田冶就打探出这是一门生意，师兄们从市场进了一批货，然后以零售价跟师弟师妹结算，等于是为师弟师妹提供服务。

第二年，到田冶去接新生的时候，他不是在一般的市场上找，而是事先对比好一些批发商，经过竞价的方式，以最低的价格买入，然后以低于零售的价格卖给新生。他的这种创新得到几乎所有学院的支持，从此以后，这种模式被学校采用。这在今天看起来其实很简单，不过就是团购获得优惠价。但是在当年，不能不说是一种商业模式的创新。高手在民间这句话，大概就是跟田冶同时代的人对他的事情有所耳闻后脱口而出的。

田冶自幼习字，练得一手好字。中学的时候参加过全国书法大赛，得过特等奖。上了大学，他发现不但同学的书法让人不好意思，甚至教授在课堂上的手书一样令人难以接受。大二的时候，他说服学校图书馆馆长，在图书馆开设了一个书法夜校班。每周上两次课，一次针对老师，一次针对学生，老师的课免费，学生的课收取一定的费用作为补贴。大学几年，他这个书法班一直得到大家的拥护，学生越来越多，后来，每周必须开出四个晚上才能满足大家的需求。

还有一个创新同样让田冶可以载入校史。每年全省的大学生联合会都要举行一些文艺活动，年终以晚会的形式展现。问题在于，这些文艺节目因为没有事先进行很好的筹划和准备，所以排演出来的效果参差不齐，有的让人耳目一新，有的却让人昏昏欲睡。田冶的做法是引入竞赛模式，每年秋季开学，各个大学自己进行节目筹备，整个 11 月份各个赛区进行比赛，挑选出优秀节目和电视台联合，年底的时候举行全省的大学生艺术节，所有优秀节目进行决赛大汇演。如今依然在流行并且愈演愈烈的大学生艺术节，就是田冶在学校的时候打下的模子。

大学生毕业之后，书籍一般都被当废品扔掉，有些比较兴奋的同学还在草地上升起篝火，把那些书烧掉，作为自己大学青春记忆的最后一把火。田冶发现有些书对师弟师妹还是很有用的，只不过大家不好意思进行交易，大多都是馈赠或者直接扔掉，学弟学妹捡起来也是羞羞答答的，仿佛做了小偷一般。田冶做了一个规划，在学校申请一个地点，每年的毕业季节让准备离开学校的毕业生在那里摆摊，把自己不再打算要的东西一一罗列，明码标价，当然，这些价格跟买的时候不可同日而语。这一点，深受师弟师妹的欢迎。如今，母校周末的跳蚤市场，就是这么演变出来的。

世间的事情很多都不是能够让人心满意足的。学完机械制造和商学院的课程之后，田冶本来打算进入机械厂，可是因为他在学校时候的业绩太突出，被商贸局看中，于是，阴差阳错地就进入了贸易系统，成为这个国家贸易体系里的一颗螺丝钉。

在贸易系统里给领导倒了几年茶水，跟前跟后地帮着提包，发现在外人看来无比光鲜的职业居然不过如此，仍旧脱离不了屁股磨凳子的嫌疑。在亲友疑惑及不解的目光里，在领导表示可惜的挽留声中，田冶走出了那个庞大的国家机构，开始对自己的天地进行规划。

这一次，父亲并没有反对田冶的选择。因为当初的选择是贸易系统而不是机械厂，就已经被父亲大大反对。离开这些是非之地，开辟一个属于自己的小世界，未必不是一种更好的生活。大概，父辈就是这么想的。而且，现在不是开始要真正的市场经济了吗？

可见，官方的口号有时候还是很能深入人心的，某一些似是而非的东西，居然能够在民间朗朗上口，足以显见宣传之大功效。就像孔子的学生都是宣传大师一样，居然能够把自己老师抬到至圣的位子上，他们也不怕孔老二老眼昏花撑不住呢！

田冶开始做贵人茶油的时候，这个世界的食品还不是那么恐怖，民间也不像现在一样化学家泛滥，食品加工和菜市场那时候还不是化工厂的分店。

只不过，田冶凭着自己的一腔热血，觉得做这个东西适合自己的性格，如此而已。

原生态的自然环境、原生态的材料、原始的加工作坊、原生态的生活状况、原生态的传统习俗……这一切的一切，就是贵人茶油最大的优势。

所以，第一，贵人茶油必须保持自己最纯正的原始风味，只有纯正的东西才能打动人；第二，必须保持原材料和加工的原生态模式，哪怕产量稍微不尽如人意，也要适当作出牺牲；第三，销售对象也必须是特定的，对这种产品有感觉的人，愿意为这个原生态支付附加成本的人，才是贵人茶油的客户，也就是合作伙伴。

贵人茶油的销售方式是采取预定的模式，压榨季节之前必须订购，把货款支付给贵人茶油，这是在每年春夏之交的时候。等到夏秋之间乡民开始对茶籽林除草的时候，货款就已经分到手里。到了冬天，榨油之后再交货。先付款、再交货，没有事先预定的，除非产出有剩余，不然拿不到货。因为都是上百年的老茶籽林，挂果非常稳定，产量基本上可以测定，所以出产的茶油根本就不够卖。也是因为如此，才能采用预定的销售方式。如今小米手机之类的网上预定，大约是必须奉田冶这套思路为鼻祖的。

当然，这种预定办法其中还有一些细节操作，这一点，也许只有贵人茶油内部的人才知道究竟怎么操作了，不为外人道的。

如何展现贵人茶油的特色呢？

田冶对贵人茶油的广告制作进行了很久的探讨和琢磨，想过各种方式，到最后，觉得与其做大而全的广告还不如做点实际的东西。于是，他把一年四季茶籽树的状况全都录下来，然后在这几百个小时的素材带里，精剪出两个版本的片子，一个是 3 分钟的准纪录片；一个是 15 秒的形象片。

他的广告片是这样的：漫天的茶花洁白地盛开，春天里孩子们在茶籽林吃茶苞，立秋前后农夫在茶籽林里除草，秋天一颗颗茶籽从爆裂的果皮露出黑亮的肤质，冬天乡亲们到茶籽林捡茶籽，然后经过蒸笼、石磨、压榨等原生态工序，金黄色的茶籽油顺着竹管一滴滴地落进油坛子里，漂亮的村姑挥起锅铲，茶籽油一滴一滴地漫入铁锅，野生蕨菜在锅里翻滚，画面一转，城市里的家庭主妇把香喷喷的家常小炒放到餐桌上，一家人伸出筷子展开品尝大赛。一句广告词出现：家的味道，贵人茶油。然后是装油土坛子的特写，坛子上贴着土造的纸，纸上写着：贵人茶油。画面再一转，纯底色上面也是这几个字：贵人茶油。

贯穿整个片子的是，一个穿着当地民族服饰、俊俏的村姑若隐若现的身影、脸蛋和手的特写……

片子应用的背景音乐是当地的民族传统音乐，以芦笙独奏和多种芦笙联合欢唱的方式表现不同场景的质感，轻盈中又有厚重，给人以浪漫的诗情画意和沉甸甸的故土滋味。真有余光中那种放不下的乡愁滋味。

这个片子一经推出，马上就被疯转，很多人觉得这是南方黑芝麻糊那个小孩舔碗之后最好的一条广告。而且更绝的是，贵人茶油的两条片子没有一条是在卖东西，也没有刻意强调自己的东西有多好，更多的是留给看官自己感觉。在这个什么都有定规的世界里，能够有一种思考，真是一件很不简单的事情。

贵人茶油公司。

老总办公室。

这是一个朴素得外行人看起来会觉得简陋的办公室，不是很宽大，只有一百平方米，可是很简洁，里面几乎没放什么东西。一面墙上挂着一幅字：方向比速度重要。这是田治自己的书法作品，也是他杜撰。一面墙上挂着三个斗笠和几串葫芦。另外两面墙都是通透的落地玻璃。正中心，有一套红木家具，一看就是上了年头的、一般人几乎看不出是什么质地的材料，被岁月磨得晶莹剔透、乌黑发亮。

面对面喝茶的两个人，是田治和他的搭档，他的助手也是他的副总——谢天。

喝的是原生态绿茶。没有什么牌子，他们自己称为贵人清茶。这种茶是清明前后第一批吐绿的茶叶。采摘和焙烤都是纯人工，架着铁锅在火上烤茶的情形，田冶自己就经常做，在茶山场边上的小木屋里。采茶姑娘和小伙子遍布在茶山上，拖着悠扬的歌声摘茶叶，木屋里几个好友一起谈天说地、慢慢做茶，那种感觉非同一般。

绿茶的特色很鲜明，因为太嫩，所以不能用沸水，沸水只会把茶叶烫伤。用的必须是在摄氏 80 度左右的温水，一泡之后，茶叶也是慢慢地上浮，没一会儿，就渐渐地一片一片竖着沉入杯底。茶叶在沉入杯底的时候，就是品茗的最佳时机。卢仝七碗而飘飘然的醉茶，大概用的就是这种茶叶，应该也是这种泡法。那时候，卢老先生一脸烟灰地含着吹火筒烧火，估计火力不可能怎么样。

谢天向田冶问了一个有点儿奇怪的问题，可能是他偶然在什么地方看到的，不知究竟，所以想跟田冶探讨一下。他问：到底什么叫存款偏离度啊？

田冶笑了一下，说：想不到小子你居然这么好学啊，都开始研究起金融专业来了！看到谢天傻笑的表情，田冶接着说：偏离度是一个数学概念，是说实际数据与目标数据相差的绝对值所占目标数据的比重，简单地说，存款偏离度就是你这家银行实际存款跟目标存款之间的差值占目标存款的比例，一般意义上，经营得越好的银行，存款偏离度就越低。

谢天一下子豁然开朗：这下我明白了，怪不得有一些银行老是在标榜自己的存款偏离度低，原来是为了给自己打广告啊！

谢天一时兴起，禁不住提了一大堆金融专业方面的时新概念，田冶微笑着一一给出自己的解答。谢天简直吓坏了：老大您不是机械专业毕业的吗，怎么现在突然成了金融科班呢？看来真是活到老学到老啊！还不够，你经常说的是，学到老才能活到老！

田冶点点头，没有接他这个话头儿，而是凝视。谢天仿佛在回味田冶的话，悠悠喝了三杯之后，看着田冶咨询的表情，若有所思地说：老大，咱们现在已经收完今年的订单了，必须停止。不然，货源根本就跟不上。到时候涨得太高，对我们明年的价格来说未必是好事。

田冶有点儿吃惊：这么快？

谢天：都是你弄的那个广告片搞的，以前没有这么快的，至少要到秋天，有时差不多到冬天开榨之前才能收工，你看看，这个广告片一出来，结果爆棚了！

田冶问：我们是不是要多弄一些寨子进来呢？这样可以多增加一些产品，量就上来了，免得总是卖断货。你看怎么样？

谢天：还有一些有潜力的寨子是可以做的，关键是，银昊茶油那边也有动作，他们和我们的做法不一样，但是，他们是当地人，有一种优势。

田冶希望有更具体的：哪种优势？

谢天给两个人都续了热水：也不知道是什么优势，好像他们特别能忽悠，我们现在的阵地都在，但是，我们没有收编的那些寨子，有一些可能想跟银昊合作。

田冶还是要谢天放开来：银昊优势在哪里？

谢天：我们的模式虽然很新，毕竟只是一个外地人在那里为他们服务，银昊不同，有国企背景，还有群众基础，再有就是当地政府的支持，这些都不是我们能力范围。我们的优势在于市场运作，把牌子打响，结果很难说，一不小心就是为他们垫底，给他们背书呢！

田冶有点疑惑：听说，他们产量很大，好像方法有点儿模糊吧。

谢天赶忙解释：是有这么一个说法，行业内都知道。我们只有冬天才榨油，他们居然一年四季都有出产，中间肯定有猫腻。关键是，谁管这些呢？厨房里打转的大妈阿姨，她们才不知道谁的东西正宗呢！

田冶提议：老弟，你就去看一下吧，看看他们是怎么做的。不过，要注意细节。

谢天点头：这两天我去走走，如果找不到什么，怎么办？

田冶：找不到一点儿东西都很正常，这不奇怪。我们只管做好自己的，别人怎么样，管不着。不过我们最好还是要知道他们的底。知己知彼，有备无患。

九寨是三省交界平坝上最典型的一群寨子，因为九个寨子聚集于此，因此得名。

三条河在这里汇集，结果冲出一个平地来，四周三面都是重重高山，只有一面是一个狭窄的山谷，给河水一个出路，许是河水百亿年来的冲刷而切出这么一条山谷来。虽然重重叠叠的都是山头，偏偏在高山里形成一个平地。九个寨子各自伫立在不同的区域，有三个寨子在平坝一带，六个寨子在海拔更高的山谷里。其中，三个寨子比较大，都有上千户人家；其余六个寨子相对比较小一些，不过也有三五百户。

河滩形成的平坝，都是一马平川的良田。九寨是个很奇特的地方，不是在很远的山腰间有高速公路一泻千里，就是在天上有不同航空公司的飞机在俯瞰这片土地，据说近两年还会有高铁通过，但是这些跟九寨好像没什么关系。虽然看起来近在咫尺，可是不管是通过高度公路还是通过高铁到九寨，都有一大段的山路要走。

最独特的是，在这个网络年代，九寨一带居然没有通信信号，也没有网络——大概是因为在三省交界的山间盆地，所以三个省都觉得不是自己的属地，谁也不愿意为了这几个寨子建基站。另一种可能就是，因为这里自然资源丰富，三个省都想据为自己的属地，但是经过连年的协调，还是没有商量出一个能够让大家都信服的结果来。于是，在这个城市里 WiFi 随处可见的年代，九寨还是遵循着古老的习俗，手机和电脑到了这里就哑了，唯一能够跟外面联系的就是固定电话，而且也只有村委才有这个玩意儿。可见，网络和电话并非幸福生活的根本，大概不丹那边的人跟九寨人的想法一样。

九寨有三个寨子的榨油坊，已经成为贵人茶油的合作伙伴，就是那平坝一带的三个大寨子。另外六个寨子因为在半山腰，所以贵人茶油还没来得及招募。

谢天到这里的时候，已经是傍晚时分。其实这里离县城并不远，也就是 40 里路，离最近的镇 20 多里，公路只修到镇上，从镇上到九寨，就是山路。如果徒步，从镇上到九寨，要走 3 个小时左右。当然，这个羊肠山路也可以通行手扶拖拉机，这样的话就可以节省一大半时间。到镇上接谢天的是寨子里的会计，他就是开的拖拉机。村长到县里开会了，据说要晚上才能回来。

谢天可不是省油的灯。

典型的南方体形，也就是个子不高，长着一副极具代表性的边民的脸蛋，因为近几年应酬猛增、营养比较丰富，胖了不少，所以体形无形中放大了一些，跟曾志伟很有一比。加上搞笑使坏的本领一点儿都不比曾志伟差，一些跟他比较熟悉能开起玩笑的朋友就是以伟哥称呼他的，这一点让他很有成就感。我们都知道，缺乏才有需求，谢天这么聪明的人，自然知道自己缺的是什么。

关于个子的事情，谢天有一个非常恰当的说法。当时，他面对的是一个比较傲慢的高个子的帅哥。谢天说，不管拿破仑、斯大林的个子有多高，这一点儿都不重要，重要的是，因为地心引力的原因，个子高的人更容易患上各种心脏疾病，所以长寿的人个子都不高，也就是高个子想要长寿，支付的成本比矮个子肯定更多！另外，因为高个子心脏到脑子的距离无形中比矮个子更远，所以，论到供血充足而且及时矮个子总是比高个子更胜一筹！他这番话让高个子禁不住地自惭形秽，立马尊称他谢老师！

谢天最大的优势就是眼光，他不大的眼睛几乎能够一眼看穿所有忽悠的表层，直接达到内里。从这一点说来，他的眼光丝毫不逊于X射线，直接就能把人家七拐八弯的肠子看个究竟。至于他是否能够因此一眼看穿姑娘的表层，直接看到人家的底子，因为他没有明说，跟他接触的姑娘似乎也有保密的义务，所以没有几个人能知道。

谢天一直在做营销，因为是本土市场，所以大多都是接过全国性的产品做本土市场的分销，以办事处或分公司的方式运作。不过，几个进入本土市场的曾经吒叱风云的产品，他都有过接触。从学生时代就参与的红桃K，一直到风云一时的三株、脑白金，乃至近几年红火至极的搜索引擎和网络支付等，他都有过本土市场的推广经验。营销给他最大的体验就是，卖什么一点儿都不重要，重要的是卖给谁、怎么卖、怎么让人家掏完钱还要对你感激不尽。直白一点就是，对客户心理的琢磨能够达到什么程度，就意味着你的销售业绩能够达到什么水准。再直白一点儿就是，你怎么把自己卖出去并且能够卖一个好价码——这就是营销的真谛，至少在他看来是这样。

把稻草卖出金条的价码并非不可能，关键在于，你要让客户相信，这根稻草的市场预期价格就是比金条贵，所以才有这种价格。除非自己对产品或者说对人性能够深挖到这种程度，不然，给你金条你也卖不出草根的价格。事在人为，是谢天对营销最深刻的感受。这个说法不能不说是正确的，毕竟，跟人无关的事情自然就没有市场，市场无非就是人的集合，把这种集合转变成效益，然后将效益变现，这就是营销的目的。

也许正是因为这种聪明和精明让谢天在工作上能够得心应手，所以他在对女人的态度上就多少有点儿暧昧了。江湖上传说，他泡妞很有一手，不过也是传说罢了，因为没有人证、物证。

事实上，他的聪明反而成了他跟姑娘之间交流的障碍。谁都知道，任何一个姑娘都以为自己是天底下最漂亮的，而且，这样还不够，必须同时是最聪明的。明白这一点儿的男人被贴上情种或者坏男人的标签，看来实在冤枉，他们无非就是看穿女人的需求并且满足这种需求罢了。男人不坏、女人不爱，大概就是由于这层意思。

可惜，谢天总喜欢戳破这一点儿，在智力上，他往往不喜欢给别人机会。因此，有很多时候，他宁可表现自己的聪明，也不愿意让人家虚荣心稍微满足一下。想想，有哪个姑娘喜欢跟聪明的男人在一起呢？除非她是邓文迪，一开始就已经规划好自己的退路。何况，谢天目前还没有默多克的身家，自然就撩不来这种姑娘跟自己分享几十年经营的硕果。

谢天之所以到九寨，除了因为熟悉，还有一个原因是，据说银昊茶油不仅打算收编另外六个寨子的茶油出品，而且对贵人茶油已经合作的三个寨子虎视眈眈。

油茶是九寨人的待客之道，酸鱼、重阳酒又是贵宾待遇。刚好，这三样谢天都碰到了。当然还有第四样，那就是姑娘的敬酒。

油茶的做法花样百出，不过基本的几样食材还是有规律可循，就是茶油、茶叶、米花、花生、猪下水、时鲜青菜等佐料。按照不同口味搭配之后，再浇上滚烫的茶汤，就是解渴、消暑、生津的好东西。传说徐霞客到了这里，因为喜欢这里的自然山水和油茶，愣是待了半年多不肯走。因为这些饮食，居然治好了他老人家几十年的胃病。据说后来徐老先生是让人抬走的，并非生病，如果不是长胖的话，那就是他的旅游本来就是前呼后拥的，好比今天的官僚公费旅游一样。

重阳酒是寨子里经典的饮品。九月九的时候家家户户做甜酒，放在坛子里，搁在木楼上，不必熬制，糯米和酒曲就会相互作用；第二年酒是黄色的，有点黏；第三年是金色的，有点稠；如果三年以上，那就是跟野生蜂蜜一样，倒出成丝。重阳酒是甜的，口感很好，因为喝得越多，人就越加精神，所以一直喝到醉了，都不知道怎么回事。

刘伶当年之所以能够醉上好几年，估计就是喝的重阳酒。当然，我们有理由相信，前人喝酒大多都是这种酒，不然，陶渊明怎么没事就扯下头巾来滤酒？所以要滤就是因为还有渣，这说明年份不够，因为足年份的重阳酒，那些渣全都化完了。女权主义的带头人、当年和司马相如私奔的卓文君，大概当垆沽酒的时候，也是经常要滤酒的，只不过不知道她当年所卖的酒年份如何。

至于酸鱼，肯定是寨子里独一无二的顶级作品。第一，没有这里的水文、空气和磁场，就不会有这样的泉水和野草，没有这些，鱼就算不上是真正的草鱼，如今城里菜市鱼摊上的草鱼，一看就知道是用饲料喂养的，跟寨子里没法比。第二，没有这草鱼和糯米，就腌制不出这种百年不烂的酸鱼，哪怕你的手艺比李渔家里的厨子还要厉害。

寨子里的习惯是在家里孩子出生的时候就开始腌制酸鱼，装在一个大木桶里，用竹片挡住，上面再压上沉甸甸的石头；到十多年以后孩子成婚，这些酸鱼才开包。十几年的腌制，酸鱼已经变得黄灿灿、硬邦邦的，吃到嘴里让人胃口大开，如果一口鱼肉吃不下三个糯米饭团的话，只能说明这个人肠胃不好或者当时没有胃口——这两种状态的人都不怎么适合到寨子里玩，人生如此一大美事，居然不能尽享，那还有什么意思呢？

因为村长还没回来，所以谢天就在会计家里开饭。

照例是三碗入门酒。这一次的重阳酒是会计家里放了三年的陈酒，已经有点浆了。原本会计打算留着给新上门的女婿品尝，结果前几天，听说那个准女婿跟女儿谈崩了，跟别的姑娘交流的时候偏偏让女儿看到，于是，女儿决定换一颗树来依靠。也是因为这种缘由，谢天才得以代替人家的女婿，品尝这种人间琼浆。

会计照例是热情。叼着烟，笑眯眯地等着谢天干完入门酒。入门酒是这里的规矩，主人为了表示对客人的热烈欢迎、客人为了表达对主人热情款待的感激，必须先喝完三碗酒。而且，敬酒的必须是未出嫁的闺女。今晚给谢天敬酒的就是会计的女儿，叫阿云。

阿云快 18 岁了，寨子里，这种年纪出嫁正是时候，再过个一两年如果还守在家里，那就是老姑娘啦！阿云脸蛋俊俏自不必说，而且肤色白嫩，仿佛新鲜水果一般，宽宽的髋部一看就是好生养的材料。

阿云笑眯眯的，双手捧碗，面对谢天，用当地婉转悠扬的山歌调子唱道：

感谢我们祖宗的护佑，今天能够迎来这么尊贵的客人，客人喝下这一碗，洗去一路的风尘。阿云唱罢，直接就把酒倒入谢天嘴里，谢天一饮而下。

还是笑眯眯的阿云，还是捧着碗，还是面对谢天，唱：我们今生有缘，能够得以会面，希望我们能够珍惜这份真情，一直到永远。唱罢，仍旧直接就把酒倒入谢天嘴里。

阿云还是笑眯眯的，捧着碗，对着谢天唱：有缘就相会，无缘背对背，来到我们寨子，就是我们的人，希望你能记得，这份纯真的感情。

这次晚饭是在阿云家，陪坐的有寨子里几位台面上的人物，还有阿云几个年纪相仿的姐妹。三碗之后，谢天开始进入状态，大家不停地碰杯、换酒。

后半夜，等村支书和主任回来的时候，阿云她们已经把谢天抬到床上了。

第二天谢天醒来，有点儿晕。一看房间的格局，似乎不是客房，好像是闺房。墙上挂着的衣服，分明是昨天晚上阿云穿的啊。难不成，这是会计女儿的闺房？

这么想着的时候，阿云推门进来了，准备拿了衣服去洗，发现谢天醒了，就赶紧跑出去，拿来了一杯清茶来，放在床边上。她笑眯眯地看着谢天，柔柔地问：昨晚睡得好吗？平时你可不止这个酒量啊！怎么就醉啦？是不是一路走得太累了？！

谢天想了半天的问题，被阿云这句体贴的话直接塞回去了，只是呆呆的。阿云伸出玉手，在他额头上印了一下，仿佛放了心，笑得更灿烂了：还以为你醉傻了呢，不过没事儿，不烧，喝口茶就好了。要不，你再睡一会儿吧。不急，我们等你起床再一起吃饭。

说完，阿云转身走了。在阿云关门之后，谢天满脑子的迷茫。昨晚究竟怎么回事？他一点儿都记不起来。自认为酒精考验已经达到黑带程度的谢天，不曾想昨晚居然醉得一塌糊涂，真是让他不甘心。

以前谢天也来过这里，不过都是有人陪同一起来的。这次因为任务比较特殊，所以就直接一个人来了，不曾想，仅此一次就醉成这样，真是情何以堪！而且，自己还躺在阿云的床上，到底有没有睡了人家闺女，阿云昨晚是不是也一起在这张床上，如果在的话，究竟发生了什么事。这些都太纠缠，干脆先不去想。

谢天起来之后到小河边洗漱，刚好遇到村长，两个人在碾米房前面坐下，递过烟，对着抽。不远处的上游，阿云和姐妹们在洗衣服，嬉笑有声。时不时对着谢天的方向瞟来一眼。

村长：今年的成绩怎么样？

谢天：应该跟去年差不多，不过会更快一点儿。

村长：这样就好，我们还担心怕今年卖不完呢！

谢天：怎么会有这种担心？这些年来我们一直都卖得很好啊！

村长瞄了一眼谢天，没看出什么问题，就接着说：最近有一种说法，说我们这贵人茶油其实根本就卖不掉，都是给领导送礼的，叫什么特供专用，还有人说这是贪污受贿呢！

谢天心里一紧，虽然明知道是空穴来风，可是能够这么传谣，也不是一般人。因为贵人茶油价格确实比同类的茶油都要贵，一般的植物油更是难望其项背。虽然自己的说法是贵在原生态，可是，如果真的较起真来，在如今化学家满天下的年代，怎么解释自己的原生态还真是一个问题！而且食品安全问题现在如此敏感，真出了什么事，就不是你的产品是否安全的问题了，就是非常安全、一点问题都没有的东西，如果这么一折腾，谁会受得了？

村长提出：银昊茶油又过来收茶麸了，而且，比去年开的价还高，差不多贵了一倍，这个你听说过了吗？看着谢天若有所思的样子，村长扔掉一个烟头，接过谢天递过去的一支烟，刚想点，谢天的火机已经伸到他的嘴边，于是，他就顺势点上。

谢天看着村长欲言又止的表情，明知故问：他们是不是要做洗涤剂厂？还是药厂？不然收这些茶麸来做什么？

村长说得有点含蓄：听说不是这个，他们还提炼，用别的东西来提炼，如果没有这样做，大概也不会有这种说法。

谢天知道应该点到为止：不管他们怎么做、做什么都不要紧，关键是我们要保持自己的压榨方式，保证原油的品质，我们之间的合作就能够做得更好，这才是最重要的。

村长马上认可：那是当然，这些年我们都一直合作得很好。田总那边就放心了，就算山上那六个寨子全部加入银昊，我们这三个大寨还是跟着田总的！而且，一定会按照田总一直以来要求的那样，用传统的方法榨油，哪怕产量少一点儿，关键是要顾客尝到好东西啊！我听说，山上的六个寨子也不一定会跟着银昊走，他们前几天还问我今年贵人茶油给的价钱呢！我想，他们会跟着我们这几个大寨子一起走的。

谢天要的就是这种回复。虽然刚才的那个问题让他心头隐隐难受，不过得到村长这种话，也不枉自己一路的劳顿。他们在河边又坐了一会儿，抽了几支烟，聊了今年预计的收成和榨油的时间，然后到村长家里吃早餐。一帮人已经等了好一会儿，三三两两地在那里碰头说话，一看到他们两个进门，马上就集中注意力对着这两位主角。

早餐照例是寨子里几位重要人物，阿云还带着她的姐妹助阵。

仍旧是三碗入门，还是阿云柔柔的歌声。

只不过，这个清风习习的早上，谢天已经做好防范，再怎么喝也要保证不醉。

外面有阳光，很灿烂。

2. 全程报道

早餐之后，谢天从九寨出发，又走了几个比较有代表性的合作点，了解了一些情况。这让他感觉银昊的做法多少有点儿雷声大雨点小的阵势。看来，没有想象中的严重。这么一想，谢天心情轻松了很多。

到县城的时候，已经是晚饭时间。

贵人茶油在县城有一个分公司，负责人杨力是当地人，具有当地人通晓地方所有事务的必要的精明和当地人热情好客的爽快。谢老总莅临，自然要好好招待。但是谢天拒绝那种热闹的场合，决定到江边的侗菜馆找个安静的地方好好消磨。杨力带着两个姑娘，具有一般模特儿的高挑身材，据说是县里文工团的，因为现在是旅游淡季，周末才有演出任务，所以晚上能够出来。

这个县城是一个典型的少数民族县城。整个县城就是一个4A景区，进入县城的主要路口都有以当地民族建筑为蓝本建就的、高高的大门，其实就是一个售票点。全世界最高的鼓楼、最长的风雨桥、最大的木楼建筑、最长的长廊、最大的凉亭……都坐落在县城里，县城里不管老楼还是新楼，楼顶都是清一色的木楼覆盖，看起来仿佛就是一个大寨子；还有古色古香的民族建筑一条街——月光街。

月光街是典型的民族文化长廊，一边是滨江的吊脚楼，一边靠着山体，已经削成直壁的山体被打磨成一个个巨大的画面，上面雕刻着这个民族的历史、文化、习俗、生产、生活等内容，走一遍月光街，比较细心的人，基本上可以给这个民族写一套地方社会发展史和民族文化史了。

滨江的吊脚楼临街的一面都是店面，是各色不同的少数民族工艺品店和茶叶店，楼上是别具特色的民族旅馆，往下一层，靠近江边，有一个平台，一色的长廊，分成不同的餐饮店。他们落座的侗菜馆就是这里比较有特色的一家，经营的只有本土三种地方出产的鱼——河流、水田、鱼塘；佐料也全都是本土野生或者自家种植的，据说只用家畜的排泄物施肥。大概因为这个缘由，很是得到一些人的认可，稍微对饮食有点儿追求的人，基本上都以这里作为首选。

因为提前预约，也因为是老顾客，更因为杨力在当地也算是一号人物，所以他们能够在江边的一个小亭子里落座。这个小亭子距离别的亭子还有好几米的距离，开窗就是习习江风，拉上帘子就是私密空间，把灯光调暗，你哪怕就是在里面翻云覆雨也不担心被外面发觉。谢天很满意杨力的这种安排。

杨力在本土是号人物，从上到下，没有他不熟悉的人，这种资源对在这个世界混来说，是一种资本，而且是优势资本。因为不管你办什么事，没个人打招呼的话哪怕就是很简单的事情都会弄得很复杂，比如那个在北京漂的小伙子，为了办一个护照，居然来回六趟都没弄妥，最后还是拜托《焦点访谈》才能弄好，可见没有熟人的可怕！反之，即便再复杂的事情也可以简单化，这就是人脉的好处。每个人都知道这一点，但能够把这个做好的人就不多了。正因为如此，所以即便全民经商，仍旧没法个个都成为李嘉诚。

杨力原先在国企工作，林业局的贸易公司，主要从事当地特产的贸易，以茶油和木材为主。

本来杨力是很有机会成为贸易公司的掌门人，因为当时的老上级是他的恩师，一路扶持他。很多人都以为，只要老领导一退，自然就是杨力顺位。不曾想，半路杀出一个程咬金。上面觉得茶油是这个县的支柱产业之一，必须进行跨越式发展，于是，上面在杨力的老领导退休之后马上就给贸易公司换了一位领头人。这位领头人有着新式的思维方式，觉得按照传统的老树茶籽和压榨方式很难取得突破，打算在县里推广种植一种新品种的大颗茶籽，同时推广一种新的榨油方式，也就是用新机器压榨。

崇尚传统生活方式的杨力在新领导面前自然就靠边，跟着杨力的那些人也觉得新领导的模式太过惊险，于是跟着杨力一起到了贵人茶油。

按照标准的饮食模式，女孩子一般上餐桌之前的动作就是到洗手间，至于她们到洗手间究竟是补妆还是遵循饭前洗手的良好习惯，这个就很少有男人能够知道究竟的。两位文工团的姑娘离开之后，谢天递过一支烟给杨力，并且帮点上，杨力一边半躬着腰说着真是折杀老夫啊，一边毫不客气地在谢天的火机上点烟。

杨力看谢天似乎情绪不高，可惜他没有谢天看穿人的眼力，不过作为地主，他要尽责：谢总是不是有什么心事呢？还是在我们这里艳遇上什么姑娘，到现在念念不忘啊？！

说者无心听者有意，这个话刚好说到谢天的心坎上。谢天自然不能直白，他看着杨力：杨总啊，你们这里的风俗确实比较特别，又是入门酒又是敬酒换酒什么的，真是让人招架不住！

杨力哈哈大笑：更带劲的还不止这些呢！有没有姑娘带你睡她的闺房啊？要是有这种机会，大概谢总您就要落户我们这里啦！

谢天心里一蹬，但是很快就平息了自己的心情：这是什么说法呢？还能睡姑娘的闺房吗？

杨力有一种秘密一般的表情在蔓延：确实这样，对待贵客，我们这里会让他睡未出嫁大姑娘的闺房。

谢天赶紧接上：那姑娘睡哪儿？

杨力把烟头在烟灰缸里抖了一下，擦了一下嘴巴，好像自己刚从姑娘闺房里出来一样：要是姑娘对你有意思，她就会跟你一起睡，两个人自然就成了好事；要是对你没意思的话，可能去她的闺蜜那里，要不就跟她老娘睡。

谢天笑了笑：没想到你们这里这么开放啊！？然后把烟头摁在烟灰缸，继续对着杨力笑呵呵的，装作一点儿都不知道底细的傻样。其实他一点没有印象，那天晚上是不是把阿云给睡了。醉酒并非什么足够的理由，过夜无行为毕竟只针对那些在遣词造句上别有创意的官员，平头百姓怎么会有这种待遇呢？

刚好两个姑娘进来了，听到谢天后面的话，一个相对比较活泼的姑娘接了话头：这哪里是什么开不开放，这是我们的传统文化！

谢天一边继续装笑，一边给姑娘把椅子摆放好，恭敬如仪：传统文化？哦，传统文化！哪怕就是传统文化，可是，这个传统文化确实也是比较开放嘛！

杨力接道：我们这里的传统文化就是开放，不然我们民族早几百年就被同化了。然后站起来，对着谢天说：给谢总介绍一下我们这里的第四大特产，这边这位姑娘名字叫阿翠，你旁边那位叫阿英，两位美女都是我们文工团的台柱子，还希望谢总多多给予指导啊，您可是大城市来的，见过大阵仗！

谢天对着杨力说，边说边笑：我又不会唱歌跳舞，哪里敢指导？请教你们还差不多！他顺便瞄了一眼两个姑娘，果然都不简单，一眼就看得出来是那种混艺术界的美女。

混艺术界是一个比较模糊的概念，大概就是这么一个意思，在这个世界上有这么一些人，他们总是自诩文化人或者艺术人士，并且能够摆出这么一种气势来，而且他们还组成圈子或坛子，一个抬举一个，大家相互捧场，把不同的伙伴推上这个花圈和祭坛，仿佛孔老二的学生做的那样。当然，他们总以为自己就是这个世界最伟大的艺术家，只等着世界性艺术组织给以正名和颁发证书了。只可惜，人家可能太忙，或者人家压根儿不承认这一撮人居然跟文化或艺术有关，所以迟迟都没有送来证书或聘书，弄得这些人仿佛嗷嗷待哺的娃娃，急切切地嚷着要给世界以榜样证明自己的能耐。幸好这个国家人口众多，自己关起门来玩，也能玩出很多花样，所以暂时也不必急着跟洋鬼子接轨，至少在这方面是这样。

谢天仍然没有忘记，刚才杨力做介绍的时候说过的话：杨总您刚才说什么四大特产来着？

杨力大笑：哈哈……哈哈，是这样的，外面人都说我们本地有三宝，来到这里之后发现不止三宝，应该是四宝才对，第四宝就是我们这里水灵灵的姑娘，您只要看一下阿翠和阿英，就应该有点儿感觉了吧？一边拍着阿翠的肩膀，一边示意阿翠给谢天一个微笑：你跟谢总说明一下睡闺房的风俗吧！

一听到这话，谢天心里一闪就是阿云曼妙的身影，忽然觉得身边的阿英似乎有阿云的影子，只不过个子比阿云高一点儿，显得更高挑。

阿翠赶忙解释：我们这里待客热情，对于贵客，都要拿出最好的东西招待，没有出嫁的闺女也会敬酒，如果两个人对上眼，还会一起睡呢！她说得轻描淡写，谢天心里却七上八下。

阿英在一边做进一步说明：当然，如果没有对上，还是会让贵客睡闺女的房间，只不过不在一起睡罢了！

杨力猛然接上话：谢总是不是碰上了什么姑娘？是打算好好谈一把呢，还是想法子脱身啊？也不知道杨力究竟是江湖经验丰富还是机缘巧合，反正这话让谢天有点儿不知所措。谢天何许人也，即便这种情况，仍旧不慌不忙，微笑着扫了杨力一眼，然后看了看阿翠，意思是咨询一下是否还有下文。

阿翠笑看谢天：如果姑娘跟你睡了，就会跟你交换定情物，作为双方结交的信物，谢总要是感兴趣，可以问一下阿英是否打算跟你交换一点儿什么啊！？说完撇了一下小嘴转过头向着阿英，然后哈哈笑了起来。

一个竹匾上陈列着一块块的鱼片，都是片得很薄很薄，薄到几乎透明，三四公分宽、八九公分长，已经吸干了水分，排列得整齐如一；几个大碗里是本地的老坛酸菜、酸荞头、酸姜、酸辣椒，还有几小碗其他的佐料，大约是鱼腥草、香料、白芋苗、紫苏、辣椒、花生、大蒜和葱花等几种。

这是主菜，当地叫鱼生，也就是生鱼片。这些材料一定要上了桌才开始搅拌，这样才能维持鱼片的鲜味。几种料搅拌在一起，尤其是老坛酸菜的腌捞，这种生鱼片跟别的地方味道又不一样了。对于日式生鱼片，不习惯的人吃起来有一种海绵一般的口感，多加芥末就会都是芥末的味道，所以算不上什么稀奇。当地这种鱼生有一种清新的绵脆，酸、辣、香各种味道同时入口，感觉非同一般。

鱼干焖鲜笋，也是本地的一种特色，鱼干是风透水分的鱼肉，鲜笋是刚剥掉笋壳的嫩笋，这两种东西一起焖，确实是一种不简单的搭配。

接着是爆炒禾花鱼等，上来的几样全都是以当地的鱼为主料。主食是一锅粥，鱼肠、鱼卵等熬成的糯米粥。当地有一种说法，最鲜美不过草鱼肠胃，最舒服就是男女交配。话虽然很直白且略微粗糙，不过也由此可见，鱼肠在当地所受到的尊重以至敬重。

酒还是重阳酒。

带着一种阴影，谢天对重阳酒已经有那么一点儿细微的敏感。

杨力以主人的身份开腔：按照我们这里的规矩，入门三碗酒是没法子免掉的，谢总您可以不喝，三碗之后再请便。

阿翠也不含糊：谢总您要是不肯喝，那不是摆明了嫌阿英和我不够漂亮吗？要不我们先退下，杨总另外给您邀请几位国色天香？

阿英看到阿翠的眼神，观察了一会儿谢天，接着说：可能谢总前几天已经喝醉过，所以对这个酒有一点儿后怕，不过也没什么，喝的时候不会醉，醉了以后就不必喝了，怕什么啊？！

阿翠附和：就是嘛，怕什么啊？难不成怕我和阿英会吃了你不成？！

说着还撒娇似的摇着谢天的肩膀，仿佛多年的情人一般亲昵。

这已经不是在商量，而是一种霸道的热情和严肃的温柔了。

谢天即便泥鳅一样圆滑，可是在这种江风习习的夜色、美人款款的场合中，那也是泥鳅遇上茶麸加雷公根了，即便不被药翻，至少已经够晕的了。茶麸碾碎之后加上雷公根一起捞，是当地药鱼的原料，药力了不得，往河里一放，各种鱼全都药晕了，不久水面上就会浮起一大片。每年秋天收割了糯米、谷子以后，寨子里都有这种药鱼的习惯，届时所有寨子的人都出动，河面上都是捞鱼的身影，煞是热闹。实在一幅动人的人文风景画。

酒过三巡，不知道因为江风熏陶还是美女撒娇，谢天居然还是清醒的。夜色慢慢深了，杨力看着谢天兴趣依旧，就对两位美女说：你们先回宿舍签到，我们在这里等你们回来再喝，今晚不让谢总见识一下我们的水平，在这里还真不好混了！

两个姑娘道了一个小别，就出去了。

烟雾缭绕里，杨力对谢天解释：文工团的规矩，每天晚上 11 点必须签名，不然会受到处分。

谢天有点儿难以理解：签完名就可以出来啦？！

借着酒力，杨力笑得有点出格：当然，签了名就可以，整个晚上都行，只要您想。

谢天赶紧收心：银昊那边怎么回事？

毕竟是职场高手，虽然美女灌酒，谢天仍旧不失本色，没有忘记自己的本职。

银昊茶油现在的掌门人叫吴银昊，是土生土长的本地人。

吴银昊真是一个精明的人，精明到睡觉都不会摘下眼镜，免得做梦的时候视线模糊被人家忽悠了。吴银昊早年在宣传部门是公认的一支笔，传说他用的笔是铁做的。

尤其难得的是，吴银昊还是一位与时俱进、勇于自我肯定和否定、不脱潮流甚至引领当地潮流的风云人物。比如多年以前他就很注意自己的穿着品味，觉得牌子才是品位的表现。于是，他穿什么衣服都讲究牌子，那时候，他最看重的牌子是美丁采纳的外国牌子，什么衣服都要指定这个牌子。后来，高人指点他，说这不一定是什么很了不起的外国牌子，而是中国制造的意思，因为中国有很多都是帮外国做代加工的厂子，所谓Made in china。从此以后，吴银昊马上转变思路，认真研究起服装的品牌文化来。可见，在这么一个小地方，这么有感觉的人本身就很不简单。关键在于，他还能够吸纳贤者的建议，及时纠正自己的错误，确实很不容易。

我们都知道，这个世界最难得的，估计就是自我纠正了。

早些年，他看到木材生意是一块肥缺，于是自动降低身份到林业公司做一般的职员，后来利用公司的便利，做了一段时间木材生意。等到国家规划这里为水源地之后，森林不能轻易砍伐，木材生意已经没那么好做，但这时吴银昊已经捞到了自己的第一桶金。虽然不多，可是在这么一个偏远的地方，也不能算少了。

木材生意遭遇瓶颈之后，吴银昊看中了茶油市场，主要原因是当时贵人茶油凭借这个资源产地，居然以本地好几倍的价格卖出去。吴银昊在研究了一阵子茶油和地方产业化发展之后，吴银昊综合出了一个提案《关于本地茶油产业跨越式发展的建议》。他有位亲戚是县里的政协委员，这个提案通过那位亲戚递了上去。

他的这个建议主要有几点：第一，现在的茶籽林都是传统品种，产量低，树龄普遍老化，应该换成新品种，产量会比传统品种提高三到五倍，而且第二年就挂果，第三年开始进入盛产期，而传统的品种五年才能挂果，八年甚至十年以上才能进入正常生产期。第二，传统的压榨方式太浪费，榨油之后的茶麸仍旧油分很重，采用新式机器压榨，可以比传统的土法压榨产量高出一倍以上，现代的高科技已经能够解决这个问题。第三，组建本土专业的茶油公司，树立当地强势的茶油品牌，尽快占领植物食用油的制高点，以茶油的质量和丰富的营养成分开创一个崭新的市场局面。

按理说，吴银昊的建议理论上一点儿都没有问题，而且对于土地的进一步开发和农户积极性的提高，未必也不是坏事。说到增加农户收入，既然产量和出油率都提升这么多，按照最保守的估计，即便只保留原有的种植面积，茶油的产量仍旧会是原来的六倍以上，通俗一点儿说，现在农户一年进账一块钱，采用新的方式，岂不是有六块钱啊！这种利国利民的好事，何乐而不为？

以茶油公司前领导即杨力的恩师为代表的一派表示不同看法，他们的理由同样充分。

第一，传统品种果实个小，茶油含量纯正，即便树龄老化，也可以育苗，其实几百年来一直都是这样做；新品种个子大，所谓的复合型新品种，其实就是转基因树种，果实质量还没有经过科学认证，存在安全隐患，而且，新品种所谓的高产出，是否会给地力造成疲乏、能否持续发展也是一个待考证的问题。

第二，新机器压榨如果只是纯粹的压榨而不是化学萃取，在不影响茶油品质的前提下，可以考虑引进；但更换设备需要的资金应该怎么筹集，必须有一个全面的规划，可以进行试点，取得成功之后再普及，如果出品油存在什么问题，也还有纠正的机会。

第三，本土一直都有茶油贸易公司，但是市场价一直都上不去，因为外面公司新的理念和经营模式的输入，部分产品能够提升价格，不等于境内所有的产品都能有这么高的价位，如果外面的公司愿意与本土联合，可以考虑建立一种混合经营的模式。

不同意见虽然说得很委婉，仍旧遭到创新派的强烈反对；而且，创新派有一个强力的支持者，那就是县里比较激进的领导群体——他们想三两年就能够让地方产生天翻地覆的变化。

大概是跨越式发展这个理念比较符合这批少壮派群体的口味，在他们的积极推动下，本地的茶油产业规划有了一个根本性的转变，基本上以吴银昊的建议作为蓝本，对当地茶油的发展做出了一个大胆的三年规划，从种植面积、品种更换、压榨方式、市场销售都定下了超乎寻常的发展目标。

由此一来，由吴银昊担任县里新成立的专业茶油公司带头人，就成了水到渠成的事情。而杨力和他的恩师这些比较留恋民族传统文化和生活方式的人——少壮派这么称呼他们——只能靠边儿站，哪里凉快往哪里热闹去。

就在吴银昊开始积极组建银昊茶油的时候，杨力和几个主要的人物只能从林业部门的贸易公司第一线淡出，成了虚设。

田冶当时已经默默做了几年的贵人茶油，忽然遇到这么一个收编本土人才的机会，自然大喜过望，将杨力他们一干人马全部吸收到贵人茶油麾下。从那以后，贵人茶油在本土的主要业务，基本上都是由杨力他们负责。

至于银昊茶油，经过几年的所谓跨越式发展，效果并不很理想，不但没有能够跨越，反而徘徊不前。

主要是新品种的树苗广告的挂果能力太神奇，朴实的农民轻易不敢接受，所以直到现在还没有能够按计划完成新品种的推广；那个跨越式发展的计划也实在太神奇，没几个人真的相信能够落实；再加上新品种的树苗卖的很贵，这是农户不能接受的。照理说，既然领导要我们种这些，应该有一点儿补贴才对，怎么树苗还这么贵？其中是否有猫腻，这让群众难以信服。即便已经种植的一些林子，虽然果子确实大，挂果量却没有那么可观，再加上化肥、农药用量太大，这些也都是农民自掏腰包，无形中又增多了不少成本，让农户难以接受。而且，用那么多的农药，是不是安全，也是一个问题。明显的例子就是，一些已经种植新品种的农户，自己就不敢吃那种油。另外，新引进的机器因为资金原因，没有计划中的顺利，目标里的全面开花，也只是落实了几个试验点而已。不过，林业部门名下的国有林场，倒是开发了不少茶籽林。

当然，另一个可能，是因为贵人茶油的表率作用，让更多的农户觉得去跟银昊做那种不可知的、没法预见收成的新项目，还不如跟着贵人茶油走。也是这个原因，为了更多的产量，除了开发林业部门的林场之外，银昊茶油还在那些没有跟贵人茶油合作的寨子间游说，希望他们能够加入银昊的队伍。

不过，毕竟是具有宣传战线经验的过来人，吴银昊自己的几项计划虽然没有踏实落地，他仍旧成为县里的风云人物。

第一，他的事迹在县里、市里的媒体中不断报道，成为新时期改革开放的致富带头人，报道说他带领农户实现人均收入的跨越。第二，因为领导的关照，他成了县里茶油产业协会的会长。第三，本土由他呼吁的城市反哺乡村计划为他带来了好一些榨油设备，这些价值不菲的设备，都是由市里的对口单位无偿供应的，只要在这些单位需要业绩汇报的时候他能够配合做一些文章就可以了。

本质上来说，吴银昊做的这些，基本上不必自己投入。在上头，从压榨设备到新品种苗木、化肥、农药、除草剂等都是无偿供应，他还可以转手卖给农户，如果不必考虑非要做什么事情出来，他已经可以完美收官，毕竟，凭这些他已经进账不菲。只可惜，人一旦往上爬，终究会露出猴子屁股，不过就是那么红彤彤的一片。他压根儿没有打算就此收手，反而准备扩充战线，网罗更多的林地。

一直想倚赖他这个项目做出一个全国性知名品牌创举的领导，因为等不及吴银昊的发展速度，已经风风光光升级到别的地方任要职。

自此，吴银昊必须自己来整合这个摊子。何况，他的宏伟目标并不在这个摊子，而是想把摊子做大，形成地方的一个标志性品牌。他花了很多时间，观摩了很多地方，也拜过很多大师，最后终于得出结论。在他看来，自己之所以一直都不是很顺利，只有一种可能，那就是贵人茶油从中作梗。他的想法很单纯，只要把贵人茶油搞臭，贵人茶油就不得不退出当地市场，到时候就是他银昊茶油一统天下。

于是，这位具有宣传战线和木材生意以及近年来的茶油贸易三重经验的新时期企业家，给银昊茶油做出一个大胆的规划。第一，把本土传统茶籽林都收入自己地盘。第二，吞并贵人茶油。第三，重点开发新品种和新压榨模式。第四，树立银昊茶油全新的市场品牌。

吴银昊信心满满地把银昊茶油定位为新时代高科技茶油的经典，通过新品种、新压榨、新理念、新营养、新口感等一系列新的突破，强化自己作为新时代代言人的形象，横空出世。

可惜的是，他的新经典茶油仍旧没有达到预期的市场价格，反而遭到各种质疑。很明显，贵人茶油肯定不是从农户手里收购就直接卖掉那么简单，如果这样就不必需要什么所谓的现代营销思路，任何一个会赶牛车拉货的老农就能够轻易做到。对于贵人茶油的整套运营体系，吴银昊并没有多少了解，自然没法跟人家比肩。

杨力一大早就敲开了谢天的房门，冲口而出：果然有动静啦！

昨天晚上，杨力不仅把自己这一段时间以来所搜集到跟银昊茶油有关的各种资料和话题全都对谢天说明，并且临走的时候还希望谢天不要只顾儿女情长，一定要记得看那些资料。

杨力敲门的时候，谢天已经半躺在床上琢磨。一大早他就接到田冶的电话，电话里田冶除了习惯性的问候和询问关于分公司的情况之外，还提醒他最新的一些新闻，并且判断估计是银昊这边的做法。谢天接完电话，觉得田冶这个人虽然平时看起来似乎不怎么在意，可是，几乎什么都逃不脱他的注意力。

谢天看了好一会昨晚阿翠压下的枕头形状，想起昨晚阿翠的那种妩媚，爽得对着枕头闻了又闻。琢磨着阿翠会不会今天给自己一个信物，如果阿翠真的要交换信物，应该怎么办呢。想起昨晚大家一直狂欢到半夜的情形，他忽然觉得有些命中注定的事，其实真是怎么躲都躲不过的，好比银昊茶油的挑衅。这么想的时候，敲门声也响起了。

杨力一进门，先小心翼翼地在房间里搜寻一番，没什么发现后才落座。

杨力还是那种憨厚的笑容：难道过夜无行为？好像你们两个，相互之间蛮感“性”趣的嘛！怎么都不见人呢？

说完之后，见谢天没什么表情，杨力感觉谢天没有继续这个话题作为开场白的打算。于是，他只好开门见山：银昊那边开战了。我们，应该，应该怎么办呢？

杨力一字一顿说完，见谢天半天没反应，自己也不知道该说些什么，只好搪塞：你昨晚把人家搞啦？

谢天好像一点儿都听不明白杨力的话外音，而是顺着意思：银昊到底想搞什么？您怎么看呢，杨总？

杨力明显有点儿激动：您是领导，您要我怎么干我就怎么干，豁出这条老命也不能输他，什么东西吗，都是乱七八糟的家伙！

谢天对这种说法有点儿不解：什么叫乱七八糟？

杨力说：昨晚咱们说的那些，只是关于银昊的来历和不是很成功的做法，其实他们有一个更下作的动静。您知道他们一直都在高价回收茶麸吧，这些东西就是拿来萃取的！他一口气说完，看到谢天的表情有点儿怪异，大约对方一时还不能理解。

谢天故作疑惑：他们的压榨技术不是很高明吗？怎么就下作？就算是萃取，也不是什么坏事嘛！

看来谢天真是不清楚究竟怎么回事，居然还有这样的疑问，杨力必须直接解释了：我们传统压榨方式确实没有办法把油分全部榨干，所以他们收购这些茶麸，其实是为了进行第二次提取，也就是拿我们的油渣继续炼油。他们的那些设备根本就不是什么高科技，而是城里淘汰下来的东西，所谓的高科技萃取，其实就是用化工原料来稀释和分离！

这次轮到谢天张大嘴巴说不出话来：居然这样？您怎么不早一点儿告诉我呢？技术监督局都干什么去啦？

杨力同样吃惊：我一个乡下老农，怎么知道谢总您也这么纯真啊！现在城里不是一个烧烤摊都有化学家在支撑的吗？听说菜市场都成化工厂了。我们自然不知道您不了解这些啊！您问得好，技术监督的都干吗去了，人家也不可能天天上门服务的，上门的那天通知一下，走个过场，到饭店里汇报下工作，如此而已嘛！这些东西又不是在家门口卖给自家人，人家管你那么多干吗，而且在这里，人家银昊还是有势力的，谁没事去得罪他干吗？！

银昊的所谓开战，其实就是本地几家媒体同时刊登的三篇文章，主旨就是针对原生态和食品安全问题，暗示某些产品所谓的原生态其实是虚假广告。虽然里面没有提到贵人茶油的名字，不过，不说业内人士，即便街边卖米的小铺面一看就知道指的是谁。

媒体的态度非常积极，表示为了净化本地食品市场，将会从食用油开始，对本土的食品安全进行一系列的综合报道，给大众一个清白，不能让广大群众继续在食品化工厂的阴影里苟延残喘。这么看来，这几篇针对贵人茶油的报道只是一个开始，再往后可能就要指名道姓了。为了对付贵人茶油，把整个行业都拉来陪绑，可见对手也不是吃素的，毕竟，动机越高尚就越容易得到乌合之众的支持。既然这是为大家食品安全服务，大家没有理由不支持吧？这种吸引群众眼球的做法，不能不说是很漂亮的一招。

杨力非常紧张，因为谁都知道，在这个世界，从来都是人怕出名猪怕壮、枪打出头鸟，对于企业来说，媒体曝光未必就是好事，人家给你出名的目的不是为了捧你，就是为了毁你，至少也要敲诈你一把！何况，这还是竞争对手的一系列战斗檄文呢？

谢天也觉得非同小可，这可不是小问题，往好里说，也许可能借着舆论风光一下；往坏里讲，口水淹死人，何况舆论猛于虎呢！放到现代医疗的高科技检测设备下，任何一个健康的人都能检查出一大堆问题来。所谓吹毛求疵、鸡蛋里挑骨头，并非一定真的要你头皮上有瑕疵、鸡蛋里有骨头，人家只需刷刷几行字，就说你有了，没几个人会在意你是否有的，人家在意的只是看热闹，就想看看你小子是怎么死的。

谢天越想越不踏实，觉得事态很严重，就拨通了田冶的电话。

田冶问：你怎么看？这个会对我们造成多大的影响？

他一向都是多方收集资料之后才后发制人，听了谢天紧张得上气不接下气的、基本上比较详尽的介绍之后，所以在电话里仍旧是那种不急不慢的口吻。

谢天心直口快：他们这是针对我们的宣战，现在还没有指名道姓，目前为止我们还占有利位置，干脆就趁着这个时候杀他一个人仰马翻。而且，他们做的那些玩意，简直是在制造毒药，差一点儿就比得上地沟油了。灭掉这种敌人，等于为民除害！

田冶不是那种轻易树敌的人，这点跟林肯的想法相同。在他看来，这个世界上只有伙伴没有敌人，所以还是跟谢天商量：那是人家的地盘，强龙不压地头蛇，我们何苦呢？另外，既然他的这些宣传不会对我们形成太大的伤害，那就不理他好了。

谢天觉得一肚子的火，但又不好意思对田冶发，只好发问：您怎么知道不会对我们造成伤害呢？他第一炮就出来三篇这种文章，谁能保证他不会第二天就出来三十篇文章？因为他摆明了是要做系列报道，而且把整个食品行业都拉来陪绑，要是我们息事宁人的话，只会让人家得寸进尺！要知道，绑匪如果得不到他想要的东西，肯定会撕票的！

田冶在另一端问：那你认为应该怎么做？他觉得谢天这个关于绑匪的说法很有一点儿意思。

谢天直接说：以牙还牙，以眼还眼。而且，他们那个所谓的加工厂，其实就是一个化工厂的二道贩子，把他的底子掀出来，大家就没话说了，来个釜底抽薪，新账旧账一块算，老大您看怎么样……

许久，电话那头的田冶没有作声。

谢天只好继续发话：您还在听吗？发个话、哼一声好不好？

倒是田冶很冷静：虽然媒体我们并不缺人，但轻易也不必用媒体这种双刃剑。要不这样，你看是否合适，冤家宜解不宜结，咱们不必跟银昊成仇家，不过我们可以证明自己的清白。简单一点儿就是，咱们约上一些媒体，去实地考察我们的生产基地，顺便也采访一下跟我们合作的农户代表，让他们出来说话。媒体看到那种原生态，肯定会大吃一惊的！这么一来，就没什么说法了，人家也没指名道姓地说咱们，我们就好比做一个形象广告。你觉得呢？

田冶对这个想法虽然底气十足，不过按照自己一向谨慎的习惯，觉得还是需要谢天的佐证。

谢天思索了一会儿，马上就明白了其中奥妙：要不，怎么就说您是老大啊！想问题果然不一样！实在是高，真是高啊！

田冶一向都能分清楚这种客套话，不为所动，而是很明确地说清楚工作内容：这个事你跟荣哥商量一下，看应该邀请哪些媒体，尽快出发，你不用急着回来，在那边照应一下，等跟荣哥对接好、看完媒体发出的报道之后再说。

谢天欣然：遵命，老大，我马上安排！您就等着捷报吧！

挂上电话之后，谢天从阳台回到房间，对着杨力喊：看来这两天要辛苦一下杨总啦，大概会有几十号人来参观我们的生产基地，咱们要做好对接啊！

杨力摸不着头脑：什么跟什么？几十号人来干吗？相亲呢？一时半会儿我去哪里弄那么多姑娘来对歌啊？文工团也不是我家开的！

谢天打趣：我还想相亲呢！可惜不是相亲，是给我们的传统压榨方式进行全方位报道，从全国到省里，各路媒体大概三五十家这样，我们要做好准备，至于本地媒体，这个就麻烦您老人家沟通一下了。

杨力脸都皱了：谢总您可别忽悠我，我们这里从来不曾一次性接待过这么多媒体，这可是大单啊！这么大一个事儿，是不是要向领导上说一声啊！？不然，到时候怪罪下来就不好办了。

谢天毕竟是谢天，脑筋不必转就知道该怎么做：对噢！谢谢杨总提醒，你说得在理，这么多媒体记者过来，县里自然是要隆重招待的，人家也不可能是过来观光的嘛，没事这些大忙人跑这里来干什么呢——人家是过来，过来给我们的原生态环境进行报道的，主题就是，就是，我看看——应该是寻找桃花源，以我们这里桃花源一般的生活、生产方式，作为报道主体！

幸亏是谢天这号人物，不然，还真不是一般人所能接受的单子。

杨力的专业水平一样不简单：寻找桃花源？这个主题好！我们这里的生产方式，原生态最典型的其实还是我们的榨油坊，这算不算是桃花源里的一个奇葩呢？

谢天笑了：杨总说得太好了，要是桃花源里没几个原生态的榨油坊，还能算得上桃花源吗？

谢天一边说着一边给杨力递烟，然后低声问道：昨晚那两个姑娘今晚还有空吗？

杨力接了烟，点上之后，悠悠吐了一口烟圈，一副志在必得的神色：只要谢总您招呼，随时伺候，别的姑娘可以换，阿翠照常上班！

荣哥是南方传媒界的领袖人物，跟全国各路媒体都有紧密合作，因为人豪迈、不拘小节、传媒业资深的从业经验，深为大家所敬仰，业界尊称荣哥。

由荣哥领衔的超级记者团，在当地宣传部门相关人员及谢天和杨力的带领和陪同下，用了五天时间，认认真真观摩了当地的各色建筑、榨油坊、百家宴、坐夜等之后，并且深入对贵人茶油的合作模式进行了全方位的观察和采访，寨子里从支书到寨主和老农，一个都不放过。

果然不负众望，在将近一个星期的媒体版面，全都是关于当地特产和民俗风情的报道。贵人茶油石破天惊的合作及推广模式，受到业界的高度认可。一时间，贵人茶油原生态榨油坊出产的茶油成为网络上的热点搜索词条，成为与褚橙、柳桃、潘苹果并举的知名品牌。

由此，更多的人看到了贵人茶油的那部纪录片和广告片，在食品安全如此乌云密布、连街边的烧烤摊都能培养化学家的当下，还有这样的产品存在，而且孜孜不倦追求自己最本真的风骨及风格，又怎么可能不为人所动呢！尤其难得的是，这并非特供基地，而是一个热爱传统文化、出于保持传统生活方式的人带着自己的团队坚持这么多年做下来的。这种坚守，更是让人敬佩。

贵人茶油一时成了热门。

贵人茶油办公室。下午的阳光透过玻璃洒在木地板上，给人一种透亮的感觉。

吴银炅已经喝下三大碗清茶，肚子有点儿寡了，一边在聊天一边在等着未曾谋面的田冶。陪同他的是谢天，这是谢天第三次见到吴银炅，前两次都是在寻找桃花源的媒体报道活动中见到的，当时不过都是礼节性的寒暄。

几十号人的超级记者团的到访，而且是贵人茶油邀约的，让吴银炅胆战心惊，为自己挑唆本地媒体做的那些事悔得肠子都青了，以为这么一来，贵人茶油会把自己往死里整！自己的那些提炼办法，要是让媒体记者知道，肯定会成为猛料！如果捅了出去，看来死了都没地方埋啦！不曾想，贵人茶油根本就没有针对他，而是以“寻找桃花源”作为主题，对这个地方的原生态民俗文化和生活方式进行了大量报道，并且对本地茶油传统的压榨方式进行了专题报道。

因为贵人茶油没有借助媒体的力量对银昊进行负面报道从而打击报复，让吴银昊觉得这个公司不错，既然公司有这么好的品质，肯定跟公司的领导人有关，那就意味着田冶的品格不错，应该值得交往，即便不能合作，认识一下、交个朋友也不是什么坏事儿。

吴银昊通过金丝边眼镜，认真地盯着谢天：您觉得我们合作的机会有多大?

大概他知道说话的时候应该看人家的眼睛，可惜把这个“看”看得太严重了，这会给人家造成压力，让人觉得是一种审视，而不是交流。大多数凭着自己的小聪明在小地方发了财的人，都有这种习惯，有些甚至能够维持一辈子，更厉害的那些还能够遗传。可见，人类的一些基因完全是一种偶然，或者说是一种修养上的不幸。可惜，很多时候，我们都没有觉察到这一点。而是自以为是的养成某种习惯然后顺理成章的遗传，从而以为自己改进了人类。这一点无知，让达尔文大叔咬牙切齿地高叹人类的无知，所以当贵妇人问他是否自己也是由猴子变来的时候，达尔文很有礼貌地回答道：尊敬的夫人，您是由一只漂亮的猴子变成的!

谢天语气迟缓：吴总，咱们不是第一次见面，也不是第一次交流，按照我们不同的想法和做法，估计在很多方面都有出入，如果能够协调这些，还是有合作的机会；如果没法协调，我也很难回答您，究竟有多大的机会!

谢天占据着主场，说话天衣无缝，既不拒绝，也不接受。

吴银昊马上接口：您的意思是说，田总对我的运作模式有想法吗？

吴银昊已经没有在本地的那种骄横，而是一种真想沟通和交流的表情。人离乡贱未必只是对土财主来说，可能对所有人都是真理。

谢天一脸的诚恳，微笑的表情让人心服他的真诚：每一个产品，或者说每一个产品的不同系列，都有不同的市场着力点，好比说宝洁旗下有很多牌子的洗发水，针对的是不同市场的细分。既然市场已经细分，您觉得还有必要进行统一吗？

吴总终于感到一丝轻松，笑呵呵道：您说得对，这些不都是在宝洁名下吗？我们何以就不能联合成一个宝洁呢？比如银昊和贵人联合成银贵或者贵银，银子不就是比较贵的嘛！当然，这个叫法比较通俗，只是举例说明，并不专指。

谢天现在才明白，怪不得吴银昊能够在当地做出一点儿事情，没有两把刷子还真不敢上场啊！可见，人家也不是省油的。

谢天漫不经心地问道：听说您的压榨方法很先进，是现代化的高科技设备，跟您比起来，我们的传统土法压榨就显得很落伍了。

吴银昊赶紧说：如果我们合作了，压榨方法可以完全调和嘛！不瞒您说，为了急于求成，为了追求产量，以前我用的方法确实比较激进，而且有点儿冒险。不过，要是我们结合起来，可以不必用工业提炼的办法，这个都可以商量的。谢总您认为呢？

银昊已经变得一脸的诚恳了，他也明白，高人面前不能打马虎眼儿，不然合作机会就大打折扣了。

谢天看到吴银昊确实有诚意，就不好意思再揭他的老底了：这个都可以商量，有您吴总这个话，其他的都可以商量。

按照谢天的风格，这种时候非把人往死里说，至少得说得体无完肤。而现在因为考虑到双方可能会有合作的机会，他没法逞能，以免惹恼了吴银昊，对大家都不利。

要是早一点儿听说吴总您来的话，我就不用出门了，而是专门在家恭候您的大驾！——一句爽朗的话从门口飘进来。

一推门，看到正在和谢天喝茶的男子，根据谢天的描述和自己总结的印象，田冶觉得这个人就是吴银昊无疑。所以一进门，谢天就赶紧走上几步，在吴银昊还来不及从椅子上站起来时，就已经紧紧握住他的双手，大有相见恨晚的味道。这是田冶的一种惯性思维，不管是什么样的人，只要你的热情发自心扉，任何人都没法拒绝后面陪着笑脸的双手。

吴银昊两手紧紧握住田冶，可惜他的手没有田冶的大，所以只能半包：以前只听说过，没想到见了真人，感觉比传说的要帅气很多，更没想到，田总还这么年轻啊！

田冶赶忙说：过奖，过奖，非常感谢！

从吴银昊手里抽出手之后，田冶慢慢坐了下来，递给吴银昊一支烟，谢天赶紧给吴银昊点上，然后田冶给自己和谢天各拿出一支烟，分别点上。被人惊呼长得高高帅帅，这是田冶经常会遇上的，在他看来，男人不该靠脸蛋吃饭，所以，别人说他帅气，在他看来并不是一种光荣。谁都知道，称赞一个男人帅气，仿佛有一种能够凭这种资本吃软饭的潜力。

吴银昊还没有从刚才的惊讶里回过神来，还在继续回味着：很久没见过这么有品味的帅哥了，我要是女人，第一眼就会钟情你！

田冶不由得说：可惜您不是女人啊！所以，咱们应该聊点男人的事情。

说罢，田冶吸了一口烟，慢慢吐出，转向吴银昊：请问吴总打算怎么合作？

吴银昊更惊讶，怎么这个人这么聪明，屁股还没坐热就知道我的来意呢？好像刚才也没见到谢天打过电话通气啊！

自从上次的桃花源事件之后——吴银昊这么形容那次自己发起的挑战——不但没有对贵人茶油造成损失，反而让贵人茶油品牌价值扶摇直上。虽然压根儿就没提到银昊茶油，吴银昊仍然有深深的挫败感，最大的失败就是，人家根本没当你是敌人，不在一个档次，人家连灭你的想法都懒得有。

吴银昊当时真是躺在床上三天三夜没合眼，条分缕析地归类自己进入茶油市场之后的作为，瞬间，恍然大悟，既然贵人茶油没打算置银昊于死地，不一定是银昊称不上对手这个分量和地位，也可以这么说，银昊对贵人茶油还是有使用价值的，不然，放着大好机会不充分利用，只能说明贵人茶油的掌门人根本就不是生意人。既然是生意人，那么何不趁着这个机会，跟贵人茶油好好谈谈呢？能合作，对银昊自然是一个提升；合作不来，银昊也不会马上就死掉，还是能够大道朝天、各走一边。

关键是，银昊拿什么作为资本跟人家谈呢？作为品牌，没人家历史长，也没人家那么高的知名度；论产品，自己所谓的那么一些创新，大多都是靠小聪明糊弄外行人，这个算不上什么价值。不过，熬破头皮之后，吴银昊还是琢磨出几点来，真不愧那不吃不睡的几天几夜煎熬。

本地将茶油作为支柱性产业，加大种植面积、改良品种、全面补贴、扶持当地生产企业和地方品牌，这些是政策层面的，贵人茶油做不到这一点。还有，传统茶籽林在这几年里会渐渐被淘汰，都更换成新品种，而新品种的唯一掌握者就是国家，国家即银昊，这是银昊的强项。还有一个更深层面的意思就是，毕竟，银昊是国有的，挂着这面旗子，做起事情来那就不是一般民营企业所能比拟的，吴银昊之所以能够把树苗、化肥、农药、设备等补贴都抓在手上，就是因为这面旗子的作用。

综合这些因素，可见银昊跟贵人合作，才是双方共同发展的上策；不然，在同一块地里刨食，分久不合的话终归会落得一个两败俱伤的局面。

听到田冶问自己来意，吴银昊就把自己摸索出来的几方面因素，一五一十地对田冶道来。

看到田冶一直都在聆听，完全没有插话的意思，吴银昊就滔滔不绝说了下去。喝了八碗茶、灭了六支烟，口齿伶俐的吴银昊终于把自己的意思全部说了出来。然后，用一个问题来归结：田总您认为我们合作的前景怎么样？

田冶对着吴银昊问道：吴总，不，还是称您昊哥好一些吧，可以吗？

吴银昊赶紧说：叫昊哥好啊！我们那里都是这么叫的。其实他说的那里，人家根本不这么叫他，不过由此也可见他临场发挥的机敏。

田冶说：不瞒昊哥您说，听了您这番话，我觉得非常有道理，这是外地公司和本地公司的融合，也是外地理念和本土资源的整合，同时是国有和民营的混合，这是市场经济开放发展的大方向啊！至少在我看来，合作对双方是大有益处的。

田冶先把自己的态度摆出来，让银昊吃一颗定心丸，然后再慢慢推敲合作的条件。人类心态就是这样，得到许可分泌的激素总是比遭到否认分泌的毒素更加有利于创造一种愉快的心情，心情愉快了，哪怕就是普天之下认为最难缠的人都会有善良的一面。

听了田冶这番话，昊哥心情已经相对好了很多，于是趁热打铁地把树苗、设备、农药、化肥、农机、地方政策倾斜等各种优势以及会得到的好处，再一一详细说明。

昊哥话音刚落，谢天就好奇地问：还有农机补贴的？种茶籽树好像用不到什么农机的吧？

不过他这话一出口，自己就有点儿后悔了，因为田冶拿着一支烟在手上敲了几下。这是一个很多烟瘾男人的习惯动作，抽烟之前会在手上敲几下，为的就是把烟丝压得更紧一些。不过当有第三个人在场的时候，平时田冶没有这个动作，谢天当然知道田冶的暗示，为自己的心急有点儿不好意思。

幸好吴银昊没有注意，而是顺着谢天的疑问加以解释：我说你们也真是太自由市场了吧？这个都不知道！也不怪你们，毕竟你们是纯粹做市场的，关于政策补贴这一块你们可能注意得不够。农机肯定有补贴，除草机、收割机、喷洒器等，这些设备，都是可以无偿申请的，领到之后直接转手卖给农机店，农户去那里买，就这么简单。不但这些，树苗、农药、化肥等，都是这样操作的。

谢天说了一个笑话，掩饰一下自己刚才的唐突：哈哈哈，看来是我夜郎了，以前我只知道计划生育中心开卫生用品店，没想到各种行业都有这种做法，谢谢昊哥，您真是让我长见识啦！

听到这个笑话，昊哥笑过之后，加以纠正：说白了，性用品店不是他们开就是他们供货的，咱们都知道，夜场最大股东是谁嘛！说完，摆出一副我不说你也懂的神情来。

三个人一起哈哈大笑，在一旁帮忙倒茶的小姑娘也忍不住掩住嘴巴。

谢天指着小姑娘说：这是成人话题，小姑娘你懂什么！还笑成这样？

这话逗得大家笑得更大声了。这时候，谢天的电话铃声起了，他赶紧跑到一边接电话。

几分钟之后，谢天归座，笑眯眯的。

看着谢天的表情，吴银昊毕竟上了点儿年纪，敢于跟谢天这样的年轻人开玩笑：谢老弟是不是有什么好事儿，今晚有哪个美女约你啊？怎么这么得意的表情啊？！

谢天看着吴银昊点了点头，然后把目光转向田冶：果然是好事，咱们的片子获得中国网络年度原创广告和纪录片大奖，这两天就要到北京领奖。

吴银昊羡慕地说：果然是一件大好事，我白活了几十年，还不知道这些大奖是什么呢？！然后问：这个大奖对我们的产品会有什么帮助吗？

田冶笑了一笑，没说话，给他们两个递了烟，示意谢天给解释。

谢天开始摆弄他的葫芦：怎么说呢，这个原创大奖嘛，就好比米其林饮食榜上有名的评比一样：得到这个奖，一个是你的产品肯定好卖，价格还可以上升不少，还有你的品牌价值会提升至少十倍甚至上百倍，因为这个大奖证明你得到市场的极大认可，自然就会得到很多的预期效益，品牌价值自然就飞起来了！

吴银昊更加好奇：什么叫品牌价值、预期效益？他虽然从山里来，毕竟不是一般的土包子可比，学习的自觉性还是十分强烈的。

谢天有点儿心里没底：这个估计要我们田总才能够跟您解释清楚了，因为在这方面，我也是他的学徒，资本汇学院我还没毕业呢！对吴银昊说完之后，谢天望着田冶。

田冶坦然道：没什么关系的，你直接说就是，温故知新嘛！其实田冶同样想知道谢天怎么看这个问题，所以仍旧抛回去。

谢天这会儿已经敞开了：昊哥，这么跟您说吧，市场经济从来都是一种对价值认可的经营模式，市场承认的是我们的价值。我们的价值由两个阶段构成，一个是过去我们所创造的，这是已经创造出来的，是过去式；一个是未来我们可能创造的，这是将来的，很可能是市场对我们下的一个赌注，因为我们谁都不知道明天会有什么变化。不过，按照常规，在正常的市场行为里，人家都是按照我们过去的行为给我们的将来下一个定价：这是预期的收益和可能的效益。至于现在，我们没有现在，现在是一种想象，任何一秒不是将来就是已经成为过去！这是我们资本汇学院的市场知识，是田总的积累，我只是传声筒而已，说得不好，请不要介意。

谢天见吴银昊在沉思，就回望一下田冶，田冶点头表示认可。是他们平时朋友聚会聊起心得的时候，就说是资本汇学院在召开研讨会。资本汇是田冶对资源的一种概括，也就是一个人所有的资源加起来才是这个人所有的资本，如果每个人的资源都加起来，那就无往而不胜了。这就是资本汇的初衷。

吴银昊试探着问：那就说，要是银昊茶油得这个奖，以前我的品牌市场价值 10 万元，得奖之后至少价值 100 万元以上，甚至，已经上千万？吴银昊现学现卖，一点儿都不含糊。

谢天对着吴银昊抱拳：对极，就是这个道理！

吴银昊忽然扔出一个问题：很想请教一下两位，有一个问题我一直都弄不明白，不知道该不该说？

田冶表示欢迎探讨，谢天也是满脸好奇的表情，他们两个确实很想知道吴银昊心里头究竟还有多少葫芦。

吴银昊说：以前经常碰到一个说法，就是夹层基金，又不好意思问别人，我想那些人也不过就是挂在嘴边表示自己比较专业罢了！今天刚好能够碰到两位，所以不怕两位笑话老农我见识浅陋，斗胆求学！

田冶心里暗暗吃惊，看不出来，这位老哥居然如此与时俱进，看来他也不是一个简单的乡镇企业家，还是有一定见识的。谢天哈哈一笑，对吴银昊的问题表示赞赏。吴银昊诚恳地端详着两位，希望能够得到理想的回答。

谢天说：这种问题还是我们老大比较专业，还是让他来告诉你吧！

说完，两个人一起瞧着田冶。这下田冶倒是不好拒绝了，只好简单说明：夹层基金其实就是杠杆收购，特别是管理层收购的一种融资来源，是介于股权与债权之间的资金，它的作用是填补收购资金缺口，国内目前采用的术语MBO 基金，实际上指的就是夹层基金。比如昊哥你现在掌握的这家企业就是国有企业，比如你准备 MBO 的时候，某一些融资来源其实就是夹层基金，通过这个运作，你的 MBO 会更加顺利，说白了也就是相对安全一些！

吴银昊还是一脸迷茫：不要跟我说英语，我的汉语都没过关呢！什么叫MBO 啊？

谢天笑了一下：就是管理层收购啊！比如你和你的那些哥们一家伙把国有的银昊茶油弄成股份制，出一点儿钱，然后自己控制这个公司！弄到后面，这个公司就是你的，所有事情都是你的事！

吴银昊恍如醍醐灌顶，对田冶更是侧目。谢天不变自己的风趣行径，幽了吴银昊一默：看来昊哥是有 MBO 的打算，不然不会对夹层基金兴趣这么大！不过你现在找对地方了，毫不客气地说，我们田冶就是一位学以致用的金融学家！

吴银昊憨笑一下来掩饰自己的心情，激动之间还是猛然喝了好几杯茶，带着一种亢奋又提出问题：想不到两位这么专业，那就不要客气了，请告诉我什么是银行倒贷呢？

田冶示意谢天来说。谢天表示盛情难却：既然老大发号了，我就献丑啦！昊哥，我必须坦白，我所知道的这一点点东西，也都是跟我们田总学的，如果我说得好，昊哥您给个掌声；说得不好的话，我们只能怪田老师教得不到位。

三个人哈哈大笑。谢天摇头晃脑地开始掉书袋：所谓银行倒贷，其实就是借新还旧，一点儿都不神秘，在银行直接办理新的贷款去还旧的！这种做法，一般在两家银行做，可以比较方便一些。好比，我借了你昊哥的钱，到期了就应该还，不然以后你就不会借给我了，这个时候当然不能去找你继续借更多的钱然后还掉前面欠你的钱，比较好的办法就是我去向田总借上一笔，还掉昊哥你的，把这些程序走好之后，再从你那里借更多的钱。就是这么回事。昊哥您觉得我说得够明白吗？

吴银昊已经开始笑出声来了。谢天又说：其实，所谓的这些专业的金融知识，都是为了忽悠那些外行人。所有专业人士，在外行人面前非要说几句专业词语表示自己很在行，如果是一帮同行在一起，大家说的估计都是人话了，因为谁也不能拿别人来开涮。

吴银昊忽然明白了：照这么说，这些专业词语就是拿外行人开涮啦！？

三个人不由得一起大笑。

他们有说有笑的又聊了好一会儿。

吴银昊还要赶去林科院和农机局、水产局，拉上那里几位素来有合作关系的专家一起吃晚饭，所以先婉拒了田冶关于晚上招待的邀请，连声说：改天一定要好好请你们两位，一定要赏脸啊！不单纯是为了合作事业，哪怕没有这个事业，你们两位也是值得交往的，我吴银昊虽然算不上走遍天下，至少也走过几个村子，见过几个人，但是，像你们哥俩儿这样的，这真是第一次碰到。择日不如撞日，明天晚上好不好，咱们哥几个不醉不归！

这两位赶忙道谢，双方又客气一番。然后说好准备相关详细资料，双方把合作条件整理出一个子丑寅卯，再进行下一步的合作商讨。

吴银昊忙着赶路，就告退了。谢天说要帮他接送，他说车子就在楼下，有司机，不必客气。

3. 田冶是谁

本来，田冶想让谢天去领奖，组委会强调必须负责人亲自到场，只好作罢，自己走上一趟。

原本，很多天以前这两个奖项已经花落贵人茶油了，可惜组委会怎么都找不到田冶，网络界和广告界、营销界的人几乎没有谁认识这么一个叫田冶的人。甚至，纷纷有人猜测，估计是哪位业内高手换个名字搞出的新玩法，就像当年钱锺书喜欢换一个笔名发表文章一样。我们不必费心去找，到那天他会自己露面的。这个行业的人喜欢玩这种游戏，所以见怪不怪。

不过，组委会还是放心不下，既然网络界找不到，就委托兄弟单位进行撒网，深信网络年代应该不会还有找不到人的可能。其中也告知了广告协会，广告协会刷了一圈，还是没影，顺便找到文联，文联刚好听说书法家协会有一个叫田冶的副会长，于是就委托书法家协会确认，终于认定就是这个田冶。

书法协会的人都知道，这个写得一手好字名叫田冶的家伙是做茶油的。

这是一个网络行业的年度盛典，是依照点击率高低进行排名的，前几年一直都是网络界自己玩的年度重头戏。

按照以前的做法，这种评奖只能由传统媒体来做，也就是报刊和电视，而且只允许官方或者具有官方背景的受委托单位才能进行这种评奖。本来传统媒体一直这样做也没什么，毕竟，圈子里的热闹自己好好玩就是了，没必要让社会上的人知道更多。

可惜的是，近几年随着网络的快速发展，满大街的 WiFi 和人手一部甚至不止一部的、作为移动终端的手机，无时无刻不在共享着网络年代的盛宴。尤其是年轻人，谁还有时间看电视呢？看电视还不如直接看手机或者电脑呢！基于这种你再不玩网络、网络就不跟你玩的现实情况，终于迫得这帮所谓的艺术界人士放下身段，主动接纳网络上播放的广告，也是因为如此，贵人茶油的广告片才得以入围并脱颖而出。因为贵人茶油的广告片和纪录片并不在电视台播出，只是放在各大视频网站上，任由大家点击。

这次全国网络年度盛典可谓盛况空前，有各种活动穿插其间，网络经济发展论剑、网络风云人物论坛、网络传播高端论坛、网络广告创意交易会、年度风云人物颁奖、最佳广告作品颁奖等各种子活动，把三天时间排得满满的。而且，后面还有业界风云人物和最佳作品获得者一起参与的三天业界观光游，主要参加当今行业排名前三名的网络公司大本营和当今网络界风云人物热门话题对决，后面的活动是网络界、广告界、营销界、影视界等行业最为瞩目的行业烧烤活动，能够拥有这么一张入场券，是很多人梦寐以求的终极目标。这是一种荣誉，就像以前你在香港做生意，哪怕就是再有钱，要是没有一个爵士封号，仍旧觉得有一种自己挤不进上流社会的遗憾。

事先，田冶并不知道这个活动如此丰富，以为无非就是领一个奖走人，所以订机票的时候同时订了第二天最早一班返程的飞机，因为第二天家里有事，所以不能在北京耽搁太久。

等田冶终于到了颁奖典礼活动地点——鸟巢的时候，里面已经非常热闹，各路明星正在献唱，为这个活动添砖加瓦。可惜，入口处的警卫不认识田冶，所以好奇地问：我们的活动已经开始半天了，按照规定，活动开始以后就不能再入场啦。请问您是找人呢，还是……

瞧着警卫一副拒人千里的神情，田冶略微有点儿尴尬，不过还是一脸平淡地说了实话：听说我们的一个片子得奖，有人告诉我今天晚上在这里领奖，所以我就赶过来了。

警卫觉得这个人有点儿意思：那么，请问您得奖的片子是什么呢？

田冶看着警卫善意而不失调侃的神情，并不在意，尊严十足地一字一顿地说：贵人茶油！

警卫惊讶道：莫非您就是田冶先生？实在冒昧，不好意思！警卫一边说着，得到田冶的首肯之后，一边赶紧通过步话机有点儿语无伦次地通知里面：那个，那个大奖的贵人茶油和田冶到门口啦！

央视知名主持人在舞台上宣布：现在，我们即将颁发的是，年度最佳广告片大奖，有请颁奖嘉宾，牛帮主！

牛森是网络界的风云人物，被誉为这个行业的教父，他见证和实践了这个国家网络的发展史，或者说，他的经历就是这个国家网络发展的缩影。在网络世界，他是一个里程碑式的人物，更让人叫绝的是，他的里程碑不是一座，而是不断更新，一座接着一座，几乎成了碑林。他最大的名言就是：这个世界很残酷，很多人昨天已经死了，更多的人将会在凌晨死掉，而明天的太阳，只能属于那些不怕死而且也死不掉的人！行业里的人都尊称他为牛帮主，在高手如云的业界，大家觉得他是武侠小说里风清扬一类的人物，从来不按套路出牌，可是每次出牌都是意料之外、情理之中。

牛帮主上场，仍旧是他那种休闲而对比鲜明的穿着——典型的八分裤，仍旧是其貌不扬的扔到人群里谁也找不到的样子。他接过礼仪递来的卡纸，翻了一下，然后，笑了一下：我们网络盛典，这个年度最佳广告片大奖真是一匹黑马，因为我也不知道居然会是这样的结果，不过，在这个一日千里的世界里，我们唯一不能改变的，就是变化本身！

全场欢声雷动。

等掌声渐消之后，牛帮主继续说：我希望，能够跟这位叫田冶的仁兄做哥们儿，因为他的贵人茶油广告片，让我们在这个喧嚣无助的世界里找到一种精神支助，那就是，坚持自己的梦想，因为只有梦想，才是我们唯一的本钱和价值！我借用一位朋友的话就是，我们还是要有梦想的，万一不小心就实现了呢？！为了梦想，我们应该不断往前冲！让我们以网络时代的风格热烈欢迎——田冶先生！

在全场震耳欲聋的欢呼声里，三个警卫拉着刚刚进入会场的田冶，一路狂奔，穿过人墙，直接跑向舞台。田冶在舞台上站定后，牛帮主上上下下好好打量了一番他：怎么上来一个帅哥啊，这不是明摆着给我难看吗？请问，您是贵人茶油的形象代言人还是什么角色？不好意思，我们这个奖是要原创者领的，不能代领！

田冶一笑：牛帮主您好，在下就是田冶。

牛森笑呵呵道：你都长成这样了，还让我这样的人怎么活啊？！

说完这句调皮话，他热烈地跟田冶握手、拥抱。牛帮主说的话确实并不过分，大家都知道他的那副尊容，说得好听一点儿叫有个性，顽皮一点儿的说法那个可是进化年份不足、对不住达尔文大叔的。前面的说法可能要调整一下，他这副尊容并非扔到人群就找不到，而是长得太有特色了，一眼就可以找出来，只好比在美女如云的场景中，最出众的估计就是凤姐一样。

鸟巢里掌声一浪高过一浪，大家在哼唱着贵人茶油广告片的背景音乐。牛森示意田冶应该说几句获奖感言之类的话。

田冶非常镇定：作为一个只知道卖茶油的人，居然能够在这样的场合跟这么多的朋友一起享受这种感觉，真是感到万分幸运，这比中了大奖还要让人畅快，不好意思，这个就是大奖！真不凑巧，我们的贵人茶油广告片居然能够得到大家的认可，获得这个奖项，在此，我必须感谢牛帮主，因为他的手气比较好，所以拆开信封之后，能够让我们贵人茶油中奖，要是换了别人，那就不敢说了。

田冶向身边的牛森致敬，牛帮主给了他一个拥抱。田冶继续说：我们贵人茶油没什么优势，就是原生态，就像我们的网络世界一样，除了原生态以外，其他的都是一种束缚。我们希望贵人茶油能够给所有的朋友带去祝福，就像我们希望，在这个网络年代，扁平的世界能够带给我们快乐的生活！牛帮主改变了我们的生活方式，而我们的贵人茶油的目标就是，提高我们的生活质量——不要为了活着而生活，而是要为了生活而活着！谢谢！！谢谢！！！

牛森拉着田冶的手，准备在热烈的掌声里走开。

主持人赶紧过来，挽住田冶：牛帮主，可能你们哥俩儿要等一会儿才能进行交流了，因为还有一个人也想跟田冶先生聊两句。

牛森双手合十，自己走开。田冶看着主持人，不知道还有什么好戏。

主持人说：我们网络视频自从诞生之后，有三个原创奖项是最重要的，一个是广告片，一个是纪录片，还有一个是电影，田冶先生，您记得自己是拍的电影呢，还是拍的纪录片呢？

田冶不知道主持人究竟在卖的什么关子，所以只能微笑着不说话。

主持人几乎声嘶力竭地吼道：下面，我们有请中国网络界的另一位第一人——牛林先生，为我们揭晓年度网络纪录片大奖获得者！

在网络界，牛林和牛森齐名，并称二牛，是这个行业的风向标。牛森给人的感觉好比郭德纲，大蒜拌面，而牛林是周立波，咖啡情调，虽然作为同一行业领头羊，风格还是有所不同。可见，网络世界塑造人。

业界尊称牛林为阿牛哥，因为他的知性和帅气。阿牛哥从创办即时通起家，注重用户体验和用户黏度，如今已经是每天几个亿的用户同时在线使用他的平台，这种用户量能弄晕脸谱网，会弄得扎克伯格都莫名其妙：就这么一个小玩意，居然能够如此，这个世界怎么啦？阿牛哥同时打通了在线支付、在线打车、在线美食、在线视频、游戏、新闻等网络热门功能，成为当之无愧的国内第一网络公司。海归派很多都能够因为自己的便利，拿一些国外的东东到国内贩卖，就可以大赚一把；但是，也会很快消失在时间的尘土里，成为故事甚至事故。能够把国外的技术和国内市场融合得恰到好处，而且能持续经营这么久并且仍旧大有发展潜力的，当属阿牛哥第一。

阿牛哥最著名的一句话就是：用户就是我的上帝，只有你想不到的，没有我为你做不到的！

这是一种企业精神，也是一种创新宣言，意味着在大数据的时代，用户体验和黏度才是出发点和归宿，真正实现用户就是上帝的人间预言。

主持人热烈欢迎：阿牛哥，欢迎您！然后热情向前，紧紧钳住阿牛哥的双手。

阿牛哥一脸标志性微笑地道了谢谢，绅士十足地跟主持人握手之后，向前一步，笑着向田冶伸手。田冶伸出手，两个人都是满脸相见恨晚的表情。场面接近失控，因为在很多人的眼里，阿牛哥就这个时代的梦想，富足、帅气、风度，三种魅力让人目眩神迷。不曾想，阿牛哥和田冶站在一起，相得益彰，反而把星气耀眼的主持人比得只能找个地缝了。

主持人一边见缝插针：听说阿牛哥准备独立投资拍摄电影，这里我就要给您介绍一位很有才华的年轻才俊——田冶先生。不知道阿牛哥是否会有跟田冶合作的意向呢？

他毕竟没有忘记自己的本分，在全场欢声雷动之中依然没有忘词。

阿牛哥已经笑哈哈了：如果田冶愿意，我们随时欢迎，而且，你也看到了，我们的合作一定会很愉快的！说着，阿牛哥抓起田冶的手，面对观众的欢呼。

阿牛哥中气十足道：下面由我来揭晓，本年度最佳纪录片——贵人茶油！

阿牛哥扔掉手里的信封，高高地伸出双手，给田冶一个紧紧的拥抱。短暂又似乎漫长的时间停顿，满场的尖叫声。然后，主持人对田冶说：对于获奖，不知道田冶先生有什么感想？

阿牛哥没有放开田冶的手，田冶只能跟他握着手致辞：很荣幸，如果不是阿牛哥念错名字，那就是我们贵人茶油中了大奖。非常感谢你们把这个奖给了我，我要感谢这么多年来一直和我奋斗在第一线的团队里的小伙伴们，因为你们的不放弃，才有今天的收获！谢谢大家！非常感谢！

主持人还是不打算轻易放过田冶：请问您对纪录片是怎么看的？您的这个片子是因为什么吸引大家呢，在您看来？

田冶一时半会不知道该说什么才好，只好临场发挥：这个故事说起来会很长，在这里我只能简略一下，我以为，忠实的记录和诚恳的阐述，就是纪录片的灵魂，每天这个世界都在发生很多足以让人拍案惊奇的故事，作为记录者，只要我们完整地记录下来，就是最好的作品！这一点，小津安二郎、侯孝贤就是我们的榜样！至于我的这个片子，只能说，因为热爱，因为那片土地上蕴含着无比的神奇，发生着神奇的故事，于是我就记录下来了，结果你们给了我这个奖。这就是我的故事。谢谢大家！

主持人比谁都兴奋：这两大帅哥都很幽默，我们真心希望他们能够合作，做出让我们叹为观止的作品！下面，我们有请阿信，为我们带来他的成名曲——《死了都要爱》！

颁奖典礼之后，几个风头正健的人物准备到楠人邦会馆坐坐，二牛极力邀请田冶一起去。

盛情难却，田冶上了接送他俩的商务车。走到车边上，田冶惊喜地发现，来接他们的居然是一个风姿绰约的美女。

她为大家开车门，礼貌有加地说：三位大哥好，你们辛苦啦，我是婷婷，代替晏邦主来接你们的，晏邦主让我传话，这几天因为在外面赶不回来，对不能参加你们的活动很抱歉，不过，他有礼物送给你们，希望你们不要嫌弃。请上车吧！

大家都说真是太客气了，然后依次上车。三个人一起坐在后面，婷婷关好车门之后，在副驾驶落座。二牛聊起行业的前景以及当前的一些热门话题，真有谈笑间樯橹灰飞烟灭的阵势。田冶因为对这个行业没有深度参与，只能当听众兼观众。之所以能够成为观众，因为牛帮主说话时候的肢体语言非常丰富，让人有一种舞台剧的良好观感。

二牛在热烈探讨的时候，田冶的电话响了。

是家里来的电话，田冶对二牛道声抱歉赶紧接听。

只听到田冶在说：多少度？39 度多一点儿？手脚凉吗？不凉那就没事，敷手巾就可以啦，你手压住他的头，出了汗就好。不会有什么大问题的，你就放心吧，哪有那么严重，谁家小孩没个发烧啊？这是他的免疫体系在反抗，发烧才能增强抵抗力。好的，先物理降温，看看情况怎样，一会儿再给我电话。

挂了电话，田冶再次对二牛表示道歉，因为他的接电话，二牛都静了下来。这更让田冶不好意思了，赶紧说你们接着聊。

牛帮主问：你有小孩啦？看你这么年轻，我还想着给你介绍女朋友呢！

阿牛哥表现出难得的幽默：介绍女朋友和有没有小孩不冲突啊！

田冶有点儿不好意思：不好意思，两位老大，小儿子发烧了，接个电话，打扰了你们。

关于孩子的学问，牛帮主似乎很有经验的样子：没事没事，我们两个也是瞎聊，孩子才是最重要的，不到 40 度没什么的。孩子跟我们不一样，他们的抵抗力比我们强多了，我们要是烧个 40 度，早就晕了，孩子不会有什么事的，而且才 39 度多，你不必那么担心。

阿牛哥不同意这么草率，说话也就比较有科学依据：不能这么潦草，这也要看孩子多大，发烧是什么原因引起的，是病毒性的还是细菌性的，最好还是到医院验一下血什么的，这样安全一点儿。孩子的事再小也是大事，千万不能马虎。

牛帮主仍旧觉得不必小题大做：哪有那么复杂，谁家小孩没有一个发烧头疼的，没那么娇气！只要不超过 40 度，哪怕就是 41 度，只要手脚不凉，还是物理降温就可以了。

阿牛哥还是相信自己的科学判断：病毒发烧和细菌发烧还是不同的，这个要用不同的办法，不能拿孩子开玩笑。

牛帮主还是一贯作风，快人快语：病毒和细菌有什么区别？还不都是细菌吗？这是医院创收的办法，咱们多少还是受过一点儿科学知识调教的，没必要在这种定义上给人家弄晕了。

阿牛哥仍旧是一贯地相信科学的态度：帮主的意见我不反对，不过，人家弄那么复杂的设备，花那么多人力物力财力做出来，也不是为了抠我们一点儿检验费而已，还是要尊重一下科学的。

帮主就是帮主，转换话题的水平也是一流：好好好！咱们不在这个问题折腾，这样肯定是没有结果的。小田哥，你有几个孩子？多大啦？

田冶赶紧说：两个，大的 8 岁，小的刚刚 2 岁。田冶看到二牛终于能够不在这个问题上纠结，顿时感觉解脱了。

前面的婷婷忽然插话：三位大佬，我可以说一句话吗？三个人齐齐说没事，有什么说什么，这里是有一说一的对话平台。

婷婷一口气说了一大串：我接送过太多的大人物，那些人在车上不是说行业走势，就是说世界经济格局，好像自己就是巴菲特或者比尔·盖茨一样，甚至有些人还有奥巴马的派头，那种话题真是让人云里雾里的。不过，像你们三个大男人这样的，作为行业的老大，却聊起孩子的发烧问题，我还是头一次听到。

二牛追问婷婷：有什么问题吗？

婷婷笑着说：有，不是问题，是很有感觉，你们这种讨论，让我觉得你们这样的才是男人！

这个姑娘的发话让田冶有一种非常温暖的感觉。如此漂亮的姑娘，居然还知道说这种话，看来这个晏邦主不一般啊！

楠人邦是长安街边上一个胡同里的四合院院落，外面看不出什么稀奇，因为门口根本没有什么装饰，还是那种平常的砖瓦。其实这是一座从前的王府，不过主人特地重新安装了大门，把富丽堂皇的王府门楼改成小巧实用的平民家门。如果不是特意追寻，谁也不会知道，还有这么一个地方存在。在高楼林立、寸土寸金的长安街，能够保留这么一个院落，实在匪夷所思。

更绝的是，主人把整个王府翻新一遍，从楼体到家具，全部用上了金丝楠，所以才被称为楠人邦。既然大家这么叫了，而且这个名字还算不上有多难听，于是干脆就用上了这个名字。收藏界传闻，目前国内的金丝楠存量，大概有大半以上都是在楠人邦主人的名下，他在四川、贵州、湖南、广西、云南、湖北等有金丝楠出产的地方，都设了点，专门负责收集流落民间的金丝楠。一点儿都不客气地说，楠人邦可以算是金丝楠的博物馆，只不过，这是业界的秘密，是不为外人道的。

楠人邦的主人姓晏，江湖上都称他为邦主，好比网络界称牛森为帮主一样，在收藏界尤其是楠木收藏行业，他是当之无愧的帮主。大部分人都不知道他的真实底细，明眼人一看他的气度和性情，就知道非同小可，可是究竟是什么原因让他有这么大的势力，那就没几个人知道了。

这个世界就是这样，面子上必须光鲜夺目，因为作为视觉标志必须明亮，好比品牌的标志一样，耀眼夺目是第一原则。但是决定本质和方向的是里子，标志只是标志，标志能否出众，还是要靠产品的质量和团队的能力说话。很多人活成了面子，不过是里子的牵线木偶。晏邦主就是这样的里子，从来都是不动声色，从来都是礼数周到，从来都是温文尔雅，让人在热情之中感觉到一种亲切，却不知道这种热情和亲切的实力究竟源自哪里。

那天晚上，他们在楠人邦玩得非常尽兴。

每个人脱下衣装，其实都是骨头和肉还有水组成的，可以说本质都一样。对于这三个男人，婷婷尤其注意了田冶，那种气质、修养、学识，让她深深觉得田冶是一个与众不同的人，虽然现在的名声没有二牛的大，可是，名声这种东西算什么呢？一切不过都是身外之物，到头来，我们一辈子值得珍惜的人，其实也就那么几个。

大概因为这种印象，婷婷赶紧加了田冶的微信，还调侃了一下牛林：阿牛哥你做的这个玩意儿还真是有点儿意思，咫尺天涯，好朋友仿佛就在身边！

二牛笑话她：你这是看上我们田冶兄弟了吧？不然，这么急着加人家干什么呢？

说得大家哈哈大笑。

虽然二牛都极力邀请，田冶还是赶回家，不为别的，只为小孩在发烧，而且，还有大女儿的家长会。

那天晚上临别的时候，二牛醉眼朦胧地对田冶说：兄弟啊！我们已经喝高了，不能送你出门，不过还有婷婷，她可以送你，你要去哪里都可以，她是全程奉陪，只要你喜欢。还有，以后有什么事，一句话，兄弟之间就不含糊了，你明白就行。

婷婷送的田冶，一路上婷婷都很兴奋，不断地跟田冶说这说那。

在她看来，像田冶这样的男人才是极品——不仅有知识、有教养、有风度、有眼界，而且谦逊，待人之道能够面面俱到，这种男人这个世界已经成为濒危动物，再不保护，那就会断根了。那天晚上，因为还有别的工作，所以婷婷把田冶送到酒店之后，自己又忙别的去了。走的时候顺便礼貌性地问了一下田冶第二天航班的时间。

第二天一大早，田冶退了酒店准备去机场，忽然发现婷婷在大堂。

田冶说：真巧啊，你怎么在这里？也有客户住在这里吗？

婷婷仔细端详有点儿惊讶的田冶，半天才笑眯眯地说：为了送你！

我们一直都以为，自己是为着自己这一辈过的日子，而且还有很多理由支撑，对酒当歌、明天几何。其实，按照整个人类的进化史来说，我们也不过就是这个链条上的一个节点，或者说得比较纯粹一点儿，就是一颗螺丝钉。

尤其值得玩味的是，如果宇宙就是一个大荒蛮，那么地球不过就是宇宙的一粒尘埃，一粒尘埃上所发生的酸甜苦辣，对于整个宇宙会有什么影响呢？反过来说，对于宇宙寿命没事就以几十上百亿年来测断的时间概念，人类的区区几十万哪怕就是几百万年也显得渺小无比，几乎可以忽略不计。

人类寿命再怎么长，彭祖毕竟只是一种想象，松鹤延年也是一种噱头。哪怕就是彭祖，800 年又怎么样？人类已经在这个世界混了这么久，800 年就显得太小儿科了。生命或者说基因的延续摆在每个人面前，都是一道绕不过的坎。你可以不留下自己的后代，于是，你的这一支系到你就结束了。但是，宇宙永远不会因为你的停摆就让地球停住，人类也不会因为你的离开而结束，这是自然的规律，谁都逃不过。以为自己能够潇洒的人，很大程度上不过是一种自我安慰，直白一点儿说，那是自慰。虽然很多人都喜欢自慰，但不表明自慰是一种好现象，好比流感可以让很多人传染上，也不能表示流感就是好东西一样。

田冶一直都是这么看自己，甚至往上追溯往下延伸，他都知道，大家都是这条链子上的一部分，没有所谓对错，只要尽了自己的责任，就可以完美谢幕。也是因为如此，他才婉拒了二牛的邀请，赶回家看望孩子。

值得庆幸的是，二牛居然能在这一点上达成共识，非常尊重他的决定，一致认为他应该赶回家。大家江湖再见嘛。

家长会现场。田冶和老婆一起跟着孩子参加。

小儿子发烧到半夜，后来就没什么事了，敷了半夜的毛巾之后，烧就自然地退下了。也是孩子自然免疫的功效，这也是田冶一直以来崇尚的自然疗法。他之所以崇尚自然疗法，除了现在的医药行业值得怀疑、食品让人不安之外，还有田冶自己一个深层次的概念，给孩子一种自由，一种能够有机会选择的自由，而且，传统以来的天人合一也不是没有道理，人无非就是自然界的一个产物，为什么要跟自然对抗呢？

他的这种想法只能是自己的想法，因为很多时候并没有得到家人尤其是老婆的认可。加上第二个孩子是男的，家人的宠爱就更是上不封顶。对于家人的这种想法，田冶并没有多少表示反对的意思，因为反对也没用。家人就是这么想的，以后上香的只能是儿子，因为女儿毕竟是帮别人家养的。那些大声呼叫男女平等的人，大多都是因为自己已经有了儿子，或者是自己再也没有机会有儿子，跟这种人胡搅蛮缠，好像没什么意思。几千年来已是如此，改变是可能的，但不是一辈两辈人的事，因为看清楚了这一点，所以田冶在这一点上从来不参与争辩，甚至连讨论都懒得参与。

今天田冶参加的是女儿的家长会，一些通俗的说法把女儿就读的这所学校称为贵族学校，大概因为学费超过一些人的承受能力的缘故。田冶看来觉得大可不必，是否贵族自然不在学费高低，而在孩子人格的培养。问题是，现在的环境下，如果不多出一点儿学费，谁会对你的孩子用心呢？因此，田冶才把女儿放到这个学校，女儿能否学到什么并不重要，重要的是能够养成一种健全的人格，这就够了。至少在田冶看来，这就够了。

现在教育的功能改变之一，表现在家长会已经不叫家长会，而是称为亲子活动，而且定期。这种亲子活动，每次都邀请家庭成员一起参与，包括孩子的兄弟姐妹，在教育部门来说，这是一种让老师、家长、孩子一起享受现场体验的过程。只要能够及时赶到，田冶从来都不愿意错过这样的活动，在他看来，自己所做的一切，其实就是为了孩子开辟一条属于自己的路。我们身后未必要给孩子留多少钱，但是，我们应该让孩子明白，自己是有多爱着他，而且还要给孩子一种自信，一种活在这个世界的自信。

看着老婆和孩子们在热闹地游戏，田冶心满意足地在一边看着。

教务主任过来，在田冶面前热情地说道：恭喜您！

田冶莫名其妙，参加家长会不是理所当然的吗，怎么会有恭喜的说法？是不是女儿表现特好，老师表示祝贺呢？

看到田冶的茫然，主任哈哈一笑：现在我们全校都知道了，你的片子不是得了大奖吗，这不，也让我们沾了光呢。

看来真是网络年代，什么东西都是瞬间全世界都知道了。这也看得出这个学校的老师还不算太死板，能够知道现在已经是网络年代并参与其中了。

田冶笑着回应：谢谢您的支持，我那个奖算什么啊？不过就是一点小玩意儿。

主任更加热切：媒体都全面报道了，您也不必那么谦虚，听说二牛还跟您一起聊了一个晚上呢！这是什么啊，你都跟他俩成了哥们儿啦！对于我们来说，真是莫大的荣幸，您可知道，我一辈子的追求，就是能够跟阿牛哥见上一面哪！

田冶心说坏了。怪不得刚才一到学校，所有人的眼光都有点儿奇怪，原来是这个奖把自己给暴露了，人怕出名猪怕壮的俗谚还是有效的，尤其在网媒年代。田冶赶忙说：主任您不必这么客气，其实所有行业都一样，行业前面几位总是很容易得到掌声，那两个哥们儿之所以这么耀眼，不是因为事业做得有多大，而是因为聚光灯太强烈。

主任一脸的诚恳：请问，您打算进入网络界吗？这是我们都想知道的答案。

田冶一副对主任掏心掏肺的神情：主任您抬举我了，其实我就是一个做茶油的，其他的东西我都不很清楚。网络我就更不懂了，哪里还有什么进入不进入的说法呢？

当然，田冶在主任面前只是虚应故事，在他看来，网络技术肯定会全面覆盖传统行业，或者说，传统行业在这种网络年代就必须网络化。他自然不会拒绝这种时代要求，而且他一直以来都非常关注网络行业的发展格局。

主任终于从惊喜里醒过来，明白自己要做什么事了：等下您要记得给我签名。咱们先说您女儿的事。

这下轮到田冶有点儿奇怪了：卉卉怎么啦？

我们有时候喜欢一个人，就会按照这个人的想法去完善我们喜欢他的途径；要是不喜欢一个人的话，同样，我们还是会按照这个人的想法去完善我们不喜欢他的途径。这是一种本能。与蜜蜂做的蜂房和蚂蚁筑的窝肯定不同理。哪怕就是曾经圈地运动最厉害的日不落帝国，拥有足以让全世界颤抖的淫威，也没法让印第安人和新世界的殖民者在一种传统下生活一样。

卉卉遇到的问题就是这样。

国文老师怎么也吸引不了她的注意力，不是因为老师水平不好，而是因为老师层次有区别。在老师看来，应该按照她的想法好好作文，一定要有一个让人振奋向上的主题也就是中心思想，而且这个先要进行设定和规划，没有这一层，文章只能算是胡诌，有了这个，哪怕就是吃喝拉撒都可以进行描述，这些同样可以管中窥豹、以小见大，所谓一滴水就是大海。

可惜卉卉不这么想。在卉卉看来，自己看到的、有感觉的才是最要紧的，这是卉卉自己的念头。其实这也是田冶的念头，因为他从小就一直是这么跟女儿念叨的。关键是，这种做法在老师这里卡壳了，老师以为自己是权威，结果卉卉挑战了这个权威，老师肯定不干了。

在这个地方，有时候贪赃枉法并不算过错，但是有自己的思想，那就是罪过了。老师是标准的教育模子浇注出来的工具，自然只以一种思想作为权威，或者说，只允许这种思想存在，其他的思想都是邪路，甚至，压根儿就不该有其他思想。有这么优秀的思想已经足够人类生存所需要的一切，难道还不够美好吗？为什么还要有其他的思想呢？因为我们不知道老师的唯一正确的思想究竟是什么，所以我们不能轻易下判断，如果这个世界真的存在这种思想，而且能够保证让我们万无一失地、幸福地生活下去的话，我相信，任何有思想的人都是乐意马上皈依的。只可惜，目前为止，我们还没有找到这样的终极真理。当然，有些人是认为自己已经找到了，而且信心满满，并且打算给我们的脑子也填满这种伟光正的东西，比如卉卉的国文老师。

其实，在田冶这样的人看来，思想从来都没有对错之分，百家争鸣一直都是最理想的思辨状态。很多诚恳的人都这样，他能教给孩子的只能是自己所知道及认可的东西，至于自己都通不过的，不会教给孩子。可见，卉卉在老师的眼里成了一种另类了。

这正符合了某些人的洞见，在一个正常的地方，不正常的人才另类；可在一个不正常的地方，正常的人就显得格格不入了。人类有文明史以来的灾难，大抵都是因为不宽容，怪不得房龙曾经无比诚恳地说：宽容是一种重要的品质，甚至可以说，是最重要的品质。

主任说：卉卉的语文不错，不过数学就不怎样了，尤其是应用题，以前是不按老师的要求做，最近干脆就不做了。

主任看到田冶一点儿都不惊讶的表情，主任自己倒是惊异了。她可能在琢磨，这位田冶怎么回事，我可是在说你的女儿，不是外人啊？你怎么能一点都不吃惊呢？这也足以说明返祖现象比比皆是，有些人就是这么认为自己的价值观是最正确的，所以别人不能不在乎。

其实卉卉遣词造句和作文都有自己的特色，只是这种特色不为老师所理解和接受罢了，这只能说明老师狭窄，而不是卉卉有问题。

为了配合主任的好奇，田冶愣了半天，抓了一下后脑勺，一脸夸张的表情：怎么会有这种情况，这个算严重吗？

主任看到自己想要的效果，虚荣心得到了不少满足，口气也缓和了不少：这种问题嘛，对于一般的家庭来说，那就严重了，不过对于您这样有知识的人，只要注意引导一下应该不会有什么问题的。

这叫明显的看人下菜，换句话说，如果不是田冶这样的家长，是不是卉卉这样的孩子就得参加各种所谓的素质培训班，多交一些学费以便矫正呢？

或者，严重一点儿的还要送去特殊学校给严加看管呢？我们都知道，任何一所小学校，都跟一些所谓的培训机构有着千丝万缕的关系，甚至有些培训机构就是学校自己开办的，要不就是学校的领导或者他们的亲戚办的。这些机构除了收钱和累坏孩子之外，基本上没有什么好果子，很多孩子就是这样给矫正出畸形来的。

但是老师并不这么认为，因为老师都是终极真理的掌握者和传播者，他们并不承认自己是帮凶，反而以人类灵魂的工程师自居。这句话听起来有一点儿让人泄气，多少有一点儿玷污工程师这个名号的嫌疑，更不用说灵魂了。因为工程师可以建造出世界顶级的建筑，比如金字塔的工程师；也可以造出让人大跌眼镜的豆腐渣工程。如果按这种标准衡量，大概这个地方的工程师都是后者，你敢放心让他们成为你孩子的灵魂工程师吗？灵魂一旦是豆腐渣，那就不是倒一栋楼的问题了，祸延子孙可不是闹着玩的！

这个地方有几块改革是让人面目全非的。

比如房地产，房地产实在太糟糕了，咱不说也罢，只有上帝才有能力诅咒这个该死的行业。

再说医疗，为了创收，过度医疗已经成为医院的显规则，没事的人进了医院都会被唬出病来，更何况原本就胆战心惊的患者？

另一个是教育，自从产业化之后，这个所谓的新时期教育一日千里的向前腾飞，腾飞的结果是教育质量大滑坡，学校教育出来的学生只会装大爷，除此之外什么都不会，反而成为家庭和社会的障碍。不少有点儿见识的人，宁可让孩子待在家里也不愿意让他去接受这种所谓的学校教育，比如郑渊洁就这么做，也不见说他孩子有什么事啊？

陈丹青说，家长是第一凶手，学校是第二凶手，这些人合谋，结果把孩子给弄坏了。

可见，学校教育如果不是在推动孩子进步的话，那就是在拉孩子堕落。

既然不能保证孩子进步，作为家长，至少有理由不让孩子堕落。

既然主任说没什么大问题，田冶也就放心地跟着孩子们一起玩。

主任给的疗法相对比较有趣，她劝田冶有空多带女儿出去转转，到郊外、农村去，看看绿水青山，看看乡下的孩子怎么过日子的，这样有一个比较，以后估计会更加珍惜自己来之不易的生活方式，同时可以培养孩子自立的性格。

虽然田冶一直都不肯承认自己孩子有什么需要矫正的，但是主任这个建议还是很入了他的心坎，觉得有必要带孩子出去呼吸呼吸新鲜空气。

之所以要到乡间，另外一个原因就是，现在这个城市雾霾已经不是一般的严重，虽然天气预报天天都在报道空气质量是优。甚至，还搬出专家来辟谣，说空气质量总体上是好的，所以觉得雾霾严重，是因为家家户户的吸油烟机散发的，只要大家不在家里烧菜做饭，肯定能够还这个城市一片明净的天空。大有建议公共食堂再度重开的意味，或者真以为现在人的日子已经幸福到可以天天下馆子，可见生活水平已经是不可思议的高、可怕的高！

可是有鼻子的人谁都知道什么叫胡闹，能如此胡闹的专家确实也不容易，任何人能够不顾廉耻、肆无忌惮地漫天撒谎，其实都不容易，何况还是专家呢？

其实，这里所谓的专家最大的本事就是胡诌一些他们自己都莫名其妙的、据说是专业术语的东西来吓唬民众。大概是为了显示自己内行，所以专家一般对外行人都不说人话，至于他们自己内行交流起来，是否也是这样没一句人话，那就必须百科一下来解密了。关于雾霾，环保部的专家是这么解释的：受近地面静稳天气控制，空气在水平和垂直方向流动性均非常小，大气扩散条件非常差，而且有较强大的大气颗粒物污染物传送。

这种解释肯定会让我们云里雾里，谁听得懂啊！用大白话来说就是，因为空气湿度大、没有风所以 PM2.5 吹不散，因此就产生雾霾了!

如果专家都说实话、说人话了，大概这个社会多少还是有点儿人样的。这一点，估计需要我们拿出很大的耐心，慢慢等待这种幸福时光突然降临。

第二部分

资源——人脉是进步的阶梯

Capital Sinks

历史是现在的镜子，观察历史，我们可以看到现在以及以后将会发生什么。你身边的人就是你的镜子，你在别人心目中的形象就组成一个完整的你，所有认识的人对你的评价就是你在这个社会的整体形象。除非你能够不断强化自己被别人利用的价值，不然，你的价值就会渐渐衰竭，最后归于零！

4. 艺术风骨

模仿也是一门艺术，久了就成了大师。

钟书先生曾经一言九鼎地发过高论：有学问得以教书，那是本分，没有学问而偏偏能教书，那才是艺术。只好比中药铺子能给顾客开中药，这是分内所在，要是能开出西药来，那就是艺术了。

当然，要是你在鱼头汤里喝出鸡肉的味道，那就不能算艺术，只能说厨师是位化学家。这种化学家目前产量大增，跟计划生育的基本国策明显冲突。当然，产业升级需要高明的产业工程师，或者，如此大量的增加化学家数量，未必就是什么坏事，毕竟高明如塞翁者也失过马啊！

艺术究竟何物。古往今来很多头衔大得可以砸死人的大人物都给出过自己对艺术的定义，可是都离本质有那么一点儿的距离，并非那些尤物不够聪明，而是因为太聪明了反而有所偏见，因此难免出现只缘身在此山中的庐山现象。在田冶直白一点儿的想法看来，艺术就是创新的模仿，或者说，模仿的创新也成。模仿和创新，是艺术的两极，也是判断艺术与否的标准。如果不是模仿，那是荒诞，人类丰富的文明发展成果就是最重要的模仿基础；要是没有创新，不过是临摹，只不过是复制从前的东西，那叫赝品。因此，这两样缺一不可。

这种艺术二元论，是田冶多年经验的总结，未必适合所有人，只能说，至少适合他自己。生活中的艺术就是这样，既然你没法满足众口难调的所有人，何不满足自己的口味呢？为了芸芸众生而去不断调整自己，那是佛该做的事，凭什么要跟佛争功啊？让佛失业，估计也不是我们的本意吧！当然，也有可能佛本身的口味就是多样甚至多变的，因为容纳得下所有的味道，所以很难觉得有什么味道不能适应。

虽然自幼习字，而且也能够写得一手不错的书法，可是田冶从不曾参加这个圈子的事，不是因为对自己的书法没信心，而是觉得那些人整个都弄得一本正经，仿佛时时刻刻都在三中全会的主席台上发言那种阵势，又像美国总统宣誓就职一般的自信满满，让人看了真是替他们累——真是铁打钢铸的一副好腰身啊！

另外，之所以不参与，在于田冶觉得艺术尤其是书法这个东西——假如书法能够称得上是一个东西的话——实在见仁见智，很难说得出作品的好坏，更不好给一幅作品定价。其实更多的时候给作品定价，是作者知名度的体现，而不是他的那幅作品到底好坏——谁能判断好坏呢？

比如，你能说清楚于右任和周作人谁写得更好吗？这种情况稍微有点儿常识的人肯定只能说他俩各有所长。书法艺术就是如此，只要真正陶醉其中，每个人都会各有所长，因此，书法才能作为一门艺术而存在。如果书法像田径运动一样可以分出高下，估计这门艺术早几百年就不存在了。旁证很简单，爱新觉罗家族入关之后，非常重视子弟的书法教育，清朝历代的皇帝书法都很出色。可见，因为不像运动会，所以这个家族只能接受，而不是像发型一样，要求全国人民留发不留头、留头不留发！

远的就不说，最近的人里，田冶觉得也就启功的字还过得去。还过得去的意思就是，启功的字单个或者几个排列是非常漂亮的，可是从整幅作品来看，却又似乎缺少一点整体的融合感。当然，这是田冶自己的念想，因为从来不跟谁交流，所以也就不曾因此让一些启功迷给灌迷魂汤。其实，启功自己也是这么看，这位谦逊的老爷子就不同意别人称他为书法家。大概在他看来，自己实在没有达到成家的程度。这一点，田冶非常认可，同样认可的，当然还有启功的虚怀若谷。

至于当今存世的书法家里，实在没有谁能够让田冶心服口服的，根本就谈不上家，至多算是一个写作者。之所以会这样，可能就是因为田冶在这一层面相对比较封闭，跟外界没有过多的交流。圈子其实就是交流出来的，一个捧着一个，结果每个人都成了大师，每个人都能发大财，其乐融融，这是圈子的本意。不如此，谁还会进圈子啊？领头的人找谁要赞助费呢？没有经济基础，这个圈子岂不是海市蜃楼？某些伟大导师不是说过吗，经济基础决定上层建筑！

既然拼死拼活到最后还是让钱说话，还不如一开始就挣钱，免得因为缺钱而让人左右。虽然大学时代扛着一把吉他到处演唱，但结果一出校门没多久就成一个商人，不是因为田冶放弃艺术，而是因为在这种非艺术年代，艺术没法当饭吃，所以不得已而取其次。先把腰包填满了，再考虑艺术。其实，填满腰包的过程，也是一种最个性化的行为艺术。看看，生活无处不艺术，何以挂着一个艺术家的名头招摇过市、坑蒙拐骗呢？

万万没有想到的是，无心插柳柳成荫。偏偏，田冶成了书法家协会的副会长。

文化艺术界尊称方首长为方老。田冶能进入书协，就是方老极力推荐的结果。

方老是一位书法家，是硕果仅存的南方文化的泰斗。在本地为数不多的那几位文化界最具影响力的名家里，他是书法最棒的；在多如繁星的书法家里，他又是影响力最大的。因此，在社会各界，他都左右逢源、如鱼得水。

而且，他思路清晰、逻辑严密、视野开阔、记忆力强，在所有名家中，他是唯一不用秘书捉刀代笔的，各种场合讲话从来都是张口就来，没人见过他对着讲稿开口的。除了好口才，他还能写一手好文章，生动而有趣。最近由出版社主持、田冶友情参与的方老的全集编辑工作，还没加上书信都已经六百多万字，可谓著作等身。

田冶结识方老，很偶然。

悦人轩的一位老朋友邀约业界同好，组织了一个盛大的当代书法名家展览。一是出于对田冶书法的认可，二是因为常常到悦人轩蹭文房四宝、珠宝古董，于是就顺水推舟，力邀田冶拿出三幅作品参展。田冶原本不想参加，由于拒绝不过，只好随手拿了一幅应付。

悦人轩是田冶的书斋名，其实就是公司所在那栋楼的顶层做出的一个空旷的书房，里面一应俱全的文房四宝、各种书籍遍地皆是，而且，视线也挺好，外面还有一个小露台，品茗、对饮都非常合适。唯一不尽如人意的就是，那里是 CBD 核心地带，不但市声鼎沸而且地方也不够大。

那次展出真是本地一场艺术盛宴，当代书坛能够数到的名家全都在场，第一致辞人和剪彩人就是方老。田冶没打算参加开幕式，仍旧是朋友盛情不好拒绝，只好来捧个场。

领导致辞、剪彩、礼炮之后，就是领导和嘉宾在主办方的带领下，绕着展场走一圈，走马观花浏览一遍参展作品。

方老一路走在前面，一面看着悬挂墙上的作品，主办方在竭力介绍每幅作品及书法家。展品快要看完了，方老也只不过都是礼貌性的点点头，因为这些名家他大多都认识，那些没有印象的，写得又跟这些认识的人差不多。在即将看完的时候，忽然，方老在一幅作品前停留，先是远距离看章法，然后凑近看笔式，再凑近看落款，甚至还特别认真地摸了一下宣纸的质地，然后，转身急急问主办方：这幅字是谁写的？

主办方愣了一下，以为方老生气呢，看了一下作品脱口而出：是田冶的。

方老说了一句马上带他来见我！然后，最后几幅作品只是一扫而过，就进了专门为他安排的休息室。主办方转了大半个展场，终于在人群中捞出田冶来，也不多说，拉上他就往休息室飞奔。

进门的时候，方老正在对书法家协会主席发飙：你还说本地没有好的书法家，还哄着我说我的书法已经足够好了，愣让我出了那么多本书法作品集，难道你就不知道还有田冶这么一个人吗？你看看人家，写的《天净沙》，苍茫、落寞、孤寂，而又洁净、高远、开阔，这种马致远当时的心态，已经描摹得比绘画还精确，在他面前，我都不好意思，你们还不羞死啦？！

方老惊讶地说：原来田冶就是你！看到田冶进门，方老好像故人重逢一般，愣了一下，马上向田冶伸出手。

田冶接住方老的手：首长好！

话刚出口就让方老立马打断了：什么手掌脚指头的，这里没有那么多野路子，大家都是书法同好中人，直接叫我老方就是了，要是你觉得我的字还算过得去的话。田冶马上表示领导太谦虚了。

田冶给方老很大的惊喜。第一，不曾想书法如此了得的人，还这么年轻、帅气，素养也非同小可。第二，这个人跟书法家协会居然一点儿联系都没有，可见不是一个唯名利是图的人。

方老和颜悦色地说：主办方原本打算让我一起吃晚饭的，不过我先前拒绝了，现在看来，还是必须参加的，毕竟，这是咱们书法界的一大盛事嘛，不参加不大好。不过，田冶你要陪我一起吃饭。

方老虽然主张众人平等，可是说话的语气根本不容人家考虑，显得善意却又霸道十足。在伪书法家横行的年代，找一个朴实无华的书写人，而且能够写得如此深入、贴近艺术本质的人，就不那么容易了。从这点出发，可见方老爱才之心有多急切。

众人听到方老还准备一起晚饭，人群欢呼了一下。

方老对大家说：我之所以改变主意，不是因为你们的展会办得有多好，而是我发觉这位帅哥书法家。说着，他拍拍田冶的肩膀，继续说：很有我年轻时候的风范，居然没有加入书法家协会，这是协会的损失，我建议协会马上请他入会，至少当个常务理事什么的，也不搞什么理事了，不玩那些虚的，还是副会长好啦！

方老一锤定音，在场的人都是欢呼，只有书协主席敢接话：对，我们按照方老的意思去办。

方老说田冶有他年轻时候的风范，并不夸张。方老年轻时候与另外两位书画家被并称为南方书画三杰，而且是三大帅哥。其中方老是书法家，另外两位都是画家，他们创立了南方画派，如今那两位，一位是艺术学院的院长；另一位在美国，也是举足轻重的业界高人，很多博物馆都对他的作品虎视眈眈。

方老瞪了一下书协主席：什么叫按我的意思去办，我没什么意思，你应该按艺术的规律去办才对。是不是啊？

说完，方老自己又笑了起来。

全场掌声雷动。

晚餐设在新世纪国际大酒店。

新世纪国际大酒店的老板就是一位书画收藏家，经常邀请一些艺术名流到酒店开展活动，当今文化界只要有点儿名气的，一般都来过他这里献艺，从楼梯口到走廊，一直到各个场馆，全都是艺术名家的照片和书画作品，照片上面还注明在本酒店居住或者创作的时间。

艺术家到这里，自然免不了留下墨宝，所谓吃人家的嘴软，你再厉害，人家给你好吃好喝，伺候得你每根汗毛都舒舒服服，就要你酒足饭饱之后打着饱嗝挥一下手腕子，总是在情理之中的。而且，文化人聚在一起就喜欢切磋，都想露一手。因此，新世纪收集的当今书画家的作品可谓齐全了。老板作为收藏大家，除了当今活跃的分子，前人的作品他也一样注意收集，国内国外，每次拍卖会或是展览，总是能看到他满身大汗的身影在奔忙，之所以满身大汗，因为这种活动人多，另一个是他有点胖，走得稍微急一点儿都会出汗。

这次书法展的冠名方就是新世纪国际大酒店，除了承担所有展出费用之外，书法家到这里的接送、食宿、礼品等等，全都是新世纪负责。可见，玩艺术不但需要成本，还需要人气哄抬，不然，谁知道你新世纪国际大酒店是一个有文化品位的酒店呢？要是你不给这些艺术家吃上一阵、玩上一把的话。

新世纪国际大酒店名字的题词是沈鹏，大门口有一副对联，启功题写：谈笑有鸿儒，往来无白丁。

新世纪一楼的大堂，是一溜的红木家具，有服务总台、红木家具及工艺品展示区等分区，墙上挂都是名家的书画作品，都是当今数一数二的名家力作。大台就是一整块巨大的酸枝原木，将近 20 米长，气势恢宏。二楼到四楼的餐厅，都是红木家具。客房部分一般标间用的是一般点儿的红木家具，贵宾房及套间仍旧是价格不菲的红木家具。这本身就是酒店值得一看的风景，很多同行到这里取经，都惊叹不已。一些访谈类的电视栏目，也喜欢到这里取景，有的甚至以战略合作的方式，直接拿这里当演播室。

顶楼是一个钢架结构，墙面和天花板都是由玻璃幕墙组成的场馆，中间没有柱子，通透、空旷，一个巨大的原木写字台放在一边，写字台上是各种地方出品的文房四宝，琳琅满目、任君挑选。外面是本地的天然湖泊——南湖，美景美不胜收，水面荡着几叶扁舟，夜风习习，如诗如画，颇有枫桥夜泊的韵味。这就是当今收藏界名声赫赫的新世纪国际书画艺术馆，犹如一颗悬挂在暮色之中的夜明珠。

一行人来到酒店之后，因为还没到饭点，就直奔顶楼，磨墨挥毫、同好切磋。

按照既定的行规或者说中国实际国情，在这种情况下，一般都是级别比较高的人才能表演。自然，这就非方老莫属了。只见方老先生，把洁白的衬衣袖子腕口部分向后卷了一下，开始挑笔。旁边的人已经把端砚放好，各大中小六只狼毫和羊毫已经架在那里，宣纸是上好的安徽泾县出品，纯白细密、柔软均匀、绵韧而坚、光而不滑，仿佛少女的肌肤一样让人舒爽。

方老先感觉一下宣纸的品质，然后在一张废弃的宣纸上点了一下，说：墨太浓，稀释一下。旁边的人往砚台里倒了一点儿二锅头。方老再感觉一下，觉得已经可以了，就挥毫写出白乐天的《送别》一首，写到最后一个情字的时候，最后两笔连成两点。大家鸦雀无声。方老先是叫人拿起来，自己后退几步，端详了一会儿，然后叫反过来，看了一下背面，自己在心里念念有词。叫人扔掉，重来。

大家都知道方老的脾气，虽然方老的书法作品市值不低，可谁也不敢把作品藏起来，只好当面抓皱，扔到台下。方老沉吟一会儿，踱着方步在大台前来回几步，然后凝神，仿佛气功师要发功一般。这次他写得非常快，一气呵成，几乎连喘气的时间都没有，一收笔就赢得大伙一阵浓重的掌声。大伙都啧啧连声、赞叹不已。

方老还是先远看、再看背面。然后问：感觉怎么样？书协主席马上慌不迭说好好好。方老说没问你，原来他问的是田冶。

田冶不卑不亢，说得非常中性：方老毕竟是大师，看透人间冷暖，才能写出这种味道，我就写不出这种感觉。

不曾想，这种态度反而得到方老的认可：还是你说得在理，书法就是一种感觉，怎么能分出好坏呢？冰冻三尺非一日之寒，十年寒窗、水到渠成，这是不用功的人感觉不出来的。俗人只会说好坏，真是情何以堪啊！

看到大家一句话都不说，方老自己继续接过话头：小田，你来写几个字。看到田冶似乎打算藏拙的眼神，方老鼓励道：即兴之作，写什么都可以。

大家顺着方老的意思，给田冶隆重的掌声。田冶推却不过，只好拿起笔，写了具有田冶风格的一段：白发渔樵江渚上、惯看秋月春风，一壶浊酒喜相逢，古今多少事、都付笑谈中。

方老一直在看着田冶写字，全神贯注，生怕错过哪一个细节一样，一笔一转都看得非常仔细。等到田冶一收笔，方老马上说还没写完。田冶说不就是随手写写嘛。方老马上表示反对，必须落款，才能成为一幅作品。田冶拿起小笔，写上岁序节气，然后落名：悦人轩主人。

方老问田冶，悦人轩是什么地方。田冶说是自己的一个小书房。方老表示改天要登门拜访一下。田冶说不胜荣幸。

方老说这幅字就给我吧。田冶表示还没有完成，因为没有压章，印章没带身上，只好改天印好了给方老送去。

方老要田冶给他留个地址，改天一定要上门拜访。

田冶表示热烈欢迎。

众人进入就餐大厅，里面已经是人满为患。

方老拉着田冶的手，让他坐在自己身边，旁边才依次是各种级别的领导。主办方在宣布这次活动的圆满开场之后，请方老先讲几句。

方老张嘴就来，大意是：中国文明源远流长，书法艺术博大精深。追寻艺术的道路，必定充满坎坷和看不见的陷阱，就像安徒生笔下的荆棘之路。当然，这也是光荣之路，几千年的艺术发展史已经明确说明，只有艺术，而且只能是艺术，才是人类能够留在这个世界上最伟大的文明成果，如果没有这些艺术成果，即便我们衣冠楚楚，可是跟裸猿有什么区别呢？就算我们琼浆玉液，跟猴子好像差别不大！所以，今天在这里，我以一个书法爱好者的身份，向所有前来参加这次活动的艺术家表示最大的敬意，愿我们的友谊地久天长！我们的艺术之路越来越广！百尺竿头、更进一步，峥嵘岁月、精品辈出！我还要对那些年轻的艺术家奉劝一句，抓紧时间，搞你们的艺术创作，莫等闲、白了少年头、空悲切！！

方老一口气说完，然后举起酒杯，向大家敬酒。田冶这个时候才发现，方老的口才果然不是传说故事，确实有着自己深厚的积累，由此，对这位官员出身的书法爱好者产生了一层敬意。

席间，喜欢吟诗作对的方老忽然给大伙儿出了一个上联：

响水桥下桥水响。

然后看着在座的众位，说，要是谁对得出下联，而且对得好的，重重有赏。响水是本地的一个镇，镇上有河，叫响水河，河上有桥。这种对子不但是实指，而且还有文字游戏的成分在里面，即便造诣再深的人，一时半会儿估计也不会想得出来。听方老介绍是自己下乡采风时，经过响水镇，也看过响水桥，忽然有了灵感就想到这个上联，可惜的是，到现在还没有想好下联。请各位开动脑筋，琢磨一下，不胜感激。

不断有各路艺术家及各级官员到方老身边敬酒，方老都是优雅起身，面带笑颜。对那种说话比较有趣的，他就一饮而尽；对那种只会巴结的，他就礼貌性地沾一沾嘴唇，算是应对。

后来，方老拉过田冶和书协主席，一起串席，向各位书法家敬酒，然后给大家这么介绍田冶这位新锐书法家：这是咱们书法界这么多年以来最大的收获——田冶同志，希望大家以后多多跟他交流！接着就向大家敬酒。

看到田冶逢碰必干的酒德，方老深为满意，敬完酒回到主桌落座之后，他说小田你酒量好、酒德尤其好。田冶马上回，跟着方老您混，必须要有一个态度！

这话说得方老哈哈大笑。

方老回头问在座的人，谁想到下联了吗？好几个都踊跃给出自己的答案，可惜都没有入方老的法眼：虽然谈得上对仗工整，也不过就是工整而已！可惜没有实指，不够贴切，再想想。

众人又想了好一会儿，期间觥筹交错，群侪尽欢。看到在座的都耳红脸热的，已经喝得尽兴了，方老忽然记得田冶对这个上联还没发表过意见，他心想，不知道这位年轻人对对子这一块有没有一点造诣。于是问田冶，有没有合适的下联。

田冶随口说了一句。场面有点吵，方老听不清楚，示意大家静一静，然后让田冶大声说一遍。田冶脱口而出：

云浮山上山浮云。

云浮是南方一个城市的地名，那里山头林立，终年云雾缥缈。众人琢磨了一下，觉得真是妙联，马上不失时机地给以掌声。

方老拍了拍田冶的肩膀，赞许有加。

悦人轩本来是田冶给自己书斋起的名号，所以他一直都以悦人轩主人自称。

田冶喜欢在自己办公室能够拥有一个书房，既是书房也是自己的办公室和会客室，至少也是三五百平米的空间。可惜整个公司的办公场地区区一千多平米，根本就没法满足他建设一个超清爽书房的想法，所以只能在顶楼做了一个，虽然精巧玲珑，也只能权当敷衍。在他看来，这只是一个过渡性的地方。

唯一的遗憾就是，这是在商业中心，车水马龙的，这种地方不适合方老这种场面上的人经常往来。于是，田冶打算另外找个地方，做一个会馆之类的场所。找了一阵子，都没有理想的场子。

后来，有做地产的朋友说，在快环边上留意到一个独立院落，这个院落已经丢空一段时间。据说，原来是某个国企的机关办公室，后来因为国企严加管束，这栋超标的办公室就不能再用了，于是一直闲置在那里，跟野草游戏、和野兔腻歪。

一听到有这么一个地方，田冶非常兴奋。看过场地之后，田冶觉得挺满意的，觉得这才是自己理想中的资本汇会馆及资本汇学院综合一体的大本营。

为了得到这个院子，田冶拜托各方神仙，就是得不到理想的结果。给出的答案几乎都是：那个地方碰不得，不是一般人所能拿的。好一些人都劝田冶干脆放弃这个地方，另外找一个合适的，到处都是院子，为什么非要在那个院子呢？

最后，被逼无奈，田冶只好给方老的秘书小黄电话。

小黄一听是田冶的电话，马上说：田哥你好啊！方老常常念叨你呢！怎么不见你给他电话，他吩咐过我，你可以直接给他电话，不必经过我这个门房。

田冶说明了来意，大概是想让方老从中撮合一下。

秘书一听这么回事直接就给了田冶定心丸：你说的那个地方我知道，确实有一阵子撂荒了，你想要的话一点儿问题都没有，那些人我都熟得很。这种小事没必要麻烦方老，要是这种事也麻烦他的话，还要我们这些人干吗来呢！什么？多少钱？田哥咱哥俩儿谁跟谁啊？别说这种事根本就不要钱，哪怕就是要钱，我也不会问田哥你要啊！你可是我们方老的红人啊！这个事不过就是顺水人情而已，一句话的功夫。我顺便给你说一下就可以了，不复杂，小事一桩。我会记在心上，马上给你去办，这样你该满意了吧！

田冶说：因为现在的场地太小气，不好意思请方老过来指导，等有了新地方之后，只要方老有空，随时恭候。然后请小黄帮忙转达对方老的问候。

挂了电话，田冶忽然觉得有点儿凄凉，自己求爷爷告奶奶八字不见一撇的事情，还以为彻底黄了，不曾想，一个小黄就能够轻松办成。什么世道吗，田冶感慨之后，又因为自己能够在这个世道这么生活，觉得多少有一点儿幸运。

其实，方老来过几次田冶这个商业中心顶楼的悦人轩书斋，也挺喜欢这个地方，只是，因为事务太繁忙，不是会议就是接待，所以好几次都是坐了不到一个钟头，就忙别的去了。

有一次是晚上来的，跟田冶在书房里喝茶，有一搭没一搭地闲聊着。得知田冶是做传统压榨的原生态茶油的，方老很感兴趣，表示要是田冶愿意，他可以帮田冶推荐一些客户。田冶道谢之后说，目前的产能还不必麻烦方老，不过，以后产能扩大了大概会劳烦一下方老的，希望方老到时一定要支持一下。方老说，一点儿问题都没有，咱们这是君子之交淡如水，所以不会存在利益冲突的问题！

后来，当知道田冶的主要生产基地是九寨一带时，方老更是惊喜异常。因为那是方老老家的地盘，而且，当年他下放的时候，就是在九寨那里。在那里待了很多年，寨子里淳朴的风土人情和优美的自然山水，至今方老一回想，仍是感慨万千。

田冶说，既然这样，改天要是方老您有空，咱们就到九寨那里走走，一个是观赏风景、感受民俗，另一个，您老人家也好感觉一下自己的黄金时代啊！

这话说得方老连连赞叹。

5. 资本汇会馆

果然是方老的得力干将，没几天，小黄就把那个院子拿下来了。

小黄帮忙搞定的那个地方，在快速环道边上，从快速环道出口直接修有一条几百米的路通到那个院子。这条通道，蜿蜒穿过鱼塘、竹林和果园，果园里琳琅满目的都是芒果、荔枝、龙眼、香蕉、木菠萝等本地特产。然后豁然开朗，一个古堡一般的院落在通道的尽头出现。

因为隐藏在森林里，外面看不到，走进了才会发觉丛林中隐藏的屋檐。按照这种规模和建筑风格推论，以前应该是一个度假山庄或者休闲养生基地之类的，或者是领导们的娱乐中心，反正怎么看都不像是一个办公室。

沿着快速环道，离这个院子不到几公里的地方，全部都已经建成商品房，这些原先偏僻的区域，经过这几年城市化进程，俨然已经成了闹市。社区里因为有各种买卖场子，所以显得热闹非凡。

院子离最近的小区直线距离只有一两公里，因为隔着竹林和果园，外面的喧嚣压根儿就传不到院子里来。哪怕就是大白天，这里仍旧安静得掉一根针在地下都会听得见，蚂蚁在地上跑都成了响声。院子占地30亩，建筑主体是一幢三层楼半加地下一层的城堡风格的建筑，还有三栋平房，是厨房、车库和工人房，里面还有游泳池、凉亭等点缀，没有建筑的地方也不荒着，有果园、鱼塘、菜地等。

田冶第一次来到这里就喜欢上了这个地方，果然是修心养性的好去处。如今终于到手，那就要好好开发一下。那天下午，阳光慵散散地洒落在青草间，田冶和谢天坐在院子里聊天，两个人半横着躺在躺椅上，话题就是应该怎么开发这个院子。田冶认为基本的风格不必大动作，主要是对主楼进行翻修，院子进行适当的修整就好。

按照不同的功能区域划分，整个院子就是一个休闲区，这里可以举办酒会、烧烤、读书会、论坛、户外展览等主题活动。占地六亩的主楼可以分为几个功能区，地下层做仓库；一楼做展示区，主要展示这些年来收集到的红木和金丝楠艺术品、玉石古董，按照不同的风格做不同的区域划分；二楼做开放的展厅，平时主要展示书画作品及工艺品，需要举办展览的时候再重新布置；三楼主要作为娱乐功能，设置室内高尔夫、香薰室、茶室、红酒间、书房、餐厅、桑拿间、音乐室兼电影院、K 歌房、健身房等功能区域；至于四楼的那个半层，作为休息间和客房，平时不回家可以在这里过夜，一些到这里来的艺术家也可以有一个睡好觉的地方。

大概是因为一缕阳光洒在脸上，多少会让人觉得有点炫目，田冶激情满怀地对谢天说起自己的布局规划。

谢天静静地听着，听到动情处还不忘了说上一声好。田冶说完之后，静了下来，想听听谢天的看法。谢天沉吟半天，整体上觉得老大的思路已经基本上能够满足作为会馆的需求，不过他还是觉得有一点儿需要补充，比如，高尔夫室内练习场不但弄在楼上，而且，院子里空旷的地方完全可以搭建一个玻璃房，这样一来，室内和室外草地练习场结合起来，就会更加别致。另外，似乎应该有一些别的运动设施，这些设备可以放在三楼，不适合放室内的，也可以在院子里的空地上摆放。还有，应该装一部观光电梯，可以在地下层到顶楼之间来回，一是可以方便搬运东西，二是可以为一些人做一些保密，毕竟不是每个人都喜欢抛头露面的，未必想让别人知道自己到这里来。

听了谢天的建议，田冶微笑了一下，说：你真是我肚子里的蛔虫，居然比我想得还周到！他拿起茶几上的酒杯，跟谢天说：为了咱们的明天，干杯！

然后，两个人商量该请谁来担当设计以及主要负责这个装修工程的人。做设计的，谢天认为应该请国内最顶级的设计事务所，田冶的意思是让陈洋来负责整体风格的把握，按照他的要求再定请哪些设计机构。最后折中，打算让陈洋来做整体的把握，大陆和港台以及国外的都请来看场子，听听他们的建议，再决定让谁来做效果设计。至于管理整个整修工程，这一点上他们高度一致，认为这种烦琐而细致的工作必须蒋光才能胜任。

蒋光也是一位人物。因为光头是他的标志性发型，光头是否算得上是一种发型姑且不论，所以江湖上都称他为蒋光，也有一些粉丝叫他校长，大概意思就是觉得他的形象和蒋中正有得一比。至于乐嘉这样的后起之秀，在蒋光面前，估计也只敢自称小弟，叫人家一声蒋老师了。

蒋光喜欢穿传统的对襟服装，两排数不清的扣子在前面一字排开，彷如他让人眼花缭乱的智慧一样夺目。任何见到蒋光的人第一眼就会被他的目光吸引住，尤其是 30 岁以上的女性，基本上都逃不过他的裤脚。逃不过的意思有两层，第一，心甘情愿和他在一起生活，不管过的是什么样的日子，都会觉得幸福，只要能和他在一起就够了；第二，只想着跟他过夜，哪怕就是跟他只能过上一夜，也是不枉此生的。

田冶十年前就认识蒋光，当时因为参加一个展览，究竟是什么展览，田冶已经没有印象，大概是原生态农业产品博览之类的。因为对于那个展览，他唯一的印象就是认识蒋光这个人。

蒋光在跟粮油多少有点儿关系的国有企业待了二十年，从一般的办事员到科员再到销售经理然后是集团办公室主任。因为学历不高，而他多少又有一点儿恃才傲物，觉得自己的水平已经足以在北大招收研究生，所以也不屑于继续去北大要一个本科证书或者研究生学位，因此在主任的位置上到处掣肘，最后只好领了一笔钱，走人。

蒋光有过一次婚姻，那次婚姻给他留下对女人刻骨铭心的、又爱又恨说不清的情结以及一个孩子。孩子来到这个世界的时候，蒋光自己还是一个孩子，当时他还没满 18 岁，如今他的孩子已经大学毕业工作了好多年，并且很好继承了他父亲的优良传统，现在已经给蒋光增添了一个孙子。还在儿子不到 3 岁的时候，蒋光跟儿子的老妈分开了，自己带着儿子过日子，期间的酸甜苦辣，不为外人所知，即便蒋光有时候偶尔喝高了，感叹上几句，说出自己的那些岁月的一些片段，也往往说不上几句就戛然而止。他深切地明白一个道理，任何不幸只是对于遭遇的人来说是不幸，对于听众，很可能就是一种娱乐。他没有那么崇高的情怀，拿着自己的遭遇去博得听众的怜悯。

蒋光从国企刚出来的光景，正是田冶开始做贵人茶油的时候，因为看中蒋光比较全面的企业管理能力和对烦琐事务能够探查到根源的研究水平，田冶和蒋光一拍即合，蒋光很快就到贵人茶油担任生产基地的负责人。

蒋光离开贵人茶油，是一个比较戏剧性的过程。当时贵人茶油经过三年的筹备阶段，正开始全面市场销售，没料到一炮打红，第一个销售季就获得圆满成功。所谓人怕出名，由此很多人慕名而至，各种所谓能够一夜暴富的项目纷至沓来。

田冶对这些项目往往没有多少兴趣，只是由着谢天和蒋光去应对，而自己到处旅游，到各地访古问今。

据说，那次有一位30出头的美女来谈合作。30出头而能美女，可见那个女人的厉害，至少在美容养颜上是有一手的。这个女人名字也是新潮得很，叫李鲜，可见女人对新鲜的诱惑之抵抗力，基本上等于零。李鲜是来谈关于地产投资的。说是投资，还不如说投机更合适，因为她没打算买地，也不想建商品房，只是靠关系从开发商手里成批买下一手房，然后在开盘之后或者价位更高的时候卖掉。

不曾想，这个女人的出现，改变了蒋光的人生轨迹。听说李鲜长得细皮嫩肉，丰满无伦。有人判断，可能蒋光以前的女人相对比较苗条，所以对丰满有一种潜意识的渴望，要不然，何以李鲜一来，他就神魂颠倒呢？

神魂颠倒的结果是，等到田冶云游回来之后，蒋光跟田冶有一个彻夜长谈，谈到自己第一次婚姻的不幸，谈到自己这么多年来含辛茹苦带大儿子，谈到自己和李鲜之间的缘分，谈到跟田冶仍然是永远的朋友、更加永久的合作伙伴，等等。

既然兄弟去意已决，田冶不好意思阻挡哥们的“性”福之路，当然同意朋友离开，并且一再声明，自己的大门是永远给他敞开着，随时都欢迎他的回来。

那天晚上他俩喝了很多酒，也相互丢出很多豪言壮语，等到胡言乱语的阶段，天色已经透亮了。蒋光离开的时候，田冶给了他一笔钱，是为了他应急之需。临别时，田冶一再强调：不管那个女人是多好的女人，毕竟人家是离异的，而且跟前夫有个孩子，这笔钱你只能自己或者你自己的儿子用，千万不能用于那个女人或者跟那个女人有关的任何事情。

兄弟俩相互祝福。蒋光满口感激、微笑告别。

经过好一些周转，田冶终于找到蒋光的号码。

田冶给蒋光电话的时候，他还没酒醒，听到是田冶的声音，蒋光半醉着问：哥们儿，有什么好事？

田冶说，咱们好几年没见面，也不知道你现在过得怎么样，都在忙一些什么，是否有空出来坐坐？蒋光说，好好，不过现在不行，宿醉还没醒呢，晚上吧，晚上咱哥俩好好唠唠。

这是南湖边上的一个清吧。

环湖公路一边是湖面，一边是高大的芒果树丛，环湖公路边拾级而上，穿过芒果树中间鹅卵石铺就的小路，登上几米高之后，是一个木栅栏围起的院子，院子里错落有致地散开着几个小木屋，木屋不大，小巧玲珑，大概十到二十个平方米，是聆听夜色、观赏湖景的好场所。因为经常来，这个酒吧的老板跟田冶很熟络，招呼着让田冶到平常的位置，是最靠近湖边的一个木屋。这个木屋建在一块巨石上，视野开阔，是一个好所在。

蒋光还是那个样子，只是比以前稍微憔悴一点儿。两个人热烈拥抱之后，不禁感叹时光流水，一不小心居然过了这么多年，曾经的青春，仿如全被这面湖水没收了一般，悄无声息，却又壮怀激烈。

老规矩的三杯酒下去之后，两个人有间歇的沉默，对视了好一会儿，然后无声地笑了起来。

蒋光说：都是这么多年的兄弟了，就不必打官腔啦，你小子就爽快一点，今天叫老哥来不会就是想着喝一杯吧？蒋光比田冶大有十岁，所以在田冶面前他可以这样，而且他认为自己应该这样才对。当然，另外的原因就是田冶比较好说话，不会在意这种琐碎细节。

田冶回：这么多年一直都没有你的消息，还以为你去了国外呢！要不是当初还加有你儿子的QQ，可能现在根本找不到你。我找不到你，那是你有隐身术，我什么都没变，怎么你就不自觉地给我一个电话呢？这还叫兄弟？

蒋光感叹了一下：蹉跎岁月，不堪回首啊！

田冶一副洗耳恭听的样子。于是蒋光就慢慢喝着酒，跟田冶唠上了。

李鲜跟蒋光一起生活，出发点就是蒋光有一定的利用价值。可惜，蒋光并没有认清这一点，而是顽固地认为自己十足的男人魅力把这个女人中的女人给征服了。

蒋光离开贵人茶油之后，不多久就跟李鲜登记结婚了。两个人的结婚几乎悄无声息，蒋光的朋友圈没有一个人知道，因为根本没有办喜酒也没做一个声明。李鲜说都什么年代了，还玩这个。蒋光想想也对，自己可不能落伍，必须活到老学到老。两个人游了一圈新马泰回来，就算是真正一起过日子了。

生计当然就是李鲜的主业，炒房地产。李鲜以前在银行做事，所以有一些银行的资源，也正是这些关系，才能拿到价格相对合适的一手房源且成批买进。

他们的买楼也很简单，并不按照所谓的20年或者30年按揭，而是零首付一年或者半年贷款，到期之前看着房产涨价行情，如果涨价很多，就直接卖掉；要是涨价没有达到预期的利润目标，就自己转手。自己转手就很简单了，也就是他们夫妻俩名下的房产，按照自己想要的价格，卖给自家的亲戚朋友，半年或者一年之后再转手。中间的差价，都跟亲戚朋友、银行的经手人按适当的比例分成。

这种做法虽然不能大富大贵，但维持一种体面生活还是绰绰有余。所以，这几年就一直这么做。

这阵子，行情开始有变，银行贷款忽然不那么容易了，虽然里面有熟人，还是不好操作。毕竟，熟人也是要想着自己的位子和身家，不能顶风玩这种生意。这么一来，手头的房子必须尽快脱手，不然炒房成了房东，就是冤大头了。这一点，他俩的想法都很一致。差不多在两三个月的时间里，夫妻俩把手头所有的房产都变现，这笔钱因为要帮银行的合作伙伴筹钱应对，他们俩的钱都放在那家银行里。而且，出于仗义，蒋光还答应李鲜以他的名义，从小额贷那里调了一些现金帮忙——说的好听叫过桥资金，其实就是高利贷。

等到蒋光发觉情形不对的时候，李鲜已经跟着银行里的那个小白脸金蝉脱壳了。不但这些年来两个人炒房的收入让她抄个精光，小额贷那里原本只想拿来过桥的现金，也被他们卷走了。

那个小白脸就是银行里的内应，也就是李鲜经常带蒋光去见面的“表弟”，是一个很帅的哥们儿，跟王力宏长得挺像。而且，李鲜经常带着蒋光和“表弟”一起喝酒，所以大家都很熟悉，跟一家人差不多。等到蒋光发现老婆不见之后，赶紧跑到银行去问“表弟”。银行说，这个人在前一阵子已经辞职啦！他们哪里是什么表亲关系！根本就是一对情人嘛！这是圈子里的人都知道的秘密。

那这个也没什么，结婚证总该是真的吧？没想到蒋光跑到街道办一查，发现根本就没有李鲜这个人。直到这个时候，蒋光才发现大事不妙，只是一切都为时已晚。

田冶好奇地问：老哥你不是一夜七次郎吗，怎么就让一个半老徐娘给唬住啦？

蒋光并不服气：你就不要挤兑我了，我这年纪的七次跟人家年轻人的一次估计都有区别，而且，那个女人要的不是这个，除了钱，估计就没有别的了。他妈的，是不是一开始就给我下套啊！？

田冶试探地问：我给你的那笔也投进去啦？

蒋光说当然。看着田冶不解的眼神，蒋光继续说：谁不是想安心过一辈子？我这么多年都没有真心爱过一个人了，忽然遇到这么好一个女人，哪里受得了，肯定是付出一切啊！

田冶更不解：这么好一个女人？那还这样对你？看来你应该去一趟眼科，好好测个光，把眼镜好好换一换了！

蒋光忽然神色凝重：其实，除了比较贪钱之外，李鲜还算是一个好女人，家里家外都是一把手，不然，我也不会这么投入。蒋光仍停留在对李鲜的良好印象里，难以自拔。

田冶开始劝导了：好女人未必是给我们准备的，至少那些看起来是好女人的女人，不会是为我们准备的，你就死了这条心吧！

蒋光明显不服气：怎么说？难不成我们只能上坏女人？

田冶实在有点儿不好意思，对蒋光说出这么残忍的实话：那是给暴发户玩的！

蒋光半晌不语。为了减少他的尴尬，田冶故意表现出对他们炒房的技巧有了一点儿兴趣：不过，你们炒房的那一手确实有点儿水准，一般人是玩不出这种水平的。

蒋光概括能力非同一般，一语道破：其实没什么，就是通过内幕交易，左手转右手，中间赚差价，银行里的人也可以从中赚一把，大家玩的都是银行的钱，何乐而不为呢？

田冶好奇心起：要是银行不玩了呢？

蒋光一脸的专业精神：怎么可能！要知道，我们这里都是国有银行，里面都是老百姓的存款，中国的存款率这么高，每个人都指望着这一点儿存款给自己安身立命，要是国有银行发生挤兑，那这个国家的金融市场就玩完啦！国有银行当然必须坚挺，哪怕就是死账烂账，无非到后面都是国资委兜底，或者加印一把钞票完事！换句话说，全国人民来埋单！

他虽然在这次的爱情上表现得十足的傻瓜，可是经过这次的炒房经历，多少也有点儿脱胎换骨的味道。他的说法虽然有点偏颇，不过还算是说到点上的。

田冶仿佛渐渐看出其中的奥妙：你的意思是，到最后，这些风生水起的房产，岂不都是银行来兜底？炒房成房东的，最后还是银行啊！

蒋光已经有了笑意：怎么就说你聪明呢！确实是这样。所以你看现在一些所谓的调控，所谓的提高首付，所谓的提高或者降低利率，一切都是为了维持这个局面，就是房地产不能崩盘，一崩盘的话那就是金融市场的地震！也就是说，由地产商和银行玩的这一出庞氏骗局，就会露馅儿，所以大家谁都不想玩完！

蒋光确实看事情眼光比较独到，虽然他一门心思放在炒房上，忘了刚需本身也是房地产市场的一个组成部分，因为那些必须买来自住的人，不管房地产升还是降，其实跟他们关系并不是很大，至少在房价这一块上——除非现在有很多公租房，或者所有丈母娘都不跟着地产商起哄非要女婿买房。

只不过，近来疯传一些购房者因为房价下降找开放商补偿中间差价，倒是中国地产业的一个奇闻。你在一个摊子上买一斤水果付了10块，结果到另一家摊子打听到水果是5块，难道就有理由回去问人家补偿你5块？这是横向的比较。还有纵向的：你今天早上买水果是10块一斤，到了傍晚人家只卖5块，你打算怎么去问人家要回5块呢？这好比买一台汽车，过一阵子人家降价了，就要求卖汽车的给补偿差价。这一点可以说是我们民族独特的消费概念，另外一层意思，可能是看到人家炒房的能够轻松赚钱，看着实在不爽，于是出此下策。由此也可见，房地产市场的猫腻已经到了一般群众都看不过去的程度，可见这个市场有多扭曲。中国人骨子里都有喜欢看着邻居完蛋自己却还有一口饭吃的这种低劣的观众情结，这也是造成市场扭曲的一个推动因素，而且是很重要的因素。须知道，哪怕就是最一般的骗子，都懂得应该对贪便宜的人下手，要是人人都没有贪便宜的习惯，骗子要是不转行的话，只能在自己圈子内闹着玩了——满大街都是头脑清醒的人，你让他骗谁呢？

其实解决市场泡沫的办法很简单，当局应该做到每个人都能有一个自己住的地方，哪怕再蜗居，也应该保证所有国民的居住权利和基础条件的满足。在这样的基础上，做一些所谓的市场开发，觉得地方太小的人自己去买大的或者说高档的商品房，虽然由此会形成阶层分化日益明显，那总是比如今一个糊涂的大酱缸让一些有机会寻租的人从中渔利相对要好一些的。所谓不患穷而患不均，那该就是追求机会的平等。不过，宋朝以来，这个国家就已经没有什么传承，文化中空现象如今已经越演越烈，文化断根，商业无据，不乱那才是奇迹！

田冶厘清自己的思路，并没有对蒋光啰嗦。而是直接说明今晚的来意：我想做一个会馆，已经找到地方，快环边上的一个院子，30 亩，现在准备开始装修，如果你现在不忙，是否考虑参加这个项目呢？

蒋光终于从自己的经历里醒过来，开始转入正题：这是一个什么项目？

田冶旧话重提：就是我们以前一直交流的资本汇的概念啊！把一些市场的要素囊括起来，进行整合，然后寻找更大的机会，借力打力、依势造势，杠杆原理。就是这么一个意思！田冶心想蒋光这几年是不是让李鲜给吸干了，脑子也跟着糊涂了，从前大家一直在探讨的东西，怎么现在突然就卡壳了呢？

蒋光毕竟是老油条，马上想起从前的岁月，看出田冶的思路：就是一个项目和资金对接的平台，是吗？

田冶渐渐进入角色：对对，就是这么一个意思。只要把平台搭建好，就可以等着收租了，好比人家做一个商城，然后分块出租。同样的道理，我们出租的地块就是项目和资金。

蒋光仿佛还没有回过神来：人家商城卖的是实体的东西，你打算做的这个好像跟人家的不一样。

田冶有点儿怪异：怎么不一样呢？还不是一样的市场吗？

蒋光如果不是明知故问的话，估计就是想跟田冶深入探讨他这些年来的收获，忽然问道：你觉得市场是什么？

田冶仿佛漫不经心，又好像特别认真：那就是人的需求，只要能满足人的需求，就能成为市场。买卖过程其实就是资本的互换，其实就是资源的置换，现代的市场发展已经越过资本的层面，直接以金融作为置换要素和互换平台。

蒋光仍旧穷追不舍：在你看来，资本和金融又有什么区别？

对于这个问题，田冶的饶舌功夫让人有点儿迷糊：资本就是你能入市的东西，也就是能够拿到市场上进行置换的资源；金融呢，就是让你的置换能够以最低的成本得到最高的收益的手段。但凡能够在市场上流通的，都是资本；资本但凡进行市场运作，就是金融。

蒋光果然有点儿迷糊：你把我给弄糊涂了，不搞这么复杂的，说清楚一些，你要我做什么吧？

田冶看到蒋光有所松动，于是就单刀直入：这阵子你先盯好整个会馆的装修，装修好之后，内部管理由你负责。

蒋光问：什么时候开始？

田冶快人快语：明天！

蒋光拿着酒杯，笑眯眯的：既然你打算做一个会馆，总是要有一个名头吧？准备起什么名字呢？

田冶猛然灌下满满一杯酒：还是咱们最初干革命时候的念头——资本汇！

醉眼朦胧里，蒋光说：我真是不服气啊！什么狗屁过桥资金？根本就是高利贷嘛！也没有这样欺负人的嘛！老弟你跟我说说，到底这个算哪门子的过桥资金啊？

田冶自然也有了一些酒意，迷糊里回应蒋光：教科书里面说，过桥资金是一种短期资金的融通，一般期限都是以六个月为限，是为了跟长期资金相对接的资金，对接上之后，就是以长期资金替代过桥资金，过桥只是一种暂时状态。其实教科书都是蒙人的！谁家的高利贷又是长期借钱的呢？借高利贷的目的无非就是为了过桥嘛，无非就是几天半月或者最多几个月而已，高利贷谁敢借那么久？所以说，过桥资金和高利贷根本就是一回事，谁都不比谁高尚到哪里！这是猪八戒照镜子，里外都差不多，都不是人样！

那天晚上在南湖边的小木屋里，田冶和蒋光聊了很久，因为几年不见，也因为知音难求，更因为两个人都感叹青春易逝，而白白丢掉了那么多时光，真是一种遗憾。

有遗憾就有动力，有动力才能前进。因此，两个人达成共识，共同做出一点儿事情，不然，转眼就老了。我们常常感叹时间都去哪儿了，其实时间哪儿都没去，因为对于整个宇宙，无非就是一个空无，根本就没有时间的概念，只是我们人类的生命有限，所以才有“逝者如斯夫”的感慨，因此才有所谓的关于时间的概念。既然如此，何不趁着还能动一下的时候做一些事情呢？等到不能动了，那才是遗憾！

第二天，蒋光把自己的行李收拾好，放到后来叫“资本汇”的院子里，跟着田冶一起到多美丽会馆。

多美丽会馆的掌门人称龙哥，可能是他生肖属龙或者名字里带有龙字，或者可能是大家出于对他的敬意，除了九五之尊的皇帝，古往今来，谁敢轻易动用这个“龙”字呢？

龙哥是一位收藏大家，长得很有南方特色。他主攻金丝楠、玉石、翡翠、石头等，据说他的家族收藏金丝楠已经有百来年的历史，可见其家学渊源。龙哥捐赠给同学会的那块金丝楠原木，市场价格就是好几百万。

有一次大家闲聊，龙哥忽然记起什么事情来，对会馆里的工作人员说：我刚买了一块翡翠，你帮我放在架子上。在座的人好奇地问花了多少钱买的。龙哥说很便宜，才三千万。众人吃惊。龙哥看到这情形自己反而奇怪了，笑着问大家怎么啦。有人说这么贵重的东西，你就随便放在架子上？龙哥说这东西很轻的，一点儿都不重，贵就更说不上了，三千万很多吗？

李鲜以蒋光名义炒房贷款用于过桥的钱，就是从龙哥那里借的。等到龙哥的人找到他的时候，他才恍然大悟，原来李鲜背着他从龙哥那里拿了一笔数目不小的钱！可是，这个时候埋怨一点儿用都没有，鬼才知道去哪里找李鲜呢！而且李鲜当初全都是签的蒋光的名字，人家自然就找到他这里。那天蒋光刚从银行打听李鲜伪表弟的事回来，感觉自己这么聪明一个人，居然让人耍得帮人家数钱都不知道，心里正窝着一团火。

来收数的小弟并不清楚蒋光的来路，看到这个光头居然这么彪悍，欠钱还这么凶，真是给脸不要脸啦！小弟血气方刚，蒋光正在气头上，两个人拳脚相加厮打了一会，小弟见持久战未必捡得到什么便宜，于是就放了蒋光，自己走了。

走的时候丢了一句狠话：孙子你好好等着，是你先动手的，这几天千万不要出去，我会回来找你的！

事后蒋光有点儿紧张了，毕竟自己理亏，心想这个事久拖可不行，必须有一个解决的办法。所以他每次出门时都会在门口夹一根牙签，回来的时候先看看牙签是否完好，然后再掏钥匙。幸好，没几天田冶就打了他的电话。

多美丽会馆门口有一块天然翡翠原石，三米多高，底部已经雕刻出白菜的造型，一圈下来形成一堆白菜，菜梗是白的、菜叶是绿的，白绿交融，一看就知道不是简单的东西。这尊雄物摆在门口，仿佛原始民族的男根崇拜一样，让人有一种肃然起敬的畏惧感。

因为事先联系过，他们一下车，龙哥就已经站在门口等着了。龙哥中等体型，比较壮实，留着板寸头，腕子上是一串珠子，个子不算很大，左右两手手指上各戴有一枚镶着硕大翡翠的戒指，翡翠绿得晶莹通透，一点杂质都没有，脖子上一串珠子，闪着一种老料的光彩。龙哥看起来憨厚而朴实，有一种不怒自威的气场，但是又佛面慈心，让人有一种亲近的渴望。

自我介绍之后，双方很爽快地握手，仿佛老朋友。龙哥说：久仰田冶兄弟大名，今天才得一见，真是惭愧惭愧，无比惭愧！见了面才知道，原来比传说中的还要帅气！

田冶也是一种相见恨晚的感觉：原来以为龙哥肯定是五大三粗的老大形象，戴着一副墨镜，一身老大扮相，威风凛凛、剑拔弩张的，让人一看就会发冷！没想到，跟多年不见的哥哥一样，真是让人敬佩啊！可见，传说有时候简直就是谣言啊！龙哥，真是幸会！

进门，有一个神龛一样的台子，上面供着一尊体形庞大、黑乎乎的神像，应该是上千年的乌木。转过这个台子之后，是一张金丝楠的大台子，原木的，口径将近两米，泛着一种墨绿的金光。

龙哥招呼田冶坐下来之后，指着蒋光问田冶这位是谁。

田冶赶紧介绍：对了，龙哥，给您介绍一下，这位是我的兄弟，蒋光。田冶拍着蒋光的肩膀，蒋光赶紧起身，把手伸向龙哥。龙哥跟蒋光握手，对着田冶说：你兄弟就是我兄弟，大家都是兄弟，还有，跟我说话不要您来您去的，我又不是方老板！

坐下之后，龙哥说：你这个人我早听说了，因为刚回来，家里的事情一大堆，所以没有时间去拜访你，真是不好意思！蒋光有点儿紧张，自己这点款子还要龙哥亲自操心，龙哥这是做的哪门子生意啊？后来看到龙哥是对着田冶说话，他才稍微舒缓一些。

龙哥这话也让田冶不知所措，龙哥葫芦里究竟卖的什么药，难道今天设了鸿门宴？不过，要是为了蒋光这点儿钱值得吗？而且，我田冶还准备直接替他还你龙哥呢！不过不必急，先看他有什么打算，无非兵来将挡、水来土掩。这么想着，田冶平静下来，对着龙哥微笑。

龙哥笑呵呵的：田冶老弟，你不知道啊，上次你在北京领奖的时候，我也是在现场的，当天晚上你让二牛拉去喝酒了，本来想第二天找你聊天的，谁知道第二天你又急匆匆走了，咱俩就又错过一次机会啦！上次你们搞的名家书法展，本来我应该到场的，可惜那时候我在国外。方老板在我面前特别提过你，让我有机会一定要跟你交流一下！

龙哥有一个业务板块是做小额贷的，近期很多O2O、P2P、B2C、众筹、网络基金之类的所谓从事网络金融的高科技公司，总是找他聊。云里雾里的，简直跟传销都有得一比，说什么互联网金融就是中国金融的未来，网络年代，谁要是没有融入互联网谁就会寸步难行，认为他们的网站很值得龙哥做风险投资。

那些人凭着三寸不烂之舌，把龙哥说得一惊一乍的，以为自己再不进入互联网就面临末日一般。大概一是为了对田冶的底细探一个究竟，另外也是心头埋藏了好一阵子的隐痛，龙哥忽然对田冶说：田冶老弟，我对网络金融确实一窍不知，前阵子还闹了不少笑话，你就好好跟我说一下，到底什么是互联网金融、什么是众筹、什么是P2P啊？要是再没有一个明白人跟我好好解释一下这几个东西，我都不敢跟人家说自己也是做生意的啦！

田冶微笑着：龙哥您这是开我玩笑的吧？！龙哥赶紧说：绝对没有这个

意思，确实是自己糊涂，所以希望能够在兄弟这里得到一点儿启示。

田冶发现龙哥果然没有半点开玩笑的意思，于是就说：没那么复杂，龙哥您千万不要被人家玩概念的人给忽悠了！跟您说吧，互联网金融就是传统金融行业与互联网相结合的新兴领域，以互联网开放、平等、协作、分享的精髓，通过互联网工具，让传统金融业务更方便、更透明、成本更低！在这里我可以跟您再增加一个说法，互联网金融其实就是屌丝金融，也就是说如果蚂蚁能够团结起来，力量并不比大象差多少！在互联网年代，拥有屌丝就拥有世界，这是互联网的优势！也是革命性的优势！腾讯和阿里巴巴有那么多的用户量，不管他们推出什么新概念，都很容易一下子全面展开，这就是屌丝的逆袭！

龙哥眼前一亮，一副若有所思的样子，不过还是期待田冶继续说下去。

田冶说：我们有了一个屌丝金融的概念之后，对互联网金融的本质就有一个深刻的把握！众人拾柴火焰高，这就是互联网的神奇之处。比如众筹，就是大众筹资或群众筹资，香港那边叫作群众集资，台湾叫群众募资，就是一帮不认识的人通过互联网一起筹资做一个事，可以是一个新闻的采访，一个纪录片的拍摄，也可以是一个项目的运作，甚至可以是一个品牌、一家公司的组建和运营，只要有一个好的创意，万能的互联网就会来促成这个事情！

龙哥还是有点不解：能不能说得通俗一点儿，不要那么多专业术语之类的，大白话啊！

田冶说：这么说吧，咱们准备火锅，我对第一个朋友说，现在缺一点儿青菜，多带一点儿就是，对第二个朋友说可能还要一点儿荤菜，对第三个朋友说记得带一点儿麻辣烫的佐料，对第四个朋友说基本上什么都齐全了，就差那么一点儿用来烫的肉丸什么的，叫第五个朋友只要带酒来就可以开始啦！我所起的作用就是资源整合还有提供场子，六个人可以美美地搞上一顿火锅，这就是众筹！

龙哥哈哈大笑，兴趣更大了：那 P2P 又是什么玩意呢？

田冶笑了一下：P2P 就更简单了，就是网络贷款，网络信贷公司提供平台，由借贷双方自由竞价，撮合成交，债权人有利息也有风险，债务人到期偿还本金，网络信贷公司收取中介服务费。这些都是互联网金融的范畴，看来龙哥您真是引领潮流啊！

龙哥万分兴奋：非常感谢老弟的知识普及，你这么一说我就基本上明白了，至于具体操作细节，我们以后再慢慢琢磨，可能我们还可以一起联手做点儿这方面的事情。

田冶表示：如果能够跟龙哥合作，实在万分荣幸，这个合作非常值得期待。

接着三个人针对互联网又开展进一步的沟通，田冶丰富的专业知识自不必说，蒋光的一些独特看法让龙哥也刮目相看。

龙哥做收藏，除了楠木和翡翠、玉石之外，也收集书画、古董等艺术品，自然对书画展会有点用心。至于方老板，也就是方老，龙哥家人跟方老家是老朋友了，经常见面，所以方老向龙哥介绍田冶。方老的话，龙哥自然会记在心上，一找到机会自然就要见识一下，看看这个居然能够打动方老板的家伙究竟是什么货色！

两个人再一聊开，原来都是北大汇丰商学院的同学，龙哥是 88 期的学员，田冶是 108 期的学员，只是因为田冶刚加入同学会，还没来得及广泛结交各位同学，所以很多同学并不知道田冶。不过，两个人这么一说明，无形之中关系又融洽了不少。

几番话下来，田冶明白了，果然是缘分，看来是这辈子注定会碰上龙哥的，哪怕就是没有蒋光这单事儿，迟早也会碰上。蒋光一听这话，心里的石头终于落了地，不过因为龙哥还没对他的事情表态，所以他还是有点儿不自然。忽然，他看到那天找他的小弟进来了，脸上还是花的，吃他老拳的部位仍旧淤青未尽。小弟对田冶和蒋光笑了一下示意，然后在龙哥耳边说话。

龙哥头也不动，直接当着田冶和蒋光的面，对着小弟大声说：不用搞得神神秘秘的，这里没有外人，田冶是我的兄弟，蒋光是田冶的兄弟，当然也是我的兄弟，你是我的小弟，也是他们两个的小弟！

小弟脸刷地就红了。然后面对蒋光说：蒋哥，我有眼不识泰山，大水冲了龙王庙，一家人不认识一家人，真是不好意思！那天我太冲动了，对您凶了起来，请您原谅！您一定要原谅我，不然，龙哥也不会放过我的！

听着这个小弟一串串的台词，把大家都逗乐了。

龙哥站起来，拉着小弟的手伸到蒋光面前：你们就这样吧，以后都是兄弟！

小弟出去以后，龙哥对他们两个说：真是非常抱歉！没办法，现在的孩子都不怎么懂礼貌的，让你们看笑话啦！

两个人都表示龙哥管教得很好，而且这孩子也听话，好好培养，应该能够做出点儿事情。

田冶说，蒋光这个事情让龙哥为难，真是不好意思，蒋光名下欠的数目我今天已经带来，如果龙哥你没什么意见，咱们就按照原先说好的还给你，现在马上去车里拿。说完，田冶示意了一下蒋光。

蒋光起身，还没转身就让龙哥压住肩膀：你的事我已经听说了，你有你的难受。这点我可以理解，我的小弟冒犯你这个事，回头我给你医药费，至于你欠的那笔钱——

龙哥转向田冶：这笔钱，你也不必帮你兄弟还了，就当我送给你们俩的，作为见面礼的红包，好不好？如果你们不当我是兄弟，那就另外说了！

龙哥说完，坐下，慢慢品起茶来。当然，精明如龙哥者自然不会没事就送人家一大笔钱，他自然知道冤有头债有主，李鲜那对狗男女才是他的目标，而且他已经派人去找了。

两个人又非常礼貌地推让了好一会儿，后来龙哥不耐烦了：我说你们都是大男人呢，怎么婆婆妈妈的，听哥的一次不行吗？

田冶只好说：龙哥既然发话，那我们就恭敬不如从命了。田冶推了蒋光一下，蒋光也随声附和。

三个人又聊了起来，各自说了一些自己行业的光景，谈得非常高兴。因为还有事情要办，田冶他们要先告辞，但龙哥谈兴还浓，又极力挽留他们再谈一会儿，两个人不好推却，只好又聊了起来。龙哥对田冶做的会馆挺有兴趣：你这个资本汇到底是个什么东西呢？打算用来做什么用？

田冶按照自己的初衷解释：龙哥，让您笑话了，资本汇可不是什么东西，也就是一个平台，资本汇聚、整合、交流和沟通的平台，其实就是一个资源的整合机器！就好比大头鱼、酸辣椒、大蒜、耗油、酱油、葱花等等，这些东西，本来是毫无关系的，经过大厨这么一番加工，剁椒鱼头就出来了！资本汇就是这个厨师和厨房，给大家整合资源来的！

龙哥又问到点上：那什么是资本呢？

综合以前的想法，田冶延伸了他关于资本的含义：资本嘛，就是一种市场上能够流通和交换的资源。对于一个人来说，他的智慧、青春、才华、能力、人脉圈子、金钱都是资本；对于一家企业来说，不动产、动产、专利、技术、人才、管理水平等等，都是资本，而一个国家，个人加企业就是国家的资本。

龙哥听得非常起劲儿：真有学问，改天一定到你的资本汇去学习学习！

临别的时候，龙哥没忘记邀约下次的见面。

田冶忙说：我们正在装修，现在乱成一团，等弄好了，龙哥一定要赏脸，经常到我们那里指导指导！

龙哥笑呵呵的：指导说不上，观摩观摩、考察考察，那还差不多！

热情而好客的龙哥还给他们两个各送了见面礼。

悦人轩没多久就升级了，已经不再是当初在 CBD 一带蜷缩在顶层狭小逼仄的书房，而是一个真正意义上的书斋。

快环东边上的那个院子，现在已经有了一个新名号：资本汇会馆。

以享誉设计界的陈洋先生作为领队的团队，在大陆、香港和台湾及国外设计师的共同努力下，装修方案最终由三方共同监制出品，装修工程主要由蒋光负责。没有多久，这个院子就焕然一新。

焕然一新不是暴发户那种树矮墙新的极度粉刷以追求一种耀目的效果，而是按照地形进行适当的调整，树基本都不动，除了种上几棵具有本地特色的树种，而且不是树苗，是整棵大树的移植，这个地方一年四季都可以进行本地树种的移植，所以不担心存活问题。

环着院子修建了一圈长廊，这些长廊又跟主楼及外面的各种设施连成一体，形成纵横交错的廊桥，作为日常散步去处。这些长廊借用南方少数民族的干阑木构建筑技巧，以凉亭、鼓楼、风雨桥、吊脚楼作为蓝本，充分考虑了建筑材料和树林的融合，有一种深山藏古寺的韵味。为了更合理有效地利用空间，在院子门口的两边，重新修建了停车场。

主楼的外墙除了刷新和必要的修补之外，基本保持原来的大理石外立面，门口的几根大理石柱，终于从尘封的阴暗里重见阳光，一脸舒服地看着这个崭新的院子。观光电梯除了玻璃幕墙，钢架刷成大楼外立面的颜色，跟大楼浑然一体，仿佛一开始修建就已经装上的。里面基本上以红木及金丝楠家具作为主色调，有一种稳重而珍贵的视觉效果，事实上，那些家具的市场价格比看起来还要珍贵。

主楼外面，除了作为高尔夫室内练习室的玻璃房子之外，还修建了一幢简易的木楼，木楼占地一亩半，是个一层半的结构，木楼周围都是荷塘，围着木楼形成一个环形水系。一楼东西方向敞开，都是大落地玻璃，用以采光，南北方向从地面到天花板，全都是书架，摆满田冶这些年收集的各色书籍，犹如一个小型图书馆。靠东边的落地玻璃，有一个三十米长的写字台，是真正的写字台，纯粹是为了书画创作而定制的台面，上面铺着同样定制的毡布，一个二十米长的笔架子竖着坐在台中间，上面挂满各种毛笔，狼毫、羊毫、野猪毛、黄鼠狼毛、狗毛、猫毛等等，各种动物体毛做成的毛笔，在透过玻璃的阳光照耀下，散发出悠悠的墨香。所以是墨香，是因为有一个特大的砚台，几乎可以同时供十几位书画家挥毫。

曲线型的楼梯在楼外面，顺着一根巨大的圆木柱子蜿蜒而上，转几下就是二楼，楼上有一半的空间是一个大的休息间，这是田冶给自己特意做的卧室。说是卧室，其实里边几乎可以说是什么都没有，靠实体墙的一边，是一套音响设备；另一面实体墙是一溜的书架和衣柜；此外，就是一张巨大的床放在中间，空旷得有点孤单。还有一半是露台，露台的地板由木条拼成，露台同样显得空旷，除了几个小茶几、小书架、躺椅之外，没有别的。

这些建筑材料因为浸过防腐剂，颜色加深了不少，有一种红酸枝的样式。跟主楼一对照，给人一种若即若离的距离感和亲密无间、恰到好处的融合感。

这座木楼门口挂有一块金丝楠木牌，用两截麻绳悬在屋檐下，上面有笔力遒劲的三个大字：悦人轩。是方老手书。

这就是田冶升级版的悦人轩书斋，宽敞、大气、舒适，让人有一种世外桃源的错觉。说不是错觉也可以，因为在这里确实有种桃花源的感觉，只要不去想一两公里之外就是喧嚣的闹市。能够闹中取静，才是难得的清静，不然，古往今来所谓的大隐隐于市这种说法，多少就有一点儿站不住脚了。

6.《资本汇》栏目

资本汇开放了——针对投资圈的朋友开放。

没几天，这条消息就在圈子内大肆流传，因为事先很多人都知道那个院子，静静待在那里这么久，没料到，居然有人能够弄起来，居然有人敢用那里，这才是让大家吃惊的地方!

到底是哪个土豪？难道是做有色金属的那帮矿老板？还是哪位官爷的子女？很多人怀着这种好奇纷纷猜测，好奇心一起，很多人就禁不住地想满足好奇心，于是，很多人都想到那里去转转。

可惜的是，资本汇并不对外开放，只针对会员开放，而且对会员又有一定的要求，据说资产必须达到某种程度，或者知名度必须达到众人皆知的程度，还要有推荐和介绍人。这不明摆着是一个名流俱乐部吗，有些人——尤其是那些资产和知名度都不上不下的——一想到这里就觉得有点儿泄气，既然没有自己什么事，跟着瞎起哄干啥呢！？

坊间还有一种传闻，说资本汇的创始人是方老的干儿子什么的，方老是谁，南方最德高望重、硕果仅存的文化泰斗，他的干儿子做出来的场子肯定非同小可。而且，有些人断言，这个干儿子是靠方老的影响力拿到很多工程项目，由此起家的，一个不折不扣的 X 二代兼土豪!

据说，谣言止于真相。

不过，对于资本汇各式各样的谣言，估计永远都不会有真相来消停的。因为，发起这些谣言的人都是没去过的，而去过的人毫不在意这些谣言，甚至根本就听不到这些谣言。所谓人以群分，人群之间一旦出现沟通障碍导致沟通不畅的话，就会形成隔阂。于是只能靠谣言猜测了。早在装修阶段，方老就来过，并且给予不同视角的参考意见，这些意见给了田冶一些从不同角度来观察会馆的新鲜感。

自从资本汇开放以后，方老来的次数就增加了，只要不是出差在外，一个星期总会来好几次。对于资本汇的格局，方老非常满意，这仿佛就是方老的一种理想的田园生活方式，距离城市并不远，又没有城市的喧嚣，还可以自己养鱼、种菜，自得其乐。尤其令人满意的，是那个别具一格的一层半木楼。方老很喜欢在那个巨大的写字台上挥毫，也喜欢在露台上静静坐着，白天晒太阳、晚上赏月光，确实是一种人生境界。

为感激方老的关怀和支持，田冶给方老专门定制了毛笔、宣纸、镇纸、砚台等个人专用品。这些个人专用的物品，上面都刻有方老本人的个人签名。这些个性十足的小礼物，让方老非常满意，因此也难免有炫技的时候。

方老是书法家，除了方老身边聚集的一堆书法家，在方老的熏陶和感染下，身边的那些社会名流几乎无一例外地都成了书法爱好者。他们纷纷暗示田冶，自己也要一套这么个性的文房四宝，田冶一一满足这些名流的个性需求。

由此一来，这些人也经常到悦人轩来练字。

于是，悦人轩每天都高朋满座。

要知道，这些人的号召力和带动能力非同小可，没几天，不同圈子里的人全都知道了这么一个地方，大家纷纷跑来，有几次因为人太多，院子都容不下了。

方老建议，既然大家都这么喜欢这个场子，可以做一个会员制，每个会员交一定赞助费，组建一个资本汇基金会；会员就可以通过预约的方式，参加相关的主题活动，超出指标部分，另外计费。

田冶觉得方老的这个思路可行，于是让蒋光做出一个会员制度，实行会费制。自从实行会费制以后，人流分散开来，大家都能够事先预约，从而不会撞车，而且，因为预约，也就没有人满为患的情况发生。

更重要的是，定期举办的主题活动能够很好地分流兴趣不同的人群，既然每次参加活动的人都有共同的兴趣爱好，话题自然就比较接近，由此一来，就减少了部分人遭冷落的机会。

举办主题活动渐渐形成一个既定程序。

通常利用问卷调查的方式对会员感兴趣的话题进行调查，以会员最集中的话题作为活动的主题，确定主题之后再邀约参加活动的人选，达到指定人数即止。

提前邀请业内权威人士，针对该话题进行一些开拓性的研究，并且要求权威人士杜绝或者尽量避开社论式的泛泛而谈，不咸不淡的敷衍话尽量少说，尽量一针见血地针对主题发表自己的独到看法。

确定活动主持人，由主持人和权威人士进行对接。

活动当天，先由权威人士讲话，说明自己对这个话题的看法，并且现场回答各种提问和对不同意见的解释。

然后大家共同探讨，可以提问可以回复，也可以提出针锋相对的论点，唯一要求的一点就是，对事论事，只谈观点不针对个人。

业内人士称资本汇的定期活动为资本汇课堂或资本汇沙龙，也有些人把这个院子称为资本汇学院。等专业名声起来之后，慕名而来的各路豪杰就纷纷登场了。

首先来的就是电视台的财经频道，他们发现资本汇是个很好的平台，建议田冶跟他们合作，做一个周播节目，其实就是按照沙龙目前的模式，增加一些具有对抗性的话题，让不同的嘉宾以不同的主张进行针锋相对的探讨。

财经频道在道长——频道总监——姜冰的带领下，不断和谢天沟通，希望能够共同做出一档让人震惊的财经栏目。

因为这个事情直接由谢天全权负责，所以田冶很少过问。好几次，谢天对田冶说，电视台的人已经说了很多次，老大你还是跟人家见个面、打个招呼吧，至少跟人家认识一下，以后有什么事也可以相互照应啊！田冶觉得这样也没有什么不好，于是就说大家聊一下吧！

姜冰年近四十，风韵犹存，文质彬彬，属于那种专业型的频道总监，也就是从美女记者的角色经过多年的摸爬滚打，终于成为电视台领导层的进取型人物。作为田野调查出身的领导，加上因为刚调到财经频道，所以对频道的各种业务都想有一个印象，于是跟着频道的团队跟各色人物周旋。

资本汇是她比较重视的项目，一个在于负责人谢天知识面广、口才了得，确实对金融和资本市场有着非常独到的见解，而且交游广泛，人脉资源非常丰富且高端。另一个当然是关于领头人田冶的一些传说，据说这位帅哥老总认为方向比速度重要，只要方向正确，一切都不成问题，钱能解决的问题都不是问题！

姜冰带着自己的两位干将，跟田冶约好在悦人轩书斋喝茶。一进悦人轩书斋，就把他们三个吓坏了，这个年头，一个商人居然拥有这么大的书房、这么多的书籍、这么大的写字案台和这么丰富的品种齐全的文房四宝……这一切的一切，都超乎他们的想象，完全不像是一般生意人的领域啊！

迎面而来的是谢天和田冶，虽然姜冰阅人无数，仍旧不得不佩服，田冶果然与众不同，稳重得跟年龄不相称，儒雅得跟职业不相符，礼貌得让人一见如故，而且，还帅气得一塌糊涂。

落座之后，姜冰好奇地问他们俩刚才是在看什么。谢天说，是我们资本汇的汇歌。资本汇还有汇歌？这下子让姜冰更加好奇。谢天说，是啊，我们的汇歌名儿就叫《汇爱》。田冶说放一下，让姜总帮我们把把关。谢天跟姜总和她的两位干将说，这是我们刚刚拍完的MV，是一个初样，还不是定稿，不过也可以看出一点效果，你们将就一下，看个大概吧！

由田冶作词，南方原创音乐教父级人物周宇作曲和编曲的《汇爱》，歌词大意是这样：

不管你来自都市还是乡间
从相遇到相识
一份份美好的缘
将爱做资本
为你执着多少年
将爱印在心间
甜蜜后忆缠绵

无论你远在天涯还是眼前
从相知到相爱
一根根快乐的线
用情锁誓言
为你守候每一天
延续爱的旋律
填满梦想空间

把爱写在手心
把你刻在心间
阳光里寄喜悦
风雨中存思念
把爱写在手心
把你刻在心田
一起汇幸福
一直到永远

大家认真地看了一遍《汇爱》的MV，意犹未尽的姜冰好奇地探索：你们这个汇爱到底是什么意思呢？

谢天说，我们人类最大的文明成果其实就是爱，虽然广义来说只要是生命体就有爱，但是也只有人类才能把爱发挥得这么淋漓尽致，虽然这个世界物欲横流，我们还是满怀信心。所以，我们希望每个人都能珍惜自己的爱，每个人的爱汇集起来，就是整个人类的大爱！爱的力量天下无敌，不分种族、没有层次，只有对生命的感动和欣赏，这就是《汇爱》的来源。以我们田总的专业解释这就是爱的众筹，跟现在互联网世界的众筹能够创造一切，可以说是异曲同工！

谢天到最后还不忘把球踢给田冶：当然，我这个说法不过是对田总理念的鹦鹉学舌，对你们而言就当是抛砖引玉吧！这里边更深刻的意义，当然是我们田总来解释更合适一些，因为歌词就是他写的。

姜冰很直白地解释自己的感觉：原来田总还是一位音乐家啊！不过这个也不奇怪，一进到你这个悦人轩书斋，我就感觉到浓浓的艺术氛围和人文韵味！

田冶微笑着说：并非是姜总你想的那样，我只是随手写了几句歌词，然后是我们的音乐合作伙伴、天宇音乐公司的周宇帮我们打理一切，从作曲到编曲到找人演唱，都是他们做的，然后我们一起编排了这个 MV，就是刚才你所看到的初样。做得不好，让你见笑了！

姜冰说周宇跟她当然认识，以前做文化栏目时经常接触，她满怀敬佩地说：那是原创音乐的一位传奇人物啊！你跟这样的人合作，可见你的水平不一般，就我所知，他是个非常具有传奇色彩的人物，可不是那种轻易跟谁合作的人！

大家纷纷说已经很了不起了，汇爱这个概念就很不简单，而且 MV 的拍摄地实在是太漂亮了，歌手媛媛的唱功也是一流，很能表现这首歌的底蕴。谢天笑着说：这首歌我们还有一个摇滚版的，改天给大家听一下，感受感受。

姜冰说，周宇做的音乐，有一个摇滚版就太正常不过了，大概还可能有民谣版的。谢天笑了：姜总英明，确实还有民谣版的！

他们一边喝茶一边闲聊，其中姜冰聊到当今非常热门的网络金融，比如P2P、众筹、各种宝等等，想知道田冶是怎么看的。这是姜冰的一贯作风，从热门话题切入，看你究竟有多少纯货。

田冶并不在意姜冰这种善意的咨询，而是笑了一笑说，这些跟我们刚才看的MV一个道理，把一个个小的爱心汇集起来就是大爱，不过结果不一样，我们汇集起来的大爱是让世界更加阳光，这些网络金融把每个小客户的资金集合起来，是为了给更大的客户用，通俗一点儿说，就是把老百姓的钱集中起来给更有发展前途的项目用，要是再俚俗一点儿的话，就是拿屌丝的钱给高富帅用！当然，我们不能说这有什么不对的地方，因为一直以来，国有银行都是这么做的。

田冶这种有趣的比较方式，让大家有一种耳目一新的感觉，众人先是开怀大笑，笑声之中每个人都感觉到田冶这话的底蕴，忽然地，为现在国内的金融市场这种乱象有一点悲愤。

姜冰说，我们现在的栏目主要针对目前的资本和金融市场，也就是项目和资金的相互融合，针对这一些提出我们的看法和对策，没有绝对答案，只是给观众一种参考，关于投资这个话题，不知道在座各位都是怎么看的？

关于投资，大家都深有感触，想法更是五花八门，说什么的都有。买个汽车是投资，不过是负资产投资，因为每天都在降价；进个股票当然也是投资，不过这个是赌场，谁都没法预测明天的股市究竟如何。有人还提到最近流传的一个比天使投资还要天使的故事，说是一个人为一个孩子投资了一个刷皮鞋的摊子，结果这个孩子因此赢得了经济独立并且完成自己的学业然后又变成了有钱人，很多年以后，在这个人资金紧张的时候，这个已经长大成人的孩子突然出现，给他一大笔资金，要求也是跟他当年的一样：1块钱的利息。

姜冰很想知道田冶的想法，在大家议论纷纷之中，只见田冶始终都笑眯眯的。于是，姜冰就问田冶的想法。

田冶想了一想，笑了一下说，投资这个事情，就好比男女之间的爱情，双方谈得稳妥，已经到了准备结婚的程度时，那就要结婚之前就把离婚的条件都谈清楚，免得以后说不明白。比如，从小就跟这个姑娘青梅竹马的，打算等着姑娘长大后结婚，那是天使投资；中学阶段认识这个姑娘，觉得在姑娘身上投入会有高回报的，那是风险投资；等到姑娘上了大学，只不过是因为学费及生活费等问题要暂时贷个款什么的过渡一下，那是PE；姑娘大学一毕业，就开始进入社会，她所有的潜力都会爆发出来，这个时候再对她进行投资，那就是IPO了；等到姑娘已经在社会上立足，而且已经成为一个有影响力的品牌时，这个时候再投资，只能是二级市场，玩股票啦！这就是投资的不同阶段，不管你在哪个阶段投入，都是风险和收益对等，风险越大、收益越高。当然，或者说得直白一点儿，投资就像找结婚对象，处对象的时候就已经谈好离婚条件，这对于两个当事人都有一个明确的责权界限，既然离婚都不怕，还担心什么结婚呢！？当然，对于姑娘家的投资，人家还有一个大款对姑娘的投资方式的说法，可能大家都听说过了，因为比较庸俗，所以，我就不在这里班门弄斧啦！

姜冰很是好奇：俗才好呢！你还是说一下吧，让我们长点见识也好啊！

田冶说：这是关于大款泡妞的几种投资模式，一个大款瞧上了一个女人，觉得这女人挺会过日子也挺能挣钱，于是俩人结婚开始踏踏实实过日子。即使以后可能离婚，那也差不多等到孩子都大了能独立生活了，这是并购。一个大款瞧上了一个漂亮的蜜，想包她几年；而蜜看上了大款的钱，正好自己缺钱，于是同意被包。包养之前双方就是要谈好了的：不日久天长地过日子，差不多了就分手，这就是私募。如果这个蜜底子硬，大款会和她结婚，收了彩礼钱之后俩人一分就离婚，这就是私募股权基金在公司上市后的退出。如果蜜够不着结婚的底子，大款可能会把蜜介绍给别的大款当蜜，这就是私募股权基金以售出股权方式退出。或者大款要求蜜的家人吃了我的补回来、拿了我的还回来，那就是私募股权基金以股权回购方式退出。如果蜜实在太垮，闹到跟大款不欢而散，大款可能会买凶把蜜干掉然后拿走她身上值钱的东西，这就是私募股权基金以清算的方式退出。这是并购和私募的区别。

大家更来劲儿了：还有什么模式?

田冶吐了一口烟，缓缓地说：比如一个底子还可以的姑娘，可能脸上有点麻子，可能身材曲线不够，但是不智障、不残疾、精神也正常，于是媒婆来跟姑娘家里说，我给你说和说和让你家闺女嫁人吧，这媒婆就是券商。于是媒婆拉着姑娘去按照她未来婆家的要求整容、隆胸、瘦身，这整容隆胸瘦身的就是会计师、律师、资产评估师。见婆家时可能婆家会觉得姑娘的发型不好看或者衣服不合身，媒婆再拉着姑娘回去捯饬，直到婆家点头，这婆家就是证监会。最终姑娘出嫁了，收到不少彩礼，这就是首次公开发行，也叫上市或者 IPO。要是一个大款瞧上一个已经出嫁的女人，拍出一堆钱跟女人说跟你爷们离了跟我过！而女人的丈夫觉得价钱不错于是离婚了，这就是上市公司要约收购和退市。

姜冰笑得前俯后仰：这个实在也是太有趣了，看来大款泡妞的方式就是不一样！是不是还有别的方式啊?

田冶摁掉烟头：一个大款兜里有很多钱却偏偏喜欢到网上的聊天室约姑娘。进去之后发现好多号称自己是美女的姑娘，于是约出来请姑娘吃饭、喝酒、玩乐，往姑娘身上砸钱，但是约出来的姑娘未必是美女，而且绝大多数是恐龙——喷着火的恐龙。不过大款不在意，约了很多姑娘，因为他坚信哪怕能碰到一个美女，自己都能讨来做老婆，这大款就是在做风险投资。而一时间爱上网聊天的大部分号称是美女的恐龙都在好吃好喝好玩着，这就是互联网泡沫。而事实上，真正的美女不需要上网聊天就被人约走了，而恐龙和大款见光死，即使恐龙有心再跟大款套近乎，大款也不会再请吃请喝，于是互联网的泡沫就破了。我理解的天使投资人就是一个大款在一个姑娘小的时候就资助她教育，不但数理化语文英语每一个科目都找老师给她补习，还要求她学舞蹈走猫步，让她成长为一个高素质的人。但是更为贴切的解释就是，一个老鸨买来小女孩，教她琴棋书画，长大之后使她成为自己门店的红牌。

田冶这番关于投资的理念，让大家笑了好几天，觉得意味深长，又浅显明了。后来在资本汇的电视栏目制作过程中，大家还一直拿这个来作为投资的指导思想。

姜冰意犹未尽地继续追问：中国这几十年来的经济发展，取得很大进步，这几年世界性的经济危机，对中国经济形成了挺大的打击，听说让很多中等收入阶层变得一穷二白，大家都很害怕这种情况，于是就有中等收入陷阱的说法。对于这个说法，很多人都非常关心，这可以作为我们节目的一个专题来讨论，田总、谢总您俩是怎么看中等收入陷阱的定义的？

看到田冶并不急着说话，谢天敏捷地先开口：按照田总和我先前讨论过的经历，我们以为中等收入陷阱其实是一个伪命题，现在大家比较公认的说法就是，当一个国家的人均收入达到中等水平后，由于不能顺利实现经济发展方式的转变，引发新的增长动力不足，最终出现经济停滞徘徊的一种状态。世界银行提出的中等收入陷阱的概念就更直接，它说很少有中等收入的国家更够成功升级成为高收入国家，因为这些国家往往陷入了经济增长的停滞期，既无法在工资方面与低收入国家竞争，又无法在尖端技术研制方面与富裕国家竞争。也就是说，一个国家的经济发展到一定的时候，就会遇到瓶颈，处在一个不上不下的尴尬境地。如果再遇上滞涨，那就更麻烦了，大家眼看着自己兜里那一点儿钱一天一天地贬值，收入偏偏没有顺利增长，这就会产生恐慌！

姜冰听得聚精会神，不时点头称是，听完，心领神会，冲着谢天说：想不到你的看法如此精到，真是让人刮目相看，谢总不愧是专业人士。目光略转，到田冶这里：谢天说得非常透彻，不过，我还是想听听田总您的看法！

田冶放下茶杯，慢条斯理的：刚才谢天提到的一个说法其实就是我的看法，这是一个伪命题。现在的世界竞争，当然已经不是从前的枪炮大战那么明目张胆的对抗，不过经济的竞争确实比枪炮的侵略更让人不寒而栗，这好比温水煮青蛙，不知不觉之中就上了人家的道，这才是最让人害怕的地方。为什么说这是一个伪命题呢？我们知道文明的发展进程就是一个螺旋形结构，它总是朝着人类更文明的方向发展，而不可能回归到从前的部落年代——大家茹毛饮血地过日子，所以只要大的方向不会改变，那么一些细节上的调整或者暂时的停滞只不过是一种适当的调整，而不是所谓的陷阱。另外一点，中等收入陷阱这个概念本身，就是世界银行下的定义，他们隔岸观火，对我们的社会肌理和经济情况根本就来不及也不会做深入的了解，更谈不上了解了。

这一点，我愿意引用陈寅恪先生读历史的态度来看，他是这么说的，要以了解之同情的情怀来对待历史。现代经济学的整个框架结构，都是西方建立的，西方和东方在文化上有质的区别，我们没必要在这个概念上成为那只青蛙。只要我们努力发展经济，世界经济总是在进步的，担心什么中等收入陷阱呢？所以我以为，只有那些曾经不劳而获并且还想不劳而获的人，才把这个说法当成世界末日！

大家虽然听得云里雾里的，不过，还是深为田冶的眼界和学识所惊叹，纷纷赞赏不已。

经过谢天和电视台的多次协商，合作的电视栏目基本上已经成型。栏目主要由三个环节组成，第一环节，主持人分析当下市场的热门话题和典型案例，以脱口秀的形式表现，指点江山、破解热点；第二环节，由本期特邀的权威专家对当前的热点进行解读，设立媒体观察团，对权威专家的解读进行观摩和质疑，同时有专业观众针对自己行业进行的必要补充和提问；第三环节，由嘉宾和权威专家进行 PK，各抒己见，持不同观点的两个队伍必定有精彩的表现。

田冶认为这个节目形式还是比较新颖，至于栏目名称，直接就叫资本汇好啦！很快，由谢天和姜冰的人马共同组成的《资本汇》栏目组就开始运作，制作了几期进行试播，市场反应强烈，收视率不断攀升。资本汇的名声在业界得到更大的认可。

《资本汇》栏目正式播出的时候举办了一个盛大的播出仪式，各路人马纷至沓来，为这个活动仪式增分不少。尤其是投资界神人成大帅的莅临，更是让人耳目一新。而成大帅对于市场交易本质的那场演讲，让人真是兴奋莫名!

随着《资本汇》电视栏目的红火，前来寻求合作的人更多了。

资本汇后来因此筹备了一些投资公司和基金公司，渐渐关注投资领域。资本汇由此成为一个投资综合体，资本汇联盟慢慢成型，成为本土具有影响力的资本和项目对接的平台。

7. 局中局

恬恬也是本土投资行业的一面旗帜，她和田冶被并称为田家双侠，这是后话。

应该说，恬恬是经过方老的转荐认识田冶的。

恬恬的父辈和方老有特别的渊源，可以说交情不浅，一向方老都把恬恬当自己的女儿看待。恬恬从事的行业和龙哥有一定的交集，所以恬恬有什么事情，方老都是指示龙哥帮忙。这次恬恬到城里来找龙哥，龙哥刚好不在。方老说可以让小田帮忙，于是，小黄就把恬恬推荐给田冶。

龙哥对恬恬说：田冶是我的好兄弟，有什么事你尽管对他说就好了，只要能帮上忙的，他一定会尽力，这一点你完全可以放心，对他就像对我一样好啦！小黄对恬恬说：田冶是方老最看重的人，是我们本地投资行业的新生力量，找他就放心了，没什么办不成的！

就这样，恬恬找到了田冶。恬恬是因为债务纠纷找的田冶。

恬恬自称是乡下人，用她的话说，是一介村姑。所以具有村姑所有的优点，淳朴、善良、大方、热情，而且，人也长得相当俊俏。因为长期在风景秀丽的地方生活，水土、空气、饮食都是原生态的，所以能够保持白净净的肤色，一白遮百丑，加上恬恬原本就长得好，所以看起来比她的实际年龄还要小一些。这一点，让那些待在城市雾霾里锻炼内脏的所谓城里的小姐们足以羡慕得想死的心都有。

恬恬超强的悟性和独特眼光，一直为业界所津津乐道。她的从事投资行业，简直算得上凑巧。

恬恬早年从事有色金属，工厂改制之后她把自己的积蓄还有借来的钱全部买了厂子的股份，没几年，工厂脱胎换骨成功上市，在股价高得惊人的时候，她毅然抛售，这第一桶金让她自己都目瞪口呆，不曾想几年时间居然有这么大的升值空间。后来，她转行经营本土特产，租了一大片地用于种植和养殖，投入自己所有的资金，原本打算以此安身立命，好好当自己的农民。意料之外的是，三年工夫，高速公路和高速铁路不约而至，全都通过她的那片地，把地割得四分五裂，当然，少不了的一笔赔偿款。虽然赔偿款远远高于她这几年的投入，但也足够刺激了她，让她觉得在这种政策环境里，个体从事实业简直没有出路，但是也不能够在家里发呆啊！后来，在朋友的推荐下，恬恬投身房地产投资，房地产崩盘之前，她已经全部抛售手头的物业，事到如今，恬恬才发现自己有一定的投资思维，于是开始专注于投资业。没几年功夫，就在本土打响了自己的名头。

不久之前，经人介绍，恬恬认识了一个人，那个人因为资金周转问题，用几十栋别墅做抵押，跟恬恬借了一笔钱，据说用于过桥。因为是朋友介绍，并且恬恬一向爽快、视金钱如粪土，对方签字之后，只看过那些别墅房产证的复印件，恬恬就放款出去。对方逾期不还，拖到超过了恬恬的耐性，而且电话联系不上，于是，恬恬就到当地去找，没料到去了好几次，那个人都避而不见。这种情况下，恬恬只好找当地有关部门，没想到，对方跟这些部门关系非常好。他们说：凭一张借条，怎么就能够说那些别墅是抵押给你的呢？

而且，上面根本就没有提到房子的事，另外，这只不过是复印件而已，根本就不可能算是抵押，你必须找到这个人，当面对质，这样我们才好办事。

后来，恬恬千辛万苦，终于在外地找到那个人，并且跟她一起回到当地。原本想，要是拿不回贷款，至少这个人在这里，把抵押物拿到手也好。结果对方第二天就出来了，而且还找了百来号人，把恬恬住的宾馆围起来，恬恬就这样被人家痛打一顿。

事后恬恬报案，有关部门说：你们这是高利贷，不受法律保护，最多我们只能以民事纠纷立案，不过话说在前面，你可能拿得到医疗费，其他的我们也没有办法，因为你们这么做本身就程序不对，所以我们也很为难。恬恬你说的是她借了你的钱，她跟我们说的是你借她的，而且还上门来讹诈，这一头乱麻真是一时半会儿扯不清楚，所以，我们希望你能够收集足够证据之后再来，这样我们也好办事，不管实情怎样，终究会水落石出的！

就这样，恬恬陷入了一个怪圈，公说公有理婆说婆有理，相关部门表示左右为难。不得已，恬恬就找了方老，方老指示小黄，这个事情肯定是对方理亏，明摆着欺负恬恬这样的老实人，所以，必须要替恬恬出头。于是，小黄就让恬恬去找田冶。

悦人轩露台，周末。

田冶的小孩在一边玩耍，田冶听完恬恬说清楚事情的来龙去脉，在仔细看了一遍恬恬拿来的别墅复印件之后，悠悠地吐了一口烟，有点好奇的口吻：那个人叫什么名字？

恬恬说以前她来借钱的时候，用的是假身份证，身份证上是姓方的。后来到当地才知道，叫李斯琴。田冶有点疑惑，再问一次：什么名字？恬恬说李斯琴。田冶笑了一下。恬恬有点奇怪：怎么啦，这个人你认识？田冶说：认识倒是说不上，不过还是有点耳熟，这样吧，过两天我给你答案。

恬恬心里的石头终于落了地，看到田冶的孩子在一边玩得起劲儿，羡慕地说：田哥，你这样的家庭生活真是让我羡慕啊！田冶有点诧异：这有什么好羡慕的呢？谁家没个孩子什么的啊！？

恬恬从小就不知道自己的亲生父母，在她几个月的时候，她就被领养，不知道是因为她是个女婴还是因为别的什么，反正亲生父母把她送给了现在的养父养母，而且表明这一辈子千万不要来往。

一直以来，恬恬都不知道这个事情，直到她大学毕业之后，大概 20 岁，忽然有一天晚上，父母很认真地咨询她的意见：恬恬，你已经是个大人了，有些事情我们两个老人不能再隐瞒你。看到父母认真的表情，恬恬有点儿害怕，会有什么事情隐瞒呢？

父母于是就把当年领养她的事情说了出来，两个老人家说：这么多年来，我们一直都当你是自己的亲生女儿看待，而且，领养了你以后，我们担心要是生了孩子，别人会有什么说法，这样对你是不公平的，那会影响你，现在，我们也老了，不可能再生育。本来这个事情要是一辈子不说才是最好的，至少对你是这样。可是，现在你的亲生父母找上门来，说要认识一下自己的亲生女儿，我们有什么办法呢？毕竟人家把你生下来，有这个要求也很正常，至于当年为什么要把你送给我们，可能他们有自己不方便说的心事，当然，这些都已经不重要了。这个事的决定权在你自己，你已经是个成年人了，认不认他们，当然是你自己的事，我们的责任就是，必须告诉你这些实情。

恬恬听完父母的话之后，回想起自己小时候所遭遇的一些情形，才恍然大悟。那时候，方老还是在村里插队的知青，就是寄居在恬恬家里的，方老当然知道恬恬的身世，所以从小方老都是小心翼翼地呵护着恬恬，尽量不让别的孩子说三道四。后来方老通过高考离开了村子，离别的时候方老对恬恬说：恬恬请你记住，每个人来到这个世界都是不简单的，不管自己的身世怎么样，只要我们努力奋斗，活出一个真实的自己，那就没有浪费这一次生命。不然，即便别人能够给我们再多的东西，那也不是我们奋斗的结果。所以，别人没什么值得你好羡慕的，关键是，对自己要问心无愧！

综合这些因素，恬恬对自己的身世有了一个清晰的认识，看到父母两鬓白发已经开始蔓延，恬恬经过几天的思考，终于有了一个自己的认识：爸爸妈妈，不管你们怎么看，因为你们当年的善良，所以才有今天的我，你们才是我真正的父母，至于亲生父母，既然把我生下来，又把我送给你们，可见，他们从一开始就没打算要我，对于他们来说，我来到这个世界就是一个错误，可是，对于你们，我就是你们的全部。所以我觉得，不管所谓的亲生父母现在说什么，我也坚决认为，你们才是我唯一的父母。至于他们想要见我，应该没有这个必要了，一个是没有必要这个时候来影响我，另一个更重要的就是，不能够影响你们二老。只有你们才是我这辈子最值得尊敬的父母！

所以直到现在，恬恬都没有去见自己的亲生父母。

田冶听到这些，忽然觉得有点儿凄凉，不曾想，这么俊俏而开朗的姑娘，居然还有这层不为人知的故事。恬恬说：因为方老说可以把你当兄长看待，所以，在你面前我没有必要隐瞒什么，当然，还有就是，在这里看到你们父子俩的亲密，让我很有感触，告诉你这些，千万不要笑话我啊，田哥！

田冶说：怎么会笑话呢？我应该敬佩你，确实是敬佩，在这种年代，一个姑娘能够凭着自己努力，奋斗出这样的成绩，确实不简单啊！

恬恬谦虚地说：运气罢了，哪里谈得上什么奋斗呢？努力就更说不上啦！田哥你才是我的榜样呢！

几天前，有一位自称姓方的女士找到田冶，说是久仰田冶在本土资本界的大名，所以慕名而来。

方女士端庄大方、热情漂亮，文艺气息非常浓厚，文化底蕴也是不简单，说话更是魅力十足，口才十分难得，让田冶多少有一点儿相见恨晚的感觉。方女士是为了一笔过桥资金找到田冶的，抵押物也不简单，几十栋别墅，而且，复印件都拿来了。田冶看了一下，觉得一点儿问题都没有，基本上属于那种可以直接合作的对象。

平常的做法，田冶会在跟人家签协议之前，认真地鉴别抵押物的真实性，有时候还要实地考察一遍，至少是证书的原件必须审核一下。那天，大概是方女士的个人魅力，让田冶差一点儿就违背自己的原则，直接就把资金划到她的账号里。只是当时已经晚了，公司的财务人员早就已经下班，而且是周五，所以，田冶就建议方女士到上班时间再过来。方女士一口答应，并且强调自己周一下午过来的时候一定会带上抵押物原件。

那天晚上田冶还留了方女士一起晚餐，向她隆重介绍了几个当时一起吃饭的本土资本界的朋友。方女士漂亮的外形、窈窕的身段、得体的举止、奇妙的口才，让在座的各位男士莫不欣喜万分。方女士歌唱得非常好，不明就里的人觉得她肯定是文工团里的专业歌手出身的。那晚上大家玩得非常尽兴，而且还约好了下次的聚餐时间。

果然没有爽约，周一下午，方女士曼妙的身段和银铃般的诱人声线在悦人轩的空间里蔓延，大有绕梁三日的韵味。田冶仍旧非常热情，对方的如约而至让他感到非常高兴。大家一边喝茶，一边聊家常，谢天在一边非常认真的翻阅方女士带来的别墅产权证的原件。田冶和方女士就当今文化艺术界一些有趣的话题展开了诚恳的交流，时不时发出彼此认可的笑声，这一团和气让人觉得双方真是缘分十足。

谢天有点儿疑惑地问：请问方大美女，怎么你的名字和别墅的持有人不一样啊？

方女士笑了：就像你们这些江湖中人，都会有自己的名号一样，我也有自己的名号啊，名号跟身份证上的本名当然不一样嘛！

谢天笑了一下，说：想不到方美女也是这么时髦啊！果然是文化界人士，不过，你的身份证还是要给我过目一下，顺便复印一个备份。方女士大方地从自己夹子里拿出身份证，递给谢天。

谢天看了一下：原来叫李斯琴啊，这个名字不错，很有文化底蕴！跟你这样的美女很配啊！可见家学渊源。

方女士嫣然一笑，腮边有了一点儿红晕。田冶看到方女士曼妙的笑容，平静地说：你今天来得正好，我有一个老朋友要介绍给你认识一下！

方女士说好啊，既然是你的老朋友，看来能够认识是我的荣幸啊！

田冶示意一下身边的人，有人推门出去，不一会儿，门开了，站在门口的正是恬恬。

方女士虽然花容失色，但仍旧以腻人的声音问田冶，并且使劲挤出多少已经有点呆板的笑容：你，你，你这是在玩我呢？

田冶说那倒是没有，既然大家都是这个圈子里的人，迟早都要认识的，来得早不如来得巧，我们这位恬恬姑娘，是我的一个妹妹，刚好这两天在这里，而且，她是这个行业里排行前几位的重要人物，所以有必要认识一下，说不准，以后还有合作的机会呢！

恬恬没有说话，只是对着方大美女笑。田冶也没再说什么，观摩着两个人表情不一样的笑容。

谢天更是不解，呵呵笑着：今天真是难得啊！两大美女同时降临，真是我们资本汇的福气啊！既然都是一个圈子里的人，大家都坐下嘛，好好沟通一下。

没人理会谢天，空气仿佛凝固了，场面顿时尴尬。

一个阳光旖旎的傍晚，田冶、蒋光、谢天三个人在悦人轩的露台上围着小圆桌喝啤酒。田冶刚从外地回来，还在外地的时候就给谢天打了电话，让他务必这两天从茶油基地抽空回来一趟，大家有一阵子没见了，有必要交流一下。

蒋光主要负责资本汇会馆，谢天负责贵人茶油的事务兼管文化产业，今天田冶把两个人召集过来，大概不会单纯为了请两位喝啤酒，那两个这么想着，也就不敢轻易干杯。

田冶见他们有点儿拘束，可能是自己的思考情形让他们看在眼里，以为发生了什么事，所以不敢放开喝酒。田冶打开了僵局：今天就是纯粹为了喝几杯，为了庆祝这阵子以来咱们资本汇开放以后取得的重要发展，来，咱三个先干一杯！

既然是这样，这两位也就不客气了，喝干之后拿出烟来架上。三杆烟枪散出的烟在林霭里延伸，颇有一种依依墟里烟的韵味。

谢天哈哈笑着：老大你想做导演都可以，但是，以后要是有恬恬和方小姐这种美女对抗赛的事情，一定要事先告诉我们，不至于弄得那么尴尬啊！

蒋光嗤之以鼻：要是早告诉你的话，你这种见了美女都走不动的主，估计早就把我们出卖给那位姓方的美女啦！不过，你的演技还是不错的，基本上可以给一个酸草莓奖的嘛！

谢天马上回应：纠正一下常识，其实人家叫李斯琴，不过，话说回来，我们都不知道这里谁是跟李家美女有交往的啊！李琴、李鲜，很配对啊，你说呢，老大？！

弄得蒋光一个酒罐子砸过去，谢天一闪，没有完全闪开，罐子泼出来的啤酒，一半洒在自己身上，一半喷到田冶身上。三个人哈哈大笑，为庆祝恬恬的事情圆满完成而干杯。聊了大半天，才又回到主题来。

田冶的意思很简单，既然大家都这么喜欢资本汇，咱们可不能只象征性地收一点儿会费、搞一些主题活动，要是不能跟会员形成更高层次上的利益共同体，再好玩的地方，人家也会凑一阵子热闹而已。这一点，我们只要看看饮食行业就明白，很多新开张的酒楼因为新口味，所以生意特别好，可是用不了三两年，生意就慢慢淡了，哪怕就是原班人马，老板仍旧会换一个名头以新店的方式重新开张。咱们可不能这样，既然资本汇这条路子是对的，这个平台值得做，咱们就有必要考虑怎样创收的问题，说白了就是让项目变出现钱，让闲钱通过项目变出更多的现钱。

谢天说：其实我们就是一个最好的金融城，资金和项目在这里对接，我们从中间收取一定的费用，对于项目方和出资方来说，都没有问题，他们要做这些事，出这点儿过路费，一点儿问题都没有。谢天因为相对年轻，而且性格比较活泼，凭着自己多年的市场经验，听完田冶的想法之后，马上就脱口而出。

田冶试探地问：我们怎么操办这些事情呢？

谢天比较了解资本市场的底细，马上就能够举一反三：资源在这里很简单啊！要不就是我们自己做一个基金公司或者投资公司，也可以是资产管理公司，要不就按这个套路，借一个壳，要是找到比较好的壳，我们还可以曲线上市呢。看性价比嘛！

田冶问：蒋司令，你怎么看？

蒋光抿了一小口，瞧了一下太阳，悠悠地说：我可没那么多想法。

谢天追着蒋光：那你是什么想法，哪怕不多也没事啊！

蒋光思索了一会儿，喝了一杯酒，开口说：现在的地产业、银行业、城镇化建设、网络金融什么的，都会是大手笔的投入，而且，回报周期比较长。回报周期短的那些，大抵都是投机，风险太大，好像不怎么适合我们来做。不过，民间资金总是要有投资的方向，肯定要有一个疏导的方向，就像大禹治水。我同意谢总的华邦联合基金公司或者投资公司的思路，但是，方向在哪里，就这要仔细琢磨琢磨了。老大你不是说过吗，但凡能够在市场流通的，都是资本。这么说来，我们的字画、红木、金丝楠、工艺品、古董，应该都可以作为资本流通，既然这样，我们何不把自己手头的东西进行市场流通呢？老大你也说过了，只要能够流通，就会有滚雪球的效应，因为这些就是硬通货，这么一来，那我们就不愁不发财了！

蒋光毕竟是蒋光，考虑问题总是出人意料之外。当然，这一点田冶已经看出来，经过这些年的磨炼，蒋光俨然已经成为资本市场的一个种子选手。

谢天看出这其中的逻辑漏洞：不管字画也好红木也好工艺品也好，哪怕就是古董，这个是要市场承认才行啊！我说老大的字一百万一平尺，那也要有权威来认证，才会有买家啊！

谢天的担心不是没有道理，一个东西，如果不能最大程度得到市场的认可，那可能只是敝帚自珍，相当于关起门来做皇帝，用不了几天就会成为笑话的。

蒋光也发现自己的短板了，在想着该怎么样才能弄好：字画和古董的价格，拍卖市场都有定论的，我们不必自己给自己定价。只是木头这一块，目前来说，市场确实比较混乱，很难有一个权威的认证机构，这一点有点儿难办。

田冶尽可能地听取两个人的意见之后，夜幕已经悄悄降临，三个人先决定今天晚上不醉不归。然后，田冶才说：项目和资金的对接平台，我们应该有充分的把握，这个事能够做好，无非就是找一个负责的人，这个事可以让谢天来召集，你负责找合适的人。书画、古董，这些都有定论，问题不大，至于现在的一些名人书画和书画名人，我们的场子基本上都已经拥有，直接以市场价出手就可以了。最后就是，红木和金丝楠，特别是金丝楠，既然现在还没有权威认证，我们是否可以组建一个权威机构呢？

另外两个异口同声：怎么个组建法？

田冶看着仿佛不远处的赭红色的太阳，慢悠悠地说：把国内的名家、大家都吸收进来，形成专业机构，跟权威价格认证机构合作，搞认证培训，争取占据行业制高点！

第三部分

资金——好钢用在刀刃上

Capital Sinks

压死骆驼的绝对不是最后那根稻草，不过要是没有这根稻草，骆驼也许还能苟延残喘，甚至还有重新复活的机会。资金拥有聚集及流通的天赋，你找钱只是资本累积的开始，钱永远都是奔着更多的钱而去，滚滚流动之中，形成镀金年代。当钱都来找你的时候，你自己就是最大的资本，因为你已经拥有聚集资金的能力！

8. 遇龙河畔

那天傍晚的圆桌会议，聊到最后，三个人达成共识。

一是整合贵人茶油和银昊茶油，重新组建一个专业茶油公司，覆盖茶油的全产业链；二是组建资本汇俱乐部，作为对接资本汇会馆的项目和资金平台，设立相关的投资机构及资产管理公司；三是组建木业投资公司，作为红木、金丝楠家具和工艺品等可以进行资本市场运营的资源平台，将资本汇现有的资源跟周边的资源进行对接。

然后就是工作分派，茶油公司组建之后，可以慢慢移交给杨力和吴银昊，母公司只管战略就可以。投资公司谢天可以兼管，只需要聘请一个总经理就行。木业公司有点麻烦，因为必须有一个懂行的人来操办才行。也有一个顾虑，第一必须懂行，这个简单，随便抓一大把，至少可以筛得出几个用得上的；关键是，必须是自己信得过的人，你说这么多年来，咱们哥儿几个经过这么多，可谓阅人无数，真说得上能信任的又有几个呢。

看来，这个事有点儿为难。

好莱坞警匪片常常把打劫银行的匪头包装得非常个人英雄主义，简直佐罗再生，即便如此，这些领袖最大的困惑一般都是感叹一句——这年头好帮手难找啊！可见，这并非一般企业的难题，专业性如打劫银行的权威人士，也难免会有这种烦恼！

这个为难并没有持续多久，三个人不约而同的想起一个人，那就是伟哥。这个事情，估计全世界都知道，只有伟哥才是最佳人选。伟哥能不能参与，谢天和蒋光都没有把握，因为在伟哥眼里，他俩也不算什么东西——这一点让他俩很不舒服，但是，伟哥的专业水平又让他们不得不佩服。幸好，田冶愿意自己去试一试，成不成再说。

三个人兴高采烈地对着一个可能风光无限也可能糊里糊涂的、未知的愿景有一种想尽办法去实现的冲动，就那么一杯接着一杯地边聊边喝，不知不觉，三个人多少都有一点儿高了，最后在露台上露宿了一夜。

第二天一大早，林业科学院的首席教授许峰教授给田冶打来电话，田冶问什么事。许峰那边惊喜连连，说自己也是刚刚收到的检验结果，所以第一时间就先给田老板知会一声。送过来的那两样东西，经过检测，一样是千年以上的老料金丝楠，一样是更古老的金丝楠阴沉木，非常难得，市场价值简直难以估计，前景应该非常好。

听了许教授这么一番话，田冶立马清醒了。上次去寨子的时候，注意到寨子里的木楼用的材料比较特殊，于是就拿了两样东西，一个是一块木板，随手从人家木楼下面的木堆里捡的，那里一大堆都是同样的木料，而且口径相当大。另一块是寨子里赠送的纪念品，黑乎乎的，看起来有一点儿乌木的感觉。

回来以后，田冶有心无意地把东西交给许教授，说麻烦教授帮看看，这些都是什么东西。许教授的电话让田冶久久不能平静，如果没有误差的话，那么，那些东西就实在太美妙了。其实，田冶一看到那些东西就有感觉，毕竟自己的眼光有限，为了得到更专业的保证，所以还是烦劳许教授把把关。

不曾想，这一把关下来，会有这么大的惊喜！

田冶一个兴奋，就把谢天叫醒，你尽快去一趟基地，尽可能地多走一些寨子，有多少走多少。看看那里的木楼都是用的什么材料，还有那些公共建筑，包括庙宇、鼓楼、风雨桥、凉亭、寨门等等，所有你能看到的木质建筑的材料，都看一遍。要是有可能，原始森林里的材质也去看一下。你不知道是什么材料的东西，就采一个样本。千万记住，不能让任何人知道你的目的。等你回来，我再跟你商量。

谢天拍拍身上的露水，赶紧立定，明白老大的意思之后，说遵命，马上去办。离开的时候看到蒋光一脸幸福地沉在梦中，他在蒋光的脸上扭两扭，蒋光宿醉未醒，分不清是呓语还是梦话地叫着别烦我。谢天笑了一笑，自己走人。

田冶给伟哥电话，伟哥还没起床，咋咋呼呼地问什么事，怎么这么早打电话，没打算让别人睡觉呢！田冶问，你是不是刚睡觉啊，不会是又喝了一个晚上吧？

伟哥说是啊是啊，果然英明，又让你猜中了。

田冶问你在哪里。

伟哥说在西街边上、漓江水旁、几十公里王城遥望。

田冶问你打算在那里待多久。伟哥说打算这阵子都一直在这边，要是可能的话，待一辈子也不是不可能。

田冶说是不是在那边有什么事啊。

伟哥说没什么事，就因为没什么事所以才来这里散心。

田冶说好的，我今晚去找你。

伟哥说尽管来，非常欢迎，美女和美酒都已经准备好了。

田冶说有酒就可以。

伟哥说你看你这熊样，都这么多年了，还是妻管严的料！

田冶说这是两码事，尊重爱护老婆跟怕老婆是两码事，层次不同。

伟哥回什么两码事啊，狗屁层次！你敢跟你老婆这么说话吗？

田冶叫他废话少说，晚上见。

跟蒋光沟通了一个上午关于资本汇运作以及怎么让伟哥参与等一系列事情之后，田冶扒拉了一口午饭，就往阳朔出发。

一路上，田冶都在睡觉，半路被电话叫醒，是婷婷的。这个电话倒是让田冶有点儿惊奇了。婷婷说好久不见。田冶礼貌性地回答是啊是啊。婷婷问在哪里呢。田冶说在路上。婷婷笑了，你们这种人不是一直都在路上的吗？田冶自己也按捺不住笑了，说是在去阳朔的路上。婷婷说太巧啦，我正在桂林呢，本来打算去找你，既然你来桂林了，我就直接在这里等你好啦！田冶说好的，你在桂林等我，到了就去接你。

伟哥全名何大伟，是本地企业界的著名人物。

本土有几家上市企业，基本上都跟伟哥多少有点儿联系，比如明星企业道光集团就聘请他做常年咨询顾问。本土还有很多家拟上市企业，排在前面的几家都是伟哥的客户，伟哥每个月都分出一半时间到各个企业去走走，针对他们的产品规划、市场走势、营销策略、人才管理、资产管理、资金策略等等给以咨询或进行诊断。另外一半时间，伟哥就称之为自己的时光，爱去哪儿就去哪儿，无牵无挂、来去自由。

伟哥跟蒋光同龄，但是看起来仿佛小蒋光不止十岁。明白的人知道这是心态和健康的问题，不明事理的人肯定以为这是遗传基因使然。

第三部分：资金——好钢用在刀刃上

伟哥最大的特色就是专业，不管做什么都非常专业。他做过的那些事情，没有一样不专业的。最专业的一点就是，不管他做什么事情，他都能够让别人觉得他很专业。

一个人但凡能够做到这一点，已经足够让人佩服了。我们都知道现在的所谓专业，那就是一个人穷尽一生，也未必能够渗透自己专业的十一。比如让乔布斯去做物流，可能就未必专业了；同样的道理，让雷军去做饮料，他也未必能够做到宗庆后的专业水准；很明显，丁磊养了几年猪，结果不得不承认养猪是一个非常专业的事，自己跟猪无缘！所谓钻一行只能专一行，大约就是这个套路。可是这个道理在伟哥这里反而成了歪理，伟哥非但跨越很多行业，而且在很多行业里他都成为权威，这样的人才算得上是这个时代最需要的专业人士。一句话，他的智慧足以让他能够打通专业的壁垒，从而成为专业的通业人士。这就是伟哥的厉害之处，也是他能够安身立命、屹立不倒的原因所在。

伟哥还有一个最大的特点，对于姑娘，他有自己鲜明的态度，凡是能够跟他对上三句话而没有引起他反感的姑娘，他才会跟人家继续聊天，不然，他扭头就走，或者，即便不走，他也不会再理睬这种没有什么底蕴的货色——没有底蕴的姑娘对于他来说只能算是一个货色甚至是一种灾难，所谓红颜祸水。这个世界奇人百出，大多数都是挂羊头卖狗肉，不是为名就是为利的熙熙攘攘之辈。所以，伟哥这样的人物，实在不是出世的料，因为在这个纷繁的尘世，没有几个人能够理解他。这一点，就好比个性十足的软件工程师一样，你要是按照一般的手法来管理，保准你吃不了兜着走，要是你能够按照他们自己的个性去慢慢渗透，他们会当你是亲兄弟——甚至比亲兄弟还要亲。

因为田冶明白这一点，所以伟哥一直都当他是兄弟，而且是在这个世界上不可多得的兄弟。因为没有翔实的资料证明，伟哥曾经把别的人当作兄弟，我们几乎可以很肯定地说，非常有可能，田冶是他目前为止唯一认可的兄弟——除了血统原因以外。

到了桂林，田冶觉得自己的精神已经恢复，于是把司机打发了。

为了让田冶能够找到自己相对准确的位置，婷婷就在王城门口等候。而且，为了免得田冶已经不记得自己的样子，这个姑娘还举着一张纸皮，上面有记号笔手写的田冶两个字虽写得歪歪扭扭，倒也显得笨拙可爱。

一位高个美女举着一张纸站在路边，仿佛鹤立鸡群，引得路人纷纷观望，有些人以为这个女生在筹集回家的路费，还向前好心地向她询问回家或者回学校要多少钱。虽然多少有点儿让人啼笑皆非，不过这些好心人的举动，让婷婷感受到了当地人的善良，大概，在这里应该不会有老人摔倒没人敢扶的情形吧！或者，当地法院不会笨到问热心人：不是你撞的你为什么要帮忙？所以，肯定是你撞的！

远远地，田冶就看到她了。穿着一身橙色的上衣，很好地衬出她的蜂腰和峰胸，牛仔裤把两条修长的腿托得让人有一种热烈观赏的欲望，马尾辫在风中飘扬，俊俏的脸蛋可爱的微笑仿佛镶嵌在脸上，果然新鲜靓丽。看得田冶瞬间有点儿心动，不过很快就恢复了平静。

越野车一直滑到她身边，慢慢停下，田冶没有摘下墨镜，摇下副驾驶的窗玻璃，憋了嗓子柔柔地问：请问是婷婷小姐吗？

由于里外光线强烈的明暗对比，婷婷没看清楚车里的人，只是点头。

田冶继续说：那就对了，要接的就是你！

婷婷追问：是田冶让您来的吗？

田冶点头，说是的，请您坐到后面。

婷婷上车，先说感谢，然后说不好意思，最后问田冶在哪里。田冶说，他在阳朔等你。我的任务就是把你接上，然后送到阳朔，其他的你要是问我，我也不知道，最好你见到他自己问。

婷婷从后面也看不清楚开车人的脸，以为是田冶的司机，于是就赶紧道谢。婷婷觉得有点儿纳闷，南方人真是奇怪，没有北方的殷勤，怎么司机都不帮女士开车门呢，也许这是地方特色吧！这么一想，婷婷就坦然了，马上原谅了南方人的不够殷勤。

从桂林到阳朔，走高速公路那就很近了。婷婷一路睁大眼睛左看右看，差点儿没把眼珠子睁到掉出来。据说，本来具备完美卡斯特地形地貌的桂林到阳朔一带是可以申办自然遗产的，因为这条高速公路把整个风水弄坏了，人家不给了。婷婷觉得这种说法非常具有中国特色，能够一路看到这么美妙的景色，就算不申遗，又有什么要紧呢？为什么好好的自己的东西，非要人家给一个肯定才有自信啊！婷婷在田冶推荐的一本叫《你的误区》的书上，看到很多这方面的话题，觉得非常有趣。单是这个推荐，等见了面，就应该好好感谢人家田老师才对。除了这本书，田冶还跟婷婷推荐了一些别的书，两个人平时微信里聊的，基本上都是关于读书的心得，有一种惺惺相惜的感觉。

没多久，已经到了遇龙河边，那里人声鼎沸。婷婷说，要不您就把我放在这里，您先去接田冶，然后再过来找我。田冶说好的，那你要注意一些，有什么事记得给田冶打电话。婷婷说好的，然后自己下车到河边去了。

田冶打电话问伟哥在哪里。伟哥说：您终于到啦？我在遇龙河桥头这里。

田冶说你等着，我刚好到这里，停好车就去找你。田冶把车放在河畔假日酒店，这个酒店就在遇龙河边上，离桥头只有几分钟步行路。

远远地，田冶已经看到伟哥在桥头的小摊子上坐着，田冶招了招手，伟哥站起来，走近田冶，双手紧握，满脸夸张的表情：咱哥俩儿终于遇龙河胜利会师啦！田总请坐、请坐！请上坐！

田冶坐下之后，伟哥对着身边的两个美女说：这就是我经常跟你们俩提起的，我的好兄弟——田冶先生，可不是日本人的名字啊！纯种中国人，南方十大有为青年第三名。

两个美女哈哈笑了起来，好奇地问：第二名是谁？

伟哥竖起大拇指指了指自己的胸口。

美女笑得更大声：第一名呢？

伟哥伸长脖子，对着美女说：你们想一想，我们哥俩儿才是第二、第三名，还有谁敢坐第一名的位置？！

等大家笑完之后，伟哥对田冶介绍：这两位美女是旅游学校的，专门负责咱哥俩这次的阳朔浪漫游，还保证让咱哥俩有艳遇，说白了就是，咱俩西街猎艳的指导老师！

美女笑得前俯后仰，边笑边说：你们哥俩这样的，还要猎艳？要注意安全，千万不要被艳猎了！

田冶看到伟哥的杯子里好像不是茶水：怎么这么早就喝上啦？晚上还怎么泡吧？

伟哥一拍胸部：哥哥最近已经练得真功夫，千杯不醉、万杯不倒！

两个美女马上揭伟哥的底：你就吹吧，昨晚上是谁被我们灌醉的？

伟哥自己也笑了：那个不算，谁让你们俩没事长得这么漂亮，哥哥醉的不是酒，是让你们的青春靓丽给眩醉了！醉在两个美女深深的酒窝里，不丢人！哥哥昨晚没有晚节不保吧？

伟哥这话让美女很受用：不知道你喔，有没有失去贞操自己都不知道吗？

伟哥显然很明白戴套不算强暴这种官方话语方式，逗着两个姑娘：在本人不知道的情况下，哪怕失去一百次也不算，不能算是本人的意愿！

9. 农家乐

不远处，田冶看到婷婷在竹排上，正准备靠岸。

摘了墨镜看，婷婷更有一种风情。田冶心想，怎么漂亮的姑娘都是现在才遇上，早之前自己没成家的时候，这些姑娘都干吗去了？这种想法据说在很多男人中都很普遍，尤其是到了四川和苏杭之后，更是悔得肠子都变色了。

婷婷上岸之后掏出电话，很快田冶拿出电话来：就在你右手边。然后站起来，摇了一下手，搬过一张凳子。

婷婷走近，一看衣服，才发现原来刚才开车的就是田冶，指着田冶，然后给了田冶几拳，自己禁不住大笑起来。伟哥目不转睛地看着婷婷，好一阵子，看得婷婷都有点发怵。

伟哥转头问田冶：老弟，你怎么把哥哥的初恋女友带来啦？

田冶一愣，以为婷婷认识伟哥。

伟哥坏坏地笑道：我的初恋女友是我们的校花，长得跟这位美女一模一样，除了个子没有这么高以外，其他的全都一样！

伟哥这么一解释，大家又笑了起来。田冶给在座的人介绍了婷婷。

伟哥说：真是无巧不成书啊，我的初恋女友也是叫婷婷呢！

又引得大家一阵笑声。

婷婷在田冶耳边悄悄说话，他们两个会心一笑。伟哥马上表示不满：大庭广众的，咬什么耳朵，这两口子还有悄悄话呢，有什么不好意思的，说出来大家分享分享嘛！

田冶觉得在座还有两位女生，这种话不好开口，于是没有说什么，只是拿起杯子。

婷婷对田冶说的话大约是这样，他觉得我像极他的初恋女友，大概意思就是很想跟我上床。田冶表示不解。婷婷说这是绝大部分男人的心结，因为几乎所有男人都没有机会跟初恋女友上床，所以是一个死结，打不开的。田冶疑惑。婷婷说，因为大部分男人初恋的时候都生涩得连上床的勇气都没有。

婷婷把大概的意思说出来之后，另外两个女生稍微有点儿脸红了，伟哥更是笑得面红耳赤：你说得不是没有道理，这确实是很多男人的软肋。不过，我保证不敢有这种想法，因为你是田冶的，朋友妻不可欺，兄弟的女朋友也是一样。不过，要是今天偶遇上你，没有田冶在场，这我就不敢保证了，谁让你长得这么美丽又魅力，还打不打算让我们男人留一点儿尊严啊！

大家就这样有说有笑的，渐渐地，黄昏近了。

田冶说咱们先去吃饭吧。可能笑得太多，大家才发现已经饿得要紧。路边上有一辆奔驰商务车，司机已经打开车门，田冶招呼大家上车，然后出发。伟哥问田冶你什么时候喜欢开这种车啦。田冶说是酒店的车。伟哥说酒店是你家开的呢，那里的车子可以随便用，还是这个酒店收费很贵，附带有这种服务。田冶说收费贵不贵就不清楚了。伟哥说大家听听，这就是大气，买东西不问价钱的，就是不差钱！

田冶说你别扯了，这酒店是我一个亲戚开的。

乡巴佬农家乐离阳朔县城只有几公里，相对县城，位于漓江的下游。

乡巴佬在漓江边上，原来是一块果园，主人就在果园边上靠漓江的位置修建了一排亭子状的木屋，从江边打桩，再浇注混凝土平台，这些木屋就坐落在这一个个平台上，在果园边上有吊桥接着木屋，在木屋里观望，仿佛木屋是一座一座悬在江边上，可见主人的匠心独具，也可见高手在民间是社会发展的内在动力，并非虚言。

这家农家乐最大的特色就是柴火做饭。本来，柴火烧饭是居家的基本，可是随着城镇化建设的日益吞噬，很多人都慢慢地淡忘了这种最基本的生活方式，反而变得稀罕了。就像汽车多了，你忽然有机会在乡下坐一趟牛车就感觉非常新鲜一样。

厨房里都是一个一个的锅灶，一边是煮饭用的，用的是古老的圆锥底的铸铁锅烧饭，还有用竹筒烧饭；一边是炒菜用的，菜主要是本地的野菜和有机蔬菜，野菜主要有蕨菜、鲜笋、白花菜、一点红、野荞头等，肉菜有七星鱼、禾花鱼、土猪肉等几样，本地的酿豆腐也是一绝。桂林三宝甲天下，其中一样就是豆腐乳，豆腐乳最重要的原料自然就是豆腐了，当地出产的豆腐简直是人间一绝。王小波就曾经赞叹，中国人的发明豆腐，实在是一种天才表现——这一点，与田冶同意。

一进入院子，服务生问订位子了吗，田冶说陈洋订的。服务生马上说原来是陈总的客人，请跟我来。服务生带他们到了一座伸出距离最长的木屋，从这里望出去，正面是漓江，右手是逶迤的群山，左手是竹林缝隙里隐隐约约的阳朔县城，江边竹林茂盛，在木屋窗口凭眺，仿佛踩在竹尖上一般，大有《卧虎藏龙》里竹林打斗那个桥段的情景，让人很是舒畅。而且，漓江边上有几叶扁舟和竹排在摇荡，真是让人赏心悦目。

婷婷第一次到这里，看到扁舟和竹排，知道是这家酒楼为顾客提供的消遣方式，赶紧兴奋地走下台阶。看来她刚才在遇龙河玩竹排还不够尽兴，所以非要加深一下印象不可。田冶建议两个女生也跟着，给婷婷好好导游一下。

木屋里两个大男人面对面抽烟。

伟哥三句不离本行：这个婷婷是你什么人，不会是刚吸收的新女友吧？你小子真够神秘的，不是一直以来都守身如玉吗？什么时候开始有这种爱好啦！打算晚节不保呢？

田冶说别胡闹。然后把认识婷婷的经过大致说了一下，因为从北京回来之后婷婷一直都跟田冶保持联系，所以这次到南方田冶自然要尽地主之谊。

伟哥继续撩拨田冶深藏潜意识里的欲望：我看你小子也快把持不住了，听哥的，不要这么委屈自己，当什么圣人呢？孔圣人有几个老婆我不敢肯定，至少朱熹这位准圣人可不止一个女人呢！

田冶看着伟哥，很诚恳地说：你和我不一样，你是个单身汉，随时可以换个女朋友，同时结交N个女朋友，人家也说不了你什么话，我是有家有口的，不能再玩这种事情。

伟哥四十好几，仍旧单身，身边从来不缺美女，可能因为太优秀，所以美女对他基本没有什么免疫力，一遇到伟哥，美女的智商基本上要连续降低好几个档位。在剩女宅男盛行的年代，我们不知道伟哥这样的情感生活好还是不好，反正他自己很受用。一个人的情感生活自己很受用，也没有对别人造成什么伤害，如果这样，实在不容外人置喙了。

伟哥开起了田冶的玩笑：说你老土吧，都什么年代了，从一而终早就不是什么美德了！一个优秀的男人要是没几个女朋友，人家都会怀疑你是不是足够优秀了！哪怕从前的太监，还要一个女人来安慰自己呢！跟哥说实话，你是不是床上功夫不行啊？！

两个人对视而笑。正说着，三个美女回来了。婷婷见到他俩乐成那样，赶紧好奇地问有什么好玩的。田冶瞟了伟哥一眼，示意他别乱说话。这一瞟被婷婷看在眼里，马上把田冶的头扶正，笑着对伟哥说：田冶这人怎么有点儿闷骚啊，伟哥你说！

伟哥笑了：看来你对我们田冶很了解啊，怎么就知道他是闷骚型男呢？是这样的，田冶不肯交女朋友，理由是有家有口，但是这明显不符合现在的美女经济学，除非他不是一个正常的男人，所以我有理由怀疑他的床上功夫不行，这个理由很正当。要不，麻烦婷婷您，今晚帮我验证一下！如果你愿意，马上验证也可以，咱们不必等到晚上！

这话说得婷婷马上脸红了，不过她并不在意，而是笑着对田冶说：你都交的什么朋友啊？还是你兄弟呢，尽想带坏你！

伟哥赶紧接着：男人不坏女人不爱，看来婷婷也是喜欢你稍微坏一下，不然，以后就不会跟你来往啦！

然后对着田冶坏笑。

菜已上齐，大家开始吃饭，饭桌间笑声不断，伟哥的几个段子，让几个美女喷饭好几次，弄得她们齐声抗议，说能不能吃饱了再说啊！

饭后，已经是晚上八点多。伟哥问怎么安排。田冶说你们几个带婷婷去西街逛一下，我到酒店坐一会儿，十点去找你们，光阴故事酒吧，已经订好位置，找小菀就可以了。

伟哥仍旧笑声不断：你别介意啊，我刚才只是跟你开玩笑，你不至于现在就要去试一试自己是不是真的不行吧？就算试也要带上婷婷啊！还是有什么小菀在酒店等你，先拿她来试试身手？啤酒比赛呢？

啤酒比赛是伟哥的一个善意玩笑，说是一次啤酒大赛，看谁能连续喝一打酒，很多彪形大汉都败下阵来，最后有一个貌不惊人的矮个子上台，一瓶接一瓶，很快就把一打酒喝完，抹抹嘴问还有吗。主持人觉得不可思议，好奇地问你怎么这么厉害。他说我也不知道啊，为了试试我能不能喝完，刚才我在外面喝完一打才敢进来参赛的。

伟哥把啤酒比赛跟床上的事情类比，又有一种妙趣。婷婷听到田冶的安排，加上伟哥的插科打诨，这姑娘有点儿不高兴。田冶对她说，回酒店见一下亲戚，聊会儿天，咱们在酒吧见，不醉不归。婷婷一听也就乐了起来。

伟哥仍然逗趣：你别听他的甜言蜜语，他是真的先去试一下自己能不能喝一打的，试完等会儿我们看到的就是一个醉鬼，勃不起来啦！

给田冶他们在乡巴佬订座的陈洋就是田冶的亲戚。

陈洋是一位艺术家型的商人，虽然身家几十个亿，穿着却十分朴素，都是看起来一般其实质地并不一般的布料，纯手工缝制，喜欢穿布鞋，认为皮革不够环保。留着一头披肩长发，打个马尾，浑身散发一股艺术气息，在西街泡吧的时候人家以为他是驻场歌手，很多美女顾客给他点歌单，问他要电话号码。

陈洋是西安美院出身，学的是油画。毕业之后分配到文化部门，其实就是电影院。画了几年的电影海报，渐渐地把自己画腻了，觉得长此以往，自己的绘画技巧非但泯然众人，而且思维方式也会固化，渐渐就成了一个电影海报绘画师了。

在家人强烈反对的声讨中，他放弃了所谓的铁饭碗，开始进入装修行业。他是当时进入这个行业水准最高的人，因此订单不断，渐渐地有了一些积累。而且，他擅长借力打力，专业一点儿的说法叫资金杠杆或金融杠杆。后来他进入地产业，建了几条商业街，弄了几个商业广场和主题广场；还包了几十万亩山地，进军林业和林下种植养殖业。这比较符合投资分散化才能降低风险的理性投资行为准则，而他那样做的时候，这些理论根本就还没有输入。这位思维超前的人，总是能够先人一步。

遇龙河边上的准七星级的河畔假日酒店就是他的一个作品，刚开业三年，而对阳朔旅游业的发展，他已经观察了十年。几乎可以说，这十年来阳朔的任何一点变化，他都看在眼里、记在心上。

多年以前，陈洋和田冶曾经组建一个歌舞团——因为陈洋就是文化系统的，所以他们能够获得演出许可——穿行在各地演出，有点儿吉卜赛大篷车的味道。那时候他们刚从学校出来，上班又不是很忙，所以就弄来玩玩，偶尔自己还上场客串一下，演唱几首校园民谣。以至于到现在，两个人一见面，第一句话就是，咱哥俩儿合唱一曲吧，多久没开嗓子啦！

如果你从桂林乘游轮到阳朔，会发现游轮码头距离阳朔县城还有一段距离，下船之后，是沿江的一条仅供人行的蜿蜒栈道顺流而下，走上不多会儿，西街就出现在眼前了。如果你在码头直接观望，会看到一个三面环山的小盆地，里面都是原生态的森林和果园。这块狭长的盆地距离西街只有几百米，因为隔着一座山，所以轻易没有人注意到还有这么一个所在。

陈洋发现这个地方纯属巧合，修建河畔假日酒店的时候，有一次他从桂林坐游轮回阳朔，下船之后，发现这么一个地方，于是就顺着山路进入这块盆地，里面森林浓密、溪流纵横、果园摇曳，走了半天，却在里面迷路了。后来他爬上一座山峰，才看到阳朔县城就在山脚下。

这块盆地不算山地，中间的面积只有八百多亩，不过也已经是阳朔老城区的两倍。如果把原来的沿江小路扩大，就能够开一条公路进入这块盆地，不过山体会被挖掉不少，如此一来，就会形成这块盆地和阳朔城区的公路交通。拿到这块地之后，陈洋苦苦思索，不断想出很多交通方案，然后自己又不断地一条一条地否定。最后，愣是让他琢磨出一个精彩的创意，从阳朔街边直接打通一条隧道，六车道的穿山隧道虽然花了好几千万，但是已经把盆地和阳朔县城连成一片，由此，打造新阳朔的计划开始了。

陈洋把这个地方叫天街镇，对外宣传是阳朔天街。

天街和西街相呼应，形成阳朔旅游的两个主要板块。

陈洋在酒店大堂外的露天咖啡卡座里坐着。桌子上点着一根蜡烛，光线温柔而烂漫。放眼出去，是夜间的遇龙河，没有白天的喧闹，灯光点点之间，仍旧有一些学生模样的人在河边草地上露营，正在搭建帐篷。

田冶找到陈洋，两兄弟对视一笑，规定动作地问候关于开嗓的事情。然后坐下。

从发现这块盆地到拿下这个地块，极大地激发了他的艺术灵感，陈洋仿佛着了魔，见到谁第一个话题就是拿阳朔天街项目来说话，跟田冶在一起自然也不例外。

漓江之上、阳朔之巅。这是阳朔天街拟推出的主题广告词。

天街在阳朔上游，地理位置可谓得天独厚。平均海拔高于阳朔县城大约15米，有些地方达到30米，这个地块山环水绕、溪流纵横，简直美轮美奂，就像悬在阳朔城边上半空的世外桃源。他的目标很直接，准备打造高端旅游复合型地产，并不是西街的升级版，而是全新的综合性旅游体验区，说是再建一个阳朔，一点儿都不为过。天街项目集合旅游、商业、文化为一体，以“来到阳朔、玩在阳朔、留在阳朔、宣传阳朔、再来阳朔、常来阳朔作”为运营目标。

阳朔其实是一个典型的、浑然天成的卡斯特地貌公园，我们充分遵循自然与人和谐相处的原则，依照山形进行合理规划，不搞高楼大厦、只管人间灯火，以人性化的尺度控制建筑的体量与高度，形成建筑与山体有机结合的良好格局，达到尊重自然、以人为本的总目标。

建筑重视功能合理、经济实用、理念创新，以桂北民居建筑风格——侗族和苗族的干阑式木楼建筑——为基调，融合阳朔、徽州、岭南等建筑风格，形成具备中式建筑元素的建筑风貌特色，传达丰富的文化内涵和美丽的历史传说。注重体验，景观的设计从人的体验出发，充分感受自然山水的美妙绝伦。

到时候，这里会有风雨桥、鼓楼、吊脚楼、凉亭、寨门等各种桂北少数民族风格的建筑，顺着里面的两条溪水蔓延。对了，现在的溪水流量还不算很丰富，我们会从漓江引水，让水位加高，形成自我循环的水城格局。

尤其难得的是，天街具有丰富的业态形式，集度假酒店、特色餐饮、旅游工艺品街、商业街、高端会所、主题影城、山水画院、曹邺书院、天台休闲酒吧和配套的酒店式公寓等于一体，功能完善、设施齐全！

我们充分挖掘地方文脉，绝不生搬硬造，而是遵守地方的文化传统。

比如曹邺书院就是其中一个。曹邺是阳朔人，当过吏部侍郎，吏部知道吧，那可不是一个简单的部门，这位曹爷跟晚唐著名诗人刘驾、聂夷中、于濆、邵谒、苏拯齐名，这些诗人之中，又以曹邺的才华最高。曹邺中进士的时候，写了一首《寄阳朔友人》，那首诗是这样的：桂林须产千株桂，未解当天影日开；我到月中收得种，为君移向故园栽。什么意思？就是把外面先进的文化，带回到阳朔来落地生根，让本地文明得以步步高升！要知道，唐朝时候，长安就是现在的纽约啊，那是全世界先进文明的代表！曹邺书院就是现在学生和文化人朝拜的地方，而且就在天街隧道入口的半山腰上，这是天街步行山道入口。

还有鉴真和尚在去日本之前，在阳朔待了很多年，现在仍然有他居住阳朔的痕迹。

天街的入口主要有三个地方，其中隧道是可以通行汽车的，还有一个入口就是游轮码头，第三条就是上面说的经过曹邺书院的攀山小路，曲径通幽，非常有意思，艺术家到了这里，简直就是来到天堂，只有赶他走，不会是他自己想走的。

至于阳朔在全球旅游格局上的影响，国家的旅游发展战略，2 小时旅游圈，大桂林旅游圈的建设，地域的优越性，这些我不说你都知道，高铁、高速公路这方面的交通便利，你比我更清楚。

关于天街这个项目，陈洋说得滔滔不绝，足足讲了大半个小时，然后用这样的话来收尾：想一想，这些商场和房子、酒店什么的，全都藏在竹林和果园里，这些树木，特别是竹林，完全隔离了喧闹，到处都是潺潺的水声和鸟鸣，还有清风吹树叶的轻音乐一般的声音，多好的意境啊！而且，跟西街只是一条隧道的距离，你再想一想，这会是什么感觉呢！？有桃花源的味道吧？陶渊明当时不是穿过一个洞才到的那个桃源度假山庄的吗？！

田冶也清理了思路，第一印象就是，这是一个难得的好地块，就算一平米都不卖，自己经营，也是一个包赚不赔的投资机会。

田冶基本上已经明白项目的优势，直奔主题：打算怎么运营？

陈洋往后靠了一下，听到田冶发问，马上又站直来：打算三分之一对外销售，面向全球销售；三分之二自己经营，过几年就可以包装上市。

田冶继续追问：总共投入要多少？建设周期呢？

陈洋依旧坐得笔挺：八十出头，三年这样。

意思就是投入需要八十多个亿。看到田冶不解的眼神，陈洋接着说：才八十多个，很便宜啊，不算多啦！要知道，全都是仿古建筑，从外面到里面，差不多所有材料都是定制的，每平方米的成本都要到好几万，这一点省不了，再省的话就不是我陈洋的风格，所谓，舍不得孩子套不住狼嘛！

田冶问到最核心部分：前期多少可以把项目撬动起来？

陈洋伸出两个手指头，晃了一晃：二十。

田冶有点儿疑惑：怎么要到这么高的比例，不符合常规啊！

陈洋已经有点得意了：符合常规就不是你哥哥我的规则，为了加快项目进度，我们准备几千个工人同时开工，整个地块同时启动。陈洋显然已经陶醉在自己的愿景里，仿佛已经看到上万工人在天街项目里开工的热闹场景。

田冶恍然大悟：原来这样，抓紧时间也是一个好办法，毕竟阳朔的旅游现在是一年比一年火啊！这个项目等于布袋战术，就是开了口子等着装钱了！不过，以哥的实力，不缺这笔钱啊，怎么还要外来投资？

田冶觉得以陈洋的实力，随便拿出一块林子抵押给银行，这笔钱就到手了，何必还要外来资金掺和，平白无故给人家分去一块收益呢？当然，他还有一层意思，就是想知道陈洋对于投资的理念。

陈洋愕然了：老弟啊，你比我年轻不少呢，怎么这一点你就落后了？一定要听哥的。现在谁还拿自己的钱出来做项目？不是去募集，就是找投资商，不管债权也好、股权也罢，或者最后债转股也可以，引进投资的好处并非仅仅在于找几个人来分担投资风险，自己可以少花点儿钱。更重要的是，各方的力量和资源、思维方式、人脉圈子的整合，这才是最重要的。我记得，你以前跟我说过资本汇的概念，给我很大启发，所有资源的整合才是市场嘛！这不就是你以前经常说的？怎么现在你反而……

陈洋一时半会儿也找不到合适的词来形容，就停住话头。

他的意思大概是，田冶那种有异于常人的思维方式，一直都给他不少创新的思路，怎么现在反而固步自封，这个让他多少有点儿不可思议。或者，只是田冶对项目信心有点儿不够，所以才这样，不会啊！信心不够的话，谁会想着全部投入都掏自己的腰包呢？！

陈洋跟田冶说起地产的经验之谈：而且，地产已经不是以前的玩法了，要是再照以前的做法，必死无疑。当然，这个行业每天都有人在进进出出，并不奇怪，不能跟进那就只能退出。我自己总结有一个中国地产发展到现在的三段论，说出来咱哥俩琢磨一下：1996 年以前，都是包工头加土地，1996 年以后是资本加土地，现在呢，不能再那么玩啦！

看到田冶咨询的眼神，陈洋笑了一下：现在是文化、智慧加土地的年代，智慧和文化才是最重要的资本，这跟你的资本汇理念一样，你以前不是经常开玩笑，说赚钱要靠脖子以上吗？

说着两个人都哈哈大笑起来。田冶以前曾经跟陈洋笑说，赚钱要靠脖子以上部位。陈洋反问有些女人靠身体中间部位赚钱，这和脖子以上本质没有区别，不过都是身体的某些器官而已。器官应该没有高低之分，因此靠什么部位应该也没有高低之分。

咖啡已经喝了好几杯，夜色也渐渐深了，周围更加安静了。河边草地上的帐篷已经点上灯，那些学生在草地上烧烤，闹成一片。广阔的天地间，反而让人有一种江边渔火的空寂感。

田冶非常认真地说：成！这个项目我认了，马上着手找资金，全球性的寻找投资商，这样才符合我们这个项目的全球视野。哥你看怎么样？

看着田冶非常认真的样子，陈洋自己也乐了：进步很快，孺子可教也！

两个人就投资路线图进行详细的磋商，确定各种计划和步骤。

不知不觉已经到了十点。陈洋问：你订了酒吧没有？

田冶说光阴故事。

陈洋笑了：你是不是看上那里的那个小菀啊？每次都到那里。要是看中的话，那就跟哥说一声，帮你猎艳！

田冶跟着笑起来：是看中那个地方你能开嗓！

陈洋赶紧起身：好，咱们一起去开嗓，开嗓加艳遇活动正式开始！

陈洋扳着田冶的胳膊，两个一路笑一路走出酒店。

10. 光阴故事

西街酒吧林立，这是西街特色之一。多少善男信女，都是从朝拜一般的姿态，在这里寻找属于自己的故事。光阴故事便是其中的一家。

门口是落地的玻璃窗，左右两边墙面都是用漓江边捡来的鹅卵石镶嵌的，上面有位置来晒心情，给普天之下的有缘人留下自己的玉照或者留言，密密麻麻的都是照片和纸片，正中间是一个小舞台，摆放着各种乐器，围着舞台，是一溜的高桌子和高凳子，最外面的一圈，是用竹子圈起来的卡座。往里走是吧台，酒柜上陈列着世界各地出产的酒类。只要你注意观察，就会看到一个勤快而俊俏的身影，她就是传说中的小莞。

光阴故事原来不叫这个名字，后来据说纵贯线到了阳朔，在这家酒吧找到一种回家的感觉，大约是他们在台湾就经常在这样的酒吧演唱的缘故吧，所以感到非常兴奋，四个人开始轮番上台演唱，后来喝了几杯，就一起上台合唱。那天晚上，成为这个酒吧的经典之夜，老板一高兴，当天晚上全免单。为了纪念那个珍贵的夜晚，从此以后这个酒吧就改名为光阴故事。

改名为光阴故事，有老板的一种战略定位，因为西街的酒吧大同小异，没有什么区别——之所以如此，大概是这里不缺客人，所以大家懒得多此一举，好比你到沙漠卖水，是水就可以卖个好价钱，至于是娃哈哈还是农夫山泉，又有什么要紧的呢？而光阴故事在这方面多少显得有点儿特别，针对的是那些有过青春的男人，针对的女人也是那种能够给这种男人以青春的美好回忆的女人。直白一点儿说就是，针对的是有点儿身家的男人和让这种男人回到初恋感觉的美女——所有男人都以为自己的初恋就是大美女，究竟事实如何并不重要，反正看到美女就恍如初恋。

业界描述光阴故事是一个艳猎场所，几乎所有喜欢泡吧的人都知道这一点。

看到陈洋和田冶，小菀的笑容更加灿烂，殷勤地赶来迎接，可爱地歪着头：两位大佬终于来啦！小菀等你们好久啦！

陈洋马上回：别把我给扯进去，你等的是田冶，我天天在这里也不见你等！小菀笑的更灿烂了：陈哥您说什么啊？我可是天天盼您来呢！上次去爬山您可是输了我三杯酒，这个我可不敢忘记呢，是不是今天兑现啊？！

两个人落座，小菀赶紧张罗了酒水过来。陈洋喝的是高度白酒，兑着矿泉水，田冶喝的是本地出产的啤酒。啤酒酿造最重要的是水，桂林山水甲天下、漓江泉水耀桂林，漓江犹如温顺的美女，漓江水好比美女的眸子，用这样的水酿出的啤酒自然有一种天然的清香。

田冶看着陈洋，坏坏地笑。这让陈洋有点儿不自在，以为自己有什么不对，站起来拍了拍衣服，把头发往后一甩，再坐下。田冶还是那个表情。陈洋笑着：老弟，你什么意思？把我看得头皮发麻，哥没什么不对吧？

田冶一字一顿地说：上次去爬山，输了三杯酒，你打算帮我泡小菀，是不是要我帮你买书包，从实招来！然后一脸的严肃。

陈洋本来想解释：什么跟什么？爬山是一大群人去的，你知道我喜欢户外活动的。忽然觉得这么解释显然很苍白，就不好再说下去。

田冶一语双关：我当然知道你喜欢户外活动，而且喜欢爬山峰，高峰呢！

陈洋似乎有点儿脸红：不是那个意思，在阳朔有很多户外俱乐部，只要你搜索一下，什么活动都可以参与，烧烤啊、露营啊、攀岩啊、爬山啊、钓鱼啊、山地车什么的，全都有……

陈洋越说越觉得不知道该怎么说才好了。

小菀上酒，看到陈洋急乎乎的样子，觉得有点儿逗：你们在谈什么呢？这么高兴。

陈洋拉着小菀：小菀啊，你来了刚好，咱们面对面坦白一下。田冶在一边坏笑，小菀一脸的茫然。

陈洋打算让小菀来给自己一个清白：你这个田哥，不知道什么心眼儿，以为咱俩有什么故事呢！你给他说说，咱俩的友谊可是清清白白的啊！

小菀笑嘻嘻的：是啊，田哥，陈哥跟我很清白的，太清白了！田冶听到这个语气，笑得靠在椅背上。陈洋在那里手舞足蹈：小菀啊小菀！我本来觉得你是一个好姑娘的，没想到啊没想到——你真是太好啦！

小菀真是眼观六路，忽然问两个大男人：两位老大，那边站着的三位美女加一位帅哥，是找你们的吗？

陈洋转头一看，没反应。田冶一瞧，认出伟哥，赶紧说是我们的朋友。然后，田冶起身，三步并作两步走到他们身边。

婷婷现在已经有点儿波西米亚了，看来西街之行果然收获不菲，脖子上加挂了一粒绣球，头上新扎了一条头巾——布条顺着头发下坠，牛仔裤已经改换成一条几乎拖地的裙子，颜色光鲜，呈渐变色，更反衬出她腰身的圆浑。

伟哥笑着说：没办法，女人要是一买起东西，男人除了埋单或者瞎起哄以外，根本就拦不住她的激情——激情澎湃！

婷婷笑着问田冶，是不是形象大变啊？

伟哥马上笑着接过话头：形像大便？哪有这么好身材的大便啊？！

一众人笑着走到卡座。田冶刚想给大伙介绍陈洋，伟哥止住他：我认识，他不就是那个什么中国十大设计师之一吗？！

陈洋赶紧说自己只是一个装修工，哪里算得上设计师呢？达·芬奇、毕加索、贝聿铭、柯布西耶、赖特、安藤忠雄……那些个大人物才是设计师！婷婷说不像装修工。陈洋赶忙笑了，问像什么。婷婷说像歌手，一开始还以为是这个场子的歌手呢！旁边的小菀说，婷婷真是有眼光，一眼就看出来了，陈哥有时候真是在我们这里唱歌呢，不过偶尔而已。伟哥赶紧问偶尔是什么时候。小菀说，高兴到喝醉的时候。

伟哥一脸狐疑地问：你就是传说中的小菀吧？

小菀有点儿吃惊：你这个人太厉害了，咱们才第一次见面呢！

伟哥笑着：你是第一次见到我，我可是见过你好几次呢！

小菀更加吃惊了：不会吧，哥哥什么意思呢？

田冶赶紧说：你别听他瞎吹，他只要是美女，没有说不认识的，至少也是见过人家，不是在走秀节目就是在梦里！等会儿他就会说，在环球小姐大赛看到你晋级呢！

小菀明白了：能够认识伟哥这样的人，是我的荣幸！

婷婷开了一个玩笑：是床板的不幸！

伟哥故作一脸惊异，指着婷婷的胸部一脸坏笑：还是人家婷婷深刻地理解我啊！看来，婷婷和我很快就要跨过这条鸿沟啦！

众人大笑，小菀指着伟哥：你们这个朋友真是太可爱了！

伟哥呵呵笑道：觉得可爱就不必客气，应该好好爱一把！美好的东西都是拿来分享的嘛，我不介意给你们一起分享的！怎么啦，小莞，你也想让我跨越呢？能者多劳，真是不好意思拒绝啊！

小莞挺胸向前：就怕你爬不过呢！

伟哥打量了一下小莞的胸部，装作不好意思：看来，我的恐高症还没彻底治好！

田冶马上说：不是每个人都喜欢爬山的！然后对着陈洋一笑。

陈洋无奈：你们这帮坏蛋，真是说不明白。千万不要说认识我啊！

这个时候才是标准的西街泡吧时间，歌手已经开始上场演唱了，虽然是现场乐器伴奏，因为唱的歌大多都是校园民谣，所以感觉音乐很婉转，实在是下酒的最好佐料。

伟哥跟两个女生开始玩色盅，陈洋和田冶有一搭没一搭地边聊边听歌边喝酒，仿佛为逝去的青春年华也仿佛为挽留青春年华而对酒当歌。已经形象大变的婷婷不再是那个清秀的美女，而是一位酒场的悍将，跟着陈洋和田冶一起干杯，而且还非常主动地跟在场的人一杯接着一杯地对饮。

陈洋对田冶说：你可要注意照顾一下你的大美女，千万别喝醉了才好！

婷婷恰好听到了，对他俩莞尔一笑，语出惊人：到西街喝酒，要是不喝醉怎么对得起自己呢！何况还有这么好的音乐，这么帅的哥们儿！

大家一听，齐声赞同，一致同意不醉不归。

驻场歌手是一个光头，唱了几首民谣之后，得到好几支啤酒，于是走下舞台，走到田冶他们的卡座，礼貌有加地招呼：陈哥您好！是不是到您来几首啦？小莞说：光哥你别急，陈哥还没喝够呢！你先唱着，等会陈哥再来。

光哥说好的，喝掉一支啤酒之后走开。

他们喝得非常高兴，已经开始分边对阵，开始时三个姑娘挑战三个大男人，伟哥是码坛的常胜将军，三个姑娘一点儿机会都没有。后来两个女生建议重新分边，拿婷婷跟他们换伟哥。

伟哥笑着对婷婷说：你看看，什么叫真正的魅力男人，这两个小美女离开我一会儿都不行！

婷婷一脸的红云，笑得花枝乱颤。陈洋和田冶说，我们也需要伟哥，不过不是这个伟哥！惹得大家笑得更厉害了。重新编战队之后，码场再次开张。这次因为阵营有了变化，两边实力已经相当，加上伟哥的超水平发挥，田冶他们这边竟然捞不到半点儿便宜。

凌晨光景，小莞过来问：大家喝得这么高兴啊！很久没有看到陈哥喝得这么尽兴了啊！是不是到您的表演时间啦！来上几首，给我们镇镇场子啊！陈洋有点儿大着舌头，说，喝酒的功夫都不够，哪有时间唱歌啊！

田冶刚干掉一杯，举着空杯子对小莞示意：这个建议不错，应该是你的陈哥开嗓的时间啦！唱几首接着喝，把酒气吼出去，才能喝得更多啊！陈洋说田冶你也去。田冶说哥哥先上，我先跟婷婷再喝几杯，壮壮胆，再上去帮你和声。

陈洋已经明显到了需要唱一下散发酒气的阶段，于是就起身走向舞台，小莞在一旁跟着。刚唱完一曲的光哥见陈洋上台，赶紧对大家说：下面是咱们的第一轮压轴节目，我们的老朋友、西街第一歌手陈洋先生，为我们带来本店镇店之歌《光阴的故事》！光哥说完，拿起身后的一把木吉他，开始拨弄琴弦。台下众人一阵阵热烈的欢呼，一些老顾客认出陈洋，立即给以尖叫加口哨表示期待。

陈洋甩了一下头发，用手往后撩一撩：请容许我调整一下，《光阴的故事》等下我要跟我的兄弟一起唱，现在打算先送给大家一首《风雨无阻》。

掌声中，陈洋面对台边上的小菀说：非常感谢小菀这位美女，因为她的风雨无阻的守候，才让我一直风雨无阻地赶来这里，声明一下，这不是约会，这是鼓励！然后对着田冶的位置说：兄弟，请记得，咱们的歌声永远都是嘹亮的，不管风雨多大，咱们都要风雨无阻地迎头赶上！田冶、婷婷、伟哥、两位女生，都站起来，给陈洋喝彩。陈洋继续说：请不要在我还没开始开唱之前就喝彩，因为唱得不好的话，等会儿你们可能会后悔的！他这种客气话让大伙儿很舒服，气氛变得更加热烈了，人们纷纷举起杯子和瓶子摇晃、碰撞。

风雨无阻很多时候可能是一种梦想，因为我们的记性很多时候都赶不上遗忘。更多的时候，表现的总是该记住的没记住、该忘记的却总是忘不掉。可见，记忆这种功能并不以我们的意志为转移，反而经常跟我们过不去。年轻的时候，每个人都会说一些天长地久的漂亮话，可是等到青春年华一去不返之后，才猛然发现，当初的承诺，居然都是脱口而出，信誓旦旦的山盟海誓，都成了过眼云烟，成为青春年华的一抹最亮丽的雨后彩虹。

陈洋以自己略微沙哑的嗓音来诠释这首歌，跟周华健的风格浑然不同，却又有一种回望青春韶华的沧桑，是在对青春致敬，也是在为自己曾经的青春捞回一种抚慰。

小菀在边上听得如醉如痴。婷婷睁大了眼睛，在她的感觉里，陈洋应该是一个挂着艺术风格幌子的伪艺术家才对，不曾想，居然真是一位有艺术感触的人。田冶早已知晓陈洋的音乐底蕴，所以一点儿都不奇怪，只是就着节拍，拿着瓶子跟在座的几位喝酒。

伟哥说：你这个兄弟是不是歌手出身啊？田冶说以前我们做过乐队，他经常客串主唱，很多年了，手指头都不平了。手指头不平是一种对自己懒惰的谴责，也就是说，很久不压琴弦，手指头的老茧早就已经脱完了。换了新皮的手指头，当然已经没有那种感觉了，幸好，还有追寻的机会。

《风雨无阻》一曲唱罢，好几位美女已经抢在田冶他们前面，蜂拥到台前给陈洋送去啤酒。小菀一一拦住，这些美女有点儿不高兴了：凭什么你小菀垄断啊？就是因为你胸部辉煌吗？

陈洋热情地跟这些美女粉丝解释：非常感谢你们的热情，可惜哥哥已经不喝啤酒了！哥哥现在改喝白的啦！

婷婷早已把一大杯按照陈洋口味兑好的白酒拿了过来，杯子递给小菀，小菀拿给陈洋。陈洋说：觉得刚才那首歌唱得还可以的朋友，请你们不要吝啬自己的掌声，给兄弟一点儿欢呼，喝下一杯酒！

接着陈洋又演绎了几首歌，婷婷听得比歌手还要兴奋，已经拿着酒瓶在台前跟着一众美女一起充当粉丝。几首歌下来，陈洋已经满头大汗，观众仍旧感觉不过瘾，纷纷喊着再来一首再来一首。

陈洋说：我们的青春已经走得好远了，不像在座的美女们，你们正当年华，正是挥洒青春的时候，允许我今晚打肿脸充胖子，跟你们一起来一段青春疯狂进行曲吧！

整个场子的气氛渐渐达到了临界点。

陈洋说：让我们以热烈的掌声请出我的搭档、我的兄弟——田冶先生！

婷婷赶忙回头拉了田冶，往台上赶。

光哥在一边热场：接下来，是咱们的第二轮压轴节目，咱们曾经的校园歌手——陈洋和田冶共同为大家演唱，掌声在哪里？能不能热烈一点啊？！

小菀看得高兴了，赶紧接过话：他们带来的第一首歌是，我们的镇店之歌——《光阴的故事》！

和弦开始响起。

流水它带走光阴的故事，改变了一个人，就在那多愁善感而初次流泪的青春……因为青春当年的时候，我们仿佛都在暗恨时间过得太慢，等到蓦然回首，青春年华已经被岁月没收殆尽，我们才忽然恍悟，原来，那段曾经的纯真的岁月，才是我们最美好的光阴。那时候天空是蓝色的，夜晚是漫天的星星，心里萌动的是对隔壁班女生的梦想，嘴里说的是心不由衷的题外话，却不敢对她有哪怕任何一点儿表白，只能远远地做梦。当这个梦想沉浸在我们心底最深处时，尘封的故事已经被时间拦腰砍断，面对沧海桑田，我们只能重新寻找，寻找最初也是最可贵的那种感觉，而那种感觉就是青春的本质。这青春的本质只是一种感觉，一种对生命强烈的渴望，跟年龄、阅历、知识、身家……一切的一切都无关，只跟我们自己最初的纯真血脉相连。这就是青春的故事，也是我们的光阴的故事。

两个男人唱得浑然而绵密却又不失一种音乐本身的美感，在场的人全都起立，为这对唱歌的男人也为自己的光阴的故事，酒吧里掌声、尖叫声、欢呼声、口哨声混成一片……

音乐是一种不需要刻意装饰的沟通语言，是我们潜意识深处的欲望，这个欲望跟现实社会的尔虞我诈没有一点儿关系；它纯粹属于我们灵魂深处最纯洁的天赋，只要不被刻意地刻画和包装，每个人都有这种天赋，可惜现代社会的氛围恰恰与此相反，以实用主义和胜者为王构建起来的丛林社会，自然不能体会音乐的灵魂。如果不能触及音乐的灵魂，哪怕就是世界上最好的嗓子，都是一种灾难。

一曲之后，就是润嗓子的喝上一点儿，然后继续唱，他们俩接着用《恋曲1990》《酒干倘卖无》《有多少爱可以重来》《爱的初体验》《想你的时候》《相知相守》……给整场一个青春盛宴。

婷婷看着田冶在那里深情地演唱，田冶偶尔会向自己瞟来似乎有意无意的一个眼神，看得她春心荡漾。她忽然发觉这个男人的魅力根本就不是自己所能抵挡的，不然何以相见恨晚呢？我们跟任何一个让自己心动、恨不得一辈子一起慢慢变老的人的偶遇，一般只有两种情况，不是相见恨早——两个人还不能在一起；就是相见恨晚——两个人已经不能在一起。

田冶和陈洋都已经满头大汗，不过兴致依旧很高。田冶说：接下来这首歌，是一首非常非常老的老歌，很多人可能已经没有印象了，不过，我必须承认，这首歌曾经如此地打动过我，哪怕到今天，每次唱起这首歌的时候，总是让我有一种忍不住流泪的冲动！另外，我的一位朋友很快就要回北京，虽然在一起的时间很短暂，我仍然希望，我们应该珍惜在一起的分分秒秒——下面这首《我怎么哭了》，要献给美女婷婷，希望她永远青春靓丽，也希望我们的友谊地久天长……

熟悉的旋律又响起，田冶在深情地演唱，眼神却一直停留在婷婷的位置。全场人发现这个情形，都推着婷婷到台上，站在田冶身边，让更多的人感受到那种如歌里所发泄的情绪：如果早知道是这样，我不会答应你离开我身旁，我说过我不会哭，我说过为你祝福，这时候我已经没有主张……

婷婷已经泪眼迷糊，田冶嗓子已经沙哑，全场掌声雷动，纷纷为他们祝福！

等到田冶和陈洋在欢快的《童年》的旋律里结束他们今晚的压轴演出回到位子上的时候，婷婷已经被感动得两眼泪花。伟哥说田冶你完了，这个女人被你震住了，你等着被她收拾吧！希望你留个全尸，免得哥们帮你收尸的时候太难看，我可不是入殓师啊！

从酒吧出来后，几个人意犹未尽，就到江边的啤酒鱼吃宵夜，小菀也跟着一起。田冶笑话陈洋，可是知道你怎么爬山的啦！陈洋说，你千万别这样说，要不是你搓火，人家姑娘也不至于跟我们出来。

啤酒鱼这个夜摊果然非常专业，简直专业得近乎苛刻，因为他们确实只卖啤酒鱼和啤酒，啤酒只有本地出产的漓江水酿就的啤酒，啤酒鱼则是不同的配料形成的不同口味，本质上仍旧只是啤酒鱼。其他的都没有，一副你爱吃不吃的专业劲儿。

陈洋说，这就是专业，所以我们应该向这种老板学习。田冶也觉得这个摊子确实有点儿特色。婷婷已经变得安静了，坐在田冶身边，温顺得像个从前的小媳妇一般。

伟哥把田冶拉到江边，就着夜色看江水：看来我的希望比较渺茫了。

田冶忙问怎么回事。伟哥有点儿哀怨地说：你自己造的孽，居然装傻，本来这两个妞我是给咱俩准备的，你自己瞧瞧，平白无故多出这么一个婷婷，让我情何以堪啊？不过哥哥必须说一句实话，换了我是你，也会选择婷婷这样的姑娘。只不过，剩下一个女生怎么办？

田冶傻傻地问，怎么会剩下呢？伟哥说自己没打算搞3P。田冶说没事，你留着一个给我，婷婷和我之间，不会怎样的。她已经喝成这样啦，回去让她好好睡觉就是了！

宵夜之后，大家分别，陈洋送小莞回去。

伟哥和田冶，带着三个美女回酒店继续喝酒。

这种夜色，正是遇龙河边对酒当歌的好时光。

遇上就好，千万别矫情。

11. 天街镇

第二天早上醒来，田冶发现自己赤条条地躺在床上，不由得吓出一身冷汗。

正当田冶对昨晚后来的事情百思不得其解的时候，婷婷推门进来，看到田冶已经醒了，笑嘻嘻地走到床边，抱住田冶，很温馨地亲了他一下。田冶更加吃惊，一脸诧异。婷婷说怎么啦，酒还没醒呢？田冶没说什么，只是笑了笑。

婷婷说了一句你跟我到阳台来，好好看一下。然后直接拉上田冶，两个人偎依在阳台的软塌上，外面是雾霭弥漫，朝阳悄悄爬上半山腰，光线斜射在大堂的尖顶上，有一种仙境的韵味。

婷婷悠悠地说：漂亮吧？这种景象，一辈子也是难得看到几次的！

她仿佛不是在征询田冶的意见，而是自言自语，感叹这种美好的清晨。

昨晚回到酒店之后，几个人到田冶的房间，又带回一些啤酒和零食，婷婷和他们三个打牌，田冶在看邮件，看得心花怒放。婷婷看他一个人独乐，忍不住凑过来问什么事值得那么高兴。田冶说没什么，现在已经准备给天街项目做投资计划了，工作进展比较顺利，所以值得高兴。

伟哥撇着嘴：投资计划？该不是哪位美女找你要书包的吧？

要书包是一个比较通俗的说法，就是说你不小心睡了哪位美女，结果把人家肚子弄大了，自己还蒙在鼓里，结果没过多久，人家就带着孩子找上门来，说是你的，要你出学费给孩子上学。伟哥的解释逗得大家狂笑不已。

其实让田冶惊喜异常的是谢天发来的邮件。

谢天在邮件中说，果然不出老大所料，有很大发现，一句话，这里的寺庙、风雨桥、鼓楼、凉亭、长廊、木楼、戏台等等，所有木质建筑都是用楠木做的。木楼都是楠木做的，全都是老料，那些木楼很多都是几百年的老房子，最绝的是几个大的萨堂庙和飞山庙，每个庙都有几十根合抱不过来的大柱子，也都是金丝楠，这些是最古老的料，都是上千年的庙啊！“文革”时期居然没被毁掉，真是奇迹！自从分田分地到户之后，这里的农户就把属于自己的那块土地上的楠木、樟木、红豆杉什么的全都砍光，怕的是政策变动再也没有机会了。他们留着这些大木头，主要三个用途，一是留着建新木楼；二是用作棺材的板材；三是做家具。这些砍下几十年的大木头，全都堆放在家家户户的楼下，甚至，有一些人家还挖到一些乌木，也都放在楼下，给孩子当玩具。谢天还附了一些图片，田冶一眼看出这都是一些好东西。谢天说刚跟杨力和吴银昊接上头，问下一步怎么办。

田冶赶紧回信，你先协调吴银昊和杨力之间对茶油项目的合作，尽量把合作条件研究得详细一些。忙完之后马上返回。我们几个要尽快碰头。

看了谢天的来信，田冶有一种短暂的缺氧、眩晕一般的感觉，心里那股子兴奋实在必须找一个出口来宣泄一下。兴奋的时候每个人都会有这种短暂的缺氧感觉，比如得到自己梦寐以求的东西，或者是高潮来临的那一刻。

田冶不由分说，拿起一听啤酒跟打牌的几个人说：为了咱们的友谊，干杯！

那几个面面相觑，还不知道田冶唱的是哪一出。

伟哥笑着说：“看来这位兄台刚刚打了鸡血，满脸通红的，婷婷你要赶紧帮他释放一下，不然会把人给憋死的！精血积压多了，也是要命啊！”几个姑娘笑了。田冶笑得仰起头，一不小心啤酒流入了气管，他赶紧低下头，一个把持不住，酒就喷到了伟哥身上——田冶被呛住了。婷婷赶紧给他捶背，说他怎么就这么兴奋呢。

伟哥一边擦拭一边接着说：“我就说吧，现在的鸡都是激素喂大的，打了鸡血那可是灌了激素的精华！按我的经验观察，婷婷你光是这样捶背没用的，马上放水，必须鸳鸯浴才能给他降温，不泡水哪里行？”

田冶加入，五个人一起玩牌。到了后半夜，伟哥已经明显迷糊了，不过他还有点儿意识，叫一个女生先送他回房间。田冶送他到门口，转身到了走廊上，伟哥一边傍住女生的肩膀，一边悄悄回头，对田冶打了一个猥亵的手势。田冶想这个伟哥真是伟哥，不可能是装醉啊！装醉还会来这个动作？那也是装得太有水平啦！

剩下的三个人又玩了一会儿牌，女生说自己困了，想睡觉，然后问田冶是不是在这张床上睡。田冶说没事，你困了就先睡觉吧。婷婷虽然已经醉得有点儿恍惚，居然还有意识，一把拉住姑娘的手，说你先到隔壁我的房间去睡，我们俩还要聊一下。说完自己把女生送过去，然后又很快回来，对着田冶说：你的女生我已经帮你送上床了，就在隔壁。要是你等会儿想去，钥匙在这里，自己去开门就好了。

说完，她把钥匙放在了茶几上。

夜风习习。两个人裹着一张毯子在阳台的软塌上聊天，一边还在喝着小酒。

婷婷跟田冶说起自己这次到南方的情形。这边的方老说黔湘桂三省交界的一大堆寨子里有很多楠木，大多都是金丝楠，都很大，而且，那个地方很快就要成为库区，因为梯级水坝很快就会蓄水，那一带已经成为移民区，都要搬迁。所以方老建议，应该早一点儿把楠木都买断，尤其是那些金丝楠。

婷婷跑到那些深山老林里的寨子并没看到什么金丝楠，不过在原始森林里确实发现很多树桩，都是挖下去到了根须之后的部位再砍树的，可见都是行家手笔，当然无疑是金丝楠。而且已经砍了至少几十年。不过，仍不见什么楠木，到附近的几个县城转一圈，也不见什么金丝楠的专营店，甚至卖家具的老板都不知道有这种东西。看来，那里确实已经没有金丝楠了，以前可能有，不然，方老不会这么说。不过，方老已经几十年没回去看了，现在的情形，跟方老当年在那里的时候已经不可同日而语了。

田冶一下子酒醒了不少，谢天的邮件在他心里泛出波澜：你们晏邦主跟方老也熟?

婷婷说，晏邦主跟地方名流基本上都有交往，特别是有楠木出产的几个省份，这些人只要一到北京，都是晏邦主全程负责的。

婷婷看到田冶忽然关心起晏邦主来，觉得有点儿奇怪，忙问是不是想做金丝楠市场，这方面我们邦主可真是帮主，只要他愿意跟你合作，从原料到加工再到市场，一条龙，他都可以帮得上忙。田冶说自己一直有点儿关注的只是红木市场，都是越南、缅甸这些东南亚国家进来的多，对海南的出产也有点注意，而对金丝楠就没有很关注。婷婷说要是你想参加，我可以帮你和晏邦主联络一下，你们见个面，大家交流一下，也许会聊得出些什么来呢！田冶说太感谢了，怎么好意思这么麻烦你呢。婷婷说这不是麻烦，你千万不要客气，你的事就是我的事，咱俩还谁跟谁啊！

这话让田冶有点轻微得意和紧张。在这个物欲横流的世界，如果一个姑娘对你有所要求，那很简单，直接满足她就是了，几乎全都跟钱有关，只是数目的区别罢了。钱能解决的问题都不是问题，这是田冶一向尊崇的理论。可是，如果一个姑娘对你无所求，而且全身心地想为你付出，那就未必是一种好事了，所谓红颜知己之类的漂亮话，那是杜牧说给秦淮河边上的女明星听的。至于吴三桂和陈圆圆、蔡锷和小凤仙、张学良和赵四小姐，那人家是英雄豪杰，英雄豪杰的传记是史记家描写在史书上拿来激励草根屌丝的，跟实际情形完全是两码事。不过，田冶也没法说服自己，比如鲁迅和许广平，中间还插着朱夫人。

婷婷跟田冶说起自己在楠人邦做的事情，也聊起金丝楠行业，尤其是业界的一些内幕。这些平素没法知道的内情，让田冶真是眼界大开。

聊着聊着，婷婷不知不觉就聊到了自己的感情世界。婷婷的爱情简单得几乎没什么情节，不过那份刻骨铭心仍让她一再泪流满面。婷婷的男朋友也是她的研究生同学，两个人商量好，在北京混上几年有了一些积累之后，一起到美国去读博，然后在那边定居。

研究生毕业之后，婷婷就进入了楠人邦，男朋友只是零零散散地做了一些短期工作，一门心思想着出去。后来，他果然出去了，而且是跟着美国大使馆的女签证官一起出去的。其实，是女签证官带着女婿回家。男朋友连见最后一次面的机会都不给她，只是给她留了一封信，委婉地提出各走各的路，希望婷婷能有一个更美好的未来，不要因为他这样的人而伤心难过。信的末尾他说，实在因为自己福分太薄，不能消受婷婷一辈子的爱，希望来生有缘。

婷婷含着热泪对田冶说：能不难过吗？六年啊！整整六年，我把自己最好的青春都给了他，他却一走了之！还劝我不要难过，这是什么男人啊！？

田冶没说话，只是给婷婷递了一罐啤酒，自己也喝上。婷婷接过田冶给的酒，一饮而尽，然后，扑在田冶身上号啕大哭：以后我再也不会相信男人了，六年也只能这样，六天、六个月、六十年又有什么意思呢？你喜欢我还不如我喜欢你呢！

即便是在遇龙河畔，婷婷还是老习惯，一大早就起来了，看到了田冶像个孩子一样地熟睡。她忽然想起一句老话，问心无愧的人才能睡得香。这让她觉得自己更加喜欢这个男人了，禁不住抱着熟睡的田冶亲了好一会儿。

转过走廊，下了电梯，到一楼，一片水面之后是一片草地，草地边缘就是河堤。到了河堤边上，婷婷看着昨天自己划过竹排的遇龙河，恍如隔世，不到一天的时间，自己仿佛已经变了一个人，从前是可有可无、行尸走肉一般，现在似乎有了一种向往，至少田冶的楠木郡的想法就是自己的向往。如果真心爱一个人，就应该悄悄地爱着他，看着他成功，看着他有幸福的生活，这才是爱。婷婷心想，阳朔真是一个陶冶情操的地方，一个晚上居然让自己能够这么清心明目，对人生又充满了希望。可惜的是，自己下午就要走了，不然，多陪田冶几天，那该多好啊！不过还好，田冶不是想做金丝楠吗？以后多的是相处的机会，只要珍惜每一次在一起的时光，这些零碎的时光，集合起来就是一辈子了。

遇龙河犹如一个深养闺中的少女，含羞而纯净，河水清澈得让人叹为观止。假日酒店顺着遇龙河畔一字排开，十几栋楼井然有序，这些楼借鉴了侗寨的建筑风格，像鼓楼的造型，大堂就是鼓楼的造型。鼓楼型的大堂坐在中间，两边各站着一座座木楼造型的客房楼，客房楼是 U 型，U 上的缺口朝山，底部面对遇龙河，朝上的一面是两层的长廊把大堂和各栋客房连接起来。大堂在二楼，很简洁，没有一般星级酒店那种长长的、大而无当的接待台，而是只有几米长的一个低矮的台面，在大门口的右边，连接大门口的是廊桥，廊桥外面是一个环形车道，往右是出去的路——连接外面的公路，往左是停车场。往大堂河岸的方向走，是一个咖啡吧，漂亮的女生和中年的男人在那里为你煮咖啡。咖啡吧都是落地玻璃的墙面，三面通透，外面是两种相对应的镜像造型。咖啡卡座散落在平台上，平台的里边，是一个不深的水面，水面如镜，水里有鱼，自由自在的游来游去，水面上是一种水生植物，有一点儿像睡莲。整个酒店的用色也非常严谨，屋顶的瓦片是青色，墙体是米黄色的，廊桥和地板都是铁红色的。

婷婷在河边上看着酒店，深为触动，感觉自己仿佛置身于世外桃源。渐渐地，有一些人出来散步，婷婷忽然很想田冶了。自己也觉得奇怪，怎么突然会对一个人有这么强烈的想念呢？

现在两个人在阳台的软塌上，看着河边上早起的人们，看着山腰渐渐散去的雾霭，看着一条一条阳光射线渐渐填充这些满是云雾的空间，婷婷在田冶耳边说："要是我们哪里也不用去，就在这里一辈子，面对这样的风景，真是太好啦！"田冶说我们现在不就是这样吗。婷婷说也是，珍惜眼前人，珍惜每个瞬间，就够了。看着鲜艳欲滴的婷婷，如此景色，让田冶情不自禁地抱起婷婷，转身进房。婷婷抱住田冶的脖子，小鸟依人般的温顺。

剧烈的运动之后洗澡，洗完澡之后，他们在床上呢喃，耳磨鬓腮地说着一些体己话。

床头的电话响起，是陈洋打来的，他说一个小时后一起早餐，然后去看天街项目现场。

放下电话，田冶说要不你再睡一会儿，我看完项目回来之后再叫你起床。婷婷不同意，她只是想着跟田冶一起多待一些时间，因为下午就要回去了。田冶惊异：怎么那么急？昨天你又不说？

婷婷看到田冶的表情，心里有一种幸福油然而生。

他们四个人在西街的码头上船，是一般的小渔船。

四人分别是婷婷、田冶、陈洋，还有一位项目经理。

婷婷悄悄问田冶，怎么伟哥没来啊？田冶说，人家伟哥是艺术家，中午才是他的早晨。陈洋笑了，说以前自己和田冶都是这样，几乎是昼伏夜出。婷婷手指在田冶脸上划了一下，羞不羞啊你！田冶说，我们这一代，是有理想的一代人，每个人心里都有一种艺术家情结，并不奇怪。陈洋听了不由大笑。

船逆流而上，两岸是绵延的山丘，倒映在水面，仿佛两列仪仗队，果然有一种人在画中行的味道，这种情形要是让诗人碰上，估计又要诌出船在山上行的佳句来。

船靠码头还没停稳，婷婷已经惊叫着跳下船。陈洋笑着看向田冶，田冶表示惊叹：只能说你这里的风景实在太过美丽，连见过大世面的京城来的美女都被惊呆了。

陈洋一笑，伸出大拇指。项目经理等大家都站到码头的台阶上后，介绍说，这里建成之后将会是天街的一个水面入口，桂林来的游轮都会在这里下客，游客可以从这里进入天街，两座山由一个城楼连接起来。田冶因为看过效果图，心里有底。而婷婷不知道究竟，就不停地向项目经理问这问那，项目经理一边惊奇于婷婷独特的眼光，一边耐心跟她解释。上了台阶之后，迎面而来的是一条溪水，项目经理说这是山里几条溪水在前面汇集后从这里流入漓江。

这让田冶惊异无比，这么小一个山谷，居然有这么大的水源？陈洋说，因为地下河里面有出水口，所以水量不小。

除了交错的几条溪水之外，这里都是森林——原生态的森林。他们一边在丛林间的小路行走，一边在听项目经理的介绍：哪个位置将会是鼓楼群、哪里是风雨桥、哪里是凉亭、哪里有长廊、哪里是商业街、哪里是商场……渐渐地，田冶有了一个整体的概念，对陈洋的思路有一种所见略同的感慨。说话间，他们已经到了一座山前，山腰已经被开辟成一小片空地，车道也已经修好，蜿蜒的山路在山腰间徘徊，路中间种着各色鲜花。

婷婷看到这些鲜花，眼睛发亮，赶紧下来拍照。她用的是手机，每拍一张就沾沾自喜看上一会儿。陈洋问：你会拍特写吗？婷婷说自己拍的就是特写啊！陈洋看了一下，笑着说这还不够，你要打开闪光灯，把镜头拉近，再拍。然后自己示范拍了几张，把婷婷乐坏了，用这个方法认真地拍了起来。

山腰上并排着十几座小巧玲珑的两层木楼，都是一百平米以内的小楼，正面都是通透的落地玻璃。有些已经建成，正在往里搬家具；有些正在做收尾工作。每座木楼之间都是用青石板铺就的小路连接起来，木楼前面都有一块小空地——镶嵌着鹅卵石的地面。

田冶还没开口，陈洋便说：这些都是经理的办公室，一楼是办公区，二楼是休息室，这些都是临时建筑，也就是三年，等天街建设得差不多的时候再拆掉。这里是别墅群酒店。

田冶听了点了点头。婷婷说，这么精巧的木楼竟然要拆啊！要不你们给我好了。陈洋笑着说：只要婷婷你喜欢，尽管拿去！

大家进入陈洋的办公室，已经装修好了，家具也都已经摆放整齐，非常简洁，让人赏心悦目。

墙面上有一面巨大的液晶电视，正在放着一些跟天街项目相关的内容，一边还有一个硕大的沙盘。项目经理问陈洋，给大家准备些什么饮料呢？陈洋说，什么饮料，酒就是饮料！他又专门咨询了一下婷婷：田冶和我是这样的，你不介意吧？要不给你准备别的，咖啡还是茶水？婷婷说跟田冶一样就好了。陈洋笑了：真是夫唱妇随。

项目经理给大家播放天街的视频形象片，全片从宏观到微观，把整个项目的特色和优越性表现得淋漓尽致，让人看得很清爽，里面用了大量实拍镜头，尤其是航拍部分，更是让人一目了然，很容易对天街有一个整体的概念。

看完视频，又观察了沙盘，陈洋问田冶感觉如何。婷婷立马说高端大气上档次。众人笑了。

田冶说整体感觉很好，业态也已经很清晰，几乎就是旅游产业全业态模式，现在就是投资该怎么分步骤进行的问题。然后又问陈洋能否不卖，而是整体自营，打包上市。陈洋说商品房板块必须卖掉，可以回笼成本，其他板块都可以自营。项目经理介绍说，现在一些比较知名的企业和投资人都想参与，前阵子某知名导演到这里，还想做一个影城，只不过他要的面积太大，没办法给他那么多。

陈洋和田冶针对项目的整体定位、投资回报、经营模式、推广方式、包装手法、建筑风格、业态组成等方面，又进行了一番详细的探讨，不知不觉已经接近中午。

陈洋说，午饭咱们一起跟台湾人吃吧，他们是过来帮忙做设计的。田冶说不用了，我们自己解决，下午就要回去，因为还要忙着开始这个项目的投资计划，进行前期的铺垫。陈洋看田冶这么匆忙，只好说，顺其自然，咱们把这个事做起来就好，投资这一块就全都交给你了，我只管项目建设。田冶说好。

午饭过后，田冶跟伟哥在河畔假日酒店的露天咖啡卡座聊天。

伟哥说，兄弟你这次大老远地跑来，让我真是感动，以为是特地奔我而来，原来是看你自己的项目啊！真是典型的在商言商，一点儿机会都不放过。

田冶说，不是这样，找你是有原因的，你不是一直想我们拥有一个自己的金丝楠项目吗？现在就有这样的机会，我们有货源，只要加工之后就可以投放市场。伟哥一下子来了兴趣，忙问田冶想怎么做，原材料怎么保证。田冶把已经发现的那些金丝楠的来源说了一下。

田冶的电话响了，是谢天打来的。他说已经跟杨力和吴银昊沟通好了，按照事先和田冶协调的办法做，已经谈妥，如果没有什么别的事，他就先回去。田冶说你先不要急着回去，到阳朔一趟，看一下天街项目，再回去碰头。

两个人继续聊，不一会儿，婷婷已经收拾好行李下来了。

伟哥说：要不，给你们俩一个吻别的机会，我先撤？

田冶笑他乱来，问他收拾好东西没有。伟哥反问干吗自己要收拾东西，他还想在这里跟美眉玩几天呢！田冶说你跟我一起回去，咱们路上聊。伟哥想想也对，一溜烟儿跑去收拾行李了。

田冶和婷婷面对面，两个人都不说话，千言万语这个时候反而成了多余的，四目相对，从对方的眼神里读出在对方的心里那是一个怎样的自己，那就够了。

婷婷握着田冶的手，抚摸着：我们再见会是什么时候呢？田冶说会很快的，不是自己过去，那就是婷婷过来。

婷婷狐疑：你该不会骗我开心吧？田冶说自己已经做好进入金丝楠行业的心理准备了，跟晏邦主肯定会有合作的机会，在晏邦主这边，还需要婷婷多多疏通一下。

婷婷说：一点儿问题都没有，晏邦主很欣赏你呢！你们两个肯定有很相同的思路。而且，还有我在呢，你就放心吧，尽管交给我好啦！

田冶表示感谢。婷婷听了有点儿落寞。田冶不解。婷婷说：感谢是不熟悉的人之间才会有的客气话，我不知道咱俩之间为什么还要客气，难道我是你的陌生人么？

田冶笑了，说正是因为熟悉，所以更要有适当的礼貌。我们很多时候对陌生人的态度，比对自己身边的人还要客气，这是有问题的，所以一定要对身边的人多留神，多点儿感恩和敬意，一个人才能算是真正意义上的人。

婷婷再次惊呆于田冶的见解。

半路，两个女生下车回学校。

到两江机场，田冶送婷婷过了安检。婷婷一路三回头，对田冶依依不舍，让田冶心里有一种隐隐的酸痛。婷婷隐没在人群里之后，田冶回到车上，跟伟哥一起出发。

伟哥说：人真是善变啊！

田冶问怎么回事。

伟哥说：不曾想，商界第一纯男田冶先生居然被区区一个婷婷吸引住了！

田冶反而不掩饰了：什么叫区区？难道，你不觉得婷婷很可爱吗！？

伟哥说：可爱是你的看法，在我看来，她就是一个比较丰满、高挑的美女，最多就是有点儿调皮、有点儿修养、有点儿魅力。

田冶呵呵：这就够了，最好在你看来只是一个想睡的姑娘，就可以啦！

他们一路聊天、一路开玩笑，轮流开车，到一个服务站就下来散散步。

不知不觉，快到目的地了。

田冶一路上跟伟哥说起自己的方向，准备从源头掌握金丝楠原料，跟北京的业界大佬晏邦主联合，一起组建专业的金丝楠木业公司，全面开发金丝楠项目，发展楠木郡连锁机构，组建管理公司，对所有控股的连锁机构进行整体输出，从店面、产品、人员、营销、客服等方面进行统一管理。如果有可能，就可能在三省交界处建设一个具有全业态的楠木郡大本营，作为生产加工基地。上次去那里的时候，吴银昊为了表示合作的诚意，带他看了一番林业局手头拥有的一些国有林场，其中有一个地块，建设中的几条高速公路和高铁在那里汇合，十多万亩的林场，尤其是其中的一个几千亩的小岛，更是位置绝佳，如果在那里做起楠木郡大本营，将会把金丝楠和高端旅游完美融合起来。

田冶对伟哥掏心掏肺：这是一个体量很大的项目，如果你觉得这个方向没有问题，我建议你从一开始就参与，直接管理这个项目。

伟哥问：你想把这个项目做到什么程度？

田冶斩钉截铁地说：让我们的金丝楠产品成为市场上的硬通货，楠木郡的金丝楠就是金融产品！

伟哥也斩钉截铁地说：有你这个态度，哥哥干啦！

第四部分

资讯——掌握信息赢得世界

这个世界由两个部分组成——物质和信息，物质是信息的基础，信息反映和体现物质。大鱼吃小鱼，逐渐演变成快鱼吃慢鱼。大数据时代，信息会成为最抢手的资本。你必须首先能够拥有信息，通过分析和判断，把信息转换成资本，让已经资本化的信息为你服务。谁拥有信息，谁就拥有机会；谁能把信息资本化，谁就拥有世界！

12. 悦人轩会议

有些常识，有的人学了一辈子都学不会，有的人却能很快掌握。人类最大的不公，就是智力的不均衡。

整整一天一夜，许峰教授都在给大家详细讲述木材的知识，从空气到水文地理、地质年代等自然知识说明不同木材的成因和分布，从质地、密度、纹路、年轮、氧化、碳化等特点说明不同树种的欣赏价值，从产量、位置、认知程度、收藏习惯、市场走向等角度分析市场……尤其以金丝楠作为重点。

许峰教授讲课的最大特点就是深入浅出、抓住重点，能够在最短的时间让人掌握最核心的部分，从而举一反三、触类旁通。就像一位高僧讲解佛法一样，根本就没有什么故弄玄虚，而是以一种常识的了解和通透让人明白，原来，这些原料和这个市场就是这么简单，就像一日三餐一般简要而又重要。没有所谓的重点和难点，有的不过是常识和盲点，很多众所周知的业界案例后面，其实都是一双双无形的手在操作，目的无非就是搅乱市场、浑水摸鱼。

在这个世界，在任何一个规则不健全或者不遵守游戏规则的地方，都很容易出现这种游走在边缘、寻找漏洞下手的人，他们往往凭着大胆和粗莽，能够用最简单的法子蒙骗很多算得上精明的人，甚至很多算得上老江湖的也会上当。其实，任何事情都是这样，所有的上当受骗的唯一原因就是贪图以小博大，甚至指望着天上掉馅饼、恨不得每天都有盛大的免费午餐。那些喜欢做白日梦的人就是典型。而我们这个国家的人自古以来最喜欢的就是这种能够有机会中大奖的白日梦，如今各地盛行的各种中大奖的传说，无不是因为有这个巨大的市场基础。犹如相声里说的：傻子太多，骗子明显不够用。

常识的普及，在今天，居然成了一种玄学，这不能不让人震惊。可能是中国人太聪明了。其实，任何事情适可而止就够了，即便聪明这种事情也是如此，过了头就是不聪明了，那比愚蠢还要可怕。很多大家经常批评这种国民性格：只有笨蛋才一直说自己是个聪明人！

在资本汇会馆，田冶、蒋光、谢天、伟哥，四个人坐在悦人轩露台上。经过许教授特定课程的强化封闭培训，他们明显已经对金丝楠有了新的认识，对这个市场也有了自己的初步心得。

谢天把自己这次的回到九寨看到的以及听到的，都跟大家说了一遍。而且，让他觉得有点奇怪的是，据小道消息说那里的人几乎都想把自己的木楼卖掉，有很多人还问谢天是不是打算买几栋木楼，很便宜的，而且都是老房子，上好的料，结实耐用。只要自己有地，往哪里放都是古董。

田冶说一点儿都不奇怪，是我们自己太不注意政策，以后这一点一定要强化，不说走在政策前面或者预测政策行情，但至少也要知道现在政策到底是什么。那里的人为什么要卖掉木楼？因为那里就要成为库区。下大雨之前蚂蚁都要搬家，何况人呢？对于我们来说，这是一个千载难逢的机会，而且，水电站的建设据说已经快要到了蓄水阶段，到时候那里将会是一片天湖，如果农民不搬走，寨子和那些木头，它们就会成为水下的东西，再去打捞那就难上加难了。如果到时候别人也知道了这个情况，这些未必就是我们的东西啦！抓住机会就能创造奇迹，这比什么都重要。趁着他们现在想出手的时候买下来，应该是能够以最适合我们的价格拿下。对于我们来说，这是天上掉下的大馅饼，出手要尽快、宜早不宜迟！

谢天恍然大悟，原来这么回事。然后又问，这个原料产地现在到底多少人知道？是不是应该跟方老咨询一下？除了晏邦主以外，方老还跟谁说起过这个事情？如果没有跟别人说过，我们现在先下手，应该来得及；要是已经有人看上了，我们的机会就会少了很多。至少成本会在无形中高出很多，这对于我们来说就不是好事了。

田冶说，方老那边我想办法去敲敲边鼓，这边我们要准备好所有的资金，不够的话就开始对投资进行安排，跟银行、各种有钱人和机构谈合作……

伟哥提醒田冶，怎么还是老办法呢？这个年头谁还拿自己的钱做生意啊！田冶忽然明白了怎么回事，赶紧刹车。

因为这两天田冶一直在念叨着楠木郡，蒋光和谢天就问，打算做一个什么样的楠木郡呢？现在满天下都是红木会馆，人家未必做金丝楠的生意，我们这时候切入，能有多大的把握？

田冶把自己设想的楠木郡的概念跟大家解释了一通，比跟伟哥说过的又更翔实了一些。

跟许教授所教授的一些金丝楠的知识一融合，三个人听得热血澎湃。关键是，现在应该从什么角度入手？也就是寻找一个什么样的杠杆撬动这块市场，能掀起多大的波澜就意味着这个思路有多大的发展空间。

田冶说，这个问题我们可以放一放，先讨论方向，大家觉得这个楠木郡的概念有没有搞头？如果能搞，然后才是下一步怎么做的问题。

伟哥说，自己这些年来一直在收藏界转悠，看了无数的木头、石头、古董、书画等，基本上，古董和石头这些东西是见仁见智，也就是行业里最喜欢拿来唬人的原因，很难有一个基准价。而书画市场更是鱼龙混杂，大家基本上都是在自说自话，相互糊弄，卖假的比卖真的还要大胆。至于木头，前几年南海黄花梨咱们都知道，炒得都翻天了，比金子还贵，居然还有越南和缅甸牌的黄花梨，后来还不是一样的回归本位？这跟那个什么蒜你狠、豆你玩、姜你军都是同一套手法。至于红酸枝、黑酸枝这些越南、缅甸进来的木头，这两年也是势头很猛，估计也是一些炒家在玩。说到金丝楠，现在市面上假的比真的多，以至于很多人都看不出真假，可能有些人连真的都没见过，只能跟着瞎起哄。如果谢天所说的这些都是真的话，只要我们能搞到这批老料，不说什么做楠木郡古典家具艺术馆连锁机构，直接囤积起来转手卖掉，就可以发财了。

田冶说，我的楠木郡不是像炒大蒜那样的囤积、卖掉，这也太简单了，简直没有什么技术含量，跟做搬运工没什么区别。楠木郡本身就是一个金融市场，我们的金丝楠产品是这个市场的通货，我们要把金丝楠像卖股票一样，每个人都可以买，而且也愿意买，因为有都可以看得到的升值空间，几百上千年的金丝楠只会一天比一天少，而不会瞬间增多，物以稀为贵，绝妙就在这里！

这种看法和做法确实都很新颖，顿时间就让三个人都愣住了。

田冶说，以前货币是什么？石头、贝壳、瓦片、铜……什么都有，只要大家都认可就行。稍近一些年代才共同回到金银本位，如今除了金银这些世界通用的金融工具，还有各种证券、股票同样可以流通，也是货币的另一种形式。既然这些东西都能够作为货币，为什么金丝楠就不能呢？一样东西是否能够作为交易的中介，关键在于交易双方在价值上的认可。要是大家都认同有价值，就可以成为通货；只要大家都认同这个价，那么就是硬通货！

田冶一句话下结论：流通就是金融！

三个人忽然全都明白了。

田冶让谢天把阳朔天街的项目跟大家说一说。谢天按照自己的思路，就观察到的天街项目跟大家概括地讲了一下。他的总结是：这真是一个逆天的项目啊！在那种位置，还有那样一块滨水的宝地，而且更绝的是，一条隧道就把项目地和西街打通了，以后去阳朔的人有福啦！你们知道不，每年七八月份的时候，阳朔所有机关单位的人都要跑到街上维持秩序，因为人太多了，旅馆全满不说，地上也都是帐篷，那个游客量得有多大啊？！

伟哥说咱们又不是天天晚上在西街泡吧，这个跟我们有什么关系呢？

蒋光说，我们是投资咨询方，也就是要帮这个项目拿投资，以后还要运作上市。

伟哥明白了：我说嘛，怪不得田冶愿意大老远地跑到西街，还以为是去接我的，看来是我多情啦！

田冶说，我们目前最主要是做茶油，这个项目我们可以跟银昊茶油合作，把茶油市场做得更大。不过，如果金丝楠这个项目真能做起来，这就是我们接下来的重点项目。茶油那一块，主要让杨力和吴银昊负责就可以了，我们关注战略方向就行。既然把楠木郡作为重点，我们已经从实体经济过渡到实体经济和金融市场相结合的阶段，这个必须要有一个明确的责权利分配问题，因为以后还要上市，所以大家必须明确自己的利益，做起来才有动力。

大家看着田冶：那就是原始股的分配问题？

田冶点头：对，我们先统计自己的底细，有多少资源可以拿出来做这个事情，我们几个每个人都占一些股份，然后保留一部分给最先参与投资的人作为股份，以后谁要再参与，都只能是增资扩股了。这个事情，咱们让律师所和会计所来做，让他们尽快给我们出具法律文书。

田冶接着说，我们还要用心钻研一下金丝楠市场的生态链，必须知道所有环节和套路，然后才能启动我们的东西。然后，田冶试探地做了一下近期的分工：蒋光还是主要管理资本汇日常事务，顺便到福建那边去考察一下金丝楠的原料来源和加工市场，最好跑一趟浙江，看看雕刻工艺；谢天重点在于阳朔天街投资计划的实施，争取使之成为楠木郡项目的前奏，两个项目一起交叉运作；伟哥到四川、湖北、湖南、贵州走一圈，在金丝楠市场试一下水。

田冶把整个项目大致的工作流程罗列出来，制作项目商业计划书、寻找合作伙伴、购买九寨金丝楠原料、选址和装修楠木郡艺术馆样板店、确定合作加工机构、发展楠木郡金丝楠艺术馆连锁机构……

蒋光和伟哥已经出门在外。

田冶对谢天说：今天晚上方老过来吃饭，你跟我一起。

谢天一脸吃惊，你田冶真是有水平啊！一个电话就可以把方老叫来。

田冶不理会他的惊诧：这个晚饭，我主要负责跟方老喝酒和聊感情，你负责撩他话题，跟他说起九寨的情况，要是他提起金丝楠的事情，一定要问一下他已经让多少人知道这个事情啦！

谢天点头受命。

两个人就席间怎么跟方老提起九寨以及说到九寨之后怎么应对的问题，

探讨了半天。

忽然，田冶好像记起什么事一样问谢天：你不是中文系毕业的吗？

谢天点了点头，一脸奇怪：都是猴年马月的事情啦？老大问这个干吗？不会又要我去读什么博士吧？

他们俩有一次跟一群教授喝酒，席间那些教授都在卖弄自己的学问，谢天很是看不惯，又不好意思当面指出。教授们聊起李太白，纷纷借着酒兴吟诵青莲居士的诗句。有一个教授带的美女研究生好奇地问：据说李白是俄罗斯人，不知道他的老婆是哪个国家的？如果不是中国女人，他们生的岂不就是混血儿？

一帮教授引经据典，忽而证明李白老婆是四川人，一会又说是俄罗斯人，还有人说是蒙古的，甚至还有人说是朝鲜的……

谢天看得有点儿憋气，就说肯定是中国人，因为姓名都是典型的中国叫法。一帮教授面面相觑，不知道这个年轻人何以如此肯定。谢天说：他老婆叫赵香露，女儿叫李紫烟。

大家问出自什么典故。谢天说：日照香炉生紫烟！

大家纷纷喷酒。田冶说：看来，你要跟着这位美女研究生一起读书才好！美女研究生的教授赶紧说：这位小兄弟学问如此了得，哪里还要读什么研究生，直接读博士都足足有余！

田冶说这次并不是关于李白的情史，是方老喜欢对对子，吃饭的时候要是他开始出对子，你看着对出一个下联来，让方老也惊叹一下你的专业水准。

谢天赶紧说：老大您要是对我有意见就直接说啊，何必这么损我呢？您让我歪编几首李白的情诗还勉强，要我玩对子这种东西，不是成心让我出丑吗？我要是这点儿自知之明都没有，还敢跟您混啊？

方老莅临晚宴，陪席的自然少不了本土一些头面人物。自然，这些人是跟着田冶投资项目的，而不是什么金丝楠的行家，这一点细节，田冶还是想得比较周全。

饭桌上，谢天似乎有意无意地提到了九寨。方老一听就乐起来了，仿佛天下没有人比他更熟悉那块土地一样。

方老马上侃侃而谈，从那片土地民族的来源、生活习惯、生产资源、民俗风情、建筑风格等等，一直聊到徐霞客经过九寨，感叹于那里绚烂的风景和优美的饮食，这尊中国首席毒舌美食家，在那里盘旋了好一阵子，最后才依依不舍哭别，只要翻一下《徐霞客游记》就会发现，里面描写最多的就是九寨一带，足足3万多字。抗战的时候有一些西南联大的教授在那里留下足迹，比如钱钟书就在那里待了好几个月，这些在他的《围城》里可以略知一二，他的诗集里也一再提到过。

所谓行家一出手，便知有没有。经方老这么一提醒，大家更是肃然起敬。方老补充了一些近代的典故：而且，那一带还是沈从文和黄永玉这对老表的老家，他们在那里都还有自己的老房子呢！

田冶恍然大悟一般：还是方老高啊！您老人家这学问，真是我们把头仰掉都看不到顶！

众人听了哈哈大笑。谢天半开玩笑地说：方老啊，有个历史问题想请教一下您老人家，不知道该不该问？

方老一拍胸脯：你这个谢小老弟也不要客气了，你就跟田冶一样，叫我方伯伯好啦！

谢天一笑：那我就要好好请教方伯伯了，据说当年嬴政派了五路大军征南，听说其中有一支队伍出征目的就是攻打九寨一带的？

方老笑着说：看来小谢你也不是看起来的那么嘻哈，还是有一点儿料的。你说得对，确实有一路大军专攻那里，他们砍了几百里的原始森林开路，结果距离九寨还有几百里地，看来这个地方太偏远，根本没办法打下，他们就灰溜溜退回去了。

大家听了点了点头。谢天一副恍然大悟的样子：原来这样啊！看来我听到的史料有问题。

方老好奇地问是什么史料。谢天说：我听说，阿房宫巨大的楠木柱子就是从九寨那里搬走的，看来根本不可能，如果大军打不到那里的话！

方老一脸微笑地解密：他们一路砍了几百里，已经找到足够的楠木了，所以觉得没必要再去攻打一个边远的蛮族地区，大兵摇身一变，都成了伐木工和搬运工，直接把砍下的楠木拉回去了。其实，他们到的那个地方，楠木还没有九寨那里的大，也没有九寨的好！因为九寨那一带的海拔、土壤、地气、雨水，都更适合楠木成长。

然后，方老顺便给大家普及了一下森林资源分布知识以及楠木的生长环境要求。

谢天好奇地问：不知道现在那些木头都去哪里啦？

方老想了一会儿，慢慢说：就我所记忆，大炼钢铁的时候那里根本就没有小高炉，也没砍什么树，倒是后来修水利时砍了一些，不过也是寨子周边的杉木而已，深山老林的树根本就没动过。我也一直想，那里肯定还有楠木，前阵子我还跟北京的晏邦主说过，他也叫人过来找，回去给我回话说全都被砍了，剩下的都是树桩，也不知道搬哪里去了。他们还说，等寨子搬迁之后，要过来挖树桩呢！

方老沉吟在自己的思索里，转头对田冶说：你不是想做什么金丝楠连锁吗？

田冶点了点头。

方老指点道：如果九寨那里还有，赶紧全都买下，要是已经全卖完了，那就跟晏邦主合作，他是这个行业的第一，差不多的金丝楠，全都在他手上。回头我给你介绍，你找个时间跟他见个面。

谢天似乎无奈的表情：要是晏邦主都找不到的东西，估计别人也找不到的。

方老意味深长地说：别人根本就不知道，因为只有我才知道那里有金丝楠！我从小在那里长大，怎么可能不知道呢？！再说，金丝楠这个行当，我也不是外行嘛！我今天放话在这里，抛开一切不说，只要你田冶想做这个事情，九寨那一带的金丝楠，只要你想要，我肯定能够帮你拿下来！因为以前我不知道你想做金丝楠项目，所以很早之前就跟北京的老晏子提起过，很可惜，他没有仔细去看，当然，这也是因为金丝楠不是他安身立命的根本，所以就随缘了。不过，你田冶要是想做这一块，我是全力支持的，你尽管放心去做就好了，不管是跟老晏子合作还是九寨那一带的金丝楠原材料，我都会帮你！我帮你田冶不为别的，就是觉得你是个难得的人才，这是英雄惜英雄，所以你完全不要有什么心理负担！尽管去做好你自己的事情就好啦！

田冶和谢天赶紧点头称是。大家纷纷起身，像方老这样的大家居然还如此仗义，真是值得大家一醉方休！

龙哥带来了一块有台式电脑主机那么大的翡翠原石，他问田冶，放在什么地方比较合适。田冶想了想，说放在一楼大门口吧。龙哥一听就表示反对，他说：这块翡翠还不能达到这种程度，改天我给你弄一块大的，三米多高的，那种尺寸放在一楼的大门口才气派，这一块你就先放在里面吧！

田冶表示同意。于是，这块龙哥作为见面礼的翡翠原石，就搁在悦人轩书房里。

上次田冶和蒋光一道去拜访龙哥，为人豪爽又不乏细腻的龙哥觉得田冶是一个可以交往的人物，所以不但免了蒋光的那一笔，而且非要再送他们一点礼物作为见面礼不可。

他给蒋光的是一块手机那么大的雕龙玉佩，晶莹剔透、栩栩如生，质地和雕工都不一般。蒋光受宠若惊，有点儿不敢接受，说了一堆客气话。

龙哥来劲了：这么婆婆妈妈的，谁敢跟你做事啊！？

如此一来，蒋光自然恭敬不如从命了。

龙哥让田冶自己在多美丽会馆里任意挑，田冶见到有不少好东西，可是也不能白白拿人家龙哥的东西啊？见到一堆翡翠原石摆在那里，就随便指了一块。龙哥说：不简单啊！这是我在缅甸赌回来的，专家看过，里边肯定有大料，当然，赌石这种事情，都是运气的结果，具体怎么样谁都难说！

龙哥来访，自然不会单纯地为了送一块石头，要是这样，这种大哥实在也太容易当了，怎么可能在江湖上呼风唤雨呢？田冶自然清楚这一点，先带着龙哥在资本汇转了一圈，从一楼开始一直到顶楼，龙哥一路走一路看，有时还特别认真地停下来仔细端详一会。对于田冶的收藏，龙哥连声赞叹。

二楼展厅，挂了一些当今的名家书画，还有一部分是喜欢挥毫的一些名人的字画。龙哥一张一张看了，如数家珍一般给这些作品进行排名，并且跟田冶说他有一些收藏书画的朋友，要是田冶想出手这些作品，他可以帮忙。田冶说，这些都是他们平时来这里玩的时候随手写写画画的，算是习作吧，就因为是最近的作品，权当挂着晾干墨汁，何谈出手呢？

龙哥说话虽如此，书画创作这种事情，并不一定要斋戒三日、烧几柱檀香弄出来的东西才叫作品啊？有时候兴之所至创作的，才是真正的好东西呢！比如王佑军，在兰亭玩得畅快了，喝完酒顺手就写了，当时觉得不怎么样，第二天酒醒了想重新创作，结果反倒不如醉的时候写得好呢！

田冶听了哈哈大笑，中国的历史都是一些戴着官帽的人写的，真的假的谁都说不清楚，可能为了维护他这个光辉形象，故意给我们下套，包装出这么一位光着肚子躺在床上的个性书法家形象呢，所谓放浪嘛。

龙哥说未必，至少王羲之的书法我们现在还可以看到，这一点没有问题，至于他是不是放浪形骸，好像并不重要，以前从来都有文人无行的说法，可见这个行当根本就不能拿一般老百姓的道德元素来衡量！

田冶笑了：这么说，在龙哥您看来，中国传统以来就有一国两制，连传统道德都是分不同人群的咯！

龙哥也跟着笑了：不奇怪不奇怪，刑不上大夫、礼不下庶民，从来都是白眼青眼的。可惜那时候没有墨镜，不然就不必这么折腾眼珠子了，眼珠子翻来翻去的，确实是一个体力活，一般人还真干不来！

看完资本汇的主楼场子之后，田冶带着龙哥到悦人轩书斋喝茶。即便是见过大世面的龙哥，看到这么巨大的书房和写字的书桌以及林立的笔架子，还是被惊呆了。他说自己参观过无数名流的书房，都没有这种震撼，看来田冶你真是一个人物！田冶赶忙解释说，这都是面子工程，你看架子上都是书，其实没看过几本，明摆着就是想让人吃惊的。你看，把龙哥你都给震住了吧？看来效果不错，哈哈哈！

龙哥很感兴趣地说：兄弟你玩的是什么大项目啊？可是要带上哥哥一把啊！

田冶说也没什么，其实不过就是一些平常的贸易，微利行业，吃那么一点儿差价，哪里能够跟龙哥的投行相比，龙哥你那可是纯粹的高层次金融行业啊！

龙哥反而有点儿自贱了：我们这个可是高危行业，做的虽然是卖钱生意，可是一不小心有那么几笔收不回来就白干了，没那么容易的！

田冶心想还没听说过什么行业是容易的呢，不过他还是要恭维龙哥两句：怎么可能？像龙哥你做得这么大，收不回的肯定没几单，谁敢跟你硬着来呢？

龙哥赶紧止住：你就别给我戴高帽了，现在是什么年代？光脚的不怕穿鞋的，拼命的还真的怕不要命的。我们手下的这些人，连拼命都算不上，最多算得上出一点儿力气，唬一下胆子小的；真要遇上那种胆子大又不要命的，有时候还真是很麻烦！你看上次恬恬来了不是找你给圆的场子吗？可见我们这个行业也没有外面看起来那么的风光！不过，恬恬那个事情真是太感谢兄弟啦！

两个人正聊着，谢天进来了，点头示意一下之后，田冶赶忙介绍：这是本地最大的民间银行家龙哥！龙哥，这是我的搭档谢天。龙哥瞄了谢天一眼，点了点头，算是认识了。

谢天很主动地伸出手，热情地朝龙哥走去：原来您就是我们老大经常提起的龙哥啊！他说您才是他的老大，今天见了真佛，才知道什么样的人才能称得上是老大啊！

龙哥听到这一番话，心里一阵舒坦，忽然对这个人产生了一些好感，觉得看着比刚才要顺眼很多，于是就对田冶说：我说怪不得兄弟你的事业能够搞这么大，真的是卧虎藏龙啊！这位小谢兄弟满面红光的，一看就是大有来头！

谢天因为走得急，额头上还闪着几粒汗水，加上油分原本就比较充足，看起来确是一副土豪的面相。三个人彼此恭维了一番之后，才认真地坐下来喝茶。

谢天跟龙哥提起了金丝楠：龙哥，早听说您是我们这里的金丝楠大王，改天一定要去您的会馆拜访一下，好好见识一下什么才是帝王之木。

龙哥赶紧说欢迎光临、欢迎指导！他谦虚一句之后就刹不住车了，马上就聊起金丝楠来。

龙哥本来就出身金丝楠收藏世家，从小耳濡目染，所谓熟读唐诗三百首、不会作诗也会吟，见多了也就摸索出了自己的套路，自然对金丝楠有自己的理解。如果随随便便一位金丝楠专家，还真不是龙哥的对手。就像故宫里那批文物专家一样，人家问他们凭什么能够这么专业，他们的回答同样很专业而且诚恳：真迹看多了！

这么一来，龙哥跟谢天说起金丝楠的好处在哪里，为什么在那么多树种里偏偏只有这种树被冠名以帝王之木，何以当年嘉庆抄和珅家的时候得到金丝楠会在暴跳如雷之后又欣喜若狂。龙哥说得头头是道，谢天听得津津有味，两个人一下就投机得很亲兄弟一样，甚至比亲兄弟还要亲，因为亲兄弟偶尔还会吵架以至于打架。

谢天半开玩笑地说：刚好，龙哥，我们现在正准备做一个金丝楠的艺术馆，不知道龙哥有没有兴趣一起参与呢？龙哥问是不是真的。田冶点头。龙哥哈哈笑道：你这个田冶这就不够兄弟了，明知道我收了那么多金丝楠，你要做这个，居然不告诉我一声，实在不够意思啊！

接着问打算怎么做。

谢天把楠木郡的理念大致跟龙哥说了一遍。龙哥连连说好啊好啊，早就应该这么做了，你们尽管做，我一定参与，原料和钱都不是问题，你们可要知道，金丝楠三大收藏家，北方是晏邦主，西部是许量，南方就是我阿龙啦！

虽然这是金丝楠行业里最不秘密的秘密，谢天还是吐了一下舌头表示非常吃惊。龙哥拍拍他的肩膀：没有吓到你吧，小谢兄弟？谢天赶紧说没有，只是今天才知道原来龙哥在金丝楠行业有这么大的名声，自己不熟行，不知道这些真是罪该万死！龙哥说既然你不熟行，哪来的该万死的罪呢？给大家斟茶的时候，谢天跟田冶打了手势，意思是要不要叫龙哥一起吃饭。田冶点了点头。

菜刚上齐的时候，蒋光和伟哥就推门而入，依次招呼之后，坐到留给他们的位置。

饭后，大家都喝得东倒西歪，田冶、蒋光、伟哥、谢天几个人在悦人轩露台上，龙哥也在一起。

田冶对龙哥说：龙哥，我的两位兄弟这阵子跑遍了大半个中国，就是为的了解金丝楠行情，看来你有必要跟他们交流一下。

龙哥笑了：想知道金丝楠何必跑那么远，直接来找我喝茶不就什么都知道了吗？这个行业就这么一丁点儿大，用不了五个手指头就数完了。说着伸出一只手，三个手指并在一起晃了一晃，表示这个行业很小。

伟哥有些疑惑：龙哥，虽然说金丝楠目前存量不多，可是到处都有金丝楠的东西在卖，这个行业没你说得那么小啊？

龙哥再次笑了：我说你这个话就外行了吧！你要了解一个行业大小，满世界看完是没有什么用处的，你只要跟行业里数一数二的人聊聊天，用不到半个小时，基本上就全懂了。

谢天插话：这么说吧，金丝楠的存量现在已经是三足鼎立，北方楠人邦，在北京，老板姓晏，人称晏邦主；西部是楠人堂，在成都，堂主叫许量；南方就是龙哥，龙哥的会馆并不以金丝楠做名头，因为龙哥主攻方向比较多，玉石、翡翠、金丝楠、红木、古董等等，龙哥没时间专门做金丝楠的会馆。这三位大佬，基本上已经掌握了绝大部分现有的金丝楠原料。我这话说的没错吧，龙哥？

龙哥点点头，伸出大拇指：田冶，你这里的弟兄真的不是一般的聪明，我刚才只是稍微提到一下，没想到他已经弄清楚了背景资料，了不起！果然了不起啊！

谢天这番话让蒋光和伟哥有一种醍醐灌顶般的顿悟。

谢天接着说：据我所了解，龙哥跟晏邦主和许量关系都不错，这可是比三国演义中桃园结义的那三个家伙好多了，你们不是经常在一起探讨的吗，龙哥？

龙哥点头表示同意。其实，龙哥和晏邦主、许量都是北大汇丰商学院同学，他们俩比龙哥早几期，大家经常一起参加同学会，所以非常熟。而且，晏邦主还是同学会会长。因为田冶刚刚报名入学，都没来得及跟同学沟通，所以对这个情况并不熟悉。

田冶提议：既然是我们的学长，看来咱们有必要去拜访一下这两位高人。

龙哥说自己经常去的，田冶什么时候有空，随时可以出发。他笑呵呵的：咱们吃完成都的麻辣烫，带着成都的辣妹子一起去京城，去晏邦主的度假山庄潇洒一把！

伟哥说龙哥还有这种雅兴啊，果然是人中龙凤！龙哥反问伟哥，难道你没有吗？

蒋光笑着说：伟哥确实没有，他的女朋友很少的，只比天上的星星多一点儿而已！

大家听了哈哈大笑了。

田冶说事不宜迟，你先联系一下他们，看准具体日期，我们就出发。龙哥说什么看准不看准啊，想去就去，咱俩明天就飞成都。田冶说：那也要看人家在不在啊！不在的话，咱们岂不是白跑一趟？上次我去的时候，晏邦主就不在！

这么一说，龙哥也同意，说马上去联系这个事情。因为这个事情搁在心里，出门又没带电话，龙哥就先告辞了。

蒋光和伟哥把一路看到的情形详细地跟这两位说明了，他们一致认为，这个行业的水很深，玩家玩的都是大数目，要是没有行家引路，再多的钱估计也就打个水漂。不过现在看来已经不是问题，龙哥不就是行业前三吗？而且他还能让我们认识另外两个。

还有一个空白点，真正在这个行业能够起到表率作用的品牌，目前还没有。楠人邦和楠人堂都是一些资深玩家在切磋，他们根本就不对外开放，更不用说对外销售了；而民间的金丝楠交易非常混乱，大多都是鱼目混珠。如果这个时候把行业资源整合，树立楠木郡金丝楠艺术馆连锁品牌的形象，只要手头有东西，就不愁没有市场。当然，在销售这一环节上，一定要有一个强有力的推动体系和让人心动的营销体系，毕竟，买卖金丝楠并不是在街边随便摆个小摊子就 OK 的。

田冶问谢天什么意见。他说，很简单嘛？我们现在要做的就是尽快跟这三个老大联合起来，整合行业资源，从良币驱逐劣币，建立起我们自己权威的专业形象和品牌。

田冶说，既然大家思路已经统一，那就要开始行动了。我们现在最要紧的就是把楠木郡金丝楠艺术馆的第一家门面店给做起来，利用行业三个老大的影响力，组建金丝楠行业协会，先把原材料统一起来，然后取得话语权，也就是定价权，再进行营销。基本的工作内容就是，蒋光负责跟福建那边对接，先给我们做好设计，我们的材料一到，马上开工；伟哥跟九寨那边对接，把原料搞到手，一定要快！还有就是找地方，至少是一千平米以上的档口，交通方便有足够停车位的，抓紧时间装修；谢天因为现在正是为阳朔天街募资的紧要关头，所以先不参加前期的工作。我呢，就跟龙哥一起先把行业老大拉进来。

谢天说，天街募资的事已经走上正轨，现在要做的基本上就是体力活，天天跟投资银行和基金公司沟通，已经做好安排，可以参加楠木郡的事了。

田冶说你要专心做这个阳朔天街的事情，因为这个关系到我们后面楠木郡大本营的规划和设计以及募资问题，非常关键。不过，有些事情还是非要你参加不可。

谢天问是什么事。田冶说是楠木郡的营销体系，这个你来做初步的规划，然后咱们再一起讨论，做出一个定案。

大家有一会儿不吭声，蒋光建议：工作谈完了，咱们可以喝点儿小酒了吧？

伟哥纳闷地说：刚才那么喝下来都没把你喝高啊？你不会连光头都是拿来装酒的吧？不然，我就奇怪了，你怎么就那么能喝呢？

蒋光说这阵子出门在外，滴酒不沾，刚才又是礼节性的晚饭，大家都是意思一下，怎么可能喝高呢？田冶看着有趣，就说：别管什么工作谈不谈完的，工作哪有谈完的时候？咱们可以边喝边谈嘛！伟哥你这么急，是不是又有哪位美女今晚准备献身啊！

谢天说看伟哥这个阵势，出去这阵子可千万别带什么病回来啊！

伟哥辩解：这哪跟哪，哥哥这阵子已经饿得两眼昏花了，简直就是和尚，天天吃素，就算是今晚开个戒，来点荤的也不过分吧？饿坏的人真是吃人的事都干得出来的！

大家举杯，笑声中灰飞烟灭。

伟哥这个说法虽然调皮，还是有一定道理的。我们不必说南渡时人的故事。这男人久不见女人，真个儿见着母猪都会觉得秀气。正因为如此，所以造物主非把人类分了男女，把他们拆开又让他们在人世间追寻，大概造物主在一边看戏般地瞧热闹吧！

13. 论剑楠人堂

抛开在金丝楠行业三大金刚的名声和地位不说，许量仍旧是一位响当当的人物。

许量生得眉清目秀，一表人才，谦谦君子的形象让人一看就以为是一位早期的大学教授。之所以要冠以早期的时段限制，是因为现在的教授都被学生称为老板，早就已经没有教授的风骨，跟商人没什么区别，有些甚至都跟土豪差不多！

他早年从事金融研究，在全面了解金融的来龙去脉之后，转而进入现实语境的中国民间金融领域，他的三篇关于中国民间金融的论文，在《经济学人》上一经发表，即成热点话题，开了学术界研究中国民间金融的先河。

从此，在学术界他被冠以许三篇的雅号。

一些热衷走穴的所谓专家并不怎么看好许量的研究，这不奇怪，那些专家的着眼点是支撑各种利益集团掠夺能力的高速成长，只研究来钱多、来钱快的东西，自然跟许量的方向南辕北辙。真正从事学术研究、具有科学的学术良心的学者，对他的学术成就无不竖起大拇指，认为这才是学术的真义。这好比当年人家对费孝通的著作《江村经济》的评价一样，其实那本书更贴切的书名应该是：中国农民生活。

他多年研究资本及金融实际操作的结晶《资本之鹰》系列著作，以丰富的史实和独到的案例及深厚的学术功底，加上通俗易懂、生动有趣、妙趣横生的行文风格，一经推出即荣登畅销书榜首，专业书籍能够为畅销书，这在图书出版界还是不多见！如今，他的《资本之鹰》系列，已经成为很多院校经济专业尤其是金融和投资专业的指定教材，被誉为中国资本业界的必读书。

许量另一个身份是民间金融研究院首席研究员，大家都清楚，研究院的成员是官方的智囊团，主要为制定地方经济政策提供调查研究报告的。

许量不仅做学术研究，而且还身体力行。他在当地开展的民间微贷试验，如今已经在很多地方展开，被誉为中国的贫民银行。现在，他们准备转型，打算把微贷公司升级成为村镇银行，实现真正为广大弱势群体服务的宏伟目标。民间金融的被封杀、停滞发展、转换名头、乱局丛生、突围等发展过程及其中的问题，以及小额贷的发展和瓶颈，许量全都看在眼里，自然知道方向所在。大概正是因为这些，他成了几个行业的投资银行的独立董事。

由于家学渊源，许量从小就对传统文化非常痴迷，在这一点上，他甚至可以称为国学家。考虑到现在的国学已经被扭曲到让人不知所措的程度，许量只有扼腕叹息，却又无能为力，这也是让他深以为憾的一件事。事情一旦发展到让我们觉得无能为力的时候，很多人的选择就是放弃，因为很多人都有权衡利弊的本能。许量并不如此，他却选择从某一种角度逐渐突破，渐渐还原出一个真实的文化传统。他现在做的就是这件事。

中华自成为专制帝国以来，金丝楠就是帝王之木，民间要是胆敢用这种木头，怕是要引来杀身之祸的。楠木的生长有一定的地理条件要求，并非野草一般可以蔓延到全世界的土地，所以有一定的区域性和局限性。长于民间的这些木材却成为皇宫的专用材料，就好比一些民间的美女，一旦被选入宫中，就不再是自己父母的女儿，而是自己父母的父母，因为父母见到她都是要下跪的。比如《红楼梦》里的元春，从小跟着奶奶、父母、兄弟姐妹一起长大，一朝入宫，回家一趟结果成了一个大事件，奶奶、父母见她还要穿上诰命官服，跪着朝拜。金丝楠的应用，仿佛就有这么一种照应。许量研究金丝楠也是从这个角度出发的，本来很民间的东西，却成了皇宫的独尊，其中故事，确实值得玩味。

自从民间爆发出“王侯将相宁有种乎”的草根宣言以后，中国的朝野就成了一个不断转换的过程，乱哄哄地你方唱罢我登场，今天你当明天我当，只要人类历史足够长，任何一个家族都有当皇帝的机会——当然，前提是这个家族不能被前面的皇帝给灭族了就好。皇帝的宝座都可以换人，金丝楠的使命却一直不能更改，这就是一种奇怪的帝王文化了。

没曾想，他这么一琢磨，就在这个行业给自己创出了名声。业界把他称为金丝楠三大金刚之一，除了他深厚的研究底子以外，自然还有他丰富的金丝楠收藏。他收藏金丝楠成痴，只要听到什么地方有金丝楠出现，马上就会第一个跑到现场，在行业里别的人还不知道什么情况的时候，他已经把东西运走了。在这一点上，他的市场灵敏度出奇的高，以至于他的出手，别人根本就摸不着套路。

接到龙哥电话的时候，许量跟几个朋友正在杜甫草堂喝茶。听龙哥说要过来看望兄弟，许量感到很高兴，而且要带一个兄弟过来，当然更好，多带几个都没事，不要带女的来就好。

看着附近来来往往的如云美女，许量心想，成都被称作休闲之都，不是没有道理的，人们到了这里，自然要欣赏山光水色、人文掌故，这一切都离不开人，不是男人就是女人。这么多美女让人赏心悦目，多急躁的男人到了这里，估计不是变得更急躁就是平静下来，造化给人间带来此等尤物，你都不好好欣赏的话，那还算什么男人呢？由此一来，生活节奏慢慢缓下来，也是情理之中。我们都知道异性相互规范的原理，不管多毛躁的男人，在美女面前多少都会有所收敛的。

龙哥和田冶一出航站楼，就看到许量玉树临风般地站在人群里。

龙哥快步向前，热情地同他握手，然后拉过田冶，介绍道：这是我兄弟田冶，也是我们北大的学弟。许量向来波澜不惊，但是看到田冶这种好脾气的素质和不外露的修养，仍旧不免唏嘘，觉得龙哥介绍的这位兄弟很值得交往。

许量仍旧是开着他钟情的黑色路虎。上车之后，说咱们先找个地方喝一杯吧！两位客人随了主便。许量向来不喜欢闹哄哄的场子，所以带着两位朋友到了一处幽静的地方——杜甫草堂一个偏僻的包间。落座之后顺便问田冶是否能吃辣。龙哥说没问题，他是怕不辣的。

三人笑着点了单，漂亮的点单小姐跟许量是老熟人了，一点都不见外：亮哥这次好歹给妹妹介绍下这两位帅哥吧！

许量说：都是我兄弟，等会儿我们喝高了，你随便挑一个带走就是！小姑娘得意吹着口哨给他们去置办酒菜。许量看着龙哥，他知道龙哥是直性子的人，肯定会第一个说出到成都找他喝酒的目的。

他果然没有猜错，龙哥直奔主题：我们这次来，除了找你喝酒以外，还要跟你一起做一件事。许量没有说话，而是看着龙哥，等着他继续。

龙哥于是把自己打算和田冶一起做楠木郡金丝楠艺术馆的事情和盘托出，要是许量也有兴趣，那就一起参与，这样哥们在一起就好办了，这个行业就是我们哥几个的了。

许量问有没有邀请晏邦主参与呢。龙哥说第一站先找你，然后，咱们带着几个辣妹子，再到北京跟晏邦主合计，看看这事具体应该怎么做。

许量说这事咱们可以从长计议，现在的主题是喝酒。三个人开始倒酒。

许量问田冶：你喝酒有什么规矩吗？田冶说没什么要求，只不过入门酒之前是不许说话的。许量问什么是入门酒。龙哥说，就是见面三杯，三杯过后再说。喝酒一道，许量向来豪爽，不曾想今天来个和他一样爽快的田冶，岂有不畅快的道理？

酒过三巡，许量看着田冶，悠悠地说：龙哥的学问那是叫高深，这是全世界都知道的，他还跟我极力推荐你，看来田冶兄弟你的道行不一般啊！许量当然也是探查过田冶的底细，知道一些关于他的故事。

田冶说这都说到哪里去了，龙哥一直都是一位好心人，所以他的好心我们一定要涌泉相报。龙哥吃惊道，怎么个报法啊？

田冶说：很简单，你敬我一尺，我敬你一丈！

许量听了哈哈大笑。

龙哥看着许量坏笑的表情：你们两个不是在合伙搞我吧？许量回答道：您是龙哥，我们怎么敢搞您呢？要搞也是刚才那个漂亮妹妹的事，我们只是跟您喝酒，涌泉相报！龙哥突然整理了下衣服，二人问怎么啦。龙哥说：兄弟我先走一步，到街上看美眉好了，再跟你们这样纠缠，不横着出去那就怪了！说得三个人都哈哈大笑起来。

三个人就这么一边喝酒，一边高谈阔论，纵情于古今将相、褒贬着往来得失。

龙哥说，这个杜甫草堂是一个伪建筑。田冶和许量表示同意，许量说：这一点儿都不奇怪，现在的旅游行业，你不包装一下、编一点儿故事吸引人的话，真是无人问津的！这跟公司上市要靠一个好故事包装的道理一样，没有好故事，谁买你的股票啊？

三个人感叹着成都几千年来的文化古迹，随着近几十年的全面开发，这些已经所剩无几。

饭后，许量问咱们是不是另外找个地方好好再喝几杯呢。在许量看来，他们刚才聊到民间金融一道的时候，田冶似乎有意无意的那句流通即金融深得他的心，他觉得这样的兄弟必须要再好好聊聊。

龙哥和田冶表示同意，龙哥说咱们又不稀罕那种热闹的地方，要不，到你的楠人堂去吧？古色古香的，喝起来才过瘾！

楠人堂是一个占地九亩的院子，典型的四川民间建筑风格。许量拿下这个院子之后，前后花了将近十年时间进行修整：拆掉了原先的围墙，种上了一圈罗汉竹；把原来的材料都慢慢换成楠木，家具也一律换成金丝楠的，有一种温馨、典雅而端庄的韵味。主楼门口有一对乌木雕刻的联子，写的是：

一杯清茶静观人间事，几壶浊酒笑论今古情。

上面的牌匾也是乌木的，大书三个字：楠人堂。乌木的底，配上金色的字，显得异常突出。这么精妙的书法，看来是名家手笔，加上乌木的沉静，有一种让人仰止的观感。

田冶看了许久，觉得这副对子有一种天然的妙趣，好比关汉卿那种“你出一个鸡、我出一对鹅，闲快活”的野趣。两个人看到田冶在门口伫立许久，龙哥在里面喊：田冶你赶紧过来，酒已经倒好啦！

田冶落座后赞叹道：亮哥，你这里真是一个好地方啊！在这种地方喝酒，我真有一种暴殄天物的感觉。许量说兄弟不必客气，这种地方本来就适合几个知己好友慢慢煮酒论道，不喝酒才是真正的糟蹋啦！三人哈哈大笑。

龙哥对田冶说，门口那副对子，你刚才看了半天的，就是许量写的。田冶眼睛一亮，表示佩服。许量赶紧解释，是自己编的，找了别人帮写的。田冶说，很有一种味道。龙哥问什么味道。田冶说，从伯牙和钟子期当年高山流水的感悟，到白发渔樵江渚上的洒脱，看透人世间多少是非成败，不过都是笑谈中罢了，那些所谓的英雄人物，其实不过乡村野夫饭后填充空闲时间的谈资，可见，哪怕最大的英雄，最后都斗不过平庸。所以风云一阵，还不如安定一生！

许量听到田冶这番话，不由跟着眼睛一亮：看来田冶这个人不单纯是个商人，而是一个有底蕴的商人啊！造化弄人，这种人应该在研究院里做学问的，只可惜流落民间成了生意人。许量对田冶的印象在，无形中又增加了好几分。

他们说着说着，聊到了唐诗。龙哥说喜欢李白的那种洒脱、那种诗才，真是飞流直下三千尺。许量问田冶，哪一首是最有感觉的？

田冶说，人世飘零，什么都难以把握，刚才龙哥说杜甫草堂是伪建筑，可见，当时的名声，只能作为后人的生财之道。想起老杜，自然会想到他写《蜀相》的无奈，毕竟那是对前人的缅怀，不过，有一首他赠卫八的诗，读来让人有一种沧桑感。

许量闭着眼，用自己感性的嗓子把这首诗读了一遍。田冶和龙哥有点儿吃惊，这位许量感情是位诗人啊！许量说，让两位见笑了，喝了一点儿酒，造次了一点儿。两位赶紧说，喝得还不够。

龙哥说还是喜欢李白那种呼儿将出换美酒的感觉，多好啊！老朋友相见，马上叫人上酒，别的根本就不用说，钟鼓馔玉不足贵、但愿长醉不愿醒！

田冶大约是喝了一点儿酒的缘故，对龙哥说，李白的潇洒是一种无奈，一种不得志的无奈，自己满腹经纶找不到好的买主，这是一种不注意市场营销的结果，换句话说，叫定位不够准确。老杜就不同，看过太多人世沧桑，石壕吏的老太婆都要抓去帮部队煮饭，那才是真切的生活。焉知二十载，重上君子堂；昔别君未婚，儿女忽成行。这是什么滋味？填满了对生活的感叹，绝对不是文字游戏啊！或者说，其实，最后的赢家不会是我们之中的任何一个人，而是时间，我们唯一败给的就是时间。可是，对于浩瀚宇宙来说，压根儿就没有时间这个概念，别说彭祖你八百岁，就是给你八千岁又怎么样？宇宙的年轮是以亿来计算的。

许量颇有同感：我们不但渺小，而且短暂，所以最好还是趁着有生之年，做一些让自己老了以后感觉没做过就会后悔的事情，趁着来得及，别虚度……

龙哥已经醉眼迷离：这就对了，许量你赶紧加入我们楠木郡吧！趁着我们这把老骨头还能动一动，抓紧时间动一下，别到了后面动不了才后悔！

许量说一点儿问题都没有，只要田冶你来出面，我和龙哥没有不支持你的，晏邦主也会支持你的，这一点你放心，我跟他说一声，就没事！

龙哥说那咱们还在这里废话这么多干吗？赶紧去北京，跟晏邦主好好聊一下。

许量说你们来了，我就要尽地主之谊，咱们还是要上一趟峨眉山，下山之后咱们直接飞北京。

这是许量的保留节目。每逢有新朋老友来了，都喜欢带他们上峨眉山聊聊。在那种环境中，不同的思想碰撞，确实会有让人始料不及的新观念出现。

那一夜，杯盏狼藉，宾主尽欢。

14. 长城公社

长城公社坐落在长城脚下一个美丽的山谷中，方圆几公里的地方错落有致地屹立着几十栋风格各异的别墅。一下八达岭高速，就可以看到这个别墅群。

中国建筑秉承几千年的传统文化精华，培育出独特的中国建筑文化，中国的传统建筑已经成为世界文明史上一个巨大的丰碑。自从传统文化遭到彻底否定之后，连建筑也在所难免，传统建筑就在这样一种所谓革命性的创新理念里成了最大的鸡肋，这一点让梁思成林徽因夫妇痛苦得不堪忍受，只能悲愤离世。梁思成可以对保护日本的古建筑提出建议并被采纳，没料到自己国家的伟大建筑却只能灰飞烟灭，真是造化弄人！

一百多年以来，中国建筑几乎退回到原始部落时期，再也没有多少自己的风格，中国各地散落的都是方盒子，各地的房子和公共厕所几乎一模一样，甚至还不如——因为有些著名景点的公厕还是古色古香的浑拙可爱。

物极必反，近些年来，一些所谓的突破又在各大城市成为口号，各地疯狂成为国外建筑师的试验田——所谓外来的和尚好念经，各种奇形怪状的庞大怪物，在国外不可能得到城市规划通过的设计，居然在中国各大城市遍地开花。一些相对理性的公共知识分子只能大力感慨：在中国建筑界，没有最怪，只有更怪！

长城公社算是一种对中国传统建筑文化和世界建筑文明回归的作品，集十多名亚洲设计师的创意，在长城脚下完成了这种在中国建筑业具有划时代意义的创举，这些融合传统风格又不失当今世界流行元素的建筑群，成了中国未来居住生活的一种象征和标杆。在这些独具个性的建筑群里，其中有几栋别墅就是晏邦主名下的产业。

当初做这个别墅群的时候，因为得不到多少人的支持，首创者感到非常失落，后来找到晏邦主，还没说完晏邦主就示意不必再说了，首创者更是失落，以为还是一个听不进去的结果。没料到晏邦主一开口就问：可以给我几栋？令首创者感恩涕零。

田冶他们三个下了飞机，已经是午后。首都以雾色朦朦的姿态欢迎他们的光临。迎接他们三个的是一个漂亮得让已婚男士只恨自己结婚太早的姑娘——婷婷。

亭亭玉立的婷婷在人群中向他们挥手，仿佛沙滩上的一颗珍珠，瞬间就把周围的沙子和贝壳什么的都给比下去了。田冶一眼就发现了她，跟他们两个示意了一下，他们三个就朝着婷婷的方向走去。

即便穿着比较职业化，但是婷婷仍旧给人一种天生的妩媚，让人在她面前只能乖乖随着她的视线走，无暇顾及其他。

龙哥感叹：晏老大真是太客气了，这个迎接规格也真是太高啦！

许量说这就是婷婷啊，你又不是没见过！

龙哥叹息：不会吧，我有见过她吗？我哪来的那种福气啊，梦里见过还差不多！龙哥这番真心实意的恭维话，说得婷婷都有点儿不好意思了，脸颊稍微红了一下。

跟大家道过辛苦之后，婷婷情意绵绵地问田冶最近过得如何。田冶礼貌性地说了句挺好的。

龙哥说，有人总结男人总是很专一的：从成年一直到七老八十，都喜欢十八岁的美女。看来，这个结论对女人也合适。大家有点疑惑地瞧他。

龙哥说：我看女人也很专一，不管多大年纪的女人，都喜欢帅哥！说着比对了一下婷婷和田冶。惹得大家一起哈哈大笑。

许量问：我们这是去哪儿呢？

婷婷回：这阵子老板在忙同学会开年会的准备工作，忙了好几天，他说你们来了，终于可以让他放松一下，就到公社那里等你们。

晏邦主生得人高马大、鼻梁高挺，仿佛不是纯种中国人一般，不过也只是仿佛而已，因为再也没有比他更能够称得上是纯正的中国人了。

晏氏是世家，在中国比较显赫的各大家族里，晏家是当之无愧的前三名。晏邦主目光炯炯，永远一副精神抖擞的样子，充满着青春的活力——这种年纪还如此青春，只能说遗传基因不一般。

晋商、徽商一直都是中国商业发展史上值得大书特书的标志，他们流传的商业秘籍几乎可以让我们今天仍旧能够畅行世界。晏邦主是新徽商的代表人物，掌握一个控股集团公司，公司旗下有几家上市企业。金丝楠只是他的一个业余爱好，并非安身立命的来源。

见到他们三个，晏邦主满脸笑容，笑呵呵的：本来应该去机场接你们的，因为在和一个阿拉伯的客人聊点儿事情，所以只好让婷婷代劳了，真是不好意思，抱歉得很啊！

三个人都说不必客气。

龙哥更是幽了一默：我们觉得婷婷去接福利更高，你这个美女了不得啊，看得我们春心都动了！

这话惹得宾主哈哈大笑，然后一起落座。

这时候太阳已经准备偎依到西边的山口，一抹斜阳透过玻璃，挥洒在沙发之间。龙哥看到落地玻璃外面是一个长长的露台，建议道：太阳准备下山了，我们不如到外面坐坐吧，比闷在屋里强多啦！

晏邦主问另两位的意思，他们一致认可。于是，一帮人就到了外面的露台。从这里看出去，已经不是机场附近的那种雾气，空气通透得仿佛不存在一样，长城蜿蜒在山脊之间，断壁残垣的古迹和修葺一新的部分相映成趣。

龙哥看到如此景色，兴致勃勃地想出去走一走，许量也同意，要把田冶也拉上，晏邦主说田冶和我第一次见面，我们先聊聊，你们俩出去随便走一下吧！然后，叫上一个人跟他们一起：别走远了，半个钟头就够了。

露台上只剩下晏邦主和田冶，晏邦主略带歉意地说：上次你来的时候，因为我不在，所以没办法招待你，实在不好意思。你那几个片子我都认真地看了好几遍，很唯美、很原生态、很有创意，跟我的思路比较接近！

田冶说：晏邦主太客气了，不在就意味着下一次更隆重的见面嘛！至于自己的那个片子，完全是无意中做出来的，只能算是试验性产品，所以让邦主见笑了。

田冶这话让晏邦主很是在心，他呵呵笑了起来：那这次你就多待几天，我们好好切磋一下，再隆重地喝上几天！

刚好婷婷端茶过来，茶几上已经放着一些他们带来的四川麻辣特产。晏邦主说，这么美妙的小吃，怎么能只喝茶呢？婷婷你拿些酒过来。

晏邦主强调，既然大家都是同门，都是北大的同学，那就不必过多地客套了。他对田冶说：你也别那么客套，咱们还是同学呢，不必邦主来邦主去的，叫我老晏子就好啦！圈子里都是这么叫的。

这话让田冶更为吃惊，老晏子不就是晏子和老子的集合体，这可不简单啊！

晏邦主沉吟一下：田冶，你小子艳福不浅啊！

田冶有点儿惊异，不知道晏邦主到底什么意思。

晏邦主接着说：婷婷可是我们楠人邦第一邦女郎，你居然能够让她心动，可见你来头不一般，这丫头片子，多少世家公子扛着钱来砸她，她理都不理！

田冶以为婷婷跟晏邦主提过阳朔的事情，又不好直接问晏邦主，只好表示不解。

晏邦主问：你可知道，一个人要想在这个世界上立住脚，最重要的是什么吗？然后不等田冶开口，他就接着说：最重要的当然是跟人相处，相处最重要的当然是观察别人，说得庸俗一点儿就是察言观色。刚才婷婷看你的那种眼神就不一般，那不是一般姑娘看人的眼神，那是一种陷入爱情中的人特有的温存和渴望，所以我就大胆地猜了一下，可能你们之间会发生什么故事。

田冶赶紧说：老晏子你也太厉害了，不过话说回来，像婷婷这样的，多少好男人她都不屑一顾，我算什么呢？哈哈哈，咱们聊点儿别的吧！

晏邦主以为田冶不了解自己的意思：这才是最重要的啊！男人那么辛苦为的是什么？难道就是所谓的打江山吗？打江山又是为了什么呢？几百上千万平方公里的地方，你也坐不过来啊！不是说男人打下江山征服世界，女人征服男人拿下世界的嘛！

田冶恍然大悟：喔，原来老晏子是这个意思啊！这话有点儿道理。

晏邦主说：何止是有点儿道理，这个已经把世界的格局都说得通透了。人类的历史就是一个征服史，其实也就是人征服自然以及人征服人的历史。人类经历非常漫长的母系部落，那时候，是女人征服男人；现在是男权年代，自然就是男人征服女人。为什么皇宫里要有三宫六院呢，你以为皇帝真的忙得过来吗？不是的，那是一种象征，一种皇权威严的象征。女人因为天生的生育能力，所以是世界的创造者。如果女人不生养，人类一辈子过后就得完蛋，正是因为女人的生养，才繁衍了人类社会。而皇帝后宫藏着那么多普天之下的美女，也就是皇权的尊严，意味着皇权能创造世界，作为皇权象征的皇帝，自然就应该很厉害，所以贵为天子，这是一种象征，而不是单纯的性。

晏邦主下结论一般地说：所以，看一个男人能做多大的事，能有多少成就，只要看他对女人的征服能力就明白了。请你相信我，那种不能征服女人的男人，一般做不出来什么事。回到我们刚才提到的，如果你能征服婷婷，那就表示你有做事业的渴望和能力。如果你对这个都不感兴趣，那就不要说我会小看你了啊，兄弟！

发现田冶没有什么表情，晏邦主似乎看透他的心思：请不必有那种市井小民的担心，比如认为自己是有家有室的人，所以在对女人这一点上不能越过雷池半步，其实，这一点都不重要，女人总是屈服于强者的。尤其是有想法的女人，她是屈服于你的智慧和能力，而不是想着一生一世给你洗衣做饭，现在的女人已经不是这种想法啦！只要曾经拥有，管什么天长地久！

晏邦主说完哈哈大笑，田冶大悟，也跟着笑起来。一段时间以来，他一直纠结于对婷婷的感情，不知道是应该快刀乱麻呢，还是应该顺其自然。

然后，晏邦主语重心长地说，在这个世界上混日子，已经不是那么简单了，当然，一直都不那么简单，作为男人，现在必须拥有自己的 BMW！

田冶的表情显示一种不是很明白的意思。

晏邦主接着说：道理很简单，BMW 是什么呢，这可不是什么狗屁宝马啊！B，Business，咱们作为男人必须有自己的事业；M，Money，这个不用解释了，没有钱寸步难行；W 呢？ Women，请注意这里的复数意思，也就是不止一个啊！哈哈哈，田冶兄弟，其他的就不必老哥再做解释了吧！

田冶茅塞顿开，跟着哈哈大笑。婷婷拿了酒过来，晏邦主示意她坐下。

婷婷好奇地问：什么话题让你们这么高兴啊？晏邦主说是关于男人征服世界的问题。这下到婷婷有点儿奇怪了，这两个男人真是可爱得有点儿孩子气，征服世界有什么值得这样开怀的，这不是每天都在发生的事情吗？

晏邦主忽然问婷婷：你觉得田冶兄弟怎么样，婷婷，说说你的想法，直觉的！

对于晏邦主冷不防的发问，婷婷多少有点儿吃惊：很好一个男人啊！一个好男人啊！

晏邦主乘胜追击：光是这样理解还不够，你会喜欢他的，是吗？

婷婷半开玩笑：好男人都是让女人喜欢的，这不奇怪，我也是女人嘛！

这下子晏邦主得意起来：哈哈哈，真让我给说中了！这就对啦！所以嘛，田冶老弟啊，你不要心里有什么想法，如果人家婷婷真的喜欢你，为什么要拒绝呢？拒绝美女是对自己的残忍，何苦对自己这么残忍啊！尽情享受就是！能够遇上就是缘分，这是几百年修来的，何以在这短短的一辈子里，拒绝几百年的修炼呢？婷婷，勇敢一点儿，哥哥支持你！

晏邦主转头扫了一眼婷婷，婷婷听得脸都红了。

晏邦主很高兴甚至得意于自己的判断：田冶你看看，这年头没有经过表演培训还会脸红的姑娘，说明心地善良，值得交往啊！而且，还这么漂亮！

晏邦主喝了一口酒，问道：听婷婷说过，你对金丝楠市场比较感兴趣，有这回事吗？

婷婷一回北京，只要有机会和晏邦主聊，总会情不自禁地提起田冶，强调田冶是如何独特的一个人，并且会提到田冶对金丝楠市场的兴趣，希望晏邦主能够跟田冶合作，好好做一下这个市场。晏邦主每次都不置可否，说等到见了人再说。

晏邦主对金丝楠的收集，虽然一不小心成了行业的第一，但他并不在于想从事金丝楠的买卖，纯粹个人兴趣爱好罢了——一种真心实意打骨子里对金丝楠的喜好。

田冶说确实有这种想法，这次来的目的就是要好好向晏邦主学习学习、取取经，看看应该怎样才能把这件事给做好。

晏邦主问：你做这个的主张是什么呢？或者，说得直白一点儿，你为什么要做这个？

田冶说，在他的看法里，传统中国人的生活，一直都是精致而优雅的，非常讲究生活品位，活得一点儿都不邋遢，是一种优雅而缓慢又是逐渐向前进的漂亮的生活方式。最近一百多年以来，这个传统却遭到毁灭性的打击，特别是“文革”，把整个国家弄得鸡飞狗跳，传统文化更是遭到空前的破坏。其实更坦白地说，宋明以来，中国的传统文化就已经断根了，后面流传的大多都是四不像。偏偏，这种四不像居然还有很多人趋之若鹜，这完全是对传统文化的误解！不客气地说，五四时候的全面否定，也是一种过激行为！最近几十年，虽然文化建设得到一定的重视，但是直白说，那也只是一种生存的需求，谈不上是生活本身。生活没有理由这么粗糙的！我们居然活得如此粗糙，真是对传统的亵渎！而金丝楠，自古以来就是一种生活的格调，它对中国人的性格熏陶具有一种潜移默化的感染力。所以，我准备做的楠木郡艺术馆，并非单纯的是在从事家具买卖，而是宣扬一种文化，一种对优秀传统文化的恢复和回归。

然后，他对晏邦主提到：我打算做的楠木郡艺术馆的主义或者主张，就是八个字：生活品位、品味生活！追求一种有品位的生活方式，好好品味生活中的点滴幸福，拥有快乐的美好人生！随后，他把自己的楠木郡概念，一五一十地和盘说出。

晏邦主认真听完，不断点头，竖起大拇指道：一直以来，我都以为相见恨晚这话是应该针对男女之间的，比如你和婷婷，没想到，用在男人之间居然也这么合适，兄弟，咱哥俩儿真是相见恨晚啊！说着，他站起来，热烈拥抱了一下田冶。

晏邦主说：我的楠人邦，并不是做销售的，只是给朋友提供一个传统生活的优雅样板，我还有一大堆的金丝楠，都是放在仓库里，并没有打算拿来卖。不过，你的理念很是中了我的心，如果这些东西能够让人们关注传统文化里的生活理念，为什么不做呢？不过，有件事情我必须提醒你，你要钱、要原料，都有，只是，具体执行的团队，你必须自己组建，我可没有这方面的储备啊！不过你放心，政商各界还有社会上，只要有点儿头脸的，大家都会给我一点儿面子，这一点儿资源，完全给你支持！

晏邦主想了一会儿：目前你对北京不熟，但是要做这个肯定必须在北京开门店。这样吧，婷婷给你啦，当你的助理，她会帮你整合这方面的资源，她在我这里这么多年，比我还熟悉各路豪杰呢！然后转头问：婷婷，你也不能光顾着傻笑，要是让你跟着田冶，你乐意不，给哥哥一个话！

婷婷说但听哥哥的安排就是。

晏邦主笑了：这是你第一次跟我没有找理由的啊，我果然没有猜错！看来你真是喜欢上我这位田冶兄弟了！这样更好，你们肯定会更快把事情做好的。我先说清楚，在这里还有国内各地，凡是我的物业，你们都可以利用。这会有助于项目的开发！

田冶赶紧说非常荣幸、太感谢了。

婷婷笑逐颜开：哥哥您真是太好啦！我要敬您一杯！

说着直接把酒杯塞到晏邦主嘴边，晏邦主来不及反应，就被她灌了下去。

龙哥和许量已经回到露台，看到他们三个聊得这么高兴，禁不住问：什么事这么高兴，说出来大家一起乐一下！

晏邦主哈哈大笑说：你们两个不必再做说客了，电话里说得天花乱坠的，都没有说到点子上！有田冶这个思路，我完全放开让你们去做！我大力支持、全力支持！现在咱们先喝酒！除了风花雪月之外，酒桌上一律不许聊别的东西！

两个赶紧问田冶都说了什么。婷婷把田冶的思路大概跟他们说了一下，两位很是兴奋：早知道这样，直接让田冶在电话里跟邦主说就是了！还要我们两个陪绑干吗来着！

晏邦主说不是这样的，没有你们两个的参与，这事情也不那么好做起来的，这种事情必须大家一起做，才能做得好。

饭后，大家仍旧回到露台上，伴着酒和茶，聊起楠木郡这个项目来。

田冶说，主要想从以下几个方面来做。

第一，因为你们三个是金丝楠的收藏大家，基本上已经垄断了这个货源，货源在我们手上，就从源头上把握了资源，形成资源优势。

第二，我们要取得定价权，通过行业协会和国家权威的定价部门联合操作，举办金丝楠的价格培训班，让我们的定价具备法律效力。所以，我们必须成立一个金丝楠行业协会。

第三，通过各地楠木郡艺术馆实体店的建设，我们在国内圈地，先在一线城市布点，然后渗透到其他城市，以直营店和控股经营的方式操作。第一年我们要达到十家门店，三年之内达到一百家，采用整店输出的模式。同时要保持品牌、经营模式的统一。

第四，组建全国性的金丝楠交易平台，让相当一部分人都可以参与金丝楠的买卖，做到像股票、债券一样，人人都可以参与。

第五，现在是网络年代，我们也不能忽略网络的力量，线上线下一起经营，而且通过互联网效应，颠覆一下行业的格局。

第六，让一些艺术家参与创作，尤其是名气比较大的艺术家，让他们来参与，会对我们有一个品位的提升。

第七，在推广方式上，我们一开始就要高格调，充分利用业界的媒体效应，让楠木郡一夜成名，比如，我们先送一套给国家博物馆作为馆藏作品。

第八，还有一个需要大家一起来参与的活动，但是我不知道这样是否合适，所以必须先跟各位共同探讨一下。

大家听得津津有味，纷纷点头，忽然田冶就停了。

龙哥比较直接：我们又不会演戏，你就不要折磨我们啦！到底要我们怎么配合呢，你倒是说说啊！

田冶把自己关于大家共同参与的活动内容详细地说了一遍，听完，在座的都觉得有趣，只不过细节一定要把握到位，以免弄巧成拙。

许量建议：金丝楠除了原料本身就贵重以外，对于很多人来说，如果能够按照自己的需求和个性进行设计或者订制则会更好，这对于高端客户来说，非常有必要。

这一点大家都同意，那就从一开始必须讲究个性化，既然追求的是生活品位才能品味生活，当然要保留个性而且突出个性了。

龙哥说：对于金丝楠行家来说，有些材质真是见仁见智，很难有整齐划一的喜好标准，所以，我们是否应该接受来料加工呢？让那些觉得自己收藏的原料才是好东西的人群，有一个让自己的收藏成为艺术品的机会！

针对楠木郡的组建和发展，他们各抒己见，所谓三个臭皮匠赛过诸葛亮，何况这些人集中在一起呢？

据说每个中国人都很聪明，所以中国人一旦组成群体就很窝囊，因为大部分精力和才华都用在毫无必要的内耗上了。在这年代，找到志同道合者简直比找纯洁的美女还要困难——有人说美女和纯洁本身就是一个矛盾体，好比十八岁的老太婆一样。

这四个人在一起，有说不完的话题和聊不完的友情，可见，只要每个人都能放开自己的小九九，瞄准一个方向，仍旧能够一往无敌，否则，何来的抱团发展？

那天晚上，长城脚下的夜色，属于他们几个。

15. 北大同学会

中国一直以来都以为自己是世界中心，所以才自诩中国，认为自己即便眯着眼睛也是地球的老大，只须等着四野番邦来朝贡。

进而推导，既然中国是世界中心，那么地球没有理由不成为宇宙中心，由此一来，地球中心论成了显学，垄断了人类认知界相当一段时间。

这个大帝国几千年来一直一帆风顺，虽然送出去的东西不比人家进贡的少，根本就是贸易逆差，好在地大物博，好东西多的是，所以一直能够维持自己体面的虚荣。

不料，这一切伟大的尊严因为一个叫瓦特的人被彻底瓦解了，伟大帝国仿佛大地震中的豆腐渣工程，瞬间灰飞烟灭。最近这一两百年，列强简直把中国当作养猪场，时不时就过来屠宰一把。往大处说是为了民族图强、国家兴盛，即便往小处着眼，至少学到的技术足以安身立命，因此，必须开始“中学为体、西学为用”的拿来主义了。

自从方鸿渐取得克莱登大学文凭之后，完成了鸦片战争以来第一次对外贸易的胜利，在中国的教育界成为一座丰碑，也成了一份足以成为纪念日的光荣。在三闾大学方副教授的带动下，中国人对出国游学趋之若鹜，只要有门路能够出去的，不管到外面是在餐厅刷盘子还是在夜场钓鱼，即便挤破头也要拼了老命出去一圈。尤其是那些有钱的主，汉语都还没学好、ABC 怎么拼还没底，就已经出去为国争光了。

这些人到了国外，哪怕就是天天待在公寓里吃牛排，连大学的门口往哪个方向开都不知道也不要紧，因为他们仍旧是欧美列国留学生兼游学生。留学生的意思是在某一个大学获得学位和文凭；游学生就更厉害了，潜台词是在不同国家的多所大学获得学位和文凭。

这些人中龙凤一旦回到国内，就可以夹着英文说汉语，表示自己属于海归一派，如果没有足够的年薪，还真的请不动这些海归呢！

国外很多野鸡大学瞄准了中国相关部门对外国大学毕业证书的崇拜甚至跪拜，纷纷搞起了游学绿色通道，间接地汲取中国外汇。加上近几年国内经济低迷，实业已经遭受灭顶之灾，楼市又危乎其危，国外的投资分子纷纷祭起投资移民和置业移民这两面大旗。北京买不了一个厕所的钱，到美国居然能够买下一栋楼，而且前面有院子、后边有花园。所谓的中等发达国家的中国，房价居然比美国还贵得离谱，有点儿钱不想出去的，估计只有凳子了。

由此一来，这种名义上为了孩子的未来而移民其实是为了转移财产的行为，在欧美国经济逐渐复苏的这两年来，犹如过江之鲫。庚子赔款做起来的预科学校，看到这种热闹场景，估计都会脸红。

幸好，在这种纷繁复杂的游学证书热中，国内居然还有为数不多的几所大学能够保持自己的尊严多少维持了一点学术良心，绝不为了钱就跟着瞎掺和。对任何人虽然也是大门敞开，不过还是有一定的要求，必须完成相关的学时和学术论文，才颁发证书。这种学校虽然凤毛麟角，毕竟还有，说明这个世界还有那么一些坚持底线的学校，并不跟名目繁多的教育培训机构沆瀣一气。

北大汇丰商学院就是其中一家。

针对中国人对继续教育的需求，北大汇丰商学院开始接受每一位有上进心的学生，每个人都可以报名参加。至于能否毕业，那就要看各位的造化了！除非把学分拿完，论文写好，不然，学费只能打水漂。当然，学费也不低，至少对于一般人来说并不低。不管你学多久，也不管你怎么学，只要你完成，就可以拿到文凭。学院每个月都会组织同学一起上课，各地同学之间也可以进行游学。

北大汇丰商学院被誉为中国商界的黄埔军校，除了每一期新学员都要到黄埔军校进行军训以外，同学会的同学团结得仿佛同穿一条裤子，这在并不以团结为常见现象的中国来说，让人不得不佩服北大的这种号召力。中国足球砸了那么多钱，都搞不定二十多个人的团结，北大同学会这么大一个团体，居然能够如此凝聚？我们不得不惊叹北大的优良传统和中国的悠远文明！北大同学会非常体贴地实现了复兴传统文化的伟大目标，估计张之洞老先生九泉之下也会美梦连连，原来有些东西我们自己也可以做，何苦舍近求远呢！

业界还有一句生动描述北大汇丰商学院的话：永不毕业的商学院！

这句话的一个意思大概是北大汇丰商学院的学生永远都是勤于好学的，永远都在不断学习、不断更新自己的知识，所以没有毕不毕业的说法，进了北大就是一辈子的学习过程，刚好符合活到老学到老的古训——而且进化成学到老所以才能活到老。另一个意思大概就是，很多人只能作为北大的学生，因为他们根本就没法子毕业，凑不够学分，也交不了论文。

由此形成了一种有趣的现象，可能你是第三期的学员，却还没有毕业，理由当然是时间不够用，只能慢慢学习、不断更新；而我是第一百零八期的学员，都已经毕业了，理由自然只能是我善于拿学分和写出不一样的论文。所以，这个同学会的圈子有这么一条不成文的会规：谁也不能问同学是否已经毕业。

用北大汇丰商学院首席院长的话说：在这个网络的年代，世界就是一张有形或无形的大网，我们每个人都是网上的一个节点，关键问题不是在于你学习什么，而是跟谁一起学！你可以做奥巴马的邻居，也可以做芙蓉姐姐的座上宾，关键在于你的选择！只要你成为这个网上的节点，你的任何一点微小创新，都可能会引发业界的蝴蝶效应！因为，你是北大这张网上一个不可或缺的节点！

执行院长的话同样铿锵有力：读万卷书不如行万里路，行万里路不如阅人无数，阅人无数不如名师指路！

这些话非常有煽动性，简直是学习年代的一种宣言。虽然，花上这么多学费只能成为一个节点好像贵了一点儿，可是钱算什么呢？这不是钱的问题，而是你有没有能力进入这个圈子的问题！这就是门槛，或者说竹节，除非你脱离社会，不然必须在这里不断破节和越槛。

渐渐地，北大汇丰商学院的学生越来越多，于是，同学们就组建了一个北大同学会，把北大的同学都集中起来，注册在案。同学会通过官方网站和微信、微博、博客等网媒，为同学们提供最新的业界资讯和政策解读，精华部分以周报和月刊的形式分发给各位同学。按照不同的兴趣群体，平时一小聚、每月一中聚，每季一大聚，每年举办一次大年会。

这个大年会是同学交流感情的场合，也是一个项目交流的平台，每一个同学都可以参与：有资金的洽谈项目，有项目的寻找资金。如今国内比较知名的投资银行和天使公司等投资机构的创始人及合伙人，都是这个同学会的会员。至于传统行业的佼佼者，莫不是这个同学会的成员。

田冶是最近很偶然地进入这个圈子的。有一次跟方老参加活动，那次活动就是北大同学会南方分会举办的，当时他们给方老颁发聘书，聘请方老作为客座教授。至少目前为止还没机会去北大上学的方老居然接到聘书，那份得意劲儿就别提了，老人家一高兴，就跟田冶推销起这个学会，并且强调这是中国政商两界的高端俱乐部。

因为方老的极力推荐，田冶还不明白究竟怎么回事，就交了学费。就这样，他也成了北大同学会的成员。

田冶跟许量、龙哥、婷婷一起，去造访广智楠木坊——晏邦主极力推荐他们去的，一个原因是晏邦主跟广智楠木坊的主人是忘年交；另一个原因不言自明，想做金丝楠市场，如果连广智楠木坊主人这样的高人都不结交的话，无论怎么说都说不过去。

晏邦主因为要主持北大同学会年会筹备会议，所以就让婷婷跟他们一起去。晏邦主满怀歉意地说：现在婷婷已经是你的人了，在首都有什么事，让她跟你一起去就是了，我要是来得及就去找你们，不然咱们就会场见。

过了北京机场往顺义方向走，下了高速公路之后，走不远，在路的旁边有一个已经被包围起来的院子，也就是很快就会被拆迁的院子，院门上有一个牌子，上面写着：广智楠木坊。

院子的主人名为赵广智，对传统建筑稍微有点儿了解的人大概都知道，当年梁思成立志搜集中国的古建筑，而且下了很大的决心想把北京古都保留下来，可惜他老人家没有那么大的能耐，虽然在他的建议下，保留了日本的奈良古城，却没有办法保留北京城，真是一个天大的反讽。

梁启超是中国近代一位无法忽略的人物，梁思成是他的儿子，有时候梁启超出去演讲，老爷子讲得高兴的时候，昂首挺胸奋力拿着粉笔准备板书，忽然发现黑板上已经写得密密麻麻，马上就会对坐在前排的梁思成说：思成，赶紧擦黑板！这个时候，梁思成一个跃步跑上讲台，帮老爷子把黑板擦干净。板书之后，梁启超又开始自己的侃侃而谈。

梁思成作为中国古代建筑的第一位热心人，或者说第一位研究者，他和林徽因一道，在不同的坎坷年代，居然能够大体不差地记录了一些中国的古代建筑，并且从形状和构图以及内部构造，基本上都能留下一个大概，实在是一个伟大的事业。可惜的是，他们留下的都是在图纸上的构造，如今我们要是想通过这些图纸了解这些建筑的内部构造，往往还是有一定的难度，除非鲁班再世、牛顿还魂。

赵广智是梁思成的关门弟子，他有一个愿望，就是把老师关于古建筑的构造给复原——不是复原在图纸上，而是做成模型，按照一定的比例，严格根据当时的构造，把这个建筑非常精确地复原。当然，他的愿望非常简单，一个是老师关于中国地上的古建筑，另一个就是地下的建筑。

广智楠木坊门口有一副对子：相见亦无事，不来常忆君。

写得古拙可爱，有一份童趣和天真蕴含其中，那种对友谊的诚恳，让人不禁感慨主人的好客和风趣。知己见面，很多时候大概是可以一切尽在不言中的，不见的时间稍微有点儿长的时候，又会很是想念。犹如当年王子猷大雪之夜驾舟前往阴山拜访好友戴逵那样，见不见到人已经不重要，因为自己的那种感觉已经很爽，所谓乘兴而来、兴尽而返。现在的人，何以不能如此呢？比如有时候去见朋友却又半路折回，也不是什么稀罕事，因为那份心意已经装得满满的，如此就够了。当然，现代人之所以偶尔也能学得如此优雅，大概很多时候是因为要命的堵车，所以迫于无奈的现实状况，只能如此自嘲。

赵老爷子一身传统服饰，满头白发，眉目之间散发一种让人亲近又充满敬佩的魅力。上了年纪的人，身子骨和精气神居然如此矍铄，让人禁不住地暗自惊叹。

他们先参观了一番，对赵广智老师精湛的复原技术和深厚的中国传统文化底蕴纷纷感叹不已，然后到赵老师的会客室喝茶。

老爷子问：是喝茶呢？还是直接上酒？

这话逗得大家哈哈大笑。

田冶说，这次来，一个是问候一下老爷子，到了京城，不来报个到，怎么都说不过去；一个是想征询一下老人家的意见，什么时候给楠木郡剪一下彩，请老人家确定一下行程，我们好安排。

老人家笑眯眯的：我都这把老骨头了，哪里需要那么多问候！你们年轻人，正当时候，不必跟我这么客气！至于去剪彩嘛，你们看什么时候都可以，只要提前几天告诉我就成！我又不是什么影视明星，没有那么多档期安排。

这番话逗得大家都乐了。

话题自然离不开中国古建筑，离不开金丝楠的传统，离不开那些委婉而缠绵的过往，就这么聊着，聊着。

田冶忽然想起什么事来，因为他看到院子里也有一些金丝楠的家具，于是就问：我们最近已经开始做一些金丝楠的作品，您老人家的一些作品我们可以直接拿金丝楠来做，做成大件的，这样可以让大家感受到最精湛的传统手艺，您老人家认为呢？

老人家说，没问题，你们年轻人只要喜欢做，我们这帮老骨头哪有不支持的啊？

田冶说打算给老爷子做一套金丝楠家具，不知道老人家喜欢什么样式的。这话一说出来，老爷子就来劲儿了，他跟他们一直聊着金丝楠的各种特色，说得绘声绘色，一看就是金丝楠大家。最后他终于定下一种方案，还自己描了样式，调整了几份草稿后才定稿。

许量好奇地问：现在外面仿造您的作品有很多啊，怎么都不见您有一点儿回应呢？

老爷子呵呵笑了好一会儿，说，这个年头都不容易，谁都不是靠印钞票过日子的，都要满头大汗才能养家糊口，既然有兴趣临摹我的作品，或者干脆就用我的名头，那就说明我这个老头子还有利用价值嘛！对人还有利用价值，说明我这个老头子还有存在的意义啊！既然这样，有饭大家吃又有什么不好呢？何必那么斤斤计较，得饶人处且饶人，这样世界才太平啊！

这一番看破一切的心底话，让在座的几位深为佩服。

午饭之后，他们才离开赵老师的作坊。

从头到尾一直都细心给他们接引的，是赵广智老师的大弟子，过江先生。

过江是安徽人，有着安徽人独到的眼光，尤其难得的是，由于这么多年在赵老师身边耳濡目染，他不但在技术上，尤其是在思维和思想上，已经完整地继承赵老师的衣钵。这一点，田冶看在眼里，同样理会在心上，在他的概念里，北京第一家楠木郡的掌门人，非过江不可。

当然，这一点，还要跟赵老师和过江本人好好聊聊。

不过，既然已经认可一种方向，在田冶看来，实现目标只是一个时间的问题罢了。

他们看了几处晏邦主推荐的场子，为楠木郡艺术馆的京城门面店做准备。

看过之后，他们觉得这些场子各有优劣。不过，朝阳区小营北路凯旋城的一个场子得到大家的首肯。这个临街的场子不大，一千多平米，不过楼层很高，有八米多，中间隔断，无形中就有了两层的利用面积。定下地方后，婷婷找来的装潢公司看过地方，答应尽快给他们提供装修设计方案。

一行人再往晏邦主开会的地点赶路，等他们到了九华山庄，筹备会议已经结束了，一大群人已经在餐厅里落座。因为是年会的筹备会，所以只是部分同学来参加，即便如此，餐厅里仍然布置了三十桌，几百位同学在聊着各色话题。由此可见同学会的号召力，也足以显见北大的精神，确实很适合中国现代社会的胃口，值得大力推扬。

晏邦主给他们几个在主桌留了位置，主桌坐着的，都是当今活跃在各界有头有脸的人物。许量和龙哥大家都是认识的，所以邦主不必介绍，他给田冶一一介绍了在座的各位大佬之后，然后隆重向在座的人推荐田冶：我们千万不要以为自己在行业里的地位坚固得毫不动摇，现在可是颠覆的年代，一不小心我们可能就成了前浪或者裸泳的那个小丑，田冶兄弟就是这么一位颠覆者，他是一个很有思想的新概念商界精英。什么是新概念呢？就是摒弃传统生意那种为卖东西而卖东西的老土想法。

众人好奇地问：那这位兄弟卖的是什么？

晏邦主悠悠地品了一口茶，字斟句酌地说：田冶卖的是一种思想、一种生活方式，追求优雅和高尚的、继承传统又不排斥外来优秀文化的、人类良性的潜意识需求！

这番多少有点拗口的话，乍听之下有点儿费劲，不过很快就引起大伙的一阵掌声，大家纷纷把目光投向田冶。晏邦主说，田冶你就简单地跟大家说一下你的楠木郡概念吧！

田冶说，人民币只是流通用的，我们没法穿着一身用人民币缝制的衣服招摇过市，也没有谁拿人民币来当墙纸用；金子也是流通的，一些暴发户确实连马桶都镶金，这除了显摆自己金子很多以外，还说明了他们缺乏脑汁。我们楠木郡做的金丝楠艺术馆，保持了货币和金子的流通性，因为金丝楠就是一种硬通货，还挖掘了一种优雅的生活方式，一种以金丝楠为底子的、有品位的生活。

田冶这样来综合自己的思路：所以，我们的主打价值观就是，生活品位、品味生活，前一句话是要求有一种高品位的生活方式，后一句话意思是要好好品味这种生活！

田冶这番话把大家的馋虫都引出来了，好像鲨鱼闻到了血腥，这些具有精致市场大脑的人物，立马就发现了田冶心目中的市场概念。哪怕就是一时半会明白不来的人，也可以看到饭桌上的格局，一边是金丝楠行业的三大金刚，一边是田冶那种高度整合的商业模式。这种整合无疑会颠覆整个金丝楠行业市场，而且会创立一种属于金丝楠底子的生活方式，那就是人类一直追求的、幸福而安详的、优雅而有趣的快乐生活！

没有谁是笨蛋。心急的人马上问道，你打算是以网络还是以实体店的方式来经营？田冶说两者结合，网上订单、线下交货。比较心细的人问，打算开多少实体店？田冶说三年之内准备在国内开一百家，争取做到有一定金融市场的城市都有楠木郡艺术馆。稳健一点儿的问，是连锁加盟还是自营？田冶说整店输出，公司控股，股份或者合伙人形式都可以。投行的人问，打算什么时候上市？

田冶还来不及回话，晏邦主马上接口：这一点我来说，我觉得咱们又不是缺钱的人，做一个行业居然要上市融资，那不是让人笑话吗？但是，按照现在做企业的思路，不上市就好比一个人没有博士文凭一样，都不好混了，所以，咱们还是绕不过上市这道坎，所以，大概三年会上市！

众人瞧出了端倪，半开玩笑地问：到底是谁在做楠木郡，是晏邦主您呢，还是这位田冶兄弟啊？

晏邦主哈哈大笑：有血腥的地方就会有蝙蝠，蝙蝠可是瞎子，居然也有这种市场悟性，何况在座的都是鲨鱼呢，你们以为我会怎么着？

晏邦主这种犹抱琵琶半遮面的风格，让在座的各位心领神会。他们纷纷发话，愿意加入这个楠木郡金丝楠联盟：把金丝楠行业整个重新洗牌，分出一个子丑寅卯出来，兄弟们也好分一杯羹！

晏邦主笑呵呵地说：兄弟们别急，咱们好好合计，大家喝到的全都是第一道骨头汤，没有残羹剩饭的！

晏邦主接着说：按照田冶兄弟的最新工作进程，目前我们准备先做三家楠木郡艺术馆的样板店，京城、成都、南方各一家，三家开业以后，大家都串串门、取取经，在自己的地盘再把楠木郡的牌子打起来，以点带面，应该不用多久，咱们楠木郡的红旗就会开遍中国大地！

没几天工夫，田冶的楠木郡概念已经在同学圈里传遍。

在北大同学会，晏邦主是晏会长，也被称为万人迷。

圈子里，大家都叫他老晏子，意味他不但有老子和晏子的智慧，还兼备孔子的胸襟。

之所以被称为万人迷，除了说明晏会长人格魅力之外，还有一个实指，同学会的成员人数就是一万多人，大家都认可他。另外还有一层意思就是，晏会长的感染力让大家深为敬佩。

这次北大同学会大年会的筹备会议，除了商量大年会相关议程，还有一个很重要的环节，那就是为大年会筹集活动经费。大年会筹集经费的方式一般有以下几种，第一是活动的冠名赞助费；第二是同学出的赞助费；第三就是筹备会为大年会筹集活动经费而举办的拍卖活动，拍卖品都是同学或老师提供。

今晚主持拍卖的是有国内第一金锤子美誉的孙国豪老师。他抑扬顿挫的讲词，把整个活动带进了另一个高潮，同学们都非常活跃，各种拍卖品都找到了很好的买家。最后拍卖的是首席院长的一幅书法作品：海阔天空地想、脚踏实地地干。

大家欢呼晏会长来压轴拍卖这一件拍卖品。看到大家异常活跃，晏会长呼啸上台，拿起锤子，激情四射地介绍拍卖品：这是我们尊敬的院长老师的书法作品，我们都知道，院长是一位享誉海内外的经济学家，是经济界的重量级人物，他可谓著作等身。我们有一点可能并不了解，他对中国传统文化还有非常深厚的功底和研究，出版过好几本关于传统文化的论著。我们还有一点不清楚的是，院长还是一位书法家，他的书法个性十足，追求魏晋风流！同学们，我们现在要拍卖的是院长的一幅书法作品，也是我们商学院的教学方针。一点都不客气地说，这幅字我一直都想挂在楠人邦的书房里，可惜院长一直不肯出手，这次为了大年会，他老人家终于愿意拿出来让大家共享！我们先感谢院长的关心和厚爱！

晏会长面向落座主桌的院长鞠了一躬，然后继续说：今晚院长的这幅书法作品，只要没有人出价超过我的预期价位，那就直接由我加一点买下。现在我们开始拍卖，起拍价 1 元，每次举牌 5 万！

右边有人举牌，直接喊 10 万。左边的人赶紧喊 20 万。后面的同学不甘示弱，直接加到 30 万。中间的同学开始兴奋，追加到 40 万……

热闹纷纷之后，晏会长宣布：现在的出价是 80 万，跟我预期的差不多，等会儿我要跟这位同学商量一下，到底由谁来接手这幅作品。

他话音未落，马上有人喊 90 万。人群中另一个声音是 100 万。接着又有人继续加码。

晏会长兴高采烈的宣布，80 万已经成为过去，90 万也是历史，100 万也没什么事，现在最新价位是 120 万，哦哦，不对，那边还有同学加价，多少？是多少？哦明白，现在是 130 万。有没有更豪迈的同学啊？没有？怎么可能没有呢？！这可不是咱们北大的风格啊！哦，有了，现在有人加到 140 万！140 万一次，140 万两次，140 万三——

接着又有人举牌，晏会长没法砸锤子，只能继续喊出最新的报价。一直到 155 万，终于，整个场子都静了下来，晏会长正要宣布 155 万成为今晚的买主。主桌上有人举牌，160 万。晏会长一看，笑了，原来是田冶兄弟笑眯眯地举牌。

最后，田冶以 160 万拍到院长的书法作品。晏会长笑呵呵地问：院长的这幅作品现在已经是田冶兄弟的啦，请问小田同志，你打算挂在哪里呢？

田冶愉快地回应道：挂在楠人邦的书房里，现在开始，那里也是我的书房，是我们大家的书房!

这话激起了满场热烈而持久的掌声。

这次的筹资预期目标是 1200 万，是大年会的活动经费成本。同学们在晏会长的带动下，纷纷解囊，最后总共筹集 1800 万。

筹备会议胜利完成使命。

16. 润物无声

在社会文明发展这个洪流之中，每个人不过都是一粒沙，微小得几乎可以忽略不计。所谓英雄造时势那只是一种自我安慰，谁都不可能伟大到能够造出时势来，人类的发展洪流会卷走每一个人，越是那些想改变这个洪流的人，会越快地被晒到沙滩上。具体到每个人自身的改变，只能是因势利导，个人在这种趋势面前，很多时候都会显得苍白而无力。

经过那个不可思议的大奖、桃花源的综合报道以及有心人对桃花源的关心、二牛有意无意对田冶的提及、田冶版贵人茶油原创影片的持续被关注，特别是当下食品行业等于化工行业分支机构的骇人听闻，举国对食品行业不由得重新判断，而这些判断在无形中都是对贵人茶油的一种贴片广告，对于贵人茶油这种宁可放弃产量也要追求质量的做法，业界深感钦佩。

当然，关于食品安全，我们有很多不愿提及的痛处。我们完全没有理由把农民都培养成化学家，把每一个沿街的饮食店都弄成化工作坊，把小老板都弄得敢叫板食品诺贝尔奖。以前日本也曾经有过这种混乱不堪的局面，不过人家现在这一块基本可以说是海晏河清，办法很简单，就是对所有食品从田头到餐桌进行身份证制度，不管哪一个环节出问题，都能够在第一时间找到直接责任人，再加上严厉的法律制度，就形成谁也不敢越雷池半步的稳定局面。我们这里就很含糊，有关部门对于没有巨额罚款机会的情况就用多头管理来搪塞，直白一点儿说，这种踢皮球就是不作为，当和尚只顾收香火钱却根本就不撞钟。其实，产品身份证制度并非日本的专利，早在朱元璋当年修建南京城的时候，每一块砖头都刻有烧制者的名字，可见，有些事情并非能不能做，而是做不做的问题。如果相关部门真的负起责任来，还有什么完不成的呢？2008 年奥运会的时候，北京的天空不也是蓝色的吗？九寨一跃成为国内最热门的户外旅游目的地，很多背包客跑到九寨居住，特别是想到不久之后这里就会成为水下世界，这个未来的水下世界更是让热心人士赞叹不已。很多环保学者甚至从生态的角度发表看法，认为这个地方即便不考虑民风民俗，哪怕就是丰富的原始生态，都不应该建设水坝，因为这会对原生态造成不可挽回的影响。当然，九寨迟早会潜入水下，这也是不可挽回的。

贵人茶油如今已经一跃成为国内顶级的食用油品牌，而在食用油细分的茶油类别中，贵人茶油毫无疑问是翘楚。水涨船高，如今贵人茶油出品的，真是一滴难求。很多与其长期合作的客户都希望贵人茶油能够增大产量，有些客户甚至出点子，既然茶籽的产量恒定、一时半会儿也没办法种那么茶籽树马上就结出果子来，何不扩展贵人茶油的基本面，生产一些别的类型的食用油呢？

伟哥跟吴银昊经过多次沟通之后，两边都开始紧锣密鼓地筹备合作事宜。伟哥把银昊茶油那边的资源优势跟大伙一分析，大家都觉得这种合作还是可以有所作为，无非就是一个银昊对贵人茶油的入股比例罢了。而且，在当前市场行情看好的情况下，提高产量无疑是最划算的。

银昊那边觉得既然要合作，就应该拿出诚意。吴银昊跟当地领导闭门商量了好几天，领导发话说，不管贵人茶油公司的市场价格多少，当地都会拿出专项资金，收购贵人茶油的股份，最好是全资买断；要是不能买断，至少也要一半，必须成为大股东，拥有话语权。吴银昊跟伟哥沟通后，觉得最好是一半的股份。伟哥、谢天、蒋光都觉得这是一个不错的生意，经过这么多年的市场培育和品牌建设，现在终于可以有一个兑现的机会了。

田冶并不同意这种一半的做法，他还是强调必须对贵人茶油有绝对控股权，而且现在这个品牌已经很值钱，没有必要在这个时候为了提高产量、为了跟人家合作就牺牲自己的家底，毕竟，银昊茶油是地方上的国企，这个合作要是转让太多股份的话，以后上市的时候情况就会变得很复杂。所以，宁可现在少卖一点，也要为以后上市增大规模，做好伏笔。在这个意义上说，自然不能给银昊更多的股份。在银昊入股这一点上，田冶只同意不超过 30% 的股份。

最后大家决定对银昊那边的统一口径就是 30%；不过，按照现在对方的合作欲望，不要急着拿出底牌，先给出 20% 的承诺。

吴银昊已经不是当初的那位土豪，经过无数次跟田冶他们团队的沟通和交流，他已经多少了解了一些股权结构的重大意义。虽然 20% 并没有达到他原先的预期，但是，如果能够跟贵人茶油捆绑在一起，自己手头的这些茶油就可以摇身一变，成为贵人茶油出品，那就是鸡犬升天了！以后再共同推出不同的茶油品种，然后开辟其他品种的食用油，这个市场还是巨大得让人咋舌的!

他绘声绘色地跟当地领导做了汇报，领导自然怦然心动。当然，他只跟领导说，拼着自己一张老脸尽量争取的话，至少能够买到 10%；如果运气好，也有可能达到 20% 或者更多。

对于这次合作，领导觉得非常满意，能够以入股的方式把贵人茶油这样的辣子鸡收编为本土品牌最好，比起自己辛辛苦苦去打造一个，不可同日而语，这简直可以在年度工作报告里大书特书，甚至可以作为世界级商学院的经典案例。

领导提出几点意见：一、一定要达成跟贵人茶油的合作，而且越快越好；二、股份比例尽量往上争取，不管花多少钱，最理想的结果就是直接收购贵人茶油公司全部股份；三、这是当地第一个国企与民企混合经营的项目，一定要做出表率，为以后本地企业多元化经营运作树立一个榜样。因为对吴银昊的工作能力实在太满意了，私下里，领导还对吴银昊承诺，以10%作为底限，每增加一个点，同时就奖励给吴银昊若干现金，这笔钱直接给吴银昊，可以任他处置。

双方的合作就这样着拉锯向前推进。

田冶同时在关注的，还有楠木郡的进展。

龙哥跟田冶这段时间经常黏在一起，为了共同把楠木郡的事业做好，龙哥简直什么资源都愿意拿出手。有一次，两个人在悦人轩露台上聊完楠木郡工作之后，龙哥似乎漫不经心地对田冶说：兄弟你是不是给别的公司做有联保啊？

田冶有点儿吃惊，心想怎么龙哥会知道这些呢，不过，当着真人不说假话，他点了点头。龙哥说，前阵子闹得满城风雨的跑路和跳楼，看来里面可能跟你有点儿关系。田冶点头称是，承认作为朋友，自己参与了道光集团的贷款担保，前不久，道光集团的掌门何道明已经进去了，自己正打算这两天去看望一下。

龙哥毕竟是聪明人，并没有追究田冶何以参与担保，而是跟田冶提建议，现在民间贷款这一块已经有点儿乱套了，所以追钱的人比较凶狠，有好几个人因为知道田冶跟道光集团有关系，打算来这里追债。

田冶说，自己参与的担保纯粹是为了朋友事业的发展，而且，担保的只是针对银行的贷款，并不涉及江湖上的借贷。

龙哥说，老弟你真是拿着聪明真糊涂了，比如，我是你的兄弟，我是一个银行行长，你是做民间贷款的，我通过正规渠道出去的资金，最多不过就是 8% 左右的利息，如果是给国企的话，可能 8% 都不到。不过，要是通过你这一道，咱们拿出一部分资金，只针对民营或者国企的特定部门，利息就可以达到 30% 或者 40%，还有更多的。你说，咱哥俩儿会怎么做呢？肯定是我把钱拿出来，通过你的手把钱贷出去，中间的利息差，不就是咱哥俩儿分的吗？你以为那些民间借贷公司都拿的是自己的钱呢？不可能的！中国的钱都在哪里？肯定是银行嘛，没有一点儿银行背景，谁敢做这个事啊！？

田冶恍然大悟，看来里面的门道真是不简单。

看到田冶一副知错就改的好学生样，龙哥感觉孺子可教，于是就和盘托出。龙哥说，你参与担保的道光集团，他们有民间贷款也有银行贷款，民间贷款这一块，之所以到现在还没有人来找你的麻烦，我卖一个老脸说的话，因为那些贷款跟你没有关系，所以他们没有找你；至于银行方面，据说现在已经在变卖他的资产了，而且还卖得很便宜，基本上不超过三折，当然，这些优势资产都让一些有关系的人第一时间买下了。只是，话说回来，何道明可能很危险，毕竟，那可是大额度的非法集资啊！所以，对于道光集团那边，你可是要多注意一些，还是有一点儿准备才好。

田冶谢过龙哥的关心之后，认为自己应该尽快去看望一下何道明，看清楚到底什么情况再做定夺。

何道明出事了，而且是最大的事，被毙了，罪名是大额民间非法集资。

田冶跟龙哥聊到道光集团的第二天，就得到了这个消息。

关于何道明和道光集团，坊间什么传闻都有。据说何道明被监禁起来不到几天，道光集团所有的资产被查封、资金被冻结，三天之内，所有资产全被低价出售，所有这些资金都拿来偿还银行贷款，民间借贷部分反而一毛钱都没有得到。据说，很多债主这几天准备到当局去闹，凭什么这么多优势资产低价变卖，而且还不允许民间参加拍卖。更绝的是，何道明被抓，是借着民间集资的名义，结果，收到的钱根本就不给民间。有心人经过严密的统计，认可道光集团手头的资产和资金以及负债，哪怕就是加上民间资金部分，资产负债率还不到一半，完全足够支付债务。关键是，道光集团每年的净资产增值收益都在 20% 以上，何以结果会这样呢？当然，据消息人士说，这是杀猴给鸡看，把巨头灭掉，看你民间借贷还敢那么猖狂吗？众说纷纭，不一而足。

说白了，何道明是撞在政策的枪口上。所谓个人斗不过趋势，就这么简单。

何道明是田冶的中学同学，比田冶高两级，两个是铁打的哥们儿。当然，这一点，在如今的商界，并没有多少人知道。

田冶上中学的时候，自己班上的宿舍床位不够，刚好只差一个。于是班主任问全班同学，有谁愿意到高年级的宿舍住。全班所有人都选择了沉默，因为大家都知道那个宿舍是体育生的，所以谁也不敢去。看到没有一个人点头，为了帮班主任解围，田冶举手，表示自己愿意。

就这样，田冶住进了以何道明为首的宿舍。那时候，何道明完全是学校的领头羊、学生会的体育部长，不光高高大大，而且很帅气，篮球技术非常好，是所有女生的偶像，他的女朋友是学校校花。在禁止谈恋爱的年代，他居然胆敢谈恋爱，可见他的胆子不是一般的大。据说，为了这个，校长找他谈了好几次，希望他能够停止早恋。可惜，何道明并不这么认为，他觉得自己作为一个人，有权利这么做，而且，关键是他这么做并没有伤害到任何人。他的话在情在理，校长也没有什么法子，只好警告他注意一点儿，平时在学校的时候不要那么张扬。对于这一点，何道明爽快地答应了。在校长看来，学校有这么一个人的存在，也不是什么坏事，至少证明不是铁桶一个；另外，更重要的原因在于，学校体育方面的锦旗都要依靠这个小伙子，反正他也准备毕业了，没必要在这个时候开除他。由此可见，校长多少也是有一点儿经济头脑的，至少懂得这个利弊关系。

田冶到学校的前几个晚上，因为离开家，多少有点儿寂寥，所以经常半夜还辗转反侧睡不着。下铺的何道明拍了拍他，说，兄弟第一次离开家，住在这个监狱多少有点不习惯吧？田冶禁不住笑了。何道明把所有人都叫醒，大家一起坐在桌子边上，他对大家说，我们这个铺位因为同学休学，所以现在田冶成为我们的第八个兄弟，我们应该欢迎他的入住。按照习惯，大家还是去外面庆祝一下，热烈欢迎一下这位兄弟的加入吧！

那天晚上成为田冶一生中最难忘的夜晚。七个兄弟为了迎接他的到来，九个人一起翻墙到外面的烧烤摊，尽兴了大半个晚上。之所以是九个人翻墙，因为何道明还把自己的女朋友也就是校花——小覃叫了出来，九个人一起为田冶的加入庆祝！

那是田冶第一次喝啤酒，也是第一次抽烟，更是第一次深刻体会到作为同学之间的兄弟情谊。那个晚上真是让他终生难忘。回首青春岁月，很多往事我们没法释怀，但是，作为印象最深的事情，从来都只有一件。

有意思的是，那天晚上他们回学校的时候，翻墙被教务处主任抓了一个现行。小覃因为是女生，所以就允许先回去。他们八个则被关在门卫室，半个晚上都在接受教务处主任的训话。从此以后，八大罗汉的名声在校园里鹊起。

那段岁月，对田冶来说真是浪漫得近乎迷幻。除了上课以外，任何一件事情都值得让他乐上好一阵子。他们一起去老乡的菜地里摘黄瓜，到校长办公室旁边摘荔枝、龙眼，到学校的种植基地摘木菠萝、玉米等，还做了红薯窑……

这一切的一切，都是极难得的青春记忆。虽然在学校当局看来，这些孩子真是捣蛋透顶，好在他们从来不参与聚众斗殴，所以也就这么顺利地毕业了。除了田冶，另外七个都是体育特长生，作为保送生很顺利地升学了，何道明为了减轻家里的负担，选择了技术学校。

等到田冶大学毕业，何道明的事业已经做得风生水起。田冶开始出来做贵人茶油，就是何道明的建议，何道明还支持了田冶很大一部分原始资金。好在贵人茶油发展很好、很快，田冶就把何道明的资金都还清了。何道明当时建议，要不自己债转股，在贵人茶油占一定比例的股份，支持兄弟的事业发展。田冶说，这个事能否成为事业，目前还没有一个定数，为了安全，还是先不急着参股的比较好，等以后壮大了，我会留着股份给你的。

这些年以来，何道明涉及诸多行业，特别是近几年他从事地产行业，更是风生水起。由此，近三年连续登上胡润富豪排行榜，成为本地的首富。自从何道明成为本地首富之后，田冶就很少跟他接触了，一是何道明实在太忙，每次见面都非常匆忙，何道明还一直不停在接打电话，简直都没什么说话的时间；另外的原因不言自明，田冶不想给人家一种印象，认为贵人茶油是在道光集团的羽翼之下发展的。何道明自然理解田冶的心思，所以，一般没有什么事情的时候，兄弟两个都是各干各的。但是他们始终保持着一种良好的交往传统，一个季度聚一次，都是两个家庭的所有成员一起到外面去玩一圈，这是他们之间不为外人道的家庭保留节目。

前几天，何道明被关进去，他给田冶发了一条短信：如果有什么事情发生，请帮忙照看一下家小。当时田冶回了短信：没什么的，咱哥们儿又不杀人越货，地地道道做生意，坦坦白白过一生。何道明回的是：但愿如此。

那时候，田冶在外地四处奔波，所以没有想到事情会有多严重。当然，另外的原因就是，当局对这件事件严加保密。

看来，何道明当时已经感觉到不对劲儿了。只是，自己为什么就不觉得这是兄弟临终的嘱托呢？田冶想到这一点，忽然觉得心里有一股冷流。生命真是不要命的不可思议，每个人不过都是弱小得随时都会发生意外的风里的沙粒，而且，现在还是大风、狂风。

田冶拨通了小覃电话。听到田冶的声音，小覃那边已经是泣不成声。田冶说，咱们赶紧见个面。小覃说了地方，田冶跟出纳拿了一些现金就出发了。

郊区一间十来平米的出租屋里，小覃带着三个孩子龟缩着，田冶落座之后，才深深感觉到什么叫容膝之谈。屋里空荡荡的，只有两张硬邦邦的木板床。田冶本来想带着小覃母子几个到外面吃饭，小覃说现在正在风头上，还是不要抛头露面比较好一些。

他们聊了一会儿，田冶基本上知道了大致情况，跟民间传闻差不多，看来，这个年头消息真是传播得够快的。小覃说，老何被带走以后，她只见过一次面，当时老何精神状态还是不错，认为自己没做什么坏事，应该不会出什么事。他对小覃说，过几天记得去找田冶，要是有什么事情需要帮忙，直接问田冶就是了。田冶说，怎么不早一点儿跟我联系呢？小覃说，这也不过就是这几天的事情，变化这么快，人都还没来得及反应过来呢！

小覃说，老何被判死刑自己也不知道，而且执行那么快！今天上午接到通知，是去领骨灰盒的，人家告诉她，昨天就已经执行了。前几天，别墅被没收了，而且除了几身换洗衣服，什么都不让带走；老何的所有账户不用说都已经被冻结了，连小覃自己的账户也被冻结了；世态炎凉，以前络绎不绝的那些客人，如今再也没有谁敢露面了；现在他们甚至连住的地方都没有。

田冶问现在住的地方是谁的。小覃说是债主的，这些人因为拿不到钱，除了要到当局去闹，还把她们母子几个给接到这里来，其实也就是软禁在这里。田冶忽然想起刚才自己进来时被门口的人盘问了那么久，田冶还奇怪，这里的治安条件居然这么好，现在听小覃一说，才明白原来是这么回事。

田冶问还有多少债务没有还。小覃说很大一笔，那些债主为了表示自己行为的正当性，把借条都复印了一份给小覃。小覃认得出上面老何的亲笔签名。当年，这些人可是追着老何屁股跑，死乞白赖地要跟着老何投资，老何因为太厚道，不好意思拒绝，而且，这几年来他们也赚了不少钱，早就已经回本了，可是，谁想到会出现这种情况呢？当初老何要是不帮这些人管理投资就好啦！

田冶一一看过小覃手上的借条副本，心里有了一个数，把债主名字都一一抄了下来。田冶给会馆的厨师打了个电话，让他准备几个菜，炒好以后送过来，还吩咐厨师记得到麦当劳买一点儿孩子喜欢的东西。然后，田冶重新坐下，跟小覃继续聊起来。

厨师过来摆好饭菜，准备回去时，田冶在门口对他说，这两天赶紧找人到自己名下空着的一套房，把家具都重新整理好、收拾干净，过日子需要的东西都一一置办，要做到光着身子入住都很舒服的程度。

饭后，田冶拿出事先准备的现金强行塞给小覃，说，老何是我的好兄弟，他的事就是我的事，以后你们母子几个的生活我会尽自己全力照顾好的，这些钱你先拿好，作为这几天的生活费，不能委屈了孩子，等这个事解决了，过几天会有人来接你们，你要确认是我的人才能跟着走。

小覃满脸泪水，望着田冶，又说不出什么话，只是一阵阵地哽咽。她带着三个孩子跪在田冶面前，孩子们更是拉住田冶，哽咽不已，一家人又禁不住地泣不成声。这让田冶更不知如何是好，只好寥寥交代几句，匆匆离开。

到了外面，田冶对门口的人嘱咐了一遍：我现在就去找你老大谈，对这一家子你要客气一点儿，要是出什么意外，不要说你，就是你老大我也不会放过！

守门人在田冶进门之后就已经跟老大汇报，老大已经叫他注意一些，一定要听这个人的话，别惹毛了他，只要他不把这一家子带走，千万不要为难他。

路上，田冶给龙哥打了个电话，按照债主的名字一一跟龙哥提起，问能否叫上这些人见上一面。龙哥爽快地答应了。商量好见面时间之后，龙哥一一召集。

龙哥先到，他嘱咐田冶，那些人都是放贷的，每个都是银行家，个个都贪得无厌，千万不能答应他们所有的条件，只能答应还本金，千万不要答应那些驴打滚的利息。

那天晚上，田冶罕见地露出自己强悍的一面。他一字一句地、很明确地跟那些债主说，老何的债务由他田冶来承担，不过，只能还本金，因为这些年你们跟着老何已经赚了很不少钱，老何如今人都已经没了，他的所有资产全都让上面拿走了，其实你们更应该找上面的讲理，而不是跟寡妇较劲儿；再说，高利息并不受法律保护，所以你们看着办！另外，谁也不能再为难小覃她们孤儿寡母，不然，我田冶一个都不会放过。这个话摆在这里，说到做到！

龙哥在一边帮腔，说，大家都是江湖上的兄弟，冤家宜解不宜结，难得田冶这样慷慨解囊，这已经是这个事情能够做到的最好的结果，大家不妨把眼光放远一些，以后江湖再见也好开口说话。何况，田冶是这么一个爽快的好兄弟，大家不妨多交一个这样的朋友。

本来这些人把小覃和孩子看起来也是下下策，不曾想，如今站出一个田冶，能够这样把事情弄妥，实在让人大跌眼镜。再说了，这些年来跟着老何确实也赚了不少钱，大家应该讲点儿义气，不该为难孤儿寡母，不然在江湖上名声还真不好听呢！

所以，大伙爽快地答应，并且希望田冶能够给一个付款的期限，也不能再等上三年五载的。田冶肯定地说就是这几天的事情，并且确定了具体时间。

一大群人闹哄哄地喝了不少酒，借着酒话跟田冶道谢并道别，然后一哄而散。

有一个星期，田冶跟婷婷一起，在平天山。

平天山脉由西向东蔓延，是南方的一道屏障，往北是奇峰林立的山区然后就是云贵高原，往南是绵延起伏的丘陵和一马平川的平原，一直到海边。平天山最让人感到神奇的就是，其中一座高山的山顶是一片高原草甸，因此平天山得以此名。山峰林立之间拥有世界上最丰富的生态环境，迄今为止，人们依然无法证明山里有没有野人，有和没有分成两派，不断以各种证据佐证自己的判断！平天山如今已经成为国家森林公园，受到重点的生态保护。

山顶有一座平天山庄，田冶和婷婷就入住这里，每天在这里享受明媚的阳光、负离子空气还有满眼的绿色。

为了偿还何道明的民间借贷，田冶把贵人茶油一半的股份转让给了银昊茶油，不过，有一个要求，必须资金全部到位才能签约。吴银昊一口答应，这个决定仿佛天上掉下馅饼，让他梦里都是笑容满面，当地领导给了他大笔奖金，如今他简直一天到晚都是小曲子不停地吹，心里那股得意劲儿简直没有足够的发泄机会。

只不过，田冶的这个转变让伟哥他们几个觉得有点奇怪，一直以来，田冶做事都小心翼翼，绝不会在瞬息之间发生这么大的转变。几个人感觉得到肯定有什么事情，只不过田冶没说出来，就意味着时机未到，等到合适的时候，他们应该会知道究竟怎么回事的。凭着对田冶的充分信任，他们同样相信自己的直觉。

在热闹非凡的签约仪式上，方老做了激情洋溢的讲话，充分肯定了这种国企和民企相结合的新模式，并且祝愿贵人茶油的品牌响彻全球，贵人茶油的味道香彻世界！同时，希望他们能够做出混合经营的一个经典样本，成为本地甚至全国企业改革的榜样。

银昊那边的资金到位之后，田冶把何道明的债主集中在一起，按照原先商量好的数目一一分发给他们，这些人对田冶万分感激，纷纷发话，田冶兄弟你什么时候有资金需求，随时找咱们兄弟！田冶说兄弟们江湖再见吧！

然后，田冶让人接来了小覃母子几个，安排到事先已经准备好的那套房子，虽然没有他们从前居住的别墅那么阔气，但是也强过很多所谓的中产阶级了。打发了债主之后，转让股份的收入还有一小半，田冶全部给了小覃，说，这些钱够孩子们读到大学毕业以及以后创业需要的本钱，当然也足够你养老的，只不过，可能日子就没有以前那么阔气，只怕会委屈你。

小覃在田冶眼里一直都是女神，因为在他看来，只有王子才能有机会跟小覃白头偕老。当然，小覃跟老何在一起，田冶还是觉得英雄美女比较般配。而且，即便出了这样的大事，小覃依然能够保持自己最低限度的尊严，不卑不亢，实在值得尊敬。

安置好这些之后，田冶邀集蒋光、伟哥、谢天，简单嘱咐了一通，特别跟伟哥详细地聊了楠木郡的情形。

之后，田冶就上了平天山。

好几天，田冶和婷婷一起在山里到处走，这一天他们走到一座山前，这座拔地而起仿佛飞来峰的山峰气势磅礴，让人惊叹，更让人惊讶的是山体通体铁红，是特有的丹霞地貌。这座山还有一个贴切的名字：飞山。

拾级而上，半山腰有一座庙，庙门大书“飞山庙”三个大字，这几个字阴刻在乌黑发亮的木板上，金光闪闪。田冶一眼就看出这块木板是上千年的阴沉乌木。庙两边有一对联子，也是刻在同样质地的乌木上，三米多高五十公分宽的乌木居然是一块原板。对子是：

澄清烽火烟，赤胆忠心昭日月；开辟王化路，宣仁布义壮山河。

题署是陆游撰的，书写的这个人仿佛没什么名气，仔细一看题签小字，原来是附近村寨的人。不过这幅字写得实在太好了，田冶看了又看，深感高人在民间一点都不为过，庙堂之上的人书法虽然有一套，可惜太过规矩，倒不如这些村老野夫的壮志豪情让人惊叹！

田冶在庙里看了一下碑文才知道，原来飞山庙是为了纪念唐末五代时候的南方少数民族首领杨再思的。杨再思带领的杨家将勇敢地保护了一方百姓，于是当地人把杨家将当作神来对待，并特地建庙纪念，以飞山将军称呼杨再思。碑文上还写有：北宋神宗元丰六年（1083），宣帝顺应民意，赐建杨再思庙于飞山主峰，故名飞山庙，后奉旨列入祀典。

当年陆游来过这里，惊叹于飞山将军的伟业丰功，所以撰了这副联子。看来，铮铮铁骨如陆游者，对飞山将军还是相当崇仰的。

冯骥才在评说南方杨家将时说：南方杨家将与山西杨家将一样，都具有爱国精神，为国而捐躯，为国而奋斗。南方杨家将的历史跨千年，是实实在在、货真价实的历史。

有历史学家考据得出结论，古典小说《杨家将演义》，就是融合三家的遗闻逸事写成的。太原杨氏即杨业一家；诚徽州溪峒杨氏即飞山蛮酋杨再思一家；另一家即播州杨氏。

正在田冶对着碑文发愣的时候，走进来一个和尚模样的老人家，到神位前给长明灯添油。田冶转身，发现金身的五尊神像气势辉煌，能够雕出这种艺术品的绝非一般江湖卖艺者，肯定是深藏民间的高人。老人家光着头，身着黑色的长衣，田冶留神注意一会儿，才知道原来他并不是和尚。

田冶递上一支烟，两个人就坐在大殿前的台阶上聊天。老人家说自己从山里打柴路过，就顺便过来上上香、续续火，然后，他把杨家将的故事一五一十地跟田冶细细道来，田冶对杨再思的战功有了更进一步的了解。

田冶深为所动，觉得这些大将军真是不简单，能够做出那么大的事业。老人说，无论多伟大的人物，到头来还不过就是半抓红土！田冶再次吃惊，不曾想，山里的老人居然说得出这么深刻的话来！

老人说，所谓一将功成万骨枯，一个将军的成名，得有多少炮灰垫底啊！人心不足蛇吞象，要是人类都能相互忍让，世界大概就会更加美好。可惜，现在的人已经得到一种叫永不满足、永远前进的毛病，方向都没搞清楚，就在那里拼命地勇往直前，这种跑步进入共产主义的思路，真的会让很多人病入膏肓。

田冶被老人家的思路直接震惊。

老人家邀请田冶他们到家里做客，田冶很爽快地答应了。婷婷因为好奇，更是乐得一步三跳地走在前面。

这是一座隐藏在深山里的寨子，寨民都是穿着传统的民族服装，仿佛跟外面世界刻意保持距离一般。一家的客人就是全寨的客人，大家纷纷跑到老人家里来看望田冶他们两个，还带来了自己的特产。田冶跟大伙一起愉快地闲聊、尽兴地喝酒，一直到醉得不知归路。

在山里接下来的时间，田冶每天都要到寨子里待上半天，看着他们快乐的生活，心里禁不住有一种深深的羡慕。田冶曾经好奇地问老人家，为什么山里不修公路呢？老人家说，要是公路一修起来，我们这里千年的老树都会被挖走或者砍光的，山里的物产就会枯竭，我们还能给子孙留点儿什么呢？经过跟老人家不断地交流沟通，田冶一直起伏不定的心境，如今已经仿佛一湖止水，基本上能够波澜不惊，睡眠也特别踏实，仿佛回到了孩提时代。

田冶下山的时候，特地到寨子里转了一圈，跟老人家喝了大半天酒，又聊了很多。

回去的路上，婷婷一直在说，什么时候咱们再到这里来，这个地方实在太美好啦！

17. 谁绑谁

田冶先把婷婷送回北京，顺便去参加一个投资峰会，这是一个层次比较高的峰会，投资界所有大人物都会到场。田冶主要是想跟大家交流一下，顺便了解一些投资界的动向。

学术界，葛昱菲老师被认为是中国经济学家的良心，当所有人都在为国有企业一卖就灵而欢欣雀跃的时候，葛老师一针见血地指出：这是在变相瓜分国有资产。

结果自然可知，那些所谓的既得利益集团以及他们的代言人，尤其是那些掌握一定专业知识却丢掉了良知的所谓的专家，不顾一切地攻击葛昱菲老师，当然，为人耿直的葛昱菲老师始终不为所动，仍旧对有关经济的各种因素发表自己的见解。

这次峰会，因为葛老师在中国经济界的影响力，被邀请作为主讲嘉宾，他的演讲主题是《中国金融新常态》。

在一片掌声中，葛老开始侃侃而谈：

我们必须要澄清一个基本的概念，那就是，什么是经济发展？

简单地讲，经济发展就是有钱，但钱从哪里来呢？答案很简单，钱只能是印出来的。那么，到底是什么使印钞机不停地运转？有一个大家都比较熟悉的故事，我这里引用一下，可以让我们对经济有一个比较清晰的认知。

假设一个岛上有住着一群人，与世隔绝，人与人之间通过交换物品过日子，但有时候你手里用来交换的东西不一定就是对方想要的，怎么办？于是，人们就用都喜欢的金银作为交换的媒介，这么一来，交换就很方便了。但是，这也有一个小问题，因为金子银子都会磨损，而且携带也不方便，做大一点生意的时候，没事就要挑着一大堆金子银子，确实很不方便，不说是不是安全，单纯这个体力活就已经让人很辛苦。所以，当交换活动比较频繁时，发现这个东西太烦琐，限制了交换活动。

为了解决这个问题，聪明的人就想出了一个办法，就是由岛上的管理者发行一种中间符号，用它来代替金银，于是，钞票出现了。

刚开始，这种钞票可以随时能兑换金银。大家都很放心，因为钞票就是金银。可是，岛上金银的产量太小，当人们的交换活动更加频繁时，钞票明显不够用了，只能暂停交换。暂停交换的后果就是，大家不再生产别人想要的东西了，因为虽然对别人有用，但交换不出去，套用现在的话说就是经济发展减速了。

当然，更聪明的办法还是被琢磨出来了。于是，大家想了一个更高级别的办法，成立一家钱庄，这个钱庄是大家的，由钱庄来发行钞票，印出的钞票借给想用钱的人，然后这个人有钱了再还给钱庄。于是，银行就出现了。

银行的出现，能保证交换活动持续地进行，大家都拼命地生产，岛上的东西越来越多，银行根据产品的生产数量，不停地印钞票，以保证交换能更深入地进行。

后来，人们的交换活动更频繁了，一家钱庄太少了，于是出现了很多钱庄，总要有个管钱庄的吧？于是指定一家钱庄管理其他钱庄，并且钞票只能由这家钱庄印刷，然后通过其他钱庄借给用钱的人，中央银行就这么出现了。

如果这个世界只有这么一个孤岛，那就完全可以持续发展。但是，如果这个世界还有别的岛呢，自然就会跟这个岛有联系，就像我们现在到各个星球寻找生命一样。

有一天，岛上的人发明了船，于是就到处划船跑，发现了另一个岛屿，那上面也有人，也有钞票，也像自己岛上那么活动。但自己岛上生产的东西多，那个岛上生产的东西少，1 元钱在自己的岛上能买 1 斤大米，那个岛上的 1 元钱只能买 0.5 斤大米，于是另外岛上的钱来这个岛上买东西时 2 元只能换 1 元。于是，汇率就出现了。算好汇率后，他们开始互相买卖东西到对方岛上，这就是对外贸易。对外贸易丰富了人们的生活生产需要，使交换活动达到了一个空前的高潮，这对人类文明历史的发展进程，是一个里程碑的意义，可以说是划时代的。

由于岛上生产的产品太多了，以至于没法准确估计到底应该发行多少钞票，发行多了的时候，因为没有那么多产品可买，产品就开始涨价；发行少了呢就可能降价。为了保证价格稳定，中央银行要求各钱庄要把一部分钱放在央行里面用来调节产品的价格，根据价格情况多放或少放，这就是存款准备金率。这个比例对平衡岛上的物价和稳定人们的生活水平，有非常重要的作用。

可是有一部分聪明人开始琢磨着，怎么才能把钱弄到自己手上。他在海边捡到了一颗石子，说这个石子值 100 万块钱，把它卖给了另一个人。这个人觉得整个岛上的钱加一起也没有 100 万啊，怎么办？于是向钱庄借。钱庄也没有这么多钱，于是把印钞机打开，印了这 100 万，借给他买了这个石子。

然后这个人开始卖这个石子，100 万卖给了第二个人，由于第一个卖石子的人把钱花了，所以岛上的钱多了，所以这 100 万可以筹集到，多卖些产品就有了。但当把这个石子以 200 万的价格转让的时候，钱庄只能又印了 100 万钞票。就这样，钞票越印越多。可是当这个石子不停地流动转让时，大家并不觉得岛上的钱多，产品的价格还是原来的价格。可是当这个石子不流通或流通得慢一点儿时，大家就会觉得钱多了；如果持有石子的人把它扔到大海里，那就等于岛上凭空多出 N 个 100 万来，怎么办？央行最害怕的就是这颗石子没了。它没了岛上产品的价格就会飞涨，就会产生通货膨胀——那么持有石子的人就绑架了岛上的经济。

到现在，我们基本上知道，在中国，谁是那一颗石子了！中国的房地产已经使中国央行发行了太多的人民币，如果房价下降，就等于把那颗石子投进了海里，那么多印出来的钱就会使中国产品价格飞涨，会发生严重的通货膨胀。

看起来，房价跟石子毫不相干，可是他们的属性是一样的，就是价格和价值严重的背离。实际上，房地产的崩盘，受害最大的并不是中国的商业银行，而是整个中国经济体系。

为什么政府迟迟没有把房价降下来，不是降不下来，如果真想降房价，只需要一道政令，房地产价格会在一夜之间土崩瓦解。可是后果谁能承担，严重的通货膨胀谁来负责？

房地产业已经绑架了中国的经济，是毋庸置疑的，是可见的、实在的，没有人能改变这个事实！

不管谁是领导，廉洁也好，不廉洁也好，都希望社会和谐，谁不想普天之下都是一个稳定而幸福的社会啊！？可这是一个棘手的问题。

可是，更棘手的问题还不仅仅在这里。如果降低房价，面对的是马上的通货膨胀；可不降房价，那么面对的就是未来可能更严重的通货膨胀，何去何从？这是一个让人头大的问题！

所以，最可靠的办法就是稳定房价，然后在社会产品增加时，减少货币的投放量，加上其他政策如加息、增加商业银行准备金率、缩小信贷规模等辅助手段，让中国经济软着陆，回到一个平稳的基本面上来。这是最好的办法，我们看到的一切政令也是这个逻辑。不信的话，可以查阅一下近几年来，政府发布的一系列调控房地产业的措施。

可是，为什么房价不稳定而且更加地疯长呢？难道是开发商与政府在博弈吗？告诉你，在中国没有人能和党叫板，几个胆子大点儿的开发商是没有这个实力的。实际上是幕后的另一只黑手在和中国政府博弈，这支黑手就是资本，而且很有可能就是外资和国内的资本联合，想攫取中国人民血汗的黑手。

我们有必要思考一下这个问题，房价高涨的原动力是什么呢？

使房价上涨的动力肯定很多，可以预料的是，房价上涨对他有利的人就是动力之一。比如，为了 GDP 和个人利益的地方政府、为了赚钱的开发商、炒房族以至于买了房的所谓房奴都是房价上涨的动力，可是最大的原动力不是这些，而是资本，可以猜测很可能就是外资和国内资本的联合，一句话，这些就是既得利益集团！可能是国内的，也可能是国外的，更有可能是国内国外的联合体！这个联合体就是以攫取超额利润为目的的世界各大财团的综合体。

开发商作为商人赚取高额利润不是什么伤天害理的事情，这是商人的天性，不想赚取高利润的才是不正常呢！可是各行各业都有商人，难道想赚就有得赚吗？

那除非是神话。

房地产业的开发商也一样，不是他们想赚多少就有多少可以捞的。根据价值规律，当商品的价格和价值严重背离时，会有一种趋向正常价格回归的力量钳制价格的上涨。可是，在中国的房地产业，这种规律似乎不起作用，一个重要的原因是忽视了一个参考范围的原因，如果以中国经济本身而言，确实打破了这个规律；可是目前的情况，是有一股力量在维持着房地产业的价格，即托市，那么谁在托市呢？

基本上可以肯定的就是，谁能在房地产业失控时获得巨额利润的人就是托市的人。

讨论这个问题前，先看一下中国的外汇储备情况。中国的外汇储备，在近几年迅速由1000亿突破万亿，并且还在迅速增长，可能就在我说话的时候已经增长不少呢！这难道是中国人民奋发图强挣来的吗？这个不需要证明，看中国的GDP增幅就知道，外汇储备的增长速度明显大于GDP的增幅。显然，这不是中国人民靠一夜暴富挣来的，那么这就是所谓的热钱的涌入，也就是我们说的“八国联军”！而“八国联军”涌入的目的，只有一个，而且只能有一个，就是要取得高额的回报！这个巨无霸的“八国联军”肯定不是雷锋同志，犯不着拿着一大把钱来无偿支持你的经济发展，专门为中国人民服务，他们只会为人民币服务，而且，目的是为了赚取更多的人民币，然后一走了之！

这个资金联合体里，肯定有国际的热钱，国际热钱进入中国市场后，首先要兑换成人民币，那么一下子哪有那么多人民币呢？只有一个办法就是让印钞机没日没夜地工作。然后这笔钱用来托住已经是烫手山芋的房地产市场，就是拼命地投资房地产业。当房地产价格因背离价值而向下波动时，通过托市再把它抬高，反复如此，给人的表象就是房地产价格决没有偏离价值。正是这个做法导致房价越涨越高。

而开发商呢，他们一到房子将要卖不出去的时候，就有人出高价买下来，他们怎么会降价？如果没有这部分资金在运作，别说是开发商联盟，就是全国只有一个开发商，价格也会降下来，没有人买了，难道等房子发霉吗？哪怕就是最好的东西，如果没有市场的话，这个东西也只能作为古董放在博物馆里等着人们去瞻仰。很多价值连城的东西就是这样，因为没有卖主，也没有买主，不会有人去考虑这个东西的流动性。

这么一来，我们就要好好琢磨一下了，联合体持有这么多高价房做什么？不怕砸到手里吗？他们难道是穿了特种手套，可以直接从烤炉里拿东西，一点儿都不怕烫吗？

可怕的是，他们当然不怕，为什么呢？在这个资本运作的过程中，有一个冤大头在最底下接着呢，是谁呢？

就是中国的商业银行，由于火爆的房地产市场，一流的流通性，近年来没有看到任何萎缩的迹象，放了贷款就盈利，为什么不放贷款呢？没有理由不放贷款啊！

当然，我们还要考虑到大城市里的丈母娘们，好比几十年前，单车、缝纫机、手表三件套让很多人趋之若鹜一样，没有那三样东西，连人家闺女的手都没有机会摸到。今天也有三件套，那就是房子、车子、票子。在这种消费观念的影响之下，可以想见中国老百姓买房的心情，没有房子，你就安安心心好好做一辈子光棍吧！

我们现在很多电视剧，中心思想就一个，谁有房子——谁有大房子，谁就有机会娶到美女！没别的，现在的美女都很乖，她们都听妈妈的话。如此一来，在这种扭曲的消费观和价值观的把控之下，外资可以轻易地把高价房转嫁到中国的银行和消费者身上，连炒房的农民都能赚到一杯羹，职业的外资会赔钱吗？你认为高盛之类的外国投行，他们会比我们傻吗？

当然，我们还要考虑的一个问题就是，如果房价一直涨下去，会怎样呢？

房价一直涨下去，开放商会笑还是会哭？

什么情况下笑？

什么情况下哭？

在中国政府近几年来密集的几十道金牌的调控下，房价还是如脱了缰的野马一样狂奔不止。暂且不论何时能停止上涨的势头，毕竟房价在目前还是上涨的，所以我们就看看房价上涨不止会带来什么。

首先，由于 GDP 上涨，中国政府为了维持我们上面所说的孤岛上的人们要保持产品交换的继续，就要不断地投放人民币，也就是开动印钞机。只要房地产这个石子还没有投入大海，还有一定的流通性，那么就不会发生通货膨胀。

其次，开发商会在这个过程中也赚取巨大的利润。

最后，能看到的是，炒房族也会赚钱，所谓的买房的房奴也会增值。

看来，大家都赚钱！这个事情实在是太美好了！

既然这样，大家什么都可以不做，只管起房子然后买卖房子，然后就等着房子涨价，咱们只管赚钱就是了，多么美好啊！

还有比这个更美好的事情吗？

请注意一点，天下没有免费的午餐，永远都不会有这种事情！

或者说，最昂贵的，往往就是免费的午餐！

可是这个过程中到底谁亏了呢？钱从哪里来呢？

如果你是有炒股的经验，就会知道，如果投资价格和价值背离的商品，你赚的钱就是别人赔的钱，那么套用到房地产上，就是买房自住的人，现在看似增值，那是镜中月、水中花，你不变现就不是你的。再者，就是当价格完全回归真实价值的时候，有时候甚至会到真实价值以下，被高价房套住的投资者。还有一个，就是开发商。

为什么说开发商也有赔钱呢？

大家知道商人的本性是赚钱，赚取利润。如果一个商人投机一次就永远都不做这个生意了，他是赚钱了，可这样他不是商人，这种商业行为没有意义。由于商人的本性，所以赚来的钱会继续扩大再生产，在能赚钱的领域不断地加大投资。这个道理从生活中就可以看出来，越是做大生意的人越是喊着没钱没钱，因为他们的生意做得越大，就越是需要更大的流动资金来维持他们扩大再生产，然后赚取更多的利润！

欲壑难填，这是人性！也是动物的本性！

所以，一旦房价回归真实的价值之时，就是一大批开发商崩溃之日。这个，是不以任何人的意志为转移的。如果现在有开发商逃离房地产业的角斗场，那么跑得慢的就是最后的输家，那个家伙肯定是在沙滩上裸奔的人。20 年前的中国房地产业，我们已经看到很多这样的裸奔者，不奇怪，人心都是肉长的，不这样才是有问题呢！如果都不跑呢？也很简单，就像击鼓传花一样，最后拿到接力棒的就是接盘者。有句话叫：出来混迟早是要还的。也许只不过是方式不一样，看谁的运气好而已。

可是，现在没有任何开发商赔钱的迹象，有的是开发商不断地赚钱，老百姓为了一套所谓的房子，送钱都还来不及。只是因为目前房价还在上涨，房产还在不断地流动。大家都知道，买涨不买跌，这也是人性的根本！尤其是在我们这样的国度，大家都喜欢凑热闹，谁都不想自己被边缘化！

一个巨大的问题来了，这样不断上涨的房价何时是个头儿啊？

最后我们会看到的情形就是，坐在华尔街宽敞的办公室里，那些油头粉面的财团们，是如何吸干中国山区一个农民的血汗的！

毛主席说过：帝国主义没有睡大觉，而是天天在蠢蠢欲动，在图谋不轨，想达到他们的罪恶目的。诚然，他们的气焰的确没有以前那么嚣张，但他们确实在活动着。

是不是“冷战”结束就代表着人类的和平得以实现呢？一句上帝面前人人平等，就能掩盖帝国主义噬血的本质吗？人人平等的理念是对的，但它只不过是帝国主义用来欺骗人们的伎俩罢了，说到和做到永远是两码事。

国际财团通过国际热钱涌入中国，使人民币加大发行量，然后通过房地产炒作，把中国的国内价格水平无限制地提高，GDP的增长又一次使人民币的发行量被迫提高。国际财团心黑手狠，双管齐下，目的就是使中国经济热到烫手，热到让每个中国人为之疯狂。疯狂之后会怎么样，我们只要看一下每次的狂欢派对就清楚，到最后是谁来收拾残局的。

我们暂不去关心这个过程，我们放眼未来，看看这一过程的结果是什么样呢？

换句话说，资本主义财团的目的是什么呢？

很明显，中国人最不愿意看到的事情，就是财团们最乐见的结果。先做个假设，比如国际热钱在投资的中国房地产领域里上演最后的疯狂后，然后把房地产成功解套全部变现，如果此时人民币兑美元的汇率达到美国预期最高时，会发生什么谁都能想到，所有热钱会一夜之间全部兑换美元逃离。财团们会赚得盘满钵满，中国市场上除了钱就是钱，能遮住天的大把人民币将成为中国人民的噩梦。因为我们都知道，纸币就是纸币，如果没有实体支撑，这些纸币跟我们清明时候用的那些东西没有区别！

这是中国人最不愿意看到的事情，也是财团最乐意见到的结果。

近期美国不断地通过政治、贸易等手段逼迫人民币升值，而中国政府迟迟不肯升值或小范围升值，远远没有达到美国政府的预期，这是中美之间的博弈。美国逼迫人民币升值的狼子野心昭然若揭！

顺便提一句，如果真的这个升值预期达到了，中国楼市将重演日本20世纪90年代崩盘的历史。那时中国经济也会像日本一样，进入一个连续低迷不振的不归路。

在这种攸关民族生存的问题上，政府会坐视不管吗？就算是退一步来说，一个完全不负责任的政府遇到这种情况，因为这个资本运作的同时极大侵犯了政府的利益，也会拼命反搏的。

那么中国政府会以什么样的方式来化解这一经济危机呢？在有关这场围绕房价和通货膨胀之间的各方博弈中，可能选择中庸路线。

我一直相信：物极必反，中庸，是老祖宗留给后人解决棘手问题的撒手锏！

既然是中国房地产绑架了中国的经济，那么我们就从绑架说起。何为绑架？应该是相对弱的一方，拿着相对强的一方的要害，使相对强的一方即便有能力对付弱的一方，但碍于投鼠忌器，无力可施。

我们先来看看绑架双方的阵容和各自手上的筹码，房地产的主体是开发商，所以开发商算一方，它绑架的要害是中国经济。那中国经济是谁的要害呢？是中国人民的要害，代表中国人民的，目前只能是中国政府。中国政府算一方。外资呢？它是煽风点火者，划到开发商一方。中国政府一方有公权力，可以通过税收、财政、政策、行政手段对开发商阵营施力，开发商阵营通过源源不断的后备资金来绑架中国经济，且不断地提高赎金。

问题已经摆在这里，怎么办呢？

冲上去一枪击毙，那歹徒非撕票不可，太极端不可行。所以有为政府开出药方，只要实现了某某一条既可降低房价的主意，就犹如这一枪击毙一样是不可行的。我们想象一下警察是如何解救绑架事件的：首先要稳定住对方的情绪，再一步步地靠近，这种靠近虽会引起歹徒的敌意，但不会导致他撕票；然后再进一步稳定其情绪，再靠近；在条件成熟时，需要稳准狠，既保证人质的安全，又要保证歹徒一举拿下。这才是真正的营救。

所以中庸才是解决棘手问题的撒手锏。极端、盲目、冒进是要不得的。

针对如何解决中国房地产市场的绑架问题，就要围绕问题关键部分一步步地施加反作用力，然后一举成功，才是正道。

第一个关键的部分就是汇率。中国政府会严把汇率关，我们可以预期的是，人民币兑美元的汇率绝不会过快升值，但会小幅升值，就是要稳定对方的情绪，如果一点儿不升，对方会狗急跳墙；如果升得过快，是给自己掘墓。所以，为什么中国汇率升幅总是犹抱琵琶半遮面，看看美国政府的态度跟一个绑匪是多么地相像——我要一瓶果汁，为什么拿来半瓶水。可又说不出一个子丑寅卯来，毕竟还能暂时解渴嘛！

第二个关键是限制资产流动性。既然房地产能绑架中国经济，说明它举足轻重，限制房产的流通性，就可以限制资产的流动性。注意，这里是两个概念。资产流动性和房产流通性，两者完全不同，但又息息相关。房产流通性弱，资产流动性减弱，那么需要印刷的人民币就减少。就像那个石子，不流通马上通胀，不涨价流通没问题，可是行不通，外资也不同意。既然是不断地上涨价格，只能一步步地限制房产流通，只要房产流通性少一些，通胀就会显现一点儿，然后再通过上调准备金率和加息等柔性政策来调整一点儿，用柳叶绵丝掌来化解泰森的一记重拳，以柔克刚、化千钧于无形，这就是中国政府的策略，这好像也是中国人最擅长的事情。

我们从官方媒体就能看到相关的消息，楼市签约率在下降，即流通性在下降，然后物价开始有所涨幅，如猪肉等副食品，但央行马上上调准备金和加息，以稳定物价。不知各位是否也看出些端倪来。

可预期的是，到完全化解危机之前，会不断地加息和调高准备金率，同时房产流通性会越来越弱，这个预言是否准确，我们可在以后的央行政策上验证。等完全消除了由于经济过热导致的通货膨胀预期，那么就是房地产价格回归真实价值之时。

不管你看到没看到，这已是最后的疯狂，我们从以下两方面来分析。

第一，如果这场博弈以外资胜利而告终，那么中国经济将步日本 20 世纪 90 年代持续下滑的深渊，由于外资撤走，房市赖以生存的支柱坍塌，房价会一落千丈，可到时候不管是开发商还是老百姓，都将承受经济下滑之苦，其持有的货币迅速贬值，即便房价落下，也不一定买得起。这是中国政府和中国人民不可接受的，也是无法接受的。

第二，如果外资以失败而告终，即在汇率上把住出口，让房价回归真实价值，把外资同样套在中国，这才是胜利的前提。那么以美国财团为首的帝国主义噬血者必将疯狂报复，会在投资、出口等各方面对中国施加压力。我们今天人民币升值没有达到美国预期，已经导致中国出口到美国的产品受打压，进而引起了众多的贸易摩擦，由此可见一斑。

我们知道，经济发展的三套马车是投资、出口和消费，在投资、出口领域遭到报复会影响中国经济的发展，但我相信不会影响我们的发展速度，因为别忘了还有一套马车是消费。房价下降后，如果你是爱国者，请现在保护好你的钱包，到时千万别羞羞答答，要果断地出手买房，中国经济会在消费领域异军突起，继续独占世界经济引擎的鳌头。

非常感谢大家有兴趣听我唠叨这些，至于是否有道理，或者说，我们以后应该怎么调整自己的投资策略，我觉得，在座的各位都比我聪明，自然能够清楚自己的方向所在。

有些人也很有兴趣地问我，葛昱菲老师啊，我们以后的投资应该注意哪些方向呢？

在这里，我要给各位一个忠告，中国的制造业和高端服务业，至少在以后的几年之内，会成为中国经济的后起之秀，这是我们的蓝海。当然，你想怎么做，就是你的思路了。希望我们都能够看清楚大方向，在资本市场扬帆冲浪！

葛昱菲老师的演讲让田冶开了一扇窗，对经济重新有了自己的思考和看法。市场无非就是一个接着一个的绑架，不管谁绑谁，每个人都有机会成为绑匪，同时有可能成为肉票，而且，绝大多数肉票都会有被撕票的可能。

或者，更多的时候，大家就在这个旋涡里挣扎。

这个旋涡是市场趋势，每个人都是一滴水，迟早都会被甩到沙滩上，然后，太阳出来了。

千万不要以为谁是无辜的。正是因为这么多这样的我们，才形成这个人类社会；也正是因为这么多不成器的我们，所以人类文明发展到现在还是这副糟糕的模样！

18. 鲶鱼还是新贵

早之前有一次，在峨眉金顶，田冶和许量两个人在守候日出，边喝酒边闲聊。

许量问田冶：你理想中的生活是什么样的？

田冶想了好一会儿，仍旧没有比较合适的答案，于是，他反过来问许量是怎么想的。

许量说，很简单，有一点儿那么解决生活的费用，这个要求不必很高，不愁吃穿就可以，然后就是在一个偏僻的乡下，读读自己喜欢的书，种种菜、养养花草，跟一些想法接近的朋友聊聊天、喝喝酒，一辈子也就这么悄无声息地过去了，来无影去无踪的，好像从来不曾在这个世界存在过一样，多潇洒啊！

田冶说，按照现在这种交通状态，朋友想去看你倒不是一件简单的事情，除非你的朋友也是一样的想法，做你的邻居，不然，可能很久都没人去看你呢；不过，要是你的朋友圈想法都一样，大家干脆就一起，整出一条村子或者一个城镇来，现在不是搞什么新型城镇化建设吗？完全可以找一帮朋友做一个试验，一不小心可能还是示范点呢！

许量说，没人看也是挺好的嘛！当年陶渊明没事就自己采菊花，不也是那样过的吗？不过你这个想法挺好，一群朋友找一个地方，一块耕田种地。

田冶说，你这么务实的一个人，居然也有上当的时候，这都是说书人写出来让我们羡慕的，哪有那么清闲、那么优雅的人？陶渊明作为一个退休官僚，估计他多少也是个地方乡绅，地方上的事务他要是不参加的话，哪来的谷租供他酿酒呢？

许量说，他完全可以自己种谷子的嘛！田冶听了哈哈大笑。许量问什么事那么值得好笑。田冶说，你有一种传统文人风范。许量问什么意思。田冶说像孔子一样。许量听了有少许得意，觉得能跟孔子一比也是不错的，只不过自己没有广罗门徒，看来以后这一点要加强。

田冶笑眯眯地补充道：老农怎么说来着？孔子就是四体不勤、五谷不分！

许量自己也大笑道：原来你小子是拐着弯儿骂我啊？！

田冶说未必是骂人的话，只是说术业有专攻罢了。许量也笑了：这难道还涉及分工的问题？

田冶说一点儿都不奇怪，自从人类有了分工，于是阶级就出现了，如此一来，不同的专业人士就被分成三六九等，所谓士农工商，而且还是世袭的！自己专业领域以外的东西并不熟悉或者不会做，不是什么很丢脸的事情，丢脸的是非要把自己弄成全才的人，现在可不是三百六十行了啊，三万六千行都有！一个人怎么可能通才呢？估计只有政客。反过来说，其实政客唯一的能力就是喊口号，特别是那些听起来很漂亮又完全没有落实方案和实施步骤的口号，方便召集乌合之众！除此以外，好像真不知道他们还会一些什么呢！

许量夸田冶分析得到位，确实有必要对现在的中国行业进行一个细致的归属和分类，看看究竟有多少人是在做一些无用功，又有多少人是在以阻挠别人作为自己的事业。田冶说这个想法很有意思，值得一探。

两个聊到楠木郡三个样板店的工作进程，觉得已经差不多了，基本上万事俱备只欠东风。那么，一场针对金丝楠行业的资源整合，马上就要上演。

佛光已经出现，两个人的脸上一片金黄，让他们显得灿烂而勇敢。

从平天山下来之后，田冶忽然记得跟许量的这段闲谈，觉得那个寨子真是一个不错的地方，符合许量心目中的桃花源概念，改天一定要拉上他一起到那里去徜徉一阵。

悦人轩露台，田冶在喝茶，跟谢天一起。

经过一段时间紧锣密鼓的拼命，谢天已经完成阳朔天街的募资工作，如今也开始进入楠木郡的工作氛围里，不过他的主要工作仍旧是在楠木郡市场营销政策的制定上。

谢天满脸困惑：老大，你怎么一点儿都不着急呢？我跟你说的这些可都是危机啊！要再这么下去，咱们还没开门估计就要关门大吉啦！犯得着这样玩吗？胆子大也不是这种做法啊！？咱们无非就是想弄点儿小钱过日子，用得着去招惹这些老大吗？人家拔一根汗毛都比咱的胳膊粗，何必呢？和气生财嘛!

谢天一边强调和气生财，一边自己气喘吁吁，可见心平气和并非一个那么轻易能够做到的层次。

谢天说的是，这几天在媒体上热炒的关于楠木郡挑战金丝楠行业三大金刚的事情。这对于刚刚成型的楠木郡来说，很可能就是灭顶之灾。

开始只是行业内传闻，说作为后起之秀的楠木郡如果不是为了搏出位，那就是找死，居然敢于挑战如今金丝楠市场的三分天下。楠木郡什么来历？

名不见经传的，这不是鸡蛋找石头碰么？好比赵本山说的老鼠给猫当三陪、真是要钱不要命了。蚂蚁挑战大象，怎么看都不是一个级别啊！而且，据说楠木郡的当家人伟哥，只是一个在业界没半点名声的民间收藏家，根本就没有什么后台，看来真是想钱都想疯了，一点儿都没有尊敬前辈的意思。

大家都认为，三大金刚应该随手一挥，收拾楠木郡这种不知天高地厚的、狂妄的新手。不然，你当老大的不这样做，赶走害群之马，以后在这个行业谁还服你？队伍都不好带了！

媒体采访晏邦主，晏邦主说，金丝楠是一个比较实在的行业，这个行业最简单的事情在于，现在民间有多少金丝楠原料、怎么分布，大家有目共睹，这一点不必再做什么解释。当然，作为一个非常民间的行业，我们欢迎楠木郡这样的新伙计进来热闹一下，市场要大家一起做才能火起来的嘛！如果楠木郡是一条鲶鱼，至少能够搅动一下这个行业的水池，让大家活跃起来，这对整个行业的发展，是个好事！如果楠木郡只是昙花一朵，那就让他们鲜艳一次，比较漂亮地秀一把，这也不是什么坏事。现在是市场经济年代，每个人都是应该有机会露脸的。

同时，媒体采访了西部金丝楠大王许量先生。

许量说，伟哥是什么人我不清楚，其实我根本就不认识这个人，这只能说明这个人不是行家。只是，按照他现在这种做法，我觉得未免胆子大了一些，不过这不是什么坏事，就当是给我们这个行业免费打一次广告好了。我们这个行业一直以来都是墙内开花墙外香，大家了解的只是所谓的金丝楠的香气，根本就不知道墙内的花到底是什么模样，这次就让大伙好好瞧瞧我们行业的一些门门道道。楠木郡前途如何，我们不急着下结论，且看他们做一些什么打算怎么做会对我们这个行业有什么影响，到时候再下定论也不晚。比较个人的一点看法，我还真是希望他们能够做起来，这样，我们的行业就会更加热闹，这没什么不好。不过我也要善意地劝一句，这个行业水很深，一定要学好游泳技术再下水！谋事在人、成事在天，只能祝福他们啦！

金丝楠三大金刚里，最活跃、最敢说话的恐怕应该算是龙哥了。他在媒体上侃侃而谈，对这行业提出了不少可谓真知灼见的看法，并且因此上了几次电视台经济频道关于金丝楠的很多个专题讨论。

龙哥说，我做金丝楠行业已经几十年，对这个行业的格局可以说是比较清楚的，虽然楠木郡是新加入的，我乐意接受晏邦主的想法，就当他是一条鲶鱼好了，可以让金丝楠市场更活跃。对于许量的看法，我觉得也有一定道理，咱们不能关起门来开花，好东西应该大家一起享用，让更多的人了解这个行业，没什么不好。我自己的意思就是，没有金刚钻、别揽瓷器活，金丝楠可不是谁想玩就能玩得起的，楠木郡最好是修好内功，自己有点儿东西再出来秀。而且，现在已经是一个网络年代，已经不是你开一个门面就可以横扫千军的啦！你可以开一个淘宝，卖点儿裤子袜子什么的，至于金丝楠，估计这种做法行不通。现在是产业链时代，关键要清楚，你在这个行业处于什么位置，你有什么拿得出手的东西，你在这个行业要是连立脚的机会都没有，只是来蹚一下浑水、然后灰溜溜走人的话，我希望楠木郡好自为之。当然，如果他们真的有心，想着共同把行业做大做强，我们还是十分欢迎的。毕竟，众人拾柴火焰高，万里长城不都是一砖一瓦堆起来的吗？一点儿都不夸张地说，我自己就是这个行业的一块砖一片瓦。希望楠木郡也能有这种思路，慢慢滚雪球，而不是靠吸引眼球露个大脸然后就能够混吃混喝！我们欢迎脚踏实地的实业家，不欣赏赚取吆喝的表面工作！

谢天对田冶说，三大金刚对楠木郡的看法，基本上已经给楠木郡定了刑期，只不过是人家想不想收拾你罢了，压根儿就没有你什么事。

田冶问伟哥怎么反应。谢天说，老大，我真服了你了，居然还不知道伟哥是怎么一塌糊涂的？还用说，一句话：简直烂泥扶不上墙的模范！

楠木郡出面的是伟哥，面对媒体，他毫不畏惧，显示出他丰富的媒体公关经验。

他说这个行业其实没有大家看起来的那么神秘，太阳底下没有新鲜事，谁也不要拿着所谓的行家名头来蒙人，什么帝王之木啊、什么百姓之家用了就会招来杀身之祸一类的，全都是唬人！（他顿了一下，问，允许我粗口吗？不允许的话咱们说点儿别的）所谓的权威，都是拿着名声吓人的蠹虫，不过就是一些自我感觉良好、结果都不会撒泡尿照照自己的货色。当然，我们必须说句公道话，这些人以前也是行业的希望，他们自己从田里拔出泥腿子的时候，真是充满希望啊！只是，现在他们成了权威，就高高在上了，不但已经对整个行业的发展不上心，有些甚至只会成为金丝楠市场发展的瓶颈和阻碍。一句话，在这个扁平的时代，我们希望大家有一个公平的竞争平台，或者说是合作平台。我奉劝这些所谓的权威，要是困了、累了，就回家种田养老，或者看看孙子什么的，别喝什么维生素饮料硬撑，更不要挡道！楠木郡横空出世，这会对整个行业进行深度整合，那些害怕我们的人，我只能送给他们一句：活该！我们的要求一点儿都不高，我们只是要一个公平的环境，我们并不是行业的搅局者！更不是这锅粥的老鼠屎！很有可能，而且这个可能非常大，我们可能是这个洗澡盆里的孩子！也许我们并非这个大澡盆里唯一的孩子，所以，为了这些孩子不被倒出去，我们欢迎志同道合者一起努力，给这个行业一个清白！我们不喜欢所谓的权威仗势欺人。

谢天急吼吼对田冶说：你看看，你看看，伟哥怎么这么口无遮拦的，这算什么东西吗？哪怕这个行业就真的是这样，也轮不到你伟哥来说啊？人家比你清楚多了，犯得着你来现眼？老大，你怎么还稳如泰山？人家都准备攻上门来啦！

茶水有点儿凉了，田冶倒掉冷茶，重新给两个人续上，笑着问谢天：在你看来，应该怎么办呢？

谢天说，还能怎么办啊？都是这个伟哥太不仗义了，这不是把楠木郡拉下水吗？咱们还没开张就把行业三个大佬全都得罪了，这么冒失，怎么在这个行业混啊？我很担心，趁着现在咱们还没大面积开发，先静一段时间，等风头过了，再重新开张。谁都不会看昨天的报纸，这些东西很快就会成为过去的，我们先静一静，看看情形再定。另外，金丝楠三大佬不都是老大的北大同学吗？既然伟哥把人家得罪了，老大出个面，哪怕不看在同学的分上，也看在北大的面子上，让他们熄熄火、歇歇气，就算是替伟哥跟大家道个歉，这么一来，倒是一个挺好的平息法子。

田冶说：不行，趁着现在媒体搞得闹哄哄的时候，咱们再撮一把火，让整个行业都热起来，然后咱们浑水摸鱼，在这个行业混出一个人样来，你觉得怎样？

谢天表示，按照现在的情况来看，恐怕没等到咱们摸鱼，自己都被别人给摸走了：难道是，众人皆醉我独醒？看来你们真是一个个都走火入魔了！要是这三大金刚直接杀上门来，咱们怎么办，总得有个应对的办法吧？

田冶说，没有什么办法，还是那句老话，兵来将挡、水来土掩。

谢天听到田冶这话，觉得特别憋屈，就拨通了伟哥的电话，问他在哪里。伟哥说在新店面里，已经进入内部装饰收尾阶段，不必那么急，过两天就可以入场了。他得意地跟谢天说：现在媒体上很热闹啊！关于楠木郡的话题多多啊！兄弟你千万要记得关注，好啦，你先忙！我现在正接受电视台采访呢，不跟你多说了，还有好些媒体在排队呢！

谢天一肚子的气，伟哥又挂掉了电话，只好自己一脸阴暗地在一边叹息：老大，我管的那一块没什么问题，既然媒体推广这一块你是叫伟哥负责的，咱们丑话说在前头，到时候真出了什么事，千万别说我没有提醒啊！咱们都这么多年了，我可不想看着你就这么下水！

田冶看着谢天一脸的诚恳，欲言又止，只好点点头：你的说法一点儿都没错，咱们确实需要好好琢磨一下，只是，既然事先已经分工明确，咱们也不好再对伟哥过多地指手画脚啊！你只须完成自己那一块的事，别的自有蒋光和伟哥去办。然后对谢天说：你看今天天气不错，咱们是不是喝一点庆祝一下？

本来谢天想说，自己早就接到蒋光电话，他老人家在福建那边楠木郡的厂子里待着，看到这些情况，比我们还急呢！可是听到田冶说的分工安排，就不好再说什么了。只好装作没事人一样干笑几声。

田冶向来都是如此，做一个事情必须有一个秩序，也就是把一件事情给链条化，哪怕就是最小的一个事情，如果已经分成环节，那就每个环节必须紧紧相扣，该是你的好好做就是，不是你的，过问再多也不关你什么事！

谢天自然知道田冶的做事风格，只是这一次实在是闹大了，他也是真心为楠木郡的前景担忧，所以才会这么焦急。

正如谢天所预料和担心的那样。

楠木郡挑战行业三大金刚的战火越烧越大，不仅整个行业天天关注进展，而且社会各界都在时时刷新报道，议论纷纷。很多人都想看看，楠木郡这只不知天高地厚而且伸得太长的新手，是怎样被三大金刚无情地剁掉的。

业界舆论已经明显地站在三大金刚的一边，认为楠木郡这种挑衅行为实在恶劣，应该给楠木郡一个结实的、血的教训，不然，以后这个行业就涣散了。

权威专家在经济评论里绘声绘色地解读，楠木郡找错了对手，本来自己可以好好做点儿生意，安安心心种自己那一亩三分田，不就什么事都没有了吗？可是，这个伟哥啊，好像天生就是吃螃蟹的主，非要如此才能显示自己的厉害一般。伟哥你还真把自己当作金丝楠行业的周鸿祎呢？！其实没必要这样，好好跟三大金刚握手言和，大家还有商量的余地，不然，你楠木郡就等着收尸好了。

更有趣的是，专家搜罗了几乎所有关于金丝楠的资料，分析几千年以来金丝楠的走向，认为，这不是一般群众所能消费的项目，所以楠木郡这种像卖股票一样卖金丝楠的思路根本就行不通。

专家在电视机前开了一个玩笑：伟哥，您就招安吧！别瞎折腾啦！这样对谁都不好！3Q 大战那是网络虚拟，你的这个 3N 大战，可是实实在在的血拼啊！何苦这么为难自己啊？！

不过，也有支持楠木郡的，那是最广大的草根网民，在他们眼里，楠木郡已经不是单纯的一个卖金丝楠的艺术馆，而是一种精神，一种不畏强权、争取个人发展机会的榜样！

争论全面化之后，很快，他们自觉组建楠木郡论坛，注册楠木郡百度贴吧、QQ群、微博和微信账号，作为大家交流和沟通的平台。在草根看来，楠木郡的这种做法是一种象征、一座丰碑，是一个充满理想和追求的励志故事。伟哥那句“我们不要求什么，只要求公平的市场环境”宣誓一般的语录，得到很多草根网民的认同。

伟哥这句宣战檄文一般的主题口号，瞬间红遍网络。草根七言八语，纷纷发表自己的看法。

都什么年代了，还要论资排辈，而且是民间一个完全开放的行业，居然如此官气十足，真是让人泄气！连民间的东西都这样，更别说什么三桶油了，咱们还有什么呢？还有的就是楠木郡的精神，不畏强权，奋勇前行！——网友这段话一贴出来，立马应者云集：

不是不能改革，而是这种充满劣根性的国民性格阻碍了我们的步伐！成王败寇的传统做法很明显已经不适合现在的市场发展，应该给大家一个发展的机会和公平的竞争环境！我们本来应该有更好的生活，只是因为很多人都把我们当猪杀了，所以我们只有烂命一条！因为我们的不争取，所以别人就以为我们不值得拥有。所以我们一定要为了自己的权利而拼搏！

楠木郡凭什么不能当老大，只要是在自由竞争的市场环境下，他们能做多大都是他们的本事，不能在人家还没开始就先是一阵杀威棒啊！人家不是杨志更不是林冲，凭什么要下狠手？

中国的市场环境最缺乏的不是交易，现在，在中国用钱什么都买得到，买不到的只是一种精神，一种追求自己想要的生活的精神！

我们缺乏的不是市场，中国这么多的人口！缺乏的是一种公平的机制，一种让创业者能够感受到公民待遇的体制！

…………

甚至，有人搬出周树人的名言：中国改革实在太难，做任何一件小事只怕都要有牺牲，你说要开一扇窗，马上就有人反对，等到你急了要掀掉屋顶，于是就有人来折中，还是开一扇窗吧！楠木郡不管是想开一扇窗还是掀掉屋顶，都是为了让这个行业能够透进更多的阳光，这是好事，有阳光的地方就有希望！

只有满怀希望，才能让我们一直拥有希望！

仍旧是热烘烘的探讨和研究，仍旧是专家出来讲话和民间的嘲讽。

后来，关于楠木郡的话题已经超越单纯的市场范围，上升到了一种关于整个市场环境的讨论，很多人都坚定地站在楠木郡一边，反对那些行业市霸，应该给金丝楠行业一个公平的市场环境，渐渐成为共识。

由此一来，舆论一边倒地为楠木郡进行辩护，希望大家团结一致，在公平竞争的环境下，把整个行业做大做强！

面对如此强悍的媒体攻势，整个行业已经为楠木郡背书，很明显，这匹黑马的出现，已经是不争的事实。于是，比较有影响的人纷纷致意三大金刚，应该重新整合一下行业资源了。梁山好汉排序，也不是铁板一块的，何况一个行业的发展呢？

一时间，舆论白热化。

最后，金丝楠行业三大金刚召集行业内最有影响力的30个人，并且特邀楠木郡的伟哥，召开了一个行业内部会议。针对金丝楠行业的发展，大家献计献策，最后达成一致看法，组建全国性的金丝楠行业协会，为这个行业的规范性发展提供保障。

晏邦主因为在这个行业里的崇高身份被推举为会长，许量、龙哥等几位被选为副会长。伟哥作为一匹黑马，虽然行业里看法各异，但大家都认可他的勇气，因为民意所向，被选为协会秘书长。用专家的说法就是：这样有冲劲儿的年轻人，吸收进来肯定会促进整个行业的发展，而且，他有这种想法，为何不给他一个平台呢？

潜台词就是，既然这是一个刺头，何不招安？

晏邦主在协会成立大会上跟大家说，金丝楠行业一直以来都是民间自觉交易，所以难免鱼龙混珠，指鹿为马的现象到处都有，如今协会已经成立，就应该本着规范行业自律、促进行业发展的原则，大家一起努力，共同把金丝楠行业做好！我们现在首先要做的三件事：

第一，最大程度地在全国发展会员，加大协会对行业的影响。

第二，有能力的各地会员，回去以后进行区域的市场研究，团结大家，组建地方性的行业协会，从而在每个地方都能规范行业的发展。以点带面，促进全行业健康有序地发展。

第三，尽快举办金丝楠价格认证培训班，让我们的作品能够具有法律效力的价值认可，以此为金丝楠的全面流通做好前期准备。

随着全国及地方的金丝楠行业协会的成立，掀开了金丝楠行业的新篇章。

这场由楠木郡金丝楠艺术馆挑起的媒体大战，成为当年的舆论事件，也成为中国网络媒体发展的一个里程碑——被传媒学者命名为楠木郡事件而成为年度最重要的媒体事件载入史册！

天赋还没被当今学校教育洗涤荡尽，仍旧保有天眼的朋友会预见到，多年以后，针对这段公案，资深报告文学作家老杨，经过遍访当事人，逐渐还原事件真相，由此成书一本《楠木郡的前世今生》，一时间洛阳纸贵。

在书里，老杨隐约暗示，楠木郡事件的始作俑者就是田冶，当年的那场炒得天翻地覆的媒体大战，仿佛是三巨头和田冶事先已经商量好的，包括蒋光、伟哥、谢天、行业专家等亲历者，都不知道这回事，以至于各为其主、非常热闹地参与其中。

当然，这只是一种猜测，所有的历史描述其实都是罗生门，没有人能够还原历史真相，只能越来越接近。这个事件的直接结果就是促成了这个行业的升级，在这一个意义上来说，已经非常了不起，至于其他的，都不重要了。

如果老杨的这种猜测是真的，我们不能埋怨他们的处心积虑，只能说在中国做一个事情实在不是那么容易，所以只能如此行为。

真是难为这些具有创新意识的企业家了，在夹缝里求生存，那种强烈的生命力，犹如石缝里顽强存活而且活得越来越强壮的迎客松一样，总是让人叹为观止的！

19. 进化论

这是本地小吃一条街，叫中山路。

也不知道孙文是否曾经来过这里，或者单纯是为了纪念这位值得尊敬的国父，所以就起了这么一个街名，好比国内很多城市有中山路、中山公园、中山广场一样，都跟孙文的行程无关。很奇怪的是，这里的中山路在白天几乎没有什么动静，一到晚上就人声鼎沸、热火朝天，烧烤、凉茶、米粉、海鲜、酸嘢、水果等各种门面和摊子，应有尽有。外地人到这里，固定节日一般都是让当地朋友带到这里来领略南国的饮食文化。

蒋光在福建的楠木郡加工厂里忙活，伟哥穿行于北京、成都、南方的三个楠木郡实体店，他们俩好不容易回一趟本部，谢天邀他俩一起到中山路小酌一把。点了田螺、海参、贝壳、鸡翅、猪鞭、鸭掌、鹅肠、韭菜、青椒等各色小吃，啤酒摆满桌子，三个人一边吃一边海阔天空地发挥自己的思路，对不同领域针砭一二。

谢天干下一杯之后，很有体会地说：这男人啊，自己一个人过，还真不是过日子的滋味！两个人过，也算不上一个家！必须有个孩子，这个家才算是真正意义上的家！伟哥，你打算什么时候找个姑娘，正经过日子呢？

谢天的女朋友，是上次经杨力介绍的县文工团的台柱子名叫阿翠的姑娘，如今已经成了他老婆，而且已经怀了孕，两公婆正在为将来的宝宝创造一种家庭的氛围。所以，现在的谢天只要一开口，三句之内总是离不开这个话题。

伟哥感叹：这年头的姑娘啊，过个夜、玩一把，还可以！真是要考虑一辈子的事情，还真是不那么容易找呢！

蒋光提出自己的看法：要是你对人家不真心的话，人家又怎么真心对你呢？你老是想着玩玩就好，别人肯定也是玩玩你就好啦！别以为你在一夜别人，其实，别人也是在一夜你呢！

这话逗得另外两个笑了。

伟哥看着蒋光超然的姿态，觉得好像没那么简单：要是现在有一位美女死活要跟我一起炒楼，估计我也会放弃一切跟她去炒房地产的！哪怕陷进去炒成房东拔不出来，我也乐意！

谢天大笑。蒋光沉思一会儿，有点儿遗憾地坦白：实事求是地讲，那个娘们儿还是不错的，是个可以一起过日子的人。对钱看得太重也不是她一个人的问题，现在的姑娘谁不是这样呢？可惜，缘分已尽，只能惘然！

伟哥笑着说：你这种态度可不是惘然啊，潸然还差不多！为这个事，你老人家流了不少鳄鱼眼泪吧？

蒋光表示男儿有泪不轻弹、只是未到伤心处，实在到了伤心的时候，掉一些眼泪实属正常，毕竟，人都是感情的动物，男人也是人啊！当然，男人更是难人，做一个男人并不容易！

两人看蒋光如此多情，对过去的姑娘仍旧念念不忘，都表示自己没有枉交这个光头朋友，是一个现在难找的多情种子。

三人就现在的房地产业展开了一些讨论。蒋光认为当局肯定要死撑，如果一崩盘，经济会一落万丈，那才是经济危机的全面开始，谁都不想看到这种局面。你看看，上面的说法一直都是抑制房价过快增长，从来不说要降价的吗？

谢天认为当局对房产行业的态度实在暧昧，就像央行对待国有银行一样，哀其不幸、怒其不争，可是一点儿办法都没有，毕竟是自己的孩子，你总不能把孩子都扔了吧，以后谁给你烧香呢？毕竟中国人的香火观念还是比较要紧的！

伟哥并不这么看，他认为这届政府估计不会像以前那样再加印大把钞票当作胡椒粉一样来刺激经济，因为这只会是死路一条，导致不可逆转的通货膨胀。最好的办法是顺其自然，就像美国对待底特律一样；勉强的人力维持只会搞坏市场，比如鄂尔多斯，该OK就让她OK，不要赶老农去鬼城住，这是根本行不通的。另外一点，要是房价下跌，全国所谓的白领阶层都会破产。

蒋光说该破就破，当局的手别伸得太远，都管到人家的炕头上了，该管的没人管，不该管的全都管得一塌糊涂！

谢天马上反对，国民性格决定，哪怕就是800岁的彭祖，只要上有老母，她还是会对你指手画脚的。上次的钱荒就是很明显的政策救市，如果当时再忍一忍不出手，估计金融市场现在已经变得有秩序多了。可惜，央妈毕竟是央妈，总以为自己加印钞票就能解决问题，没想到反而纵容孩子成了姓李的，叫嚣着俺爸是XXX的，更让他胆大包天、为所欲为了。

蒋光和伟哥觉得谢天这个比喻有点儿调皮，三个人齐呼为了不成为李XX而且要保证自己的孩子不会成这样的人，干一杯！

伟哥说在这个国家的这个年代，活着真是一件提心吊胆的事情，所以还是一个人吃饱全家不饿相对比较安全，要是真有了家小，自己只能作为家奴了，就像那些小白领，不幸成为房奴、卡奴一样！而且，现在的食品这么不安全，自己吃着都不敢，哪敢给孩子吃呢！

谢天说这刚好证明中国人的抵抗力强，个个都吃成毒虫居然都没事，以后要是环境再恶化，全世界撑得下来的，估计只能是中国人，其他国家的人抗毒能力都弱爆了！

蒋光说别提到地沟油了，咱们还在吃东西呢，然后问伟哥：那你喜欢活在什么年代？

伟哥想了一想，说宋朝就不错，至少不想在宋朝以后的任何一个时代。

谢天说你这种思维纯粹是文人自慰，你以为那个时候可以指点江山，来几句“先天下之忧而忧、后天下之乐而乐”的破语录来蒙人，就算是言论自由，就当自己是李 XX 呢？

蒋光说，人家伟哥不一定是这个想法，再不行还可以上梁山嘛，现在哪里来的梁山给你开荒，井冈山都不行了，北大荒早就成粮仓啦！

伟哥说，你们都是应该在庙堂里生活的人，我只关注市井民生，你看看清明上河图，多生动啊！那才是市民生活，没有城管时刻瞄准你。再说了，哪怕就是武大这样卖烧饼的一般技术工人，也没有被城管追得满街扔烧饼哭爹喊娘地满地找牙啊！而且小日子过得还蛮滋润的，如果后来没出什么事，简直算是一生幸福了。

蒋光表示同意，你看人家武大，不就是一个摆地摊的吗？还是没有固定店面和摊位的游街兜售，居然还有一栋小楼，而且是临街的，至少两层以上，完全可以开门面的，王婆不就是一个裁缝店的董事长吗？

蒋光给王婆冠以董事长的名头，把另外两人给乐坏了，大家趁机干了一杯。

伟哥说光头毕竟是有底蕴的，一眼就看出来了，光是这样还不够，武大区区一个地摊摊主，居然还能在家里养着一个如花似玉的老婆，而且是全职太太，要不是西门庆坏了他的生活，估计武大和金莲妹妹真是应了那句话。

两人问什么话。伟哥说，我能想到最浪漫的事，就是和金莲妹妹一起慢慢变老……

三人哈哈大笑，又干杯。谢天说，有道理，要是没有西门庆和王婆使坏，用不了几年，武大和金莲就会有自己的小孩，有了小孩家庭才算是家庭，大家的重心就会放在孩子身上，就不会节外生枝惹出什么麻烦来了。

蒋光说：看来小谢同学真是上瘾了，是不是你自己准备有孩子，所以看到谁跟谁在一起，就想着人家也应该有一个孩子？看着母猪都想着，怀了猪崽的母猪才算得上是真正的母猪啊！

三人大笑，又是干杯。

大家喝得尽兴，结完账后，伟哥问是不是带你们两位见识一下，我手头多少还是有点儿存货的，兄弟们一起分享一下，免得你们到处宣传说我不够兄弟，好东西要大家共享啊，大家好才是真的好嘛，一定要一起“性”福的！

谢天说要回家。蒋光不置可否。两个人笑话着谢天有了小家忘了大家，这不是在搞不团结吗，怎么交了这种朋友啊！谢天不顾他们的揶揄，自己回去了。

伟哥和蒋光，两个人为了还没完成的革命工作，继续在路上。

田冶回来后，他们四个人在悦人轩的露台上会集。

谢天把自己整出的楠木郡营销思路跟大家沟通了一下，各位听完他的想法，开始在心里琢磨这种做法是否可行。蒋光和伟哥觉得谢天的思路基本上行得通，再稍微细化就可以了。

田冶说，你们觉得国美、京东、苏宁它们是做什么的？蒋光说当然是卖东西的啦！

伟哥和谢天知道田冶还不会闲得无聊到要这种答案的程度，所以都不出声，等着田冶自己填空。

田冶说，光哥第一想法能够这么自然、直接，说明光哥是个光明磊落、一条肠子通到底的人，看东西也很直白，果然很适合管理我们的加工厂，一块天生当厂长的好料子！

看起来仿佛这些大卖场都是在卖东西，都是把价格压低，通过跟上游厂家杀价和返还点数赚钱，这是传统的盈利模式。但是光靠这个东西他们不可能做得这么大，如果没有别的进账渠道，他们怎么可能搞得如此风生水起？很简单的例子，比如月营收是 100 亿，他们的账单期是 3 个月或者 6 个月，你说人家手头就一直有 300 亿到 600 亿的可用现金，如果你手头一直有这么一笔钱，你会放着不动吗？

田冶斩钉截铁地说：别以为人家是坐贾，其实人家是金融玩家，也就是金融家，人家玩的是投资，也可以叫投资银行，其实就是投机，说白了就是赌！我们要明白一点，这个世界有两个最大的赌场，一个是拉斯维加斯，一个是华尔街！

田冶这番话把三个人说得虽然一愣一愣的，不过也心服口服。

谢天利索，马上就点破：手头有这么多现钱，当然是放债！尤其是商业银行之间的拆借，最次的也要跟银行协议存款。要是有合适的项目，比如我们的楠木郡大本营、阳朔天街这种好项目，投入几个亿搞个两三年，等翻几倍再出手。

田冶表示同意谢天的看法，仍旧看着谢天：然后怎么样？

谢天有点儿窘迫，不知道老大在琢磨什么：然后还能怎样？驴打滚、利滚利啊，继续找好东西投入啊！

田冶说：你脑子给烧糊涂了，我说咱们楠木郡应该怎么样？

伟哥说，咱们楠木郡就是一个大的现金流，比如每家艺术馆的月营收是1000万，咱们开了100家就是10个亿，这10个亿银行是看在眼里的，咱们直接可以从银行取得授信，以年计算的话，咱们一年至少手头可以有上百亿的现金流。

那两个人终于明白了，说这个办法不错。田冶说咱们一时半会儿还开不了那么多的艺术馆，这是三年的目标数量。协会不是有价格评估的资质吗？以协会的名义组建一个评估公司，通过评估公司给我们手头的金丝楠产品估值，这部分就是现金了，因为金融机构会受理。如此一来，咱们的金丝楠就是硬通货，以后在金丝楠市场，咱们直接就以楠木郡金丝楠证券的模式进行交易。或者说，咱们在金丝楠市场上流通的就是楠木郡金丝楠货币，咱们可以叫楠币，这个跟比特币完全不一样，比特币是一种金融市场不认账的地下币种，那是一种金融赌博。但是咱们的楠币不同，因为我们是以手头的金丝楠资源作为担保，就像国家银行是以手头的金子和国民资产及生产总值作为担保印刷货币一样，我们的楠币就是以金丝楠的保有量作为担保的。

大家终于明白了田冶脑子里转的是什么。他们觉得这个方式可行，不过必须有一个交易平台，比较通俗的做法就是要有一个金丝楠的交易平台，金丝楠交易所，通过给所有入市的金丝楠以价格评估，然后进入交易平台，大家可以在这个平台上交易，就好比麦当劳做地产一样。

田冶归总说：大家想法朝这个方向就对了，这是我们的目标，也就是等我们的楠木郡艺术馆在主要城市都已经有门店的时候，咱们的金丝楠交易所就必须成型，成为这个行业的一个高端的交易平台。那时候，咱们只管做地主就可以了，就像银联那样，就是一个平台，但是你每笔交易都要给它银子。另一种可能就是，即便楠木郡艺术馆的实体店还没有那么多，咱们一样可以把交易所先建立起来，通过行业协会来建设，就师出有名了！

田冶说咱们刚才都听了谢天的营销制度，果然只是营销制度，还不足以把我们的文化很好地体现出来。我们不是在卖产品，更不是卖金丝楠！记住，我们楠木郡的金丝楠产品是一种艺术品，我们卖的是一种生活理念，一种追求艺术品位的生活理念。街边被城管追打的小摊贩，都会在自己的房间里贴上几张女明星的照片，目的肯定不止是为了自慰，同样是一种生活理念。更何况是我们的顾客呢？肯定有一种对艺术品位的要求和追求，我们要灌输给他们的，就是这样一种优雅、随性、悠闲、尊享的生活态度。一个人在社会里鬼混，被社会磨得圆滚滚的，已经被压得没有多少透气的机会了。只有回到家，看到自己的那套金丝楠家具或者工艺品，觉得这才是唯一属于自己的东西，而且是一种标榜着生活水平和层次、代表一种生活品位的高端艺术品，如果这些东西一直都在升值，跟汽车家电只能损耗降价完全是两码事，你说对他会有多大的抚慰啊！

大家一听懂田冶的想法，思路就跟着活跃起来了。各种思路绵绵不绝。

与顾客一起成长。咱们必须进行营销模式的创新，必须有一个能够为客户兜底的计划，比如顾客卖了一套产品，这套产品在后来升值了 30 个点，他完全可以把产品直接退还给我们，我们跟他共享这30个点，按事先协议的比例分账。我们定期给顾客提供价值咨询，告诉他现在他所拥有的产品已经是什么价位，让他心里有底，即便不出手，看着自己的东西天天在涨价，不管如何，任何人都会觉得自己真是具有投资的眼光，至少买的金丝楠艺术品是这样。这种心理按摩，比于XX曲解传统文化的心灵鸡汤强多了。

注重口碑推广。现在是网络年代，咱们在金丝楠交易所上线之前，就必须充分领略网络的效力，通过楠木郡艺术馆实体店和网络卖场相结合，让人们首先在网上能够充分体验我们的金丝楠艺术品投资计划，了解楠木郡所宣扬的一种生活理念，具有共同想法的人很快就会接受我们的理念，这些人很容易就会成为我们的顾客。同时，顾客口碑推广的作用不可忽视，因为他会在自己的圈子里沟通，人以群分，他的圈子自然都是跟他差不多的人群，我们的顾客群体就会呈几何级数增加。

顾客体验为第一位。做小米的雷军就是这么做起来的，我们也要充分照顾到客户的体验。其实，客户体验就是我们唯一的行动标准，我们的目标就是充分满足客户的需求，让他们在我们这里得到最体贴的服务，我们要给顾客一种高格调的、艺术的享受！

一定要进出自由。顾客跟我们的交易，准确地说是投资于我们楠木郡的金丝楠艺术品，他们可以随时进出，要比余额宝还要轻松和简单，这样一来，人们手头的余钱就会把楠木郡作为首先考虑的投资机构。因为每个人都清楚，金丝楠的价值一直都是稳稳增长的。这一点可以借鉴众筹和娱乐宝的做法，做出一个与众不同的楠木郡的金丝楠宝出来！

人力资源计划。我们可以组建一个针对大学生的基金会，做一个楠木郡大学生基金会，针对我们最需要的专业，每年进行一个竞技比赛，比如设计、网络、营销、策划、文化传播等项目的比赛，每个项目比赛的前三名或者前十名，他们余下的学习年限所需要的费用我们来支付，而且，毕业之后优先考虑进入楠木郡工作。也可以考虑提前跟他们签定就业协议，对于特别突出的，可以预先支付工资。这个作为我们的人才储备计划，给我们提供后续的人力资源，我们进行整店输出，必须考虑到人力资源的素质和修养，再加以严格的培训，就是那种学徒制的培训，基本上能够满足我们的用人需求。

培养自己的技术工。我们加工厂的师傅开始先从东阳和仙游那边聘请，然后请寨子里有兴趣有基础的人作为学徒，他们祖传的木工技术活那么好，既然能建造世界上最神奇的风雨桥，本来就有雕刻的基本功，学习这个应该很快，用不了多久，我们就会拥有一批属于自己的熟练技术工人甚至出几位能工巧匠，也不是不可能的。现在寨子里不是有那种传统木构建筑的传承人吗？到时候我们就要包装自己的金丝楠工艺传承人，厉害的还有政府特殊津贴。这方面的好处很多，首先就是解决当地库区新移民的就业，这是当地政府非常重视也很头大的问题。

为了全面整合楠木郡的营销体系，作为执行层面的关键人物，他们四个关起门来讨论了整整三天时间。

三天时间，悦人轩的露台上堆满了啤酒瓶，零食的包装袋也满地都是。当四个人蓬头垢面的形象终于得以洗涤一番之后，整套的楠木郡营销体系也逐渐成型了。

现在是产业链时代，在金丝楠行业我们拥有绝对的资源优势，所以必须打通整个行业的产业链，从原料、设计、加工、包装、艺术馆实体店、行业协会、交易所等方面全部进行整合，做行业的云端大数据，以会员制吸收顾客，为顾客提供最具实用性、欣赏性、艺术性的金丝楠艺术品。

楠木郡金丝楠艺术馆定期举办沙龙活动，跟资本汇的电视栏目进行资源共享，给顾客提供关于生活品位和投资理财的咨询顾问服务，为会员打造极具艺术品位的生活水准。除了邀请著名的财经专家跟大家交流以外，楠木郡还要打造自己的讲师团队，针对企业金融和生活品位等几种方向，为单位会员及个人会员提供咨询服务。

跟国外知名的钟表生产厂家合作，国外厂家帮忙定制一批钟芯，我们制作金丝楠面板和支架，作为尊贵礼物赠送大客户，尤其是单位会员。当然，也可以作为国礼。同时，定制留声机等可以作为高端礼品的艺术品，同样以金丝楠作为面板。

跟国际知名建筑及装饰公司合作，在他们设计的建筑中镶入楠木郡的金丝楠元素，既能够为楠木郡的名声做推广，也能够提高建筑的品质和艺术含量。

定制一批楠木郡金丝楠家具和工艺品，直接赠送给国家博物馆，再送给各行业前十名最有影响力的人物，比如网络的二牛、雷军、张朝阳、丁磊等，影视界的王中磊、王中军、冯小刚、陈道明等，地产业的王石、潘石屹、任志强等，投资界的柳传志、李开复等，文化界的黄永玉、靳尚谊、莫言、陈忠实……这些作品必须在楠木郡艺术馆开张之前完成，开张的时候送给他们。

各种营销思路，在啤酒瓶的碰撞之中，不断冒出火花，昏天暗地地碰撞了三天三夜之后，四个人终于完成这次对楠木郡前途具有里程碑意义的碰头会，虽然辛苦得一塌糊涂，不过那种成就感还是满当当的。

接下来就是把所有的思路整合起来，形成战术，做好计划，针对不同部门进行培训，集中力量，获得楠木郡开张的一炮而红！

结束会议之后，四个人整整睡了一天一夜才回过神来，马上又进入紧张的筹备阶段。

北京、成都、南方三家楠木郡金丝楠艺术馆实体店的开张，让讨论很久的关于楠木郡要颠覆行业老规矩、建立新规则的预测得到验证，一时传为媒体焦点。那些支持楠木郡颠覆行业的网友相互热情转告，希望楠木郡真正做出一些成绩来，让这个行业更有活力，让人看到一点儿希望：至少某些行业是允许公平存在的。

楠木郡金丝楠艺术馆以非常亲民的方式，让任何一个只要感兴趣的人都能够亲身感受到金丝楠的魅力所在，尤其是楠木郡艺术馆推出的营销理念，基本上颠覆了金丝楠传统的经营模式，给大家一个赏心悦目又脚踏实地的投资模式，进出自由，更是让人耳目一新。楠木郡的百城艺术馆复制计划，更是一个创举，让业界耳目一新。

每天到楠木郡艺术馆的人数都在不断增加，把伟哥和谢天累得够呛！

他们纷纷向田冶诉苦：能不能不要搞得这么热闹啊，人体毕竟是肉做的，再这样下去会撑不住的啊！

田冶看着他们的辛劳，只能安慰：现在是试业阶段，所以比较忙，等你们的团队历练好了，你们两个完全可以做甩手掌柜的嘛！

田冶说得非常严肃：你们两个现在所以要在店面蹲点，主要就是搜集足够的客户需求，为我们下一步的交易所的上线打好基础，而且，我们也没那么多给你们两个做小二的时间，必须尽快完成这个阶段的工作，好开展下一步！

楠木郡金丝楠艺术馆的开张仪式基本上始终保持一种格调，就是对传统文化和传统优雅生活方式的致意，对一种生活品位的诠释。

当天下午，门口花团锦簇、嘉宾云集，电视台的知名主持人一男一女作为司仪，给大家一种亲切感。然后是狮子舞、歌舞表演、民族乐器等助兴节目，店面的活动在半个小时内全部结束。所有嘉宾观察一遍艺术馆的馆藏作品之后，再聚集到举办宴会的酒店大厅，在这里，真正属于大家的狂欢之夜才刚刚开始。

漂亮的姑娘在拨弄琴弦，弹奏着高山流水的曲子，音乐仿如柔水，渐渐渗透进在座每个人的心脾，让人情不自禁地叫好。

负责搞笑的小品当然是当红的演艺明星，他们以楠木郡的金丝楠艺术品作为噱头，聊着上下八千年跟金丝楠相关的段子，每一个包袱都让人笑到发抖。

曼妙的舞蹈是艺术学院民族舞蹈系的帅哥美女为大家带来的，犹如金丝楠让人心动的纹路一样，这些舞者美妙的身段渐渐让人感受到金丝楠和人融为一体的那种美好。

抽奖的环节更是让人心潮澎湃，奖品全都是金丝楠精制的工艺品，这些艺术品可以作为摆设，也可以赏玩，只要你有一种对生活的要求，就应该有自己对金丝楠的信念，从而对这些艺术品有一种不一样的看法。既是艺术品，也是你人生的一个阶段，为这千年的木料和千年艺术加工的积累，还有什么比这个更让人叫绝的呢？

更让现场观众激动的是赠送环节，各行各业有头有脸的人物悉数登场，楠木郡艺术馆将作品的收藏证书、价值评估证书一一送到他们手里，镁光灯闪烁不停，每个人的脸上都洋溢着开心的笑容。

压轴的是以周宇和领衔的老南孩乐队，他们翻唱经典、颠覆流行、演绎原创，让人对音乐有一种全新的体验和亲近。全场欢声雷动，各界人士莫不动容，原来音乐还可以这样玩啊！

因此，楠木郡艺术馆的开张活动成为媒体各类新闻报道的头版，网络上支持楠木郡的人大呼过瘾，认为这是楠木郡一炮而红的最好证明。

楠木郡网站瞬间几千万的点击量，让提供服务器托管服务的网络公司——英拓科技差一点儿措手不及，好几次几近崩溃，幸好英拓科技技术力量一点儿都不含糊，愣是挺过来了。

网友们热情留言，除了少部分的风凉话之外，大多都是真心实意地为楠木郡祝福，说得最多的一句话就是：学习楠木郡，我们只要一个公平的环境！

这句话很快被网友应用到不同的语境，成为最热门的句式，生生造出一个楠木郡语录体来：学习 XXX，我们只要 XXX！

如果你有机会到楠木郡的艺术馆实体店观察，首先进入眼帘的一定就是门口的那副乌木底子雕刻的金色对子：五千年露宿风餐铸就人间国栋，几万里劳车困马终成华夏伟材。

抬头的匾额也是乌木底金色字：帝王之木。

手书是方老，写得古拙大气又不失顽皮。编撰是田冶，这阵子他在三个地方之间不停地转，有感于路途奔波，想起从前冷兵器时代，那些巨大的楠木从深山老林里拉到京城，那得耗费多少人力物力？自古以来只有一个孟姜女哭长城被大书特书，其实皇宫巨大的楠木柱子底下垫了多少魂魄，历史学家居然一点儿印象都没有？

这副对子，基本上非常贴切地阐述了金丝楠千年的历史进程，犹如旧时王谢堂前燕、飞入寻常百姓家一样，让金丝楠从九五之尊的殿堂回归自己的本位，变成民间的一种可以追求的生活方式。

但是，即便如此，金丝楠仍旧保持了那种尊贵——让人肃然而起敬的优雅和珍贵，这才是金丝楠最为人所喜欢的地方。这个世界，还有什么东西，能够如此让人既敬而远之又想十分接近地抚摸呢？犹如一位深藏闺中的美妙少女，忽然一日揭开了面纱，让人一睹她的芳容，那种雍容华贵和倾国倾城的高度融合，只会让人恨自己太不争气，因为只能有一双眼睛。又好比皇宫里的西施纵然倾国倾城，并非因为她进了皇宫才如此，当年在乡下浣纱的时候，同样是姿态万千！只是那个时候，又有几双慧眼懂得欣赏呢。

金丝楠的风韵，千言万语也难以道尽。

只要你做出一个好样板，就不缺乏追着你跟你一起走的人。

楠木郡一炮打响，不但在行业里得到同行的首肯，而且社会各界也由此对金丝楠有了新的看法。每次楠木郡的沙龙活动，虽然对参加活动的人进行了严格筛选，参加的人数还是远远超过限定的人数。

每天，都能接到全国各地咨询加盟的电话，虽然楠木郡的加盟条件非常严格，简直称得上苛刻，不过，要求加盟的人依旧络绎不绝。很快，每个省份都已经定好加盟的商家，这让人力资源部倍感辛苦，因为是整店输出，不能在人力上含糊。

其实，按照田冶的意思很明白：注意每个细节，任何环节都不能含糊！

20. 新天地

企业家要做的就是四件事：布局、筹钱、用人、喝茶。

这是当今中国商界普遍认同的作为企业精神支柱的负责人的工作内容，虽然说得有点儿调皮，但是也颇为贴切。

一个带头人要是连这几件事都没有做好，反而一天到晚忙得精疲力尽，估计也是算不上什么企业家的。换句话说，要是一个人能够把这些事做好，的确最大的任务就是静下心来慢慢品茗了，只要不像卢仝那样，没事喝上七八碗后飘飘然就行醉掉地。

如今楠木郡已经渐渐形成自己的能够战斗的团队；蒋光主要负责生产加工环节，伟哥负责实体店的经营管理和加盟店的整店输出，谢天重点在于营销系统的规范化和大本营的建设。这三个人都带领自己的团队，坚守在不同的岗位，从而推动楠木郡的不断前进。

有时候，田冶自己也在静静地想，估计是上天对自己的眷顾，能够有这么三个人，对自己不离不弃，不管自己什么时候需要，都能够召之即来、来之能战、战之能胜。如今，公司经过股权的分配，每个人都有自己的一份，更是凝聚在一起，为共同的目标前进。有这样的一个核心团队，还有什么不能做的事情呢？一个人应该知道感恩，每个人不过都是尘世的浮萍，在飘零的一生之中，能有几个志同道合的人一起做一件事而且能够做成，大概，这就是不枉一生的青春年华了。想想褚时健在古稀之年仍旧下狠心在橙子事业上孤注一掷，看来人的创造力真是无限的，何况咱们正当年华，没有理由不去拼命。所谓男人应该对自己狠一点儿，大概就是这个意思吧！

至于田冶自己，估计是应该慢慢放下这些琐碎事情，走出日常经营管理的范畴，在战略制定上下功夫，为楠木郡的长期发展和永续经营做好准备。

对于用人，田冶有自己的一套。

很多企业都在嚷嚷，现在人才难找，能够跟企业一起同甘共苦的人更难找。

在田冶看来，这都是一派胡言。一个人到一家企业做事，如果不是狠下心来为着一番事业孤注一掷的话，那肯定就是为了养家糊口而暂时接受的一份工作，只要有另一家出价更高，他就会第一时间卷起包袱投怀送抱。很多企业所以成为培训机构，都是在为别人铺路，好比清华当初建立时，就是留美的预科学校一样。一个企业最重要的其实是文化和机制，文化是一种认同，对价值观的认同和追随；至于体制，无非就是每个岗位的设立和分工，只要这家企业能够把每个岗位的职责及工作内容安排清楚，那每个人都是这家机构的链条上的一个环节，只要稍微接受过职业培训的人，应该没有什么太大的胜任危机，除非那个人压根儿就没打算好好做事，对于这样的人，应该在进门的时候就直接拦住，阻止这类人进入企业，也是人力资源部门应该注意的地方。

所以，只要机制完善，就没有所谓的人才难找，而且，压根儿就不用什么寻找人才，因为每个岗位的工作要求都一清二楚，只要适合的人就能胜任，何来的要寻找人才呢？之所以出现这种状况，只能说现在国内的企业创始人，尤其是那些国企的带头人，大多都是泥腿子刚从田里拔出来，自己对企业经营都是一知半解，情非得已，只好把证书当作能力证明，甚至直接把证书当作才华，所以才会有这种人才难找的感慨。

只要有时间，田冶总是喜欢自己面试。就像民国时代大学里的那些名教授一样，他们总是有给新生上课的习惯和职责，因为一所大学你要想赢得新生的口碑，就应该在第一时间让新生感受到这所大学最知名的教授那种兼容并蓄的学术风格。一开始就让新生感受大教授那种虚怀若谷的精神，实在是一所大学最好的口碑广告。田冶小时候也有一个梦想，就是考上科大的少年班，因为那是天才的聚集地。如今看来，自己小时候的这种想法多少有点偏激，不为别的，单纯考察一下那些当年少年班培养出来的学生，真是良莠不齐，不知空耗了国家多少资源!

面对田冶的是一个准备来竞聘项目经理岗位的年轻人，三十岁左右，硕士研究生毕业，西装革履，长得也是清清秀秀的。

田冶好奇地问：你是怎么看这个工作岗位的?

年轻人一听到田冶的提问，立马就表现出自己的激情，天上地下，很是胸有成竹地大侃了一通，唾液横飞地说了大半天，可就是没有提到具体的工作岗位需要做的事情，也没有对这个工作岗位有一个自己的看法，说的全都是书上背下来的关于做事业的激情。除了激情以外，什么都没有。

田冶看着这个年轻人，半天没说话，也不知道该说什么才好，现在教育已经把人弄成这样了，还有什么好说的呢?

好不容易，年轻人终于停止了喋喋不休的漫天伟大理想，田冶笑着问了一个具体问题：如果给你一篮苹果，你打算怎么去卖?

年轻人看了田冶好一会儿，发现田冶并不是在开玩笑，自己也就正经地琢磨起来。然后他马上就有了答案：我会先给这批苹果贴上标签，表明这些苹果是生态的、有机的，然后定价比现在市面上所有的苹果都要贵上三倍，到富人区去卖，适当的包装只会给我们带来更大的收益!

年轻人一脸得意的表情。

这下子田冶疑惑了：你为什么不想着，先把苹果以适当的利润卖掉，然后进更多的货，更快地卖掉呢?

年轻人一听，觉得不可思议：田老板，现在都是什么年代了，现在已经是营销制胜的全网络年代，只卖贵的才是营销人应该遵守的市场法则，如果还是老一套的思路，原始积累的时间那就太漫长了。现在讲究的是以不可思议的营销策略，赚取不可想象的第一桶金，然后再进入当今最热门的领域，把自己的资金在最短的时间内翻番再翻番，这才是现代的营销思路！您觉得呢?

田冶虽然觉得不可思议的营销策略确实比较不可思议，可是，这完全是拉斯维加斯的做法，确实跟传统很不一样。只是，中奖的概率和过马路被车轧的比例差不多，要是每个人都以这个作为自己的根本，都是梦想着一蹴而就，那就全民皆赌了。

但是，面对年轻人的热情，田冶还是不好意思打击，只好礼貌地说：你的想法有意思，如果这种想法能够得到市场的认可，也不是不可能，我们希望这个思路真能行得通。

年轻人热情洋溢道：田老板，既然你认可这种做法，那就应该给我一个机会，咱们一起来颠覆市场啊!

田冶非常有礼貌地说：在用人这一点上，我们公司还是有一定的程序，我必须把你的情况跟用人部门的主管经理商量一下，只要他愿意接受，我是一点儿问题都没有的。

虽然恨不得马上把这个不知天高地厚的年轻人赶走，田冶仍旧文质彬彬，显出自己的修养和耐心。

年轻人出去后，田冶自己琢磨了一会儿，觉得好像是自己脱离了这个时代一样，难不成现在真的是中国的镀金时代，是不是只要是个人，就可以满大街叫嚣老子天下第一呢？

任正非是田冶比较认可的企业家之一，老任曾经说，没有在华为熬上几年的，跟我说战略，一律拒绝！老任的话虽然多少有点儿偏激，可见，也是这个浮躁的年代给逼出来的偏激。田冶转念一想，觉得没有必要为了这个年轻人的思路反倒跟自己过不去，大路朝天、各走一边，虾有虾路、蟹有蟹道，老乡李宁不是说过一切皆有可能吗？谁又能打包票说，这个年轻人的伟大理想犹如中奖一般，突然有一天就伟大地实现呢？那就祝福他好了，可惜，楠木郡太卑微，容纳不了如此伟大的理想。

接下来，田冶又尽心尽力地跟几位求职人员聊天，这些人真是奇葩迭出。

有立志成为比尔·盖茨第二的，仿佛整个 IT 事业就装在自己的左边上衣口袋一般的自信，诚然以为自己已经是 IT 巨子，只需等着别人来朝拜了。

有想在地产业成为另一个王石的，并且指点江山，对楠木郡大本营项目表现出极大的热情，同时表现出来极大的狂妄，认为只要按照他的思路去做，不出一年，就会在旅游文化地产上所向披靡。

有对金丝楠表现出很大自信的玩家，认为楠木郡现在的模式虽然不错，仍旧需要很大的改进，比如应该第一时间在国内全面开花，让最大范围的所有人都能够看到像沃尔玛一样看到楠木郡的艺术馆，而这个，只需广泛征收连锁加盟店就是了，一点儿都不难。

还有想做单一产品致胜的，他认为仅仅一样产品，就可以让他成为网购的第一，比如做一种金丝楠手串，通过网店全面销售，而且用预订机制，每个人都可以推出自己个性化的金丝楠手串，送给追求对象的就在上面刻上名字，在特别的日子作为特别的礼物，肯定能够赢得对方的钟情。如此种种，不一而足。

当然，也有脚踏实地的，表示自己对这个行业没有多少认识，不过，凭着一股学习的劲头儿，应该很快就能上手，基本上几个月的适应之后，应该能够做到公司所要求的程度。

原来，职场其实就是一个名利场，在这里横冲直撞的人，基本上已经明白地显示这个时代的任何一种需求。田冶认真填好自己对每一位面试者的意见和建议，然后交给人力资源部门，让他们去进一步权衡。

忽然，田冶有点儿想念婷婷了。

婷婷现在主要工作在京城的门面店，婷婷作为总公司的人，驻守京城的工作一个是协助馆长过江，把样板店做到极致；一个是直接面对顾客，为顾客的需求探索出一个有参考价值的基础数据。

因为京城是全国的样板店，所有加盟意向客户第一时间都是到那里去观摩，这阵子婷婷多少有点儿应接不暇，明显有点儿消瘦了，不过因此一来，身段反而显得更加婀娜。

针对这一点，田冶曾经揶揄婷婷：看来，拼命工作也是减肥的一种良方啊！

婷婷反问：你是不是觉得我以前肥呢？

田冶说，那倒没有，那不是肥，是丰满，通俗一点儿说，是婴儿胖。

婷婷摸着田冶的肚皮：你这个才是婴儿胖，我的田冶同志，现在本姑娘十分郑重地劝告你老人家，这个年代已经不是暴发户扛着大肚皮满大街唬人的时代了，请您也注意一下肚皮效应吧！

田冶大概因为饮食不规律、休息不正常，再加上啤酒的作用，肚皮已经不争气地微微隆起。难怪婷婷笑话，这一点自己确实没有注意，看来，以后还要加强锻炼才对。

田冶拨通婷婷的电话：在忙什么？

婷婷说，带客户参观呢，有什么最新指示吗？田冶有点儿多愁善感地说，忽然有点儿想你了。

婷婷那边笑了：真是难得啊，这么一位大人物居然会想我！可惜，只是有点儿啊！要是有很多，我马上就订机票，直飞您身边，好好观察您老人家的肚皮，现在是不是更加争气啦！

田冶一本正经地建议：咱们这么忙为的什么呢？还不是想着更好的生活？要不，咱俩给自己休假一段时间，出去转转吧？哪怕就是到海边晒晒太阳也好啊！

婷婷马上表示同意，并且急着问田冶想好地方没有。

田冶说，咱俩都好好琢磨一下，每个人都想三个地方，要是有共同的点，那就去那里。

婷婷疑惑：要是三个地方都没有重合的呢？

田冶笑了：那就想十个地方！如果还不成，那咱俩直接到火车站，搭最快的一班火车，直达终点，不管到哪里，来一次说走就走的旅行！

婷婷笑着说这就对了，然后建议，上次平天山的那个桃花源一般的山寨就很不错啊，值得再去很多次，还有您那位忘年交的好朋友呢！

刚到这个南方首府城市的时候，田冶除了一腔热血，其实两手空空。

只有一点，田冶看好这个原生态茶油的市场，认为在不久的将来，随着工业化和城镇化的一步步推进，原生态的有机产品，必定会成为很多人的第一需求。

正因为如此，田冶抓住机会，把寨子里的原始压榨方式出产的茶油作为自己安身立命的根本，即便在最艰苦的时候，仍旧没有放弃。终于，今天的贵人茶油成为植物食用油的一个响亮品牌，可是，一路走来的艰辛谁又能感受得到呢？

最困难的光景，田冶、蒋光、伟哥三个白天忙完事情，晚上挤在出租房里，商量着伟大的发展的计划，米缸已经见底了，可是每个人仍旧激情澎湃。

有时候，接连几天时间，连伙食都没有着落，后来是大家分头跟朋友借了一点儿伙食费，才得以开火。比较悲剧的是，有时候三个人一疯狂，把两个星期的伙食费在一个晚上吃光喝光，后来只能半个多月的时间里，全部吃面条——那才是真正意义上的清水挂面，没什么油腥味。而且，为了减少成本，每天最多不能超过两餐。那时候看到街边的烧鸭摊子，真有一种冲上去扫荡一空的冲动，哪怕就是给抓起来，至少也是油水充足啊！谁都不敢去菜市，就是因为担心去了菜市，会搞出一点儿什么不要命的乱子。

幸好，这一切都已经成为过去。这些可以放在以后等大家都老了，一起晒太阳的时候再慢慢拿出来抖一抖，看看自己年轻的时候，曾经是如何在这个物欲横流的世界，居然能够几个人傲然面对一切，最终冲出一片属于自己的天空。可是，这些过往要是对孩子说的话，他们会不会半天不响，觉得这只是一种可乐好玩的人间趣事，然后更加有趣地问：爸爸，是不是你那时候没有饭吃了，所以才跑到我们家里来的？

田冶觉得自己至少算得上是一个讲义气的人，虽然在很多不了解他的外人来说，田冶实在心狠手辣，做事从来不含糊，有一种宜将剩勇追穷寇的拼命劲儿。至于外人的看法，田冶觉得一点儿都不重要，这个世界在乎你的人，从来都不是那些观众，而是那些跟你一起苦过累过叫过喊过笑过甚至哭过的兄弟，这些才是你最重要的财产。因为，你拥有的这些，别人永远无法从你身边拿走。别人唯一能拿走的，其实都是身外之物，身外之物又有什么意思呢？拿走就是。

田冶对自己的资本汇，其实有一个清晰的看法和概念，在他看来，所有的资源的整合及发展，就是资本的汇集，也就是资本汇的初衷。什么才是资源呢？在这个以金钱确定价值的社会，金钱大概就是一个人的资本。在田冶看来，这些看法简直就是一个笑话，这是不知人间疾苦的人所定下的莫名其妙的定义。

在田冶看来，其实我们最大的资本就是我们自己本身。小的范围来说，你有什么样的信念和能力，也是一个人的资本，关起门来数得出的资本；在大的范围讲，你的身边都聚集了一些什么样的人，这些人就是你的镜子，你的成就决定于你跟什么样的人在一起。

从一无所有，到今天的贵人茶油和楠木郡，田冶仍旧觉得自己最大的资本，其实就是这些身边的人，因为他们的出现，让自己在能够前进的时候拥有志同道合的兄弟，在应该静下心来琢磨的时候能有一些可以倾诉的人。

什么才是一个人的资源呢？

估计，这些就是最大的资源了。

从贵人茶油到楠木郡，到如今，投资公司及股权管理公司也已经提到日程上，田冶自己对这种转变，有时候觉得还是不可思议。有些事情，就是在我们不可思议中改变的，除非我们能够预见到这些改变，不然，换了谁都只能不可思议。

至于预见，那就是一门太高深的学问，古往今来，所谓的预言大师，其实不过都是后人的穿凿附会罢了。犹如2012的世界末日，多少人真是有一种末日的情怀，结果显得不伦不类。田冶看淡了这些，反而没有什么值得咀嚼的，最多不过就是一些商家和政客，趁机发了一笔钱财或者为自己赢得一些选票，如此而已。

在田冶看来，自从人类分工比较专业化之后，金融就出现了，更确切地说，自从有了交易，金融就出现了。其实，这只是一种工具，或者说交易的一种凭证。当然，也有人说金融是一种对预期价值的认可和猜测，既然预见是不可能，预期也就是一种下注，由此推论，金融不过就是一种对赌。这种说法虽然牵强，仍然不失为一家之言。有看法至少比没有看法好，好过现如今国内满大街的所谓经济学家，全都是有立场没看法的，谁家给钱多了，马上就支持谁的主义，真是让人受不了。

如果现在还是以血缘关系维持社会秩序，公司制大概是不会产生的，因为公司制就是以打破血缘体系为己任，通过信托的方式进行交易来往，信托就是金融的全部，至少也是最大的基础，在一个信托体系不发达的地方，妄谈金融产业，不过是自欺欺人。1533年英国的240个商人，第一次以股份制开创一种预期收益，结果他们赚了，由此展开公司制的新方向。他们的做法，既是合伙人制，也是今天热闹纷纷的众筹。这才是金融的源头，因为信托理念的产生，让人际之间忽然有了一种新的合作方式，陌生人之间也可以开始合作。

金融市场发展到今天，俨然已经成为一个专业市场。

除了特别高深和特别复杂的技术，一般人如果不是一辈子下死功夫估计都不能了解十一之外，一般的行业都没有那么复杂，稍微有点儿心力的人，只要肯学，没有学不会的技术。之所以很多行业都显得如此专业甚至拥有非常复杂的系统，那是因为行业之间各自进行自我保护的需要，他们喜欢用各种越来越深奥的道理甚至一种所谓的专业术语来进行所谓的专业对话，好比从前的密码电报一样，他们最根本的目的在于排外，并非因为专业本身真有多复杂和高深。这一点，中国人学得尤其深入，只要是在中国市场，没有哪个行业不是以这种态度来进行自我保护的，对外的习惯说法就是：隔行如隔山。另一种说法是：特殊国情。特殊的意思大概就是，关起门来我就是皇帝，所以家庭暴力再怎么过分，邻居也不能说一二。

果然这么复杂吗？未必！

今天的金融市场多少有一点儿这种倾向，也不知道那些所谓的专家，是打算不让别人进入这个领域，还是因为自己要是不搞得复杂一点儿就不好混饭吃，不管动机何在，结果都一样：金融市场已经成为一个庞大的、自恋的、封闭的行业。

一个行业一旦封闭到只能几个人在那里玩的时候，有可能就会自生自灭了。

网络时代，人气就是财气，除非是绝密的东西，不然，谁都不想只有几个业内人士在自恋。由此一来，支付宝和财付通的出现，让习惯了躺在垄断宝榻上为所欲为的传统金融企业感到了危机，为了既得利益，甚至冒天下之大不韪，给网络金融戴上各种不堪的大帽子，并且理由很简单：是为了客户的财产安全。

如果真是这样，那么，所有的传统金融企业都不应该有网络，因为这样一来就不安全了，可是他们除了传统业务之外，还想在网络这一块分一杯羹，一面说着新兴的网络金融机构的不安全，一面自己又抓紧时间在网络上排兵布阵。说得好听点儿，这叫不公平竞争，难听一点儿就是只许州官放火不许百姓点灯！

网络金融几年前国外都已经热过了，也就是那么一小会儿，并没有起到多大的阵势。没料到，在中国居然会让人如临大敌，纷纷以洪水猛兽侧目。如果这个玩意儿真是那么具有颠覆性的革命意义，那也是人家国外已经颠覆过的。如果没有，只能说明国内的金融市场这个酱缸究竟有多黑。哪怕别人想看一眼都不行，明明恶臭不堪，垄断者还在叫嚣着：这是世界上最好、最安全的金融体系！

如果王婆拿起自己的裹脚布放在鼻子边闻了又闻，而且沾沾自喜地说：俺这条裹脚布可是LV的，一等一的货色，哪怕过了这么久，依然香气扑鼻，不信，你来闻闻！

王婆的做法至少比这些金融垄断企业稍微有点儿人性，至少人家王婆是自己在闻，而且只是矜持的自夸，她没有打算告诉别人：任何鼻子只能闻我的裹脚布，除此以外没有别的空气！

这些垄断者的做法，连王婆都不如，这才是最让人寒心的。

冰冻三尺，非一日之寒。

走了一圈新加盟店面，田冶看到金丝楠市场的活跃情况，觉得积压在心里很久的计划渐渐明朗。按照习惯的做法，他先找来第一线的管理层沟通，取得一致的看法之后，再提出一个报告，跟几位主要股东交流，看看大家的意见，然后再定夺。

田冶把蒋光、伟哥、谢天、婷婷都召集过来。

谢天说，按照我们预定的营销计划，现在我们已经以会员制带动顾客对金丝楠的投资，很多人已经不单纯地把它当作金丝楠产品看待，而是看作一个投资机会，觉得资金放在我们这里，比其他的地方都要稳妥可靠，而且随时能够得到关于市场价格的变动，随时清楚自己的投资品的升降。现在有一些证券公司也来找我们谈，希望可以从我们这里寻求一些合作，一个是针对金丝楠市场的客户投资，一个是其他的项目我们可以一起参与的。

蒋光仍旧是那种深思熟虑的表情，不苟言笑地发表自己的看法：福建那边的加工厂家现在很多都愿意接我们的单子，虽然我们的要求比较高，而且很多都是单件，但他们看中的是长期的合作，所以目前还能接受我们的业务。不过，我还是希望咱们自己的金丝楠加工基地能够尽快运营，这样就可以培养自己的师傅，以后也用不着看人家的脸色下单。

伟哥还是那样的生猛：现在的市场，比我们预期的要好一些，而且加盟店的进度比原来计划的要快了一点儿，我希望这一点还是按照我们当初预定的办法来做，不能谁说了几句好话或者下了一些定金，就一个热乎地把指标给了人家，这会影响我们的声誉。人家麦当劳开一家店可是要经过很多道程序的，凡是没有达到要求的，一律不给。所以，希望我们也能够做到这一点，我不是说非要经过我的同意，而是，应该按照我们的规定来做事。有一个体系在这里，大家都遵循这些游戏规则，一切就都好办多了。当然，如果规定不合理，我们可以商量调整，但是在没有调整之前，至少是应该遵守的。

婷婷认为，现在加盟店的开发速度快了一些，之所以觉得快，是因为人力资源这一块没办法满足，我们不能让一个实战经验并不丰富的店长培养对象，没有经过更多的专业培训，为了应付加盟店扩张的需求，直接就派出去当店长。我的意思是，哪怕就是慢一点儿，也要保证各个岗位人力资源的配置问题，咱们现在没必要追求数量，而是应该练好内功，才能做出更大的成绩！

田冶听到大家的说法，跟自己走下来看到的情况差不多，也就没有在一些细节上做过多的纠缠，而是直奔主题：我们一直在讨论的金丝楠交易所，现在是不是到了可以开展的时候？咱们今天主要就聊这个！

在田冶最初的预想里，金丝楠交易所纯粹就是一个方便金丝楠藏家和玩家以及投资者交易和沟通的场所，通过协会官方的认证机构，对每一件进入交易所的金丝楠原料或者作品进行评估，给出评估报告，建立档案，然后放到交易所进行自由交易，每一件东西都有固定的唯一的 ID，不管这件东西到了谁的手上，都有明确的行程和交易登记。升值或者降价，大家都能按照 ID 一查就一目了然，通过二维码等方式查询，买卖双方都可以在第一时间了解交易标的物具体情况。

至于交易所的收益，主要来自几个方面，第一，认证的手续费和各类证书工本费；第二，交易双方支付的平台费；第三，为第三方进行委托交易的中间费；第四，每年一度的协会年会上，十大金丝楠作品拍卖的中间费用；第五，举办各种展览和交易活动的服务咨询费；第六，其他的交易方式所产生的费用分成。

等交易所发展到一定规模之后，再推出证券化的金丝楠次级市场交易。这种二级市场跟现在的股市有一定的相似性，只不过只有一种产品，那就是金丝楠。应该说，这是一个行业性质的专业证券市场。随着中国金融行业的进一步市场化，金丝楠的二级市场交易应该不会等得太久。

大家针对这个问题又进行一番深入的探讨，终于下了结论，认为这个交易所势在必行，趁着现在金丝楠行业正在升级的时候，咱们应该带领行业进入一个更扁平的世界，那就是，在当今的网络世界，金丝楠市场没有理由落后于时代。

关于金丝楠交易所的概念，田冶又跟晏邦主、许量、龙哥他们一起碰头交流。仍旧是在长城公社那座玻璃石头房子里，仍旧是那个十分熟悉而亲切的露台。这几位对金丝楠行业具有举足轻重意义的人物历经切磋，认为这个交易所应该尽快建设。为了这个项目的尽快落实，决定近期召开行业性会议，邀请行业内比较有影响力的人参与，大家共同探讨行业的前途和交易所的组建。

金丝楠行业年度高峰论坛在新世纪国际大酒店举办，这次会议主要有两个议题：一个是对于金丝楠行业抱团发展的变革思路。一个是金丝楠交易所的创建。

在行业论坛上，行业大佬们针对楠木郡的运作模式表示出很大的兴趣，认为楠木郡的模式已经完全颠覆传统坐贾行商的单纯买卖金丝楠的低端行为，已经上升到一个关于生活品位的追求。这正是传统文化与现代生活之间碰撞会发生的突破，如今楠木郡已经完美地传承了这些，这让行业的形象和品质都有了一个质的飞跃。

晏邦主提出，金丝楠行业不能再死守原来的老套路，大家必须建设学习型的、与时俱进的行业风气，以抱团发展来促进行业的更大进步。

这个建议得到大家的一致认可。

许量提出的金丝楠交易所项目建议，让很多行家都耳目一新，感觉行业正在脱胎换骨，已经走出传统的封闭胡同，开始迈步走向阳关大道。

金丝楠行业崭新的明天正在不远处召唤。

同期举办的，还有资本会年度盛会。

这两个活动之前，是资本汇的工作会议。

在工作会议上，田冶以自己一贯低沉而清脆的声音：经过大家的共同努力，楠木郡金丝楠艺术馆从一开始的三家实体店，如今已经发展到六十多家，基本上已经在国内主要城市全面开花，营业额也节节攀升，比预期的还要好很多！

田冶提高好几个八度，热情洋溢的宣告这个激动人心的消息。

大家共同举杯，为曾经的；劳碌辛苦，也为今天好不容易取得的进步，共同庆祝，同时为了更美好的楠木郡的明天，许下不变的诺言！

天道酬勤。事在人为。

21. 互联网金融

贵哥是一位银行家，而且是一位真正的银行家。所谓真正的银行家，就是按照金融和市场的逻辑进行思维及决定如何做事的。正是因为对金融和市场规则的痴迷，让贵哥很多年都一直以自己的专业水平及职业风格去做事。可想而知，这种做事方法，在这样的国家，并不一定是能够讨人喜欢的。因为，做金融的大多数都不是银行家，最多只能算是衙门的幕僚而已，他们认准的指挥棒永远都不会是市场，而是衙门的意志。正因为如此，能够出现或者说成就贵哥这样的人物，而且在这种地方，不能不说是一种奇迹。

跟贵哥切磋的是练习，一位以网络业作为自己立命之本的资深人士，从事 IT 行业已经 20 多年。

贵哥和练习作为两个行业的顶尖人物，刚好作为行业的代表，带领两个行业以及关注的人开展这场论坛。网络及金融行业的顶级人物，纷纷到场，自然包括二牛。

牛森的网购平台公司刚在纽交所上市，IPO 规模打破世界纪录，融资额度超过 300 亿美元，公司市值已经达到 3000 多亿美元，牛森由此成为中国首富，再次创造网络公司的造富神话。国内主流媒体在牛森敲钟之后采访他关于公司上市的感想，他说感觉自己责任更重了，以前只是国内的企业，现在是全球的企业，不过，为中小企业及广大草根服务的初衷，永远都不变，100 年不变！

牛森的出场，让资本汇的年度盛会更加轰动。

作为资本汇年度论坛的组成部分，网络金融高端研讨会一不小心成了这个年度论坛的焦点，现场座无虚席，空地上都坐满了人，大家对网络金融都发表了不同的看法。

专家都承认互联网金融的重要性，也认为互联网金融值得鼓励发展。

有一些嘉宾认为互联网金融将创造崭新的金融模式，并替代传统金融；另一些嘉宾则认为互联网金融不能算作新的金融模式，也不能替代传统金融。大家都认为有必要监管互联网金融，但强调的侧重点不同，有的强调互联网金融要和传统金融统一监管；有的则强调监管不能妨碍创新。

专家都承认互联网金融大大降低了金融交易成本和信息不对称的程度。并且，互联网金融在自身创造性发展的同时，作为搅局者，也迫使传统金融机构转变思维，注重创新和客户体验，从而为我国金融业的健康发展提供了很好的激活因子。在场的传统金融机构商业人士纷纷表示要向互联网金融学习。

然而，对于互联网金融的本质，与会嘉宾仍存在对比鲜明的两种观点。

一种观点认为，不同于传统的直接融资和间接融资，互联网金融开创一种崭新的金融模式，或者至少是一种崭新的金融业态。甚至有专家认为互联网金融是最近数十年来最大的经济革命之一，对各行业的冲击不亚于铁器时代的到来对石器时代的冲击。

不过，另一种观点，特别是来自传统金融机构多位人士则认为，互联网金融只是现代计算机技术和互联网技术在金融领域的应用，并没有改变金融业的本质和属性。实际上，传统金融机构也在大力应用这些计算机和互联网技术。互联网金融只是完善了金融服务，创新了金融服务的商业模式，并不能成为一个金融部门。

以互联网金融为代表的新型金融业态侵蚀了传统金融机构的利润。有人据此认为我国商业银行为代表的传统金融机构高速增长的黄金十年已成过去。不仅如此，有嘉宾断言，在互联网金融时代，金融中介和金融市场都可能被互联网所取代，从而没有银行、券商、交易所乃至央行的存在基础。

在这一大背景下，来自传统金融机构的与会人士都有一定的紧迫感，认为应该向互联网金融学习。包括：

第一，以客户为中心，改善客户体验。

第二，创新商业模式，改变过度重视盈利和风险的传统思维，借鉴互联网企业的经验，更加重视客户量、流量，促进产品和服务的迭代创新。

第三，实现便捷的支付。

第四，关注和借鉴简介互联网金融的渠道优势。注重渠道是互联网金融带来的比技术更重要的经验。

跟那种认为互联网金融将彻底颠覆金融业的观点不同，更多的嘉宾则认为互联网金融并不能颠覆传统金融。主要原因包括：

第一，信息隐藏的问题。并不是每个个体都愿意参与互联网业务，也不是所有参与者都愿意暴露自身信息。这种行为不暴露导致的信息缺失，妨碍了互联网金融的进一步发展，特别是在隐私得不到有力保护的情况下，这类情况可能会进一步增加。

第二，网络数据失真。在网络数据可作为个人征信依据时，必然存在刷星等伪造数据的行为，导致网络数据可信度下降。但来自互联网金融领域的嘉宾认为，这一问题可以通过技术改良来解决。

第三，互联网金融在非标准化金融产品上很难替代传统金融。很多非标准化、个性化的金融产品还无法通过互联网技术来解决。一些大额金融交易也需要面对面的谈判。

第四，互联网金融只能覆盖部分人群。尽管普惠性是互联网金融的重要招牌，但实际上互联网金融目前只能覆盖特定人群，无法实现对老年人、受教育程度低的人群、通信设施欠发达地区的全覆盖。

未来，互联网金融和传统金融预计将会呈现融合发展的趋势，过去互联网金融发展并不是由互联网公司单独来完成的，未来互联网金融也将是传统金融企业和新型互联网金融企业均可以施展身手的平台。

对于其他大部分国家，中国的互联网金融现象和理论更加鲜明和突出。以美国为例，美国的互联网技术非常发达，金融也非常发达，但是美国并没有成型的所谓互联网金融的理论和方法。因此不少与会嘉宾认为，互联网金融可能只是中国特殊时期的一种特殊现象。

以利率市场化改革滞后为标志的金融体制，是中国互联网金融异军突起的重要体制背景。这在余额宝等第三方支付加货币市场基金的模式中表现尤为明显。

包括阿里巴巴高管在内的多位嘉宾认为，余额宝可能只是一个暂时现象。目前余额宝等吸纳的资金仍存储于传统商业银行，分食传统存贷利差。随着利率市场化的推进，余额宝可能就会退出历史舞台。

但也有嘉宾认为，只要有很小的存贷利差，余额宝之类的产品就可以继续生存下去。例如，美国在利率市场化之后，货币市场基金仍然存在。有专家更是认为，余额宝模糊了货币、支付、存款、投资等原本泾渭分明的金融范畴之间的界限，从而将对未来的货币政策和金融监管造成巨大冲击。

不过，对于互联网金融的监管问题，大家的想法还是非常接近。

第一，强调的侧重点不同。互联网金融应该接受一定程度的监管，这已经成为与会嘉宾的共识。但不同背景的嘉宾强调的侧重点有所不同。

来自传统金融机构的嘉宾强调互联网金融要遵循与传统金融机构一样的监管原则，否则将违背公平原则，出现监管套利；但来自学术机构的嘉宾和部分来自监管机构的嘉宾则强调，对互联网金融不能管得太死，以免扼杀互联网金融的创新精神。

第二，互联网金融监管的国际经验较为空白，需要自我摸索。由于在全世界各国，只有中国互联网金融发展得如火如荼，远超一般国家的水平。因此不像其他的金融监管可以借鉴国外经验，互联网金融缺少外部借鉴，所以在监管上更要小心谨慎。

第三，互联网金融企业对监管态度比较微妙。对于互联网金融企业自身，其对监管呈微妙态度，出现既盼管又怕管的复杂心情。监管有理由剔除伪劣企业，防止泥沙俱下，维护好的创业环境，对真正干实事的互联网金融企业是好事。但一旦监管，互联网金融企业又怕监管层不加区分，将互联网金融企业或业务全盘否定，一棒子打死。

第四，重视互联网金融企业可能的垄断问题。由于互联网金融的自身技术优势，跨界经营特性明显，在监管中还要关注反垄断问题。银行是行政性垄断，而互联网金融则可能出现技术性垄断。如果监管没有跟上，则可能会导致不公平的竞争。

这次互联网金融论坛上尤其热闹的一个话题就是，有人综合出了互联网金融的几种翘辫子的可能结果：监管猝死、成本累死、钱烧光死、坏账拖死、挤兑枉死、被大鱼吃掉……最后一种，也许是一种比较体面的死法，那就是被其他的金融机构、较大的平台并购。

随着银行进军互联网金融，已经有越来越多的金融机构，如小贷公司、担保公司，以及其他行业巨头等都对这个领域跃跃欲试，由于它们本身并无互联网金融经验，从无到有打造一个可能延误战机，因此收购一个现成的平台或管理团队也成为一个不错的选择，当然对于创业者来说，如果能够保留原有的品牌和团队，那就不是死而是凤凰涅槃、浴火重生了。

二牛也站出来发表自己的看法，观点几乎惊人的一致，他们都真心希望能够给互联网一个发展的机会和空间，使轻松、便捷的互联网金融成为每个人生活的一部分，而不仅仅是一种业界的热闹话题。

关于互联网金融的讨论，不同观点的各方几乎剑拔弩张，都极力以最新的数据维护自己的观点。以这个论坛发酵，在接下来几个月的时间里，互联网金融成为国内所有重要媒体的热门话题，各位人物粉墨登场，纷纷抛出自己的观点，一时间百家齐鸣，很有互联网金融新元年的趋势。

与此同时，每天都有很多网络金融平台出现问题，更多的网络金融平台前赴后继，在互联网金融这块蛋糕上纵横驰骋。而互联网大鳄们，凭借手头雄厚的资金，不断向传统金融领域以及其他领域推进和渗透，大有互联网模式改变一切传统商业模式的磅礴姿势，让人眼花缭乱，甚至叹为观止！

22. 一品庐山，唯仰天坪

巍巍庐山，袅袅云雾，自司马迁登庐山后两千多年来1500余位文坛巨星的足迹，为庐山铺设了一道绵延厚重的文化之路。她，以其博大的胸怀化解着4000多首诗词歌赋中的渴望；她，以其深邃的神秘为中华文明书写了绚丽的篇章。仁者乐山，智者乐山，这是刻在骨子里的情怀，在庐山，仰天坪，感觉扑面而来的文化气息，感受那一缕清风带来的震颤，感受每一处思想放归自然。

庐山世界珍稀的地质貌，高耸江湖之间，千嶂叠翠，原生山石，清凉沁心，山势自成一条龙脉，一山容五教，通天福地，修悟佳境，自三国时期起，佛教、道教、基督教、天主教、伊斯兰教相继垂青于庐山，设宗教活动场所，为天下苍生祈福。天然珍城无以复制的人文气息，自然轨迹丈量的原生静谧聚成一种缓步升起的建筑智慧，酿制一份真切纯碎的身心居住体验，绝美建筑唤醒山间的精灵。

21世纪的10个亿，虽然并不很多，但还是让业界掀起一股不大不小的旋风。这是华邦联合美庐一号基金第一次募资的额度。作为一家长期经营房地产、五星级酒店、娱乐餐饮、休闲度假产业和百货业的实力雄厚的发展商， 第一次公开募集资金就达到10 个亿，仍旧让投资界有点儿吃惊。

至少，这个话题已经让媒体热闹了好一阵。

庐山金城置业是一家在投资界一直都有绿色银行和尽享完美度假生活印钞机的美誉，资本汇华邦联合的这次大手笔投入，被业界普遍看好。这种项目的运营，更是让人拭目以待。

经过多年的快速发展，资本汇华邦联合已经成为一个涉及IT、林业、文化、旅游地产的基金公司。

资本汇投资的阳朔天街项目，已经成为体验式旅游的天堂，国内第一旅游目的地，各大交易所纷纷伸出橄榄枝，以各种优厚条件为天街镇上市做好铺垫。

资本汇与南方音乐教父周宇和合作的天宇文化公司，已经成为南方文化艺术的一个绝对地标，推出的几部电影成为一时佳话，旗下签约的艺人如今已经成为影视界炙手可热的新星。

资本汇华邦联合与英拓网络共同投资的网络科技公司，正在研制一种网络终端设备，这种设备融合了手机、电脑、电视、相机、摄影机等设备的功能，通过他们的平台直接提供终端服务，这是网络时代的革命。

至于其他的合作项目，资本汇正通过战略合作的基金公司和股权投资公司进行紧锣密鼓的筹备。如今的资本汇，已经成为投资业的一面旗帜，一面鲜艳和高扬得谁都不能轻易忽视的旗帜!

穿着一身看不出品牌的服饰，细心人偶尔会在袖口那里发现一个田字或者字母T，喜欢开英系汽车，待人接物不卑不亢，说话不紧不慢、逻辑严密，陶醉于中国传统文化，低调得让人搜索不出底细。这就是大家所熟悉的资本汇创始人—田冶。有人曾经开玩笑地说怎么咱们田总像是回归幼儿时代， 衣服上只有自己的名字。田冶一笑置之，不为所动。

如果这些人稍微了解一点儿历史，大概就应该知道，标志最早是以部落图腾的方式出现，后来演变成封建领主的家族徽标，再后来自然就是主权国家的国旗以及公司的标志。

资本汇会馆是投资界的圣地，业界几乎没有不知道这个地方的，真正能够成为资本汇座上宾的，却不是每个人都有的机会。因此，很多人只能远远地观望，希望自己有一天能够踏足这个院子，领略一下风云人物的风骚。

悦人轩书斋，几个人正在喝茶——田冶、练志霆、成德、谢天、恬恬。

练志霆是英拓网络的掌门人，英拓公司从销售电脑设备开始，逐渐向互联网技术及应用领域扩展，经过十多年突飞猛进的发展，如今已经涵盖 IT 业的各种环节。

练志霆与田冶是多年的朋友，用练志霆的话说，早在自己卖电脑的时候，他们就已经是好哥们儿。他们现在合作的网络科技公司，主要开发网络终端设备和大数据云端平台。练志霆生得聪明伶俐，一看就是 IT 精英。不知道为什么，从事 IT 业的人仿佛有一个共同的标志一般，这个标志就是，哪怕对 IT 行业没有多少了解的人，也能够明显地看得出来。这是一种感觉，一种对行业的领悟和尊敬。

成德仿佛是一种矛盾体，成德早先从事精细设备生产，因为和田冶都是北大汇丰商学院的同学，认识之后，觉得田冶资本汇的概念非常好，于是把工厂交给管理层管理，自己的重心工作转移到资本汇的项目上。如今他是天越联合的执行董事兼总裁，10 个亿的华邦联合美庐一号基金就是由他和谢天来操作的。

谢天精明能干、为人殷勤，看谁都是满面笑容，一眼就看得出他是靠自己的勤奋和坚持打出一片自己的天空。天道酬勤，在他这里能够得到最好的诠释。他掌管的股权投资公司，已经成功把贵人茶油运作上市，如今正在运作庐山仰天坪和阳朔天街的上市，接下来当然就是资本汇其他子公司的上市。

基金公司和股权投资公司都是在深圳注册的，其中股权投资公司注册地是前海，所以全部都是深圳的团队在运作。

开始是田冶和练志霆在聊天。

练志霆说，我们这个命名为辉辉Ⅰ号的网络终端设备，是一种革命，是对传统沟通工具和网络媒体的改进和更新，也可以说是革命，就像当年苹果重新定义手机一样，我们也会重新定义网络终端，再也不必以前那样用手机或者电脑和电视机那么麻烦，那些设备的功能我们已经进行整合，通过高科技仿生学，非常人性化地融合了那些功能。一句话，辉辉在手，搞定世界！

田冶点点头，问：技术是否已经成熟、稳定？什么时候能够推出？

练志霆异常兴奋地说，技术已经非常成熟和稳定了，我们自己已经测试了这么多年，老大你不是也一直在用的吗？感觉怎么样？

看到田冶满意的点头，练志霆继续说：近期我们就可以量产，当然，推出之前，我们必须先完善云端大数据，没有这个平台，再好的设备也是运作不好的！

田冶说，我们不是一直用得好好的吗？

练志霆笑笑说，我们这是内部测试，是我们自己的一个小平台，要是面向市场，这个平台是不能承担的，所以必须要有更大的云端平台，这个我们正在建设，很快就会建好。测试一段时间之后，没什么问题就能够推广。当然，以我们内部测试这么长时间的观察，技术上是一点儿问题都没有的，只是规模不同罢了。

两个人正说得津津有味，成德和谢天、恬恬进来了，看到他们兴致勃勃，好奇地问是在聊些什么。练志霆把辉辉 I 号的概念大致说了一下。三位好奇心起，觉得这是一个很有创新意义的东西。谢天问：如果这个设备推出来了，是不是以后我们连手机都不用拿啦？

练志霆点点头，表示谢天的见解有点儿意思。

成德说，这么一来，咱们以后就不必受通信公司的闷气啦！

练志霆忙说，那倒未必，因为大数据平台的传输渠道还是要跟传统通信商合作的，不过，不必受现在这么大的委屈倒是可能，就好比现在点对点之间，有很多高速公路，当然他们都是收费的，关键是，哪一家的性价比对我们有利，咱们就跟他合作。

谢天领悟：要是这些高速公路联合搞起垄断，还不是一样要受他们的欺负，就像现在的菜市场输在最后一公里一样。

练志霆再次笑了：以前的那些渠道商，其实就是一个家长的几个儿子在分几个区域来做市场，所以，家长还是一个，我们必须受那个家族的气。现在时代已经不一样，本身就是很多家族在做这个事，已经不是一个家长垄断一切的年代啦！

恬恬笑容满面：明白练总的意思啦，两个魔鬼就比一个天使好！

大家哈哈大笑。

田冶知道三个人不是来喝茶的，所以用目光询问了一下他们。

成德把签约仪式活动筹备的情况大致说明一下，然后问田冶：老大，到时候你还是出来说几句话吧！这么大一个活动，你作为后台老板一句话都不说不好吧?

田冶表示为难，认为自己还是当观众好一些，毕竟，忙前忙后的都是他们三个。

谢天和恬恬认同成德的说法：我们都是棋子，你才是下棋的人，整个布局都是你的思路，你不出来说几句，还是有点儿不好!

练志霆在一边补充，利用这种活动公关一下资本汇的品牌形象，给大家说说资本汇的理念，还是非常有必要的。

这么一来，田冶自然不好意思再拒绝了。

接着就讨论到上市的问题。贵人茶油是在国外上市的，而且市盈率非常可观，一直都被看好。庐山仰天坪计划也是在香港借壳上市的。

练志霆以自己行业的情状，问为什么要在国内上市，现在国内的股市简直和国有银行差不多，都为垄断国企服务，简直是国企的提款机，咱们为什么要来这趟浑水?

成德问田冶，为什么金丝楠称得上帝王之木?这里边应该多少有点儿故事吧!

田冶说，这个故事说起来就非常需要点儿时间了，不是三言两语能够解释清楚的。最主要的原因，大概就是金丝楠有别的木材不能比的优点，是制作家具的极好材料，皇室无非就是希望万古长青吗?想想当年秦始皇为了寻找长生不老药，花费了多少人力物力财力啊!金丝楠刚好符合这种要求，非常耐腐，埋在地下可以几千年不腐烂，所以皇帝的棺木，只要能够弄到，大多都是用金丝楠木。一直以来，因为天气的原因，很多东西都不好储藏，关键是怕有虫子，金丝楠有股楠木香气，能够防虫。听老人家说是百虫不侵的，至于是不是这样，大概还是要花点儿时间来搜集证据的。不过，我们至少可以确证，用金丝楠木箱柜存放衣物书籍字画，确实可以避虫。现代试验证明金丝楠木抗腐抗菌、白蚁的侵蚀，抗海生钻木动物蛀蚀性也强，所以皇家书箱书柜，自然就钦定金丝楠啦！

练志霆听到这些，忽然也来劲儿了：这个年头，假的东西这么多，天知道自己手头的东西是不是金丝楠呢？

田冶笑了一笑，说，金丝楠木的鉴别其实不难，楠木中凡是有金丝的，基本上可以确认是金丝楠。金丝楠木这个名称，并不是一个专业技术名称，它是历史上从皇帝到百姓对这种木材的民间说法。首先，咱们要确定是楠木，楠木就很珍贵，桢楠属国家保护树种，历史上，我们就经常听到有因砍伐桢楠而被判刑的故事。现在市场上的金丝楠木主要有三类，一类是新金丝楠木，国家禁止砍伐且数量稀少，要冒很大风险；二类是老金丝楠木，这类来源比较广，有拆清早期及明朝时的老房下来的，有更古老的庙宇维修拆下来的，还有挖掘古墓挖出的棺椁；三类是乌木金丝楠木即阴沉木金丝楠木，是埋在河里或因地壳变迁而埋在地下几千年的金丝楠木。

恬恬兴趣勃发：为了一个金丝楠，被判刑多少有点儿不划算吧？

田冶喝了一口茶，接着说：嘉庆当年杀和珅，公布二十大罪状，条条死罪，盖楠木房屋就是其中的一条大罪！这一个罪名就足以杀头好几次了。可见，金丝楠一直以来都是皇室专用的，哪怕就是和珅这样的人，想用一下都是大罪！明朝开始，皇家就专门有置办金丝楠木的部门，当时各地官员将进供金丝楠当成头等大事，官员进供金丝楠可作为业绩考核和晋升的标准，平民进供一根金丝楠木即可做官。修建紫禁城的金丝楠木出自西南，当时所谓蜀道难难于上青天，有一根楠木一条命的说法。楠木的名声在外，民间自然也知道这种东西的贵重，看一下《红楼梦》就很清楚，秦可卿的楠木棺材，还是一千两银子只怕无处买呢！

几个人兴趣大增，赶紧追问金丝楠都有一些什么特色。

田冶笑了一笑说，根据历史考研还有我们自己的体验，我们总结了金丝楠的几个特色：一个就是胀缩性小，耐腐性强，抗腐木菌及白蚁的侵蚀，有一种独特香味。所以用这种东西来装衣服或者珍贵的书画艺术作品，就有一个保护的功能。还有一个特色就是韧性强，干燥木性状态也很好，不翘不裂，所以能够长久保存。这样就形成它的第三个特色，金丝楠木做的家具，造型优美，娴静低调。另外，因为金丝楠光泽性强，即使不上漆，也越用越亮，与紫檀、黄花梨有异木同工之处。因此，金丝楠木家具在古典家具制品市面上悄然走俏，并且价格不菲，成为新的古典家具投资收藏产业。金丝楠木纹理平素，既柔软又坚韧，温温淡淡，气质优雅。跟黄花梨比，金丝楠木没有妩媚的纹理，但其素颜清晰亮丽，不施粉黛、不美艳却明媚动人，又显得淡雅文静；跟紫檀比较，金丝楠有绸缎的平润及恬淡的气质，让人感到温暖踏实。因为这些特色，古往今来，金丝楠一直都是皇室的专用材料，当然，如今金丝楠仍旧在续写着木中之王的传奇。

大家就金丝楠的话题，开展了热烈的讨论，纷纷赞叹于金丝楠不一样的金贵。不知不觉，过了大半天。正准备结束这个交流的时候，谢天忽然记得什么事一般，对田冶说：老大，你关于资本汇的观念，有很多不同的分支，这些都让我非常佩服甚至吃惊，要知道你并不是金融科班出身，居然能够如此看透，不能不让我敬佩！

大家跟着、附和几声，只不过不知道谢天葫芦里到底要倒出一些什么来。田冶微笑地看着谢天，期待他继续。

谢天说：你有一句话让我很惊叹，就是，流通就是金融，不管从什么角度出发，这个话居然都能说得通，就像以前算命先生那句父在母先死一样，怎么说都有道理。今天趁这个机会，我还真想听听你是怎么想的？

大家为谢天的聪明笑了起来。田冶看了谢天一会儿，觉得自己的眼光还是不错的，能够挑这样的人合作，本身就是一种资本。

田冶说：是的，我一直都认为流通就是金融，这本身没有什么神秘的地方，我们以常识和平常心来看待的话，很多神乎其神的东西，其实就是一般概念的不断演化罢了，就像几何学的基础就是几条公理一样，这几条简单得无须证明的公理就构筑起庞大繁杂的几何学，跟金融是一样的道理。至于金融，无非就是资金的流通，大而化之，就是资本的流通。也就是说，只有我们的资金和资本流动的时候，它的价值才能最大化。这就是金融的魅力！有一个很简单的故事，能够非常有趣地说明这个道理。

大家听到田冶准备讲故事，禁不住地都洗耳恭听，他们都听过很多田冶说的妙趣横生又寓意非常的故事。

田冶说，在一个小镇里，一个阳光明媚的下午，跟平常一样，这是炎热小镇慵懒的一天。太阳高挂，街道上没什么人，每个人都债台高筑，靠信用过日子。这个时候，从外地来了一位有钱的旅客，他进了一家旅馆，拿出一张 1000 元钞票放在柜台，说想先看看房间，挑一间合适的过夜。就在这个人上楼的时候，店主拿了这张 1000 元钞，跑到隔壁屠户那里支付了他欠的肉钱。屠夫有了 1000 元，横过马路付清了猪农的猪本钱。猪农拿了 1000 元，出去付了他欠的饲料款。那个卖饲料的老兄，拿到 1000 元赶忙去付清他召妓的钱——当地的服务业也提供信用服务。有了 1000 元 ，这名妓女冲到旅馆付了她所欠的房钱。这个时候，那个查看坊间的客人走下楼来，有点儿不高兴地说没一间满意的，拿起 1000 元，他把钱收进口袋，走了……

田冶提醒大家注意，这一天，没有人生产了什么东西，也没有人得到什么东西，可是，全镇的债务都清了，大家都很开心。

然后，田冶以他标志性的笑容对大家说：这就是金融的魅力，也是流通的魅力，流通本身就创造价值，不然，二牛他们怎么创造自己庞大的网络帝国呢？除了流通，他们可是什么都没做啊！

大家哈哈大笑，由衷为田冶这种故事寓意感到舒服。

大家说现在银根这么紧，银行现在看谁都像贼了，作为资金密集型的地产业，日见萎缩，看来这个行业非常危险啊！如果银行都不给贷款，那这个行业还怎么支撑下去啊！

田冶说其实也未必，凭什么说地产业萎缩呢？我们看到的鬼城本来就有的，并非现在银行收紧了才出现，而且，中心城市并没有受什么影响，按照中国人喜欢往中心城市聚集的需求，大城市至少一段时间之内不会出现问题，比如说一些中心城市限制车辆牌照，所以很多人都没法上牌，汽车销售情况有点儿下降，这并不代表人们没有买车的需求和愿望啊？只要一放松，估计很快就会反弹的！

大伙觉得这个说法还是有一定道理的，毕竟很多人在大城市的生活都被限制的，要是各种政策一放开，这些人的需求一样会刺激当地的市场。

谢天说，不过，从银行的数据看来，现在投到地产业的钱确实没法跟以前比，这也是真的。

田冶笑了一下，说没想到经验这么老到的任总，居然也会被表象迷惑啊！事情无非都是人在做的，完全可以曲线救国，此路不通，那就绕一个弯道，条条大路通罗马嘛！

大家来劲儿了，问，怎么一个绕弯路呢？

田冶说：比如我们中间有一个人是做地产的，按照现在的政策他没办法贷到款，没事儿，我们这几家公司可以从银行拿钱，想多拿一些的话，就把流水做多点儿，这个钱从我们这里转一下，同样可以投入到这个地产项目的，之间的利息差，就当是咱们的利润共享啦！当然，地产业永远都是三个中心词，地段、地段、地段！所以，在这种非常时期，这个项目必须是抢手的中心城市的项目，如果是鬼城的话，作为朋友，我们都要劝你别玩火呢！当然，如果你非要玩，那就自己玩玩过过瘾好了，千万别拉我们跳火坑啊！

大伙哄堂大笑！

庐山仰天坪签约仪式当天，投资界的大小人物云集京基100。

大家都是资本圈的人，彼此都打过照面，或者至少也是有所耳闻，所以很容易就熟络，于是彼此纷纷聚团交流。活动开始之后，各色人物依次登场，对这次签约仪式的重大意义给了充分的肯定。

天越联合的成德和华邦联合股权投资公司的谢天都发表了自己的见解，认为旅游地产的股权改革，是房地产行业得以快速发展的一个重要步骤，这对房地产的稳步发展来说一定是一个助推器，我们共同期待这个美好的合作开出硕果！而华邦联合美庐一号基金的发行，就是我们的第一朵花，我们敢肯定，这朵花会开得很鲜艳，结出的果实也会非常甜美！

更多有头有脸的人物悉数上台，这些人颇有洞见的思路加上热情洋溢的讲话，获得了听众的阵阵掌声。

然后是方老上台，从房地产的资源开始说起，接着讲到解放以后房地产为了支援国家建设做出的巨大贡献，然后综合改革开放以后的情况，对金城置业的前景做了一个非常有前瞻性的预测：这是资源的年代，也是资源战争的年代，所以，我们必须牢牢守住自己最重要而且不能替代的资源，把我们本土的经济和社会的发展不断推向前方！

方老的讲话得到大家经久不息的掌声。

原本田冶不打算说什么，但是后来大家还是希望他上台，说说自己的感受。

田冶只好上台，以他一贯的沉稳和谨密，阐述他的主张和看法，得到大家热烈欢呼，尤其是他关于资本汇的理念，更是让人醍醐灌顶。关于资本汇，田冶以《资本汇——融资融智容天下》作为主题做了一个演讲，简明扼要地阐释了资本汇的理念，大致是这么说的：

资本是一个奇妙的玩意。电视台曾经热播一个片子，叫《资本的故事》，宣传广告里有一个很值得玩味的字眼儿：资本可以创造一切，也可能吞噬一切！

军事行动里，往往都是以最大的力量攻击敌人最软弱的地方，从而能把敌人彻底打垮，并且要宜将剩勇追穷寇。资本市场也是如此。因此，从这个意义上来说，电视台的广告词并不过分。

究竟什么才是资本呢？大概很多人都不能给出一个准确的定义。

传统思维方式的人大概会认为，只有钱才是资本。自从纸币产生之后，黄金渐渐淡出实体交易市场，交易很大程度上变成了纸币之间的置换。对于不了解资本市场的人来说，能够把钱当成唯一资本，并不奇怪！当然，自从市场经济出现之后，尤其是资本市场渐渐成熟以来，只知道钱才是资本的概念已经成为一种笑话。

麻烦的是，在传统思维方式里浸淫太久的人，很多还在被这样的笑话所捉弄，说得严重点儿，可以说是玩弄！

一位高明的经济学家曾经说过，中国人有贪小便宜的习惯，总是想着四两拨千斤。

对啊，为什么总是想着四两拨千斤呢？这样做不但风险大，而且成功的概率非常小。反过来说，要是以千金拨四两的话，那就轻而易举啦！换句话说，资本足够大的话，什么都不在话下！

这么说来，要想在市场上长驱直入，当上常胜将军，显然就是要让自己的资本最大化。但是，如果一个人连自己有什么资本都不够了解的话，资本最大化简直就是一个笑话！

在知识经济年代，很明显，资本的概念已经跟从前不同，水浒里是按照力气来排座次的，知识年代当然不能这样，当然不会是按文凭来排座次。所以，我们有理由相信，人的思维方式，简单地说，智慧才是一个人最具基础性的资本。而且，这是一个可以不断开发、能够不断增值的资本。所谓活到老学到老那是过去式，现在必须是学到老才能活到老！

我们正在进入社会交往异常频繁、城市进度一日千里的年代，意味着一个陌生人时代的到来。在陌生人时代里，人们会形成不同的圈子，这是一个人的人脉集数。这个集数有多大、层次有多高、影响力多少，取决于一个人的年纪、精力、资历、文化、信用、魅力……甚至，连长相都是具有影响力的。

还有值得一提的就是现代社会发展中资讯的重要性，任何一种信息的不对称，都会造成资本市场的一个波动，严重的会引起地震！这就是信息的力量！ 在 21 世纪，每一个人都没法不去认真对待的第 N 产业，那就是信息产业！

除了上面说的智慧和人脉圈子、资讯，第四才是我们平常概念里的不动产、资金等等，这些是可以直接用货币来衡量的资源。

资本汇的初衷，就是汇集有识之士、志同道合者所有的四大资源，形成千金的资本汇集，然后去操作只有区区四两的资本市场，这么一来，即便不说稳操胜券，至少，也不会有多少失误的机会！

四种资源的汇合，才是资本汇概念里的硬通货通过资本汇这个平台，我们要让这些硬通货，在资本市场上不断以核爆炸的方式不断繁衍，为每一位会员创造无限的财富。从这个意义上说，资本汇其实就是一部为所有会员服务的赚钱机器！

只要资本汇这部机器不断运转，广大的会员就可以稳坐钓鱼台。

电影《华尔街》里有一句堪称经典的台词：金钱永不眠！

因为钱永远都不会睡觉，因此，我们要让所有资本汇的会员在安心睡觉的时候，资本汇这部大家共享的赚钱机器仍然加速运转！

尾声：并非结束

一个周末，田冶、蒋光、成德、谢天在悦人轩的露台上。

四个人坐在露台上，一边喝啤酒，一边悠闲地抽烟，四根烟杆对着天空散发着阵阵烟雾。

田冶说，这段时间大家一心都扑在事业上，都给累坏了，现在天越联合已经走上正轨，各种投资项目也都稳步发展。而且，下一步的北部湾城市金融资产交易中心正在等待我们的浴血奋战。既然没多久咱们就要披挂上阵，不如趁这个时间大家放松一下，出去晒晒太阳吧！商量一下，去什么地方比较合适，塞班岛还是马尔代夫，或者泰国、韩国什么的，大家都提提意见。

谢天说，要不，咱们就到寨子里走走吧？这个季节去寨子，也是好时光，不冷不热，舒舒服服！

成德说，是你想带老婆回娘家的吧？用不着这么大的阵容，让这么多兄弟为你扛行李啊？

谢天说，真心话，没有这个意思，我只是觉得这个时候去那里，确实非同一般的美妙。

蒋光和解说，谢天有他的道理，也不是无理取闹，先不要争，慢慢讨论、慢慢讨论！

谢天说，好你个蒋光头，怎么说都是你对，我们两个在你面前都成了傻瓜蛋了，都是在你撮合下PK 的，结果没分胜负你又说，这不是比赛，你到底什么意思，怎么什么时候你都是好人呢？清军入关，你成了元老；末代皇帝退位，你又成了民国的创始人；国军走人，你还是政协委员……你真是永远屹立不倒的啊！

谢天的调皮话把大家都搞笑了。

太阳慢慢地以大家都不注意的速度迁移，渐渐地分出不同的轮廓，阳光洒在每个人身上，犹如强烈的聚光灯，把每个细节都强化到位，让人觉得舒坦而实在。

也许，只有这阳光，才是世界上唯一公平的存在。

此外，如果还有，那就是时间了。

可是，对于浩瀚宇宙而言，人类对时间的观念，简直不值一提。

四个人在阳光烂漫的午后，在悦人轩的露台上，以友谊和事业下酒，挥洒出不一样的绚烂。

不远处的市区，车水马龙，一切仍旧是那么拥堵，一切仍旧是那么喧嚣，一切仍旧是熙熙攘攘、你来我往的名利场。

我们衷心祝愿这个崭新的时代。

希望这个时代能够给我们一个崭新的世界。

一个没有战争、没有冲突、没有黑暗的新世界！